Carla Laureano

Sternennächte an der Küste

Über die Autorin

Carla Laureano hat viele Jahre im Vertrieb und Marketing gearbeitet, bis sie sich dazu entschlossen hat, ihren Job an den Nagel zu hängen und nur noch zu schreiben. Ihre Romane sind in Amerika bereits ausgezeichnet worden und erfreuen sich großer Beliebtheit. Sie lebt mit ihrem Mann und zwei Söhnen in der Nähe von Denver, Colorado.

CARLA LAUREANO

Sternennächte an der Küste

Aus dem Amerikanischen von Antje Balters

GerthMedien

Für all meine Freundinnen, die alleinerziehende Mütter sind
und mit Charme und viel Mut den härtesten Job der Welt verrichten.
Ihr bringt mich immer wieder zum Staunen.

1

Drei Minuten nachdem das Dessert serviert worden war, schaute Serena MacDonald Stewart schon auf ihr Handy, um zu sehen, wie spät es war, und überlegte, wie sie die Sache möglichst schnell beenden konnte. Es war halb neun, und die zwei Stunden, die sie mittlerweile in dieses Date investiert hatte, kamen ihr schier endlos vor. Konnte sie einen Notfallanruf der Babysitterin vortäuschen, ohne sich dabei zu verraten?

„Gibt es ein Problem zu Hause?", erkundigte er sich.

Serena zuckte zusammen, blickte schuldbewusst auf und stieß innerlich einen Seufzer aus, als sie seine enttäuschte Miene sah. „Nein, nein! Alles in Ordnung."

Sie legte ihr Handy wieder auf den Platz neben sich und gelobte innerlich, von jetzt an ganz bei dem Mann zu sein, der sie zu diesem sehr teuren und sehr langwierigen Dinner eingeladen hatte.

„Es ist schwer, sie zu Hause zurückzulassen, oder?", fragte er. „Ist das Ihr erstes Date, seit …"

„Seit Edwards Tod? Nein, das ist es nicht, aber es wird anscheinend mit der Zeit nicht einfacher."

Seine geduldig verständnisvolle Miene bewirkte allerdings nur, dass sie sich noch furchtbarer fühlte. Sie hatte Daniel Cameron in einem Arbeitsausschuss an der Schule ihrer Tochter kennengelernt. Er war ihr als freundlicher, aufmerksamer Mann aufgefallen, und sie hatte es einfach nicht übers Herz gebracht, ihm einen Korb zu geben, als er sie eingeladen hatte, mit ihm essen zu gehen. Wenigstens war er ein angenehmer Anblick. Er hatte dunkles Haar, grüne Augen und eine ganz ansehnliche Figur für einen Mann, der auf die Fünfzig zuging.

Aber der Funke wollte einfach nicht überspringen. Da war absolut nichts, und es regte sich nicht das geringste Interesse bei ihr.

Daniel beugte sich jetzt vor und sagte mit gesenkter Stimme: „Ich muss gestehen, dass ich seit meiner Scheidung auch nicht viele Dates gehabt habe. Ich weiß, dass man über so etwas eigentlich bei einem ersten Date nicht spricht, aber wir wissen doch beide, wie es ist."

Vielleicht ja auch nicht, wenn sie bedachte, dass sie wirklich nicht den Hauch einer Ahnung hatte, worauf er mit dieser Äußerung hinaus wollte.

„Im Moment glaube ich, dass wir beide nur versuchen, jemanden zu finden, den wir mögen und respektieren", fuhr er fort. „Sie suchen doch bestimmt einen Vater für die Kinder, besonders, weil Max noch so klein ist, oder? Und meine Kinder könnten auf jeden Fall ein besseres Vorbild gebrauchen als ihre Mutter. Ich habe einfach unheimlich viel zu tun und nicht die nötige Zeit, mich um sie zu kümmern."

Ach so! Jetzt wurde ihr langsam klar, worauf er hinauswollte. Das oder Ähnliches hatte sie schon so oft zu hören bekommen und es bedeutete im Grunde: *„Ich habe dich eigentlich nicht eingeladen, weil ich dachte, dass wir etwas gemeinsam haben, und weil ich dich attraktiv finde, sondern nur, weil ich eine Mutter für meine Kinder suche, bevor es zu spät ist und ich ihre Erziehung endgültig vermassele."*

Serena räusperte sich und schaute demonstrativ wieder auf ihr

Handy. „Es tut mir wirklich leid, aber meine Babysitterin muss um halb zehn zu Hause sein. Könnten wir vielleicht …"

„Ja sicher. Ich habe gar nicht gemerkt, wie spät es schon ist", sagte er rasch und gab der Kellnerin ein Zeichen, dass er bezahlen wollte.

„Ich nehme doch nicht an, dass Sie fürs Wochenende schon Pläne haben, oder?"

„Doch. Ich hatte eigentlich vor, mit Em und Max nach Edinburgh zu fahren. In der Nationalgalerie wird gerade eine Vermeer-Ausstellung gezeigt."

Er reagierte darauf mit einem Lächeln, das allerdings sofort wieder erstarb, als er merkte, dass sie das ernst gemeint hatte. „Sie gehen also allen Ernstes mit einer Achtjährigen und einem Dreijährigen in ein Kunstmuseum?"

„Ja sicher. Man soll damit möglichst früh anfangen. Max muss noch lernen, dass er nicht alles anfassen darf, aber Em hat bereits ein richtig gutes Auge für Stilrichtungen. Ich glaube, von so einem Museumsbesuch profitieren wir alle drei. Das ist auch der Grund, weshalb wir für das Kunstangebot an der *Highlands Academy* so dankbar sind."

„Ja sicher", sagte er nur, empfand dabei aber anscheinend genauso großes Unbehagen wie sie. Serena zählte eins und eins zusammen und meinte daraufhin: „Dann gehören Sie also auch zu denen, die beantragt haben, den Etat für das Kunst- und Musikproramm zu Gunsten von mehr Naturwissenschaften zu kürzen."

Ihm musste doch klar sein, dass sie sich zusammen mit der Schulleitung der Privatschule ihrer Kinder den gesamten letzten Monat gegen diesen Antrag stark gemacht hatte.

„Ich glaube einfach, dass es angesichts des derzeit herrschenden Wettbewerbs in der Wirtschaft sinnvoller ist, Mathematik und die Naturwissenschaften zu stärken – besonders auch für Mädchen", erklärte er, legte seine Kreditkarte in die kleine schwarze Mappe, gab sie der Kellnerin zurück und schien ganz froh zu sein, Serena in diesem Moment nicht in die Augen schauen zu müssen.

„Und ich glaube, wir tun der Welt keinen Gefallen, wenn wir aufhören, kreative Köpfe weiterhin zu fördern. Aber ich habe auch einen Master in Kunstgeschichte und jahrelang als Galeristin gearbeitet, deshalb bin ich wahrscheinlich voreingenommen."

„Ach", sagte er und zog erstaunt die Augenbrauen hoch. „Ich wusste ja gar nicht, dass sie gearbeitet haben."

Sie konnte nicht so genau sagen, ob er mit dem Themenwechsel einfach nur von seinem Fauxpas ablenken wollte, oder ob er sich Sorgen machte, dass sie womöglich Ambitionen hatte, beruflich weiterzukommen.

„Ich habe meine Berufstätigkeit aufgegeben, als Em auf die Welt gekommen ist. Mein Beruf war … irgendwie … nicht mit Kindern vereinbar."

Mit ziemlich erleichterter Miene sagte er daraufhin: „Das finde ich wirklich bewundernswert. Es gibt viel zu viele Frauen, die ihre Selbstverwirklichung auf Kosten ihrer Familie betreiben."

Am besten ließ sie solche Dates einfach bleiben, denn letztlich brachten sie nichts. Und sie hatte schon viel zu viel Zeit und Energie damit vergeudet, ihre tatsächliche Meinung zu diesem Thema für sich zu behalten.

Deshalb sah sie ihm jetzt direkt in die Augen und sagte: „Solche Frauen sind wahrscheinlich seltener als Männer, die sich in ihren Büros verschanzen und von ihren Frauen erwarten, dass sie die gesamte Verantwortung für die Kinder alleine übernehmen."

Diese letzte Bemerkung war der letzte Nagel in den Sarg eines Dates, das im Grunde von Anfang an zum Scheitern verurteilt gewesen war. Während der Heimfahrt fühlten sich beide natürlich schrecklich befangen, fast peinlich berührt, obwohl sie beide versuchten, ein höfliches Geplauder in Gang zu halten. An ihrer Haustür verabschiedeten sie sich mit einem freundlichen Händedruck voneinander, und er war wenigstens so klug, nicht den Versuch zu unternehmen, ihr zum Abschied einen Kuss zu geben.

Daniel war gar kein so übler Mann, auch wenn er eine erzkonservative Einstellung zu den Geschlechterrollen hatte, aber er war intelligent, erfolgreich und verantwortungsbewusst. Es fehlte ihm nur das Maß an Fantasie und Spontaneität, das Serena von einem Partner erwartete. Sie hatte schon eine Ehe hinter sich, die sich wie eine langwierige geschäftliche Transaktion angefühlt hatte, und sie hatte nicht vor, denselben Fehler noch einmal zu machen.

„Und, haben Sie sich gut amüsiert?", fragte die 18-jährige Allie, die gelegentlich Serenas Kinder hütete, und stand mit einem Buch in der Hand vom Sofa auf.

„Danke, es war ganz nett", antwortete Serena, griff in ihre Clutch, nahm ein paar Geldscheine heraus und gab sie dem Mädchen mit einem Lächeln.

Allie stopfte die Scheine in die Hosentasche, nahm ihre Handtasche und sagte: „Die beiden waren übrigens heute Abend super pflegeleicht. Melden Sie sich einfach, wenn Sie mich wieder brauchen."

„Danke, Allie, das mache ich." Serena brachte das Mädchen noch zur Tür und blieb dort stehen, bis Allie in ihr Auto gestiegen war und den Motor anließ.

Die Gegend von *Nairn*, in der sie wohnte, war ruhig und fast ländlich, aber ihr Mutterinstinkt gab erst Ruhe, wenn das Mädchen sicher in seinem Wagen saß und sich auf dem Heimweg befand. Erst da ging Serena wieder ins Haus, schloss hinter sich ab und streifte die hochhackigen Schuhe auf dem Teppich ab.

Leise ging Serena die geschwungene Treppe hinauf ins Obergeschoss und warf einen Blick in das erste Zimmer, an dem sie vorbeikam. Max schlief verkehrt herum in seinem Bett, das eine Bein der Schlafanzughose bis übers Knie hochgeschoben, das feine, dunkle

Haar von seinen ungestümen Schlafgewohnheiten völlig zerzaust. Sie legte den Kleinen nicht richtig hin – denn ihren Dreijährigen zum Schlafen zu bringen war, auch ohne dass er gestört wurde, eine Herausforderung –, sondern deckte ihn nur zu, legte seine Giraffe Mr Spots neben ihn und gab ihm einen Kuss auf die Stirn.

Im Zimmer daneben lag die achtjährige Em unter einer lila geblümten Decke, sodass nur ihre Haare zu sehen waren. Auch ihr gab Serena noch einen Kuss und steckte die Bettdecke noch einmal an den Seiten fest, bevor sie in ihr eigenes geräumiges Schlafzimmer weiterging.

Da vibrierte ihr Handy in der Clutch, und sie nahm es rasch heraus, bevor die Kinder davon wach wurden. Ein kurzer Blick aufs Display zeigte, dass es ihr jüngerer Bruder Jamie war.

„Kontrollierst du etwa, ob ich sicher von meinem Date nach Hause gekommen bin?", fragte sie mit einem ironischen Lachen.

Eine Frauenstimme mit amerikanischem Akzent antwortete am anderen Ende der Leitung: „Nein, aber dafür hast du meine nächste Frage schon beantwortet."

Serena lachte über den beschwingten Tonfall ihrer Schwägerin. „Hi Andrea. Ich bin gerade nach Hause gekommen."

„Dann war das heiße Date also gar nicht so heiß?"

„Nicht mal lauwarm", erklärte Serena und zog dabei ihren Bleistiftrock und auch die Shapewear aus, die sie hatte anziehen müssen, um überhaupt in das schon etwas ältere Outfit hineinzupassen, und schleuderte beides quer durch den Raum. Eine völlig überflüssige Quälerei war das gewesen – genau wie die hohen Absätze. „Na ja, er war ganz nett, aber …"

„Kein Funke übergesprungen."

„Nicht einmal ein Fünkchen. Langsam glaube ich, dass ich zu anspruchsvoll bin." Sie schlüpfte in ihre Pyjamahose und verzog beim Anblick der Abdrücke, die die Schuhe an ihren Füßen hinterlassen hatten, das Gesicht. „Vielleicht sollte ich in meinem Alter eher nach jemandem Ausschau halten, der langweilig, aber solide und beständig ist."

„Also wirklich! Du bist noch keine vierzig, da steht es dir noch gar nicht zu, ‚in meinem Alter' zu sagen. Außerdem erlebst du gerade nur, was wir nun mal alle erleben."

Serena stellte ihr Handy auf laut, damit sie ihren Blazer abstreifen und sich aus ihrer Seidenbluse pellen konnte. „Und das wäre?"

„Na, langweilige, solide Männer zu daten, während man auf den einen wartet, der einen umhaut."

„Jetzt hör mal lieber auf. Ich will gar nicht darüber nachdenken, wie sehr mein Bruder und du eure Finger nicht voneinander lassen könnt."

„Dafür habe ich mich schon entschuldigt, und du musst wirklich lernen anzuklopfen, bevor du ein Zimmer betrittst", sagte Andrea lachend. „Aber es ist schließlich nicht so, dass ich mit der Absicht nach Schottland gekommen wäre, mich in einen Klienten zu verlieben. Manchmal muss man seine Komfortzone auch verlassen, weißt du?"

„Das merke ich mir. Wann sollen wir denn morgen zum Essen bei euch sein?"

„Deshalb rufe ich an. Können wir es auf sieben Uhr verschieben? Jamies Flieger hatte Verspätung, sodass er seinen Anschlussflug nach Hause verpasst hat und erst morgen Nachmittag wieder hier sein kann."

„Das ist mir sogar sehr recht. Ich wollte sowieso vorher noch mit Em und Max in diese neue Bäckerei gehen, die gerade in der Altstadt eröffnet worden ist."

„Danke. Ich hatte Jamie zwar angeboten, das Einkaufen für ihn zu übernehmen, aber aus irgendeinem Grund will er das nicht."

Jetzt musste Serena lachen. Ihr Bruder, der Chefkoch, hatte eine Frau geheiratet, die nicht einmal Wasser kochen konnte – obwohl

Serena manchmal auch das Gefühl hatte, Andrea spielte mit Absicht die Unbedarfte, um in den Genuss von Jamies fantastischen Kochkünsten zu kommen. Aber dann wieder dachte sie an den von ihrer Schwägerin zubereiteten Lunch, den sie einmal hatte erleiden müssen, und verwarf ihren Verdacht schnell wieder.

„Um sieben also. Em ist schon ganz aufgeregt, weil sie dir ihre Fortschritte bei *Für Elise* vorführen will."

„Ich bin gespannt. Sag ihr, sie soll weiter fleißig üben, denn sobald sie mit dem Stück fertig ist, habe ich ein neues für sie, das richtig Spaß macht."

„Ich richte es ihr aus. Dann also bis morgen." Serena beendete das Gespräch und hängte ihr Handy ans Ladegerät auf ihrem Nachttisch.

Was Andrea an Talent in der Küche fehlte, machte sie durch ihr musikalisches Talent wett. Sie war einmal Konzertpianistin gewesen und gab jetzt – einfach weil es ihr Spaß machte – Em jeden Sonntagabend vor dem Essen eine Klavierstunde. Beruflich leitete sie mittlerweile eine Unternehmensberatung für Gastronomiebetriebe.

Serena dagegen vertrieb sich die Zeit damit, an Ems Schule Kunstunterricht zu geben, und zwar im Rahmen genau des Programms, das ihr Date gerade abzuschaffen versuchte.

Warum hatte Daniel sie wohl überhaupt zu einem Date eingeladen, obwohl er doch genau wissen musste, dass er sich im Grunde gegen das Einzige einsetzte, was Serena wirklich liebte.

Doch in diesem Moment wurde ihr klar, dass er es eben nicht wusste. Für Männer wie ihn war Kunst etwas, womit man sich vielleicht nebenher oder oberflächlich beschäftigte, aber nichts, wofür man eine echte Leidenschaft hegte, was einen konkreten Wert hatte, und schon gar kein Beruf.

Serena schminkte sich ab und band ihr Haar zu einem Pferdeschwanz zusammen, bevor sie wieder nach unten in die Küche ging, um sich noch einen Tee zu kochen. Im Wohnzimmer blieb sie stehen, um die Sammlung zeitgenössischer Kunst zu bewundern, die an den weiß verputzten Wänden hing. Im Gegensatz zur übrigen modernen Einrichtung, die von Edwards Innenarchitekten ausgesucht worden war, hatten diese Stücke eine ganz besondere Bedeutung für sie, denn jeden der Künstler, von denen sie stammten, hatte sie entdeckt und gefördert, und manche waren mittlerweile international bekannt.

Der Stolz, den sie darüber empfand, war aber immer gepaart mit einem Stich des Bedauerns darüber, dass dieser Teil ihres Lebens Vergangenheit war. Das Bedauern nahm noch zu, als sie den Gang zu einer halb offen stehenden Tür weiter entlangging.

Der Raum war noch genauso, wie sie ihn nach ihrem letzten Aufenthalt dort verlassen hatte: Auf einer Staffelei stand eine leere Leinwand und auf einem kleinen Tisch daneben befanden sich Plastikdosen mit Farben und Pinseln. Als sie den Lichtschalter betätigte, hinterließ ihr Finger im Staub der Schalterabdeckung eine Spur. Vielleicht sollte sie dieses Zimmer doch lieber wieder als Abstellraum verwenden wie damals, als Edward und sie eingezogen waren. Sie schaltete das Licht wieder aus und zog mit Nachdruck die Tür hinter sich zu.

Daniel und seinesgleichen würden die Debatte um Kunst oder Naturwissenschaft gewinnen, das war ihr klar, und zwar nicht, weil sie recht hatten, sondern weil ihr die Energie fehlte, die Schule vom Gegenteil zu überzeugen. Und sie konnte es den Verantwortlichen nicht einmal übel nehmen. Wie sollte sie denn die Leute von der großen Bedeutung der Kunst überzeugen, wenn es ihr nicht einmal bei ihr selbst gelang?

Die Einladungen zum Essen bei Jamie und Andrea zu Hause waren immer ein Ereignis. Das lag zum Teil daran, dass Andrea ein Händchen dafür hatte, aus ganz einfachen Dingen eine elegante Dekoration zu gestalten, aber in erster Linie war es Jamies Vorstellung von einem kleinen schlichten Essen, das mindestens vier Gänge umfasste. Vielleicht hatte es auch etwas mit der zurückhaltenden Eleganz ihres restaurierten viktorianischen Hauses zu tun, das nur ein paar Kilometer von Serenas Haus entfernt lag. Im Moment verkosteten sie gerade Jamies neue Frühlingsrezepte in der geräumigen, ganz in Weiß gehaltenen Küche.

„Das Lamm ist gut, aber mir fehlt das gewisse Etwas daran", sagte Serena, als sie endlich Messer und Gabel hinlegte. „Vielleicht liegt es auch daran, dass Bohnen für mich einfach nicht Haute Cuisine sind."

„Also dann mal unter uns Bohnenhasserinnen … du hast recht", fügte Andrea hinzu.

„Deshalb nennen wir sie ja extra Butterbohnen", sagte Jamie. Er schien sich aber dem Urteil der beiden Frauen zu beugen. „Und was ist mit dem Wolfsbarsch?"

„Der ist fantastisch", antwortete Serena im selben Moment, in dem Andrea „unglaublich" sagte.

„Dann nehme ich also den Wolfsbarsch auf die Karte", sagte Jamie. „Ich finde ihn auch besser als das Lamm."

Serena nickte und trank einen Schluck von ihrem Wein, einem guten, trockenen Riesling, den Jamie aus dem Keller geholt hatte. Ja, ihr Bruder und seine Frau hatten sogar einen eigenen Weinkeller. Sie war immer noch fasziniert davon, dass es ihnen gelungen war, dieses prachtvolle, herrschaftliche Haus so einladend und gemütlich zu gestalten. Letztlich führte sie das auf die Stilsicherheit und das Gefühl für Formen und Farben ihrer Schwägerin zurück.

„Darf ich jetzt Klavier spielen?", fragte Em, faltete ihre Serviette zusammen und legte sie neben ihren Teller.

„Von mir aus, aber nur, wenn es Andrea recht ist", antwortete Serena.

„Gern, Em", sagte Andrea. „Du kannst schon mal an dem neuen Abschnitt arbeiten."

„Kann ich auch aufstehen?", meldete sich Max zu Wort.

Serena lächelte ihren Sohn an und sagte dann: „Ja, du darfst auch aufstehen."

Halb rannten, halb purzelten die beiden Kinder in den Salon, in dem der Stutzflügel stand, sodass die drei Erwachsenen jetzt allein um den runden Glastisch saßen. Es war zwar nicht genau wie in alten Zeiten, aber es war doch schön, endlich wieder Familie in der Nähe zu haben und sie auch regelmäßig zu sehen. Als Edward und sie wegen seines Jobs von Edinburgh nach *Inverness* gezogen waren, hatte Serena sich in der Kleinstadt erst unendlich einsam gefühlt, doch dadurch, dass nach acht Jahren auch ihr Bruder und seine Frau hergezogen waren, wurde der Ort für sie langsam zu einem wirklichen Zuhause.

„Ich will schon eine ganze Weile mit dir reden", sagte Jamie jetzt.

Serena trank lächelnd einen weiteren Schluck Wein. „Oh, das klingt ja unheilvoll."

„Nein, es ist nichts Schlimmes. Ich wollte nur wissen, was du von der Idee hältst, wieder in unserem Hotel auf *Skye* mitzuarbeiten."

„Beteiligt sein? Wie stellst du dir das denn konkret vor? Die Renovierungsarbeiten sind doch abgeschlossen und der neue Manager hat schon angefangen."

„Ja, das stimmt. Meine Frage ist, ob du dir vorstellen könntest, wieder aktive Teilhaberin des Hotels zu werden und deinen Anteil zurückzukaufen." Jamie griff nach der Weinflasche und schenkte ihr nach. „Seien wir doch mal ehrlich. Ian und Grace sind kaum noch im Land, seitdem sie ihre neuen Jobs haben. Andrea leitet ihre Unternehmensberatung, und ich habe immer noch niemanden gefunden, der die Stelle als Küchenchef in *Notting Hill* übernimmt, nachdem Jeremy gegangen ist. Wir sind kaum zu Hause, geschweige denn auf *Skye*."

„Und warum ausgerechnet jetzt?", fragte sie. „Ian und du habt doch euren Streit beigelegt, also braucht ihr mich nicht mehr als Schiedsrichterin." In diesem Moment registrierte Serena, dass Jamie und Andrea unter dem Tisch Händchen hielten. „Du bist schwanger! Wollt ihr deshalb, dass ich einspringe?"

Da geriet Andreas Lächeln ins Stocken und sie sah Jamie unsicher an. Serena wurde ganz bange ums Herz. „Tut mir leid. Ich hätte nicht ..."

„Nein, ist schon gut", sagte Andrea und atmete tief durch. „Wir versuchen es ja erst seit sieben Monaten, aber die Ärzte sind sich einig, dass es dauern kann, weil so einiges bei mir dagegenspricht, dass ich ein Kind bekommen kann."

Serena hatte jetzt so heftige Schuldgefühle, dass sich ihr Magen schmerzhaft zusammenzog. Sie war einfach davon ausgegangen, dass die beiden irgendwann eine Familie gründen würden, aber weder Jamie noch Andrea hatten bisher erwähnt, dass das nicht so ohne Weiteres möglich war. Sie suchte nach einem Ausweg aus ihrem Fauxpas, aber bevor sie etwas sagen konnte, erklärte Jamie: „Deshalb möchten wir ein Kind adoptieren und sind gerade mitten im Vorbereitungsprozess dafür."

Serena blinzelte kurz und dann ging ein Lächeln über ihr Gesicht. „Wie schön, ich freue mich für euch! Ihr werdet bestimmt großartige Eltern sein. Ich hatte wirklich keine Ahnung, dass ihr an eine Adoption denkt."

„Das ist eigentlich Ian zu verdanken", sagte Andrea, und ihr Lächeln kehrte langsam wieder zurück. „Grace und er reden ständig über die vielen Waisenkinder bei ihnen in Indien, und dabei ist uns klar geworden, dass es auch in Schottland Kinder gibt, die dringend ein Zuhause brauchen. Wir wissen, dass es nicht leicht ist, ein Adoptivkind großzuziehen, und deshalb möchten wir so viel Zeit wie möglich für dieses Kind haben."

„Gut. Und wie wollt ihr das praktisch umsetzen?", fragte Serena und sah dabei Jamie an.

„Andrea hat zwei neue Kundenbetreuer eingestellt, sodass sie nicht mehr zu reisen braucht und von zu Hause aus arbeiten kann. Ich fliege nächste Woche nach *London*, um dort Vorstellungsgespräche mit möglichen Küchenchefs zu führen, aber das kann dauern. Ich habe da zwar schon jemanden im Auge, aber ich weiß nicht, ob es mir gelingt, ihn von seiner derzeitigen Stelle wegzulocken."

„Du meinst also, dass du versuchst einen Top-Mann abzuwerben?", fragte Serena lachend. Es gab in *London* kaum Restaurants, die bekannter waren als das von Jamie.

Sein kurzes Grinsen bestätigte, dass sie mit ihrer Vermutung richtig lag. „Der Knackpunkt dabei ist, dass wir das Gefühl haben, wir können uns nicht mehr so intensiv um das Hotel kümmern, wie wir es eigentlich möchten und wie es nötig wäre. Malcolm macht seinen Job dort wirklich hervorragend, aber er ist kein Eigentümer. Wir müssen uns immer wieder neue, kreative Angebote überlegen, um neue Gäste anzusprechen. Nach all dem, was du in der Galerie geleistet hast, dürfte das doch für dich eigentlich kein Problem sein, oder?"

„Aber das ist zehn Jahre her, Jamie …"

„Ach was, das Können, das man sich da aneignet, geht doch nicht verloren."

„… und außerdem habe ich zwei Kinder, von denen eines schon zur Schule geht. Ich kann nicht so spontan weg wie ihr."

Das Klaviergeklimper im Nebenraum brach jetzt ab, gefolgt von einem lauten Krachen und dann Geheul. Serena legte ihre Serviette auf den Tisch, aber Andrea schüttelte den Kopf und stand selbst auf. „Ich mache das schon. Es kann nichts Schlimmes sein. Im Salon gibt es eigentlich nichts Zerbrechliches."

Sie verließ den Raum, sodass Serena jetzt mit ihrem Bruder allein war. „Ihr wirkt beide ziemlich glücklich."

„Ja, das sind wir auch“, bestätigte er lächelnd und fuhr dann fort, „aber lenk nicht vom Thema ab.“

„Ich weiß nicht, Jamie. Darüber muss ich wirklich erst nachdenken.“

„Wenn es finanziell schwierig ist, dann können wir …“

„Nein, es ist nicht das Geld. Ich habe die Erlöse aus dem Verkauf meines Anteils gut angelegt, und wenn es sein muss, kann ich sie schnell wieder flüssig machen. Es geht mir eher um die Verpflichtungen, die damit verbunden wären.“

„Und ich habe gedacht, dass du auf jeden Fall gerne auf *Skye* arbeiten würdest.“

„Das stimmt auch“, erklärte Serena, faltete die Hände auf dem Tisch und sprach dann leise weiter. „Seit Edwards Tod versuche ich dafür zu sorgen, dass Ems und Max’ Leben so zuverlässig und stabil wie möglich weitergeht. Und jetzt, da langsam alles einigermaßen reibungslos läuft, weiß ich nicht so genau, ob ich es wieder durcheinanderbringen will.“

„Was würde denn da durcheinanderkommen? Du kannst deine Marketingideen zu Hause entwickeln, und ein Wochenende im Monat fährst du dann rüber nach *Skye*, redest mit Malcolm und schaust nach Tante Muriel. Das ist wie alle paar Wochen ein Mini-Urlaub.“

Was Jamie da sagte, klang zwar einleuchtend, aber er hatte die dreistündige Autofahrt noch nie mit zwei kleinen Kindern gemacht. Jetzt klang es vielleicht einfach, aber sie wusste genau, dass es ihnen in ein paar Monaten allen auf die Nerven gehen würde. „Ich weiß nicht … Ich muss wirklich erst darüber nachdenken.“

„Gut. Überleg es dir.“ Jamies Miene hellte sich auf, und auch ohne sich umzudrehen, wusste Serena, dass Andrea mit den Kindern wieder zurückkam; denn immer wenn er mit seiner Frau im selben Raum war, schien er von innen zu strahlen. Die beiden waren so verliebt, dass man ihnen wirklich nur das Allerbeste wünschen konnte.

Max kam direkt auf Serena zugerannt und kletterte ihr mit der Begeisterung eines Dreijährigen auf den Schoß. Em dagegen setzte sich ganz still und leise auf den Stuhl neben ihr.

„Dein *Für Elise* wird immer besser, Em", sagte Jamie. „Was meinst du, wann dir deine gemeine Klavierlehrerin endlich mal ein neues Stück zum Üben geben wird?"

Andrea streckte ihrem Mann scherzhaft die Zunge heraus, stupste ihn mit der Schulter an und erklärte: „Sie macht dann mit einem neuen Stück weiter, wenn sie dieses beherrscht. Und nach dem, was ich da gerade gehört habe, ist sie beinahe so weit."

Serena schaute abwechselnd ihren Bruder und ihre Schwägerin an und empfand dabei ein heftiges inneres Sehnen. Dass sie so harmonisch miteinander umgingen, zeigte einmal mehr, wie gut sie zueinander passten. Sie konnte sich nicht gegen einen Anflug von Widerwillen gegen ihre eigene Situation wehren – nicht dagegen, dass Edward gestorben war und sie verlassen hatte, sondern dagegen, dass sie in ihrer zehnjährigen Ehe nie die Chance gehabt hatte, eine solche Kameradschaft zu erleben. Doch sie hatte Em und Max bekommen, und das überwog alles, was ihr persönlich fehlte.

„Nachtisch?", fragte Jamie und schob seinen Stuhl vom Tisch fort. „Ich möchte deine ehrliche Meinung dazu hören."

Eine halbe Stunde später war ihre ehrliche Meinung, dass Jamie den Bäcker als Patissier einstellen musste. Es gab einen kompakten, saftigen Mandelkuchen mit einer hellen Creme, und beides schmeckte so fantastisch, dass sogar Em, die eigentlich gar nicht so gern Süßes aß, alles bis auf den letzten Krümel verputzte.

Als sie schließlich ihre Mäntel anzogen, um zu gehen, hatte Serena das Gefühl, man hätte sie wegrollen können.

„Denk bitte über meinen Vorschlag nach, ja?", murmelte Jamie noch einmal, als er sie umarmte. „Und gib mir dann Bescheid."

„Das mache ich", versprach Serena und umarmte dann Andrea

ganz fest. „Haltet mich bitte über die Entwicklung der Adoption auf dem Laufenden. Ich freue mich wirklich sehr für euch."

Mit Max an der Hand trat sie zur Tür hinaus und ging dann gefolgt von Em die Treppe hinunter zum Auto. Ihr Atem bildete in der kalten Märzluft kleine Wölkchen vor ihrem Mund. Der Kalender mochte sich zwar langsam Richtung Frühling bewegen, aber der Winter klammerte sich noch hartnäckig an die schottischen Highlands. An den schattigen Stellen unter den Hecken, die als Grenzen zu den offiziellen Gärten dienten, lag noch immer Schnee. Serena verstaute ihre Kinder in dem staubigen *Vauxhall* und schnallte Max auf seinem Kindersitz an.

„Was habt ihr da gerade geredet, Mama?", fragte Em, als sie vom Grundstück auf die Straße in Richtung ihres Zuhauses fuhren.

„Ach nichts. Nur ein paar geschäftliche Dinge."

„Fahren wir nach *Skye*?"

Serena fing den Blick ihrer Tochter im Rückspiegel auf. Wie viel Em von ihrem Gespräch mit Jamie wohl mitbekommen hatte?

„Vielleicht mal zu Besuch. Aber du hast ja Schule und deine Musikstunden, und ich habe meine Kunstkurse. Wir können also gar nicht lange wegbleiben."

Em ließ sich daraufhin in ihren Sitz zurückplumpsen, und in ihrem Kindergesicht war deutlich Enttäuschung zu lesen.

Als Serena auf die lange Zufahrt zu ihrem Haus bog, reflektierten die großen Panoramafenster das Scheinwerferlicht ihres Wagens und erhellten die ansonsten finstere Umgebung. Ohne das Sommerlaub im Vorgarten sahen die schrägen Dachlinien, der weiße Putz und die Tudor-Verzierungen noch nüchterner und sachlicher aus als sonst. Sie parkte auf der Auffahrt und schaute nach hinten zu den Kindern, um ihnen Anweisungen zu geben, aber Max war schon eingeschlafen und hielt seine abgeliebte orangefarbene Giraffe fest in seiner kleinen pummeligen Kinderhand.

„Nimm deinen Rucksack und geh direkt nach oben ins Bad, ja?", flüsterte Serena Em zu. „Ich nehme deinen Bruder."

Em tat, was ihre Mutter gesagt hatte, und Serena hob Max aus seinem Kindersitz. Sie angelte den Hausschlüssel aus ihrer Handtasche, und als sie die stabile Eichentür aufgeschlossen hatte, trug sie ihren Sohn auf sein Zimmer. Noch im Gehen zog sie ihm seine kleinen Turnschuhe aus, legte ihn angezogen, wie er war, ins Bett und deckte ihn zu. Wenn sie Glück hatte, war er von dem späten Abendessen und dem Spielen in Jamies Haus so müde, dass er durchschlafen würde.

Aber wahrscheinlich eher nicht, dachte Serena. Er hatte seit seiner Geburt so gut wie keine Nacht durchgeschlafen, sodass Serena richtig gut darin geworden war, so zu tun, als litte sie nicht unter Schlafentzug und als könne sie ihre Vergesslichkeit nur darauf schieben, dass sie so viel zu tun hatte und alles alleine regeln musste.

„Mama?", rief Em jetzt. „Kommst du noch und sagst mir Gute Nacht?"

Serena schlich sich aus Max' Zimmer heraus, zog die Tür hinter sich zu und tapste in den Raum nebenan, wo Em gerade dabei war, sich ihren pinkfarbenen Pyjama anzuziehen. „Das war ja das schnellste Bad aller Zeiten", sagte sie.

„Du hast nicht gesagt, dass ich baden soll", entgegnete Em achselzuckend und kroch unter die Bettdecke. „Du hast nur gesagt, dass ich *ins* Bad gehen soll."

Serena schmunzelte, setzte sich auf die Bettkante und sagte: „Du weißt, wie lieb ich dich habe, oder?"

„Mehr als Schokolade?"

Serena tat so, als müsste sie erst überlegen, und antwortete dann: „Das ist eine sehr schwere Frage, aber ja, mehr als Schokolade. So, und jetzt beten wir noch."

Sie hörte zu, wie Em Gott für alles dankte, was sie von ihm bekommen hatte: für ihre Familie, ihr Spielzeug und ihr schönes Haus; aber die Beunruhigung, die Serena verspürte, blieb trotzdem. Sie schob sie weg, soweit sie konnte, gab ihrer Tochter noch einen Kuss auf die Stirn und schaltete dann die Tischlampe in der Ecke ein, bevor sie die Deckenbeleuchtung ausschaltete und das Zimmer verließ. Die seltsame Beunruhigung begleitete sie auch noch auf dem Weg zu ihrem riesigen minimalistisch eingerichteten Schlafzimmer.

Sie setzte sich auf die Bettkante und schaute sich ihre luxuriöse Umgebung an, als wäre sie ihr völlig fremd. Und in gewisser Weise war es auch so. Nicht sie, sondern Edward hatte dieses weitläufige Haus auf dem riesigen Grundstück mit Blick aufs Wasser ausgesucht, ebenso wie den Innenarchitekten, der das Innere des Hauses nach seinem ganz speziellen modernen Geschmack umgebaut und gestaltet hatte. Wenn es nach ihr gegangen wäre, hätte sie sich niemals für die geraden Linien und die schneeweißen Wände entschieden, die im Haus vorherrschten, denn ihr Stil war eher gemütlich mit viel Holz und kuscheligen Decken und Kissen, die dazu einluden, es sich mit einer Tasse Tee im Bett gemütlich zu machen.

Nach dem Tod ihres Mannes hatte Serena erst überlegt, in das bezaubernde Stadtzentrum von *Inverness* zu ziehen, denn das entsprach viel eher ihrem Geschmack, aber weil sie sich in ihrem Vorort gut eingelebt hatten, gab es keinen Grund, unnötig Unruhe und neue Unsicherheit in ihr Leben und das Leben ihrer Kinder zu bringen.

Trotzdem konnte sie nicht leugnen, dass Jamies Vorschlag sie neugierig gemacht hatte. Im Unterschied zu ihren Brüdern, die ein Internat besucht hatten, war sie ihre gesamte Kindheit und Jugend auf *Skye* geblieben und hatte fast genauso viel Zeit im Hotel verbracht wie zu Hause. Wenn sie ganz ehrlich war, vermisste sie ihre Berufstätigkeit.

Bis zu ihrer Heirat mit Edward hatte sie eine Galerie in *Edinburgh* geleitet und die Arbeit dort geliebt. Es hatte ihr großen Spaß gemacht, talentierte Künstler zu entdecken und deren Arbeit dann zu fördern und zu vermarkten. Das Hotel war zwar nicht das Gleiche, aber dort zu arbeiten, würde endlich wieder ihren Kopf und auch ihre Kreativität fordern. Das hatte ihr in den vergangenen zehn Jahren sehr gefehlt.

Aber was Jamie da vorgeschlagen hatte, erforderte mehr als nur gelegentliche Besuche vor Ort, was auch immer er jetzt behaupten mochte. Sie würde mindestens einmal pro Woche, wenn nicht sogar ständig dort sein müssen, und sie wusste nicht, wie die Kinder mit dem vielen Hin und Her fertig werden würden. Sie hatten in den vergangenen drei Jahren schon so viele Veränderungen verkraften müssen. War es da nicht wichtiger, für möglichst viel Ruhe und Stabilität zu sorgen?

So unmöglich sie Daniels Überzeugungen gestern Abend bei ihrem Date auch gefunden hatte, war und blieb es doch ihre Hauptaufgabe, Mutter ihrer Kinder zu sein. Jetzt, da sie ihnen nicht nur Mutter sein, sondern auch den Vater ersetzen musste, brauchten die beiden sie sogar noch mehr. Die Tatsache, dass ihr Berufswechsel nicht ganz freiwillig zustande gekommen war und sie ihn sich so auch nicht ausgesucht hatte, bedeutete noch längst nicht, dass sie nicht bereit war, sich ganz und gar auf ihr häusliches Leben einzulassen.

Es gelang ihr schließlich, all ihre Gedanken an das Hotel und ihre Liebe zur Kunst für den Rest des Abends zu verdrängen, aber kurz nachdem sie am nächsten Morgen Em zur Schule gebracht hatte, klingelte ihr Handy, und die Nummer der Schule erschien auf dem Display. Ihr Herz setzte eine gefühlte Ewigkeit lang aus, dann meldete sie sich angstvoll.

„Mrs Stewart, hier ist Ada Douglass aus dem Büro der *Highlands Academy*. Dr. Clark lässt fragen, ob Sie heute Morgen vorbeikommen könnten. Er möchte gern etwas mit Ihnen besprechen."

„Ist etwas passiert? Geht es Em gut?", fragte sie erschrocken.

„Emmy geht es bestens, Mrs Stewart. Darf ich Dr. Clark dann ausrichten, dass Sie kommen?"

„Ich bin gleich da", antwortete Serena, beendete das Gespräch und merkte, wie ihr Herz raste.

Eigentlich hatte sie mit diesem Anruf gerechnet – dem Anruf, der das Ende des Kunstprogramms besiegeln würde und damit auch ihrer Anstellung bei der *Highlands Academy* –, aber es war dadurch nicht weniger schmerzlich.

„Komm, Max, Liebling. Wir müssen noch mal in die Schule. Du kannst deinen Keks auch im Auto essen."

Max protestierte nicht, als sie ihn sich auf die Hüfte setzte und zum Auto trug, weil er so damit beschäftigt war, zu verhindern, dass die Schokolade, mit der der Keks überzogen war, in seiner Hand schmolz. Auf der gesamten Fahrt zur Schule übte sie ein, was sie dem Direktor sagen wollte – dass nämlich die Schule einen Riesenfehler mache, wenn sie die Kunst- und Musikprogramme abschaffte, und dass Kunst für die Entwicklung von Kindern genauso wichtig sei wie Mathematik und Naturwissenschaften.

Doch tief in ihrem Inneren wusste sie bereits, dass all ihre Argumente nichts nützen würden. Die Tatsache, dass der Schuldirektor sie zu sich bestellte, bedeutete nichts anderes, als dass es für eine Diskussion längst zu spät war.

Serena parkte ihren Wagen vor dem umgebauten viktorianischen Herrenhaus, in dem die *Highlands Academy* untergebracht war, und schaute eine ganze Weile das Gebäude aus braunem Sandstein einfach nur an. Durch den Kunstunterricht, ehrenamtliche Tätigkeiten und ihre Mitarbeit in mehreren Ausschüssen und Arbeitsgruppen der Schule verbrachte sie hier einen guten Teil ihrer Zeit, und es fiel ihr schwer zu akzeptieren, dass diese Ära jetzt zu Ende ging.

„Meine Hände sind ganz klebrig, Mama", hörte sie da von hinten, und als sie sich umdrehte, sah sie, wie Max seine schokoladenverschmierten Hände ausstreckte und eine davon gerade ablecken wollte.

„Warte, mein kleines Äffchen", sagte sie, wühlte in ihrer Handtasche nach Feuchttüchern und beseitigte die Spuren seines kleinen Snacks. „Bist du bereit? Und kannst du bitte ganz brav sein, wenn Mama mit den Leuten redet?“

Max grinste mit einem Ausdruck auf dem Gesicht, der ebenso gut Einverständnis bedeuten konnte wie das Aushecken eines Lausbubenstreichs. Sie schmunzelte. Ihr Sohn war ebenso reizend wie spitzbübisch, sodass es schwierig war, ihm so konsequent seine Grenzen zu zeigen, wie es eigentlich nötig und richtig gewesen wäre.

Serena ging mit Max die Eingangsstufen hinauf und hielt dabei mit der einen Hand seine kleine Hand, mit der anderen klammerte sie sich an den Tragegurt ihrer Handtasche. Sie ging direkt in das holzvertäfelte Büro rechts vom Eingang, in dem sich früher einmal der Salon des Herrenhauses befunden hatte.

Die Schulsekretärin Ada Douglass saß mit dem Telefonhörer am Ohr an einem riesigen Schreibtisch aus massiver Eiche. Sie signalisierte Serena, kurz zu warten. Dabei glaubte Serena, so etwas wie Mitgefühl in ihrem Blick zu erkennen.

Als die Sekretärin das Telefonat beendet hatte, sagte sie: „Danke, dass Sie so schnell gekommen sind. Dr. Clark wird gleich für Sie Zeit haben, Sie können so lange hier warten.“

„Nicht nötig. Ich bin schon da“, sagte Dr. Elliot Clark, lächelte Serena an und kam mit ausgestreckter Hand auf sie zu. „Ich hoffe, Sie haben nicht zu sehr warten müssen. Bitte, lassen Sie uns doch in meinem Büro reden.“

Der Schuldirektor war etwas über 60, hatte volles, ordentlich gekämmtes weißes Haar und strahlte immer eine gewisse Strenge aus. Das machte Serena nervös, obwohl er sie freundlich begrüßt hatte. Sie ging mit Max in den kleinen Raum mit der verglasten Tür und setzte sich auf einen Stuhl vor den massiven Eichenschreibtisch. Ihr Sohn kletterte sofort auf ihren Schoß und begann mit seiner Giraffe zu spielen.

„Mrs Stewart, mir ist bewusst, dass Ihnen Emmys Probleme in der Schule bekannt sind."

Serena blinzelte erstaunt. Sie war also gar nicht da, um über ihre Stelle als Kunstlehrerin zu sprechen, sondern über Ems Verhalten in der Schule?

„Ich weiß, dass es Anfang des Jahres eine Auseinandersetzung mit einem anderen Mädchen gegeben hat, aber ich dachte, die Sache wäre erledigt."

„Das habe ich auch gedacht", sagte Dr. Clark seufzend und faltete die Hände. „Wir haben mit Emmy große Geduld gehabt, weil sie schließlich in letzter Zeit viel durchgemacht hat. Es ist bestimmt nicht leicht, einen Elternteil zu verlieren, aber körperliche Gewalt können wir auf gar keinen Fall dulden."

„Gewalt? Em? Das glaube ich einfach nicht."

„Es gibt mehrere Zeugen, Mrs Stewart, unter anderem auch ihre Lehrerin. Emmy hat ganz zweifellos eine andere Schülerin geschlagen und sie an den Haaren gezogen."

Serena starrte ihn nur fassungslos an. Das klang so gar nicht nach Em. Sie war das friedfertigste Kind, das sie kannte. Eine Leseratte war sie, und als große Schwester nahm sie die Störungen durch ihren Bruder mit bewundernswerter Geduld hin. „Wer hat denn angefangen?"

Mr Clark rutschte voller Unbehagen auf seinem Stuhl hin und her, sagte aber nichts.

„Also", sagte Serena. „Em behauptet, das andere Mädchen hätte angefangen."

„Ich fürchte, keine der beiden war in der Situation besonders konstruktiv, aber davon abgesehen ist körperliche Gewalt natürlich ein Verstoß gegen die Schulordnung, der normalerweise einen Schulverweis nach sich zieht."

Einen Schulverweis. Ihre acht Jahre alte Tochter sollte der Schule verwiesen werden, weil sie sich mit einem anderen Kind geschlagen hatte. Serena hatte das Gefühl, der Stuhl bräche unter ihr zusammen. Sie hielt Max, der auf ihrem Schoß herumzappelte, noch fester und konzentrierte sich ganz auf das Wort, das sie erst gar nicht richtig zur Kenntnis genommen hatte.

„Normalerweise?"

Wieder seufzte der Direktor, dieses Mal mit einem leicht resignierten Lächeln. „Im Normalfall würden wir disziplinarische Maßnahmen ergreifen, aber wir haben ja auch Verständnis für Ihre besondere Situation, Mrs Stewart. Aus Respekt vor Ihrem verstorbenen Mann halten wir es für angemessener, Ihnen die Möglichkeit zu geben, Ihre Tochter von sich aus von der *Highlands Academy* abzumelden."

„Um dann was zu tun? Sie für den Rest des Schuljahres an einer anderen Schule anzumelden?"

„Offen gesagt ist das dann nicht mehr unser, sondern Ihr Problem, Mrs Stewart. Auf jeden Fall wird Emmy für das neue Schuljahr nicht mehr zugelassen."

Serena musste heftig schlucken. Wenn die Schulleitung jetzt äußerte, dass die Entscheidung aus Respekt vor Serenas Mann so gefallen sei, dann war damit eigentlich gemeint: aus Respekt vor den riesigen Summen, die Edward und seine Firma in die Schule gesteckt hatten.

Die Firma *Sunspring Energy* war nämlich der Grund, weshalb es die *Highlands Academy* überhaupt gab. Die Schule war ausdrücklich für die Familien der Firmenmitarbeiter eingerichtet worden, die ihre Kinder für eine gute Vorbereitung auf die vornehmen Privatinternate nicht nach *Edinburgh* oder *Glasgow* schicken wollten. Wahrscheinlich hätte sie dankbar sein müssen für die Rücksicht, die man auf ihre besondere persönliche Situation nahm, aber sie fühlte sich einfach nur wie betäubt.

„Es tut mir sehr leid, dass ich nicht mehr für Sie tun kann. Emmy ist wirklich ein reizendes Kind, aber wir können so ein Verhalten auf keinen Fall durchgehen lassen, das werden Sie doch sicher verstehen."

„Was ich verstehe, ist, dass keines der beiden Mädchen zugibt, was passiert ist, und dass sie trotzdem meine Tochter als Schuldige herauspicken und sie bestrafen", sagte Serena nur noch, bevor sie aufstand und Max wieder auf ihrer Hüfte platzierte. „Würden Sie jetzt bitte Em holen lassen? Wir möchten gehen."

„Aber es müssten noch einige Papiere ausgefüllt ..."

„Die schicke ich Ihnen dann per Post zu", erklärte Serena nur kurz und knapp.

Dr. Clark räusperte sich und fuhr dann fort: „Und dann wäre da noch das Problem mit Ihren Kursen."

Serena fixierte ihn mit einem eiskalten Blick, und was auch immer er bei ihm auslösen mochte, er bewirkte, dass er das Thema nicht weiter verfolgte. Ob er vorhatte, sie zu feuern, oder sagen wollte, dass er damit rechne, dass sie bliebe – sie würde auf keinen Fall mehr einen Fuß in diese Schule setzen.

Sie hängte sich ihre Handtasche über die Schulter, nickte ihm noch einmal kurz und distanziert zu und sagte: „Auf Wiedersehen, Dr. Clark."

Mit Max auf dem Arm verließ sie das Büro und ging davon aus, dass Em Bescheid wusste und gleich kommen würde. Als ihre Tochter schließlich in ihrem karierten Trägerkleid und dem marineblauen Cardigan auf sie zukam, signalisierte ihre betretene Miene, dass sie mit einer Standpauke rechnete.

„Es tut mir leid, Mama, aber ich habe nicht ..."

Doch Serena legte ihr nur eine Hand auf die Schulter, drückte sie sanft und sagte: „Wir reden später darüber, ja?"

Da atmete Em tief durch und fragte: „Und was ist jetzt?"

Sie gingen durch den Haupteingang hinaus über den Schulhof, wo sich die Sonne gerade mühsam durch die grauen Wolken kämpfte.

Serena atmete tief die kalte Luft ein, und all die Ausflüchte, die sie Jamie gegenüber vorgebracht hatte, alle Gründe, die sie angeführt hatte, um in *Nairn* bleiben zu können, waren jetzt null und nichtig.

„Ich glaube", sagte Serena ganz langsam, „wir ziehen nach *Skye.*"

2

Einen Monat später stand Serena unter einem stahlgrauen Himmel am Ufer des *Sound of Sleat*, wo ihr der Wind durchs Haar und unter den Saum ihrer Jacke blies. Als sie auf den Eingangsstufen der *Highlands Academy* die dramatische Ankündigung ihres Umzugs gemacht hatte, war sie eigentlich davon ausgegangen, dass alles schneller vonstatten gehen würde, aber der Papierkrieg im Zusammenhang mit der Auflösung ihres Investments und dem Rückkauf ihres Anteils an dem Hotel war gar nichts im Vergleich zu dem Verwaltungsaufwand, den es mit sich brachte, Em von der Schule ab- und für das verbleibende und das nächste Schuljahr an der Schule auf Skye anzumelden. Dazu kam noch die Abwicklung all ihrer Aktivitäten in Arbeitsgruppen und Ausschüssen sowie der Mitgliedschaft im Fitnessstudio; mit all dem ließ sie ihr gesamtes gewohntes Leben in *Nairn* hinter sich.

Jetzt betrachtete sie das sanfte Plätschern der Wellen am Ufer, atmete die kalte, salzige Luft ein und merkte zum ersten Mal seit Wochen, wie sich etwas mehr Frieden in ihr einstellte. Die Kinder schliefen noch bei ihrer Tante Muriel, deren Haus ein Stückchen die Straße hinauf lag, weil sie bei ihrer späten Ankunft völlig übermüdet gewesen waren. Dadurch hatte Serena jetzt noch ein bisschen Zeit für sich allein.

Sie war in den vergangenen Jahren häufig auf Skye gewesen, aber jetzt fühlte es sich anders an – eher wie nach Hause kommen. Trotz der Veränderungen am Hotel war ihr die Landschaft so vertraut wie ihr eigenes Gesicht: das wogende Gras und die krüppeligen Büsche und Sträucher, zwischen denen in der Ferne die weiß gekalkten Gebäude des Dorfes *Isleornsay* herausragten; der schlanke weiße Leuchtturm am Sund; die geheimnisvollen Nebelschwaden, die über dem Wasser waberten und abstrakte Muster auf die dunkle, spiegelglatte Wasseroberfläche warfen. Sie atmete noch ein wenig den Geruch des Meeres und des feuchten Laubes ein und wandte sich dann wieder vom Wasser ab.

Sie kürzte den Weg über ein Feld ab, auf dem sich durch die ungewöhnlich lang andauernde Kälte gerade erste grüne Spitzen zeigten, und ging zum Haupteingang des *MacDonald Guest House*. Trotz des Anbaus, der das kleine Hotel vergrößert, modernisiert und zweckmäßiger gemacht hatte, hatte es den altmodischen Charme bewahrt, den es durch die alten gekalkten Mauern und die kleinen Holzfenster bekam. Andrea und Jamie hatten wirklich großartige Arbeit geleistet und aus einem bescheidenen regionalen Gästehaus ein international renommiertes Ferienziel gemacht.

Als Serena das Hotel betrat, ließen Essensduft und Geklapper aus der Küche darauf schließen, dass das Frühstück gerade hergerichtet wurde; und dem leisen Gemurmel im Speiseraum war zu entnehmen, dass zumindest einige Gäste bereits zu diesem frühen Zeitpunkt nach unten gekommen waren. Der Empfang war nicht besetzt, doch ein Blick auf den Parkplatz ließ darauf schließen, dass das Hotel ausgebucht war und mit Sicherheit bald viele Gäste auftauchen würden, um auszuchecken, damit sie den Nachmittagsflug in *Inverness* noch erreichen konnten. Gab es in ihrem Hotel etwa gar keinen Empfangschef? Wo war der Hotelmanager, den Jamie eingestellt hatte?

Während Serena ziemlich irritiert im Foyer stand, tauchte ein junges Paar am Empfang auf, das offenbar einen Sightseeing-Tag geplant hatte und selbst für die kühlen Temperaturen draußen viel zu warm angezogen war. Die Mienen der beiden hellten sich auf, als sie Serena sahen.

„Arbeiten Sie hier?“, fragte die Frau. „Wir sind gerade erst angekommen und möchten so viel wie möglich erleben und auf keinen Fall etwas verpassen.“

Ihr spanischer Akzent mochte erklären, warum sie dicke Daunenmäntel trugen. Denn Gäste aus dem Süden Europas meinten fast immer, dass Schottland nur wenig unterhalb des Polarkreises lag.

„Ich mache Ihnen gerne ein paar Vorschläge“, sagte Serena, trat hinter den Empfangstresen, fand dort in einer der Schubladen eine Faltkarte von der Insel, markierte eine Fahrtroute mit einem gelben Textmarker und erklärte: „Da Sie ja schon auf Kälte eingestellt sind, müssen sie während Ihres Aufenthaltes unbedingt die Sterne beobachten. Hier bei uns auf *Skye* gibt es mehr Orte als irgendwo sonst in Europa, an denen es keine Lichtverschmutzung gibt.“

Die beiden Gäste sahen sich an und waren offensichtlich von der Idee begeistert.

„Ich drucke Ihnen gern gleich noch eine weitere Karte und ein paar Sternenbildskizzen aus und hinterlege sie hier am Empfang für Sie. Dann können Sie die Informationen mitnehmen, wenn Sie zurückkommen.“

„*Gracias*“, sagte der Mann. „Vielen Dank für Ihre Hilfe.“

„Gern geschehen. Ich wünsche Ihnen einen schönen Aufenthalt auf *Skye*.“

Sobald das Pärchen gegangen war, tat Serena, was sie versprochen hatte. Sie suchte mehrere Skizzen mit Sternbildern heraus und druckte sie aus, dann nahm sie noch ein weiteres Exemplar der Karte aus der Schublade und markierte darin die besten Orte für Sternenbeobachtungen in der Nähe des Hotels. All das hatte sie eigentlich nicht vorgehabt, als sie sich auf den Weg ins Hotel gemacht hatte, aber da sie nun schon einmal da war, konnte sie sich ja auch ebenso gut nützlich machen.

Als sie das dumpfe Geräusch von Schritten auf der alten Holztreppe hörte, drehte sie sich um und sah ein für eine Wanderung gekleidetes Paar mit Gepäck herunterkommen.

„Sie checken aus?", fragte Serena höflich.

Die junge Frau warf ihren rötlichen Pferdeschwanz über die Schulter nach hinten und antwortete: „Ja, wir wollen noch im *Quiraing* wandern, bevor wir dann heute Abend nach Manchester zurückfahren."

„Dann haben Sie sich ja den richtigen Tag für Ihre Wanderung ausgesucht. Es ist heute zwar nebelig, aber für den Rest der Woche ist zusätzlich auch noch Regen angesagt."

Der Mann angelte den Zimmerschlüssel aus seiner Hosentasche und gab ihn Serena, die zögerte und in diesem Moment nicht so recht wusste, was sie tun sollte. Sie konnte einfach den Schlüssel annehmen und die beiden ziehen lassen, aber sie hatte keine Ahnung, ob die beiden ihre Rechnung schon beglichen hatten.

Sie setzte sich also kurz auf den gepolsterten Bürostuhl vor dem Computer, gab Muriels Passwort ein und bedankte sich innerlich bei ihrer Tante dafür, dass sie es ihr noch mit auf den Weg gegeben hatte. Mithilfe der Zimmernummer auf dem Schlüssel konnte sie die Reservierung aufrufen und druckte die Quittung für das Zimmerkonto aus. Die Rechnung war allem Anschein nach schon vollständig bezahlt.

Mit einem Lächeln reichte sie die Quittung über den Tresen und sagte: „Vielen Dank für Ihren Aufenthalt bei uns. Wir hoffen, Sie bald wieder bei uns begrüßen zu dürfen."

„Tschüss“, sagte die junge Frau fröhlich, und dann waren die beiden auch schon zum Haupteingang hinaus.

Serena drehte sich noch einmal um und schaute mit gerunzelter Stirn auf den Computerbildschirm. Sie hätte schwören können, dass sie die beiden gerade aus dem Zimmer ausgecheckt hatte, aber es wurde immer noch als belegt ausgewiesen. Hatte sie beim Auschecken einen Schritt ausgelassen? Sie drückte eine Taste, woraufhin sie der Computer penetrant anpiepste. Sie versuchte es noch einmal, erntete für ihre Bemühungen aber nur ein weiteres Piepsen.

„Was machen Sie denn da?“

Mit einem Ruck drehte sie sich auf dem Bürostuhl um, und eine Welle von Schuldgefühlen erfasste sie, bevor sie sich selbst beruhigen konnte, dass es dafür absolut keinen Grund gab. „Ich habe nur …“

Der Rest des Satzes blieb aus, als sie den Mann, der mit verschränkten Armen hinter ihr stand, genauer betrachtete. Er war größer als sie – aber wer war das nicht? –, mit dem Körperbau eines Rugbyspielers und entsprechend finsterer Miene. Er hatte aschblondes Haar, dunkle Augen und einen Dreitagebart, der eher vermuten ließ, dass er sich einfach nicht rasiert hatte, als auf einen ernsthaften Versuch, sich einen Bart wachsen zu lassen. Irgendetwas in ihrem Hinterkopf sagte ihr, dass das der neue Manager sein musste, obwohl er in seinen Jeans und der abgewetzten Lederjacke eher wie ein Türsteher vor einem Club aussah als wie der Direktor eines kultivierten Hotels.

Serena schluckte heftig und musste sich vom Anblick seines muskulösen Brustkorbes richtig losreißen, während sie das leichte Flattern im Bauch verwünschte, das sie bei seinem Anblick verspürte. Doch dann stand sie von dem Stuhl auf, reichte ihm die Hand und sagte: „Malcolm Blake, nehme ich an. Ich bin Serena Stewart.“

Er machte keine Anstalten, ihr die Hand zu geben, sodass sie wie bestellt und nicht abgeholt dastand. „Ich weiß, wer Sie sind. Wir haben uns letzten Sommer kennengelernt. Was machen Sie hier?“

„Im Moment sorge ich dafür, dass die auffällig unbesetzte Rezeption besetzt ist, damit unsere Gäste auschecken können."

„*Unsere* Gäste?"

„Ja, *unsere* Gäste."

Er starrte sie einfach nur an, und ein Schauer lief ihr über den Rücken – allerdings kein unangenehmer.

„Und warum das?"

„Weil ich seit dieser Woche wieder Miteigentümerin des *MacDonald Guest House* bin."

„Das verstehe ich nicht."

„Mein Bruder Jamie hat mir meinen Anteil wieder zurückverkauft."

„Und warum?"

Sein harter Tonfall löste schließlich ihre Hirnblockade und sie richtete sich ein bisschen gerader auf.

„Ich weiß nicht, ob Sie das etwas angeht."

Er wischte sich mit einer Hand übers Gesicht und erklärte: „Was ich sagen will, ist, dass es James und Ian völlig ausreicht, per Mail und Telefon mit mir zu kommunizieren, und bis heute schienen sie auch damit zufrieden zu sein, wie ich das Hotel führe. Also, Mrs Stewart, warum sind Sie hier?"

Aus seinem Mund klang das Mrs abschätzig, so als bedeute die Tatsache, dass sie eine verheiratete – oder ehemals verheiratete – Frau mit Kindern war, dass sie nicht das Recht habe, sich um den guten Zustand ihres Investments zu kümmern.

„Ich denke, das wissen Sie, Mr Blake. Und ich wäre Ihnen sehr verbunden, wenn Sie in Ihrer knapp bemessenen Zeit vielleicht einige Stunden erübrigen könnten, mich über die Arbeitsabläufe in diesem Hotel zu informieren." Sie hob eine Hand. „Damit ich alles verstehe, was hier vor sich geht."

Er bedachte sie mit einem kaum wahrnehmbaren, schmallippigen

Lächeln und sagte mit einem sarkastischen Unterton: „Aber selbstverständlich. Nichts lieber als das.“ Und weiter mit einem Blick auf den Computer: „Die erste Lektion wäre dann vielleicht, wie man das Buchungssystem richtig anwendet, denn anscheinend sind Sie gerade dabei, eines meiner Custom Scripts zu ändern.“

Sie drehte sich wieder zu der Fehlermeldung um und tiefe Röte stieg ihr in Gesicht. Sie konnte sich ja wohl kaum über seinen Ton ärgern, wenn sie das, was er da sagte, tatsächlich um ein Haar getan hätte. „Ja“, antwortete sie deshalb. „Ich glaube, das wäre vielleicht eine gute Idee.“

„Darf ich?“, fragte er, woraufhin sie praktisch von dem Stuhl aufsprang. „Ja sicher.“

Er sah sie kaum an, als er sich hinsetzte und seine Finger mit überraschender Sicherheit und Exaktheit über die Tastatur huschten. „Lassen Sie uns mit einem eigenen Benutzerkonto für Sie beginnen. Ist ‚ssstewart‘ okay für Sie?“

„Ja gut“, murmelte sie.

Ein paar Klicks und Tasten später stand er wieder auf und bedeutete ihr mit einer Geste, sich wieder zu setzen. „So, jetzt sind Sie eingeloggt.“

„Mein Passwort?“

„*Safezone*, kleingeschrieben, alles in einem Wort.“

„Ach ja?“

Jetzt umspielte ein kaum wahrnehmbares Lächeln seine Mundwinkel. Nein, eigentlich war das kein Lächeln, sondern eher ein Grinsen. „Ich habe Ihnen nur eine einfache Zugangsberechtigung gegeben, um wirklich auszuschließen, dass Sie noch einmal irgendetwas Wichtiges löschen können. Als neuer Miteigentümerin ist Ihnen ja sicher klar, wie ärgerlich es wäre, wenn ich Zeit, die ich eigentlich für andere Aufgaben brauche, dafür verwenden müsste, noch einmal das Buchungsprogramm in Ordnung zu bringen.“

Er machte sich über sie lustig, was bei ihr den Wunsch weckte, ihm das Grinsen aus seinem attraktiven Gesicht zu ohrfeigen. Denn was auch immer sie von seinem Benehmen hielt, er sah gut aus. „Ja, sehr ärgerlich. Und da Sie ja so viel zu tun haben, bin ich sicher, dass sie gegen ein paar zusätzliche Hände hier im Hotel nichts einzuwenden haben. Ich möchte haarklein alles wissen, was Sie hier im Hotel tun."

Sein Lächeln schwand. „Was immer Sie wünschen, Mrs Stewart, stets zu Diensten."

„Ja", sagte sie und genoss einen Moment lang diese Machtverschiebung zu ihren Gunsten. „Da bin ich ganz sicher."

Malcolm Blake wusste, wann er in der Klemme saß, und dem befriedigten kleinen Lächeln in Serena Stewarts Gesicht nach zu urteilen, ging er davon aus, dass er eher sein Bein aus einer Bärenfalle würde befreien können als diese neue Chefin wieder loszuwerden. Und der Zeitpunkt für eine solche neue Situation war gerade denkbar ungünstig. Das Hotel war ständig bis auf den letzten Platz ausgebucht, und er hatte noch nicht einmal angefangen, sich um die zwei Dutzend Probleme zu kümmern, auf die er schon zu dem Zeitpunkt gestoßen war, zu dem er an diesem Tag das Hotel betreten hatte.

Die schnellste Methode, sie wieder loszuwerden, bestand wahrscheinlich darin, bei ihrem plötzlichen Drang, Hotelbesitzerin zu spielen, mitzumachen, bis es ihr langweilig wurde und sie eine andere Beschäftigung fand. Mit etwas Glück würde er sie mit seiner Arbeitseinstellung beeindrucken können und am Mittag wäre er sie höchstwahrscheinlich schon wieder los. Was auch immer sie von ihm halten mochte, er war stolz auf seine Arbeit und würde nicht zulassen, dass irgendein vorschnelles Urteil der neuen Miteigentümerin alles zunichtemachte, was er schon geschafft hatte, seitdem er eingestellt worden war.

„Vielleicht möchten Sie sich ja erst noch umziehen", sagte er schließlich.

„Ist etwas nicht in Ordnung mit meiner Kleidung?"

Am liebsten hätte er gesagt: *Doch, absolut alles*, aber es wäre ihm bestimmt nicht gelungen, seine Bewunderung zu verbergen. Ganz zu schweigen von der Tatsache, dass ihre Kleidung seine Aufmerksamkeit genau auf die Stellen lenkte, die er gerade zu ignorieren versuchte. Man musste schon blind sein – oder tot –, um nicht zu bemerken, wie ihr lavendelfarbener flauschiger Pullover ihre Figur betonte oder wie die dunkle, enge Jeans ihre schlanken Beine eng umschloss.

Er riss sich von dem Anblick los und schaute ihr wieder direkt ins Gesicht, aber das half auch nicht besonders, weil er eine Schwäche für den Kontrast zwischen heller Haut und dunklem Haar hatte – besonders in Verbindung mit ihren blauen Augen, die genau die Farbe des Wassers im Sund draußen hatten.

Er atmete einmal tief durch und hoffte, dass das als Zeichen der Verärgerung durchgehen würde. Serena Stewart schien ihm nicht der Typ Frau zu sein, der sich von einem Angestellten begaffen ließ, auch wenn er hätte schwören können, dass sie ihn angestarrt hatte. „Wie Sie meinen. Ich muss aber nachher ein paar Kisten Schnaps in die Bar tragen, und es wäre sicher nicht schön, wenn dabei Ihre hübschen Sachen beschädigt würden." Dabei dachte er besonders an ihre Stiefel, die wahrscheinlich mehr gekostet hatten als sein Auto.

Mit gerunzelter Stirn sah sie ihn an und sagte. „Das geht schon. Ich trage ja kein Abendkleid. Und warum übernimmt das eigentlich nicht der Lieferant?"

„Weil wir hier auf Skye sind und der Lieferant ich selbst bin. Ich bin heute Morgen selbst bei der Brennerei vorbeigefahren, um unsere Bestellung dort abzuholen."

„Dann helfe ich natürlich gerne mit“, erklärte sie und setzte ein freundliches Lächeln auf, hinter dem sie jedoch wahrscheinlich seine Eltern und seine bloße Existenz auf diesem Planeten verwünschte.

„Vorher muss ich aber noch ein paar andere Dinge erledigen. Ich nehme doch an, dass Sie sich bis dahin auch allein beschäftigen können, oder?“

„Ich laufe einfach mit, und dann können Sie mir alles zeigen.“

Na, sie wollte wohl eher herausfinden, ob er ihre Erwartungen erfüllte, aber er nickte nur und behielt die spitze Bemerkung, die ihm auf der Zunge lag, für sich. Lästig oder nicht – diese Frau hatte seinen Lebensunterhalt in der Hand. Und so ungern er es zugab, das hier war der einzige anständig bezahlte Job, den er gefunden hatte, seitdem er wieder zurück nach Skye gezogen war, und er konnte es sich einfach nicht leisten, ihn wieder zu verlieren. Zwar hatte er auch seinen Stolz, aber dafür konnte er sich auch nichts kaufen oder davon seine Rechnungen bezahlen.

In den darauffolgenden vier Stunden checkte er vier Gäste aus und machte sich dann daran, zwei Zimmer zu putzen, die für den Abend wieder gebucht waren. Sie hatten zwar Reinigungskräfte, eine, die an Werktagen arbeitete, und eine für die Wochenenden, aber die Reinigungskraft für werktags hatte sich krank gemeldet, kurz bevor er am Morgen an die Rezeption gekommen war.

Er grinste, als er Serena eine Ladung schmutziger Bettwäsche in den Arm drückte, und rechnete fest damit, dass sie sich daraufhin plötzlich an einen ganz dringenden Termin erinnern würde, doch sie half tapfer weiter mit, und es kam ihr keine Klage über die Lippen, nicht einmal, als er sie aufforderte, das Waschbecken und die Toilette zu putzen. Sie mochte ja vielleicht eine Prinzessin sein, aber sie war eine störrische Prinzessin.

Als die Zimmer geputzt und hergerichtet waren, ging er mit ihr nach draußen auf den Parkplatz, wo sein schwarzes Ford Coupé stand, das nach dem letzten Regen voller Schlammspritzer war. Normalerweise füllte er die Bestände der Bar sonntags auf, aber der unerwartete Andrang bei einer der Veranstaltungen mit Livemusik hatte dafür gesorgt, dass kaum noch regionale Spirituosen da waren. Deshalb war es unsinnig gewesen, auf den Lieferanten zu warten, wenn doch die Brennerei nur ein paar Autominuten entfernt lag.

„Nehmen Sie eine von den Kisten", sagte er. „Ich glaube, diese hier ist nicht zu schwer für Sie."

Serena warf ihm einen herausfordernden Blick zu und hievte eine Kiste mit zwölf Flaschen aus dem Kofferraum, zwar nicht mit Leichtigkeit, aber mit sehr viel weniger Mühe, als er gedacht hätte. Er nahm ebenfalls eine Kiste, ging vor ihr her wieder ins Gebäude und deutete dann mit dem Kopf auf die Bar. Serena war so klein, dass sie die Kiste nicht hoch genug heben konnte, um sie auf den Tresen zu schieben, deshalb stellte sie sie auf einem der Barhocker ab. Darüber musste er sich ein Lächeln verkneifen.

„Warum lachen Sie? Sie sind hier nicht der Einzige, der Krafttraining macht."

Jetzt grinste er ganz offen. Sie hatte ihn also tatsächlich etwas genauer angeschaut. Diese versnobte Prinzessin von einer Chefin hatte ihn also genauso abgecheckt wie er sie. Obwohl sie sich nicht an ihn erinnert hatte.

Das ist das eigentliche Problem, oder? Sie hat Eindruck auf dich gemacht, als du sie das letzte Mal gesehen hast, aber du stehst zu weit unter ihr, als dass sie sich an dein Gesicht erinnern würde. Wenn er schlau war, dann ließ er ganz schnell all die lächerlichen Gedanken sausen, die ihn bedrängten, seitdem er sie hinter dem Computer hatte sitzen sehen. Aber er war nicht so schlau und auch nicht diszipliniert genug, und das bedeutete, dass er am besten bei seinem ursprünglichen Plan blieb, sie so schnell wie möglich aus der Zone der Versuchung verschwinden zu lassen.

Als sie alle Kisten aus seinem Auto in die Bar geschleppt hatten, lehnte sie sich an die Mahagonibar und sagte: „Würden Sie mir jetzt bitte das Lager zeigen und mir erklären, wie Sie den Lagerbestand und die Bestellungen organisieren?"

Er nickte, obwohl er die Zähne zusammenbeißen musste, um nicht die schlaue Erwiderung von sich zu geben, die ihm auf der Zunge lag. Am Ende hatte er Serena dann auch noch das Abrechnungssystem, die Kasse, die Speisekarte und so ziemlich jedes kleinste Detail erklärt, nach dem sie gefragt hatte.

Mit jeder weiteren Frage fiel es ihm schwerer, cool zu bleiben.

„Hören Sie, James und Ian waren doch offenbar absolut zufrieden damit, wie ich das Hotel hier führe", sagte er schließlich. „Warum sagen Sie nicht einfach, was Ihnen Sorgen macht?"

„Sorgen macht mir gar nichts. Aber falls Sie es noch nicht gemerkt haben, sind James und Ian kaum hier, und genau das ist der Grund, weshalb ich meinen Anteil an dem Hotel wieder zurückgekauft habe. Es ist kein guter Führungsstil, sich vor Entscheidungen zu drücken und sie von jemand anderem treffen zu lassen."

„Einem Angestellten, meinen Sie."

„Ich meine jemandem, der nicht auch persönlich Interesse am Erfolg des Unternehmens hat." Sie richtete sich jetzt auf, als könnte sie ihrer geringen Größe mit reiner Willenskraft ein paar Zentimeter hinzufügen.

„Sie sind also der Meinung, ich hätte kein persönliches Interesse an dem Hotel? Lassen Sie mich dazu Folgendes sagen: Wenn ich nicht gut arbeite, werde ich nicht bezahlt, und deshalb gehe ich mal davon aus, dass ich wahrscheinlich ein größeres persönliches Interesse am Erfolg des Unternehmens habe als Sie."

„Angesichts der Tatsache, dass dieses Anwesen bereits seit Generationen in Familienbesitz ist, bezweifle ich das", entgegnete sie und er zuckte zusammen.

Er hätte sich ja denken können, dass sie die Statuskarte ziehen würde. Sie war Eigentümerin, er nur ein Angestellter, und wenn er klug war, dann entschuldigte er sich. Aber das „*Tut mir leid*“ gefror ihm auf den Lippen. Es tat ihm nämlich kein bisschen leid. Also räusperte er sich stattdessen und fragte: „Wie lautet also Ihr Urteil?“

Sie hob das Kinn ein bisschen, und zum ersten Mal sah sie aus, als empfände sie Unbehagen. „Ich finde, dass Sie Ihre Arbeit richtig gut machen“, sagte sie.

„Wie bitte?“

„Sie haben alles im Griff, Ihre Lagerhaltung ist wahrscheinlich strenger und genauer, als es bei der Größe der Bar nötig wäre, aber ich bin sehr dankbar dafür, dass Sie dabei so gründlich und gewissenhaft sind. Sie haben eindeutig mehr Ahnung vom Computersystem als ich“, ein schwaches selbstironisches Lächeln umspielte ihren Mund, „und den Onlinebewertungen der Gäste nach zu urteilen sind alle mit dem Service absolut zufrieden.“

„Aber warum dann all die Fragen, wenn ich meinen Job offenbar gut mache.“

„Weil Sie auch nur ein Mensch sind, und nach dem, was ich bis jetzt gesehen habe, ist das Hotel personell völlig unterbesetzt. Wenn ich den nötigen Personalbedarf ermitteln soll, muss ich jeden kleinsten Arbeitsschritt hier im Hotel kennen. Es sei denn, Sie können absolut nicht darauf verzichten, Bettwäsche zu wechseln und Waschbecken und Toiletten zu putzen.“

Der Hauch von Humor in ihrem Tonfall und die Art, wie sie kaum merklich die Augenbrauen hochzog, ließ ihn innerlich etwas auftauen – bis er merkte, dass sie mit seiner Angst spielte, entlassen zu werden. Er achtete darauf, dass seine Miene teilnahmslos blieb, und sagte: „Ich werde mich Ihrem Urteil in dieser Angelegenheit selbstverständlich fügen.“

Da wurden ihre Augen ein ganz klein wenig schmaler und sie

sagte: „Dann werde ich Sie jetzt mal in Ruhe Ihre Arbeit machen lassen, schließlich möchte ich nicht diejenige sein, die Sie daran hindert, Ihren Job zu machen."

„Es war mir ein Vergnügen, Mrs Stewart."

„Das bezweifle ich doch erheblich, Mr Blake."

Malcom verkniff sich eine Antwort darauf und nickte ihr gerade so höflich zu, wie er es noch fertigbrachte. Sie warf ihren Zopf über die Schulter nach hinten und verließ die Bar, ohne sich noch einmal umzudrehen, und er fuhr sich mit einem Aufstöhnen mit der Hand durch sein Haar.

Das hatte er wirklich gründlich vermasselt. Im Umgang mit Gästen mochte er ja richtig gut sein, aber wenn er es mit Autoritätspersonen zu tun bekam, war er eine absolute Niete. Und ob es ihm gefiel oder nicht, die neue Eigentümerin Serena Stewart hatte mehr als deutlich gemacht, dass sie hier das Sagen hatte.

3

Als Serena wieder zum Haus ihrer Tante zurückfuhr, machte sich in ihrer Magengegend ein Hauch von Beunruhigung bemerkbar. Das war so gar nicht gelaufen, wie sie gehofft hatte. Sie hatte gedacht, ihre Rückkehr nach Skye könnte auch eine Chance sein, ihre Fähigkeiten und Kenntnisse in Betriebswirtschaft aufzufrischen, die jetzt schon so lange ungenutzt waren. Sie hatte vorgehabt, sich um die Weiterentwicklung des *MacDonald Guest House* zu kümmern und dadurch eine angenehme Ablenkung zu haben, weil ihre Tage ansonsten nur mit Hausarbeit gefüllt waren.

Und nachdem sie kaum einen Fuß ins Hotel gesetzt hatte, hatte Malcolm Blake sie schon nicht leiden können. Jedenfalls hatte er sie mit Misstrauen und offener Feindseligkeit in Empfang genommen.

Womit hatte sie nur einen dermaßen schroffen Empfang verdient?

Als sie ihr Verhalten von gerade eben noch einmal überdachte, wurde ihr vor Sorge richtig übel, aber dann rief sie sich zur Ordnung. Nein, es war nicht ihre Schuld. Sie hatte bei der Anwendung des Buchungsprogramms einen Fehler gemacht, aber sie hatte nichts getan, was ein solches Maß an Ärger bei ihm gerechtfertigt hätte. Nicht sie war das Problem, sondern er, und ein ziemlich großes noch dazu.

Sein ruppiges Benehmen hatte sie wieder in einen emotionalen Zustand versetzt, aus dem sie sich seit langem mit viel Mühe zu befreien versuchte. Und dazu kam zu allem Überfluss auch noch der Umstand, wie sie auf ihn reagiert hatte. Schon allein bei dem Gedanken daran, lief ihr wieder ein Schauer über den Rücken.

Malcolm Blake mochte ja vielleicht nicht viel von ihr halten, aber ihr war nicht entgangen, dass er sie mit sehr viel mehr Interesse gemustert hatte, als es einer Chefin gegenüber angemessen gewesen wäre. Doch wahrscheinlich hatte sie sich das selbst zuzuschreiben, weil sie unfreiwillig, aber spürbar auf seinen Duft – eine Mischung aus maskulinem Eau de Cologne und Leder – reagiert hatte.

Gut gemacht, Serena. Die Tatsache, dass er gut aussieht und fantastisch riecht, ändert nichts daran, dass er ein Blödmann ist.

Sie hielt vor dem Haus ihrer Tante an, einem schlichten, holzverschalten Haus, das in beruhigendem Gelb und Weiß gestrichen war, und schon im selben Moment ging die Eingangstür auf und Max kam in vollem Tempo herausgesaust. Sie sprang aus dem Wagen, fing ihn genau in dem Moment auf, in dem er auf sie zugesprungen kam, und setzte ihn sich auf die Hüfte.

Er umschlang sie mit Armen und Beinen und drückte ihr einen feuchten Kuss auf die Wange. „Hallo Mami."

„Hallo, mein kleines Klammeräffchen! Hattest du einen schönen Tag beim Tantchen?"

„Mmm-hmm. Es gab Förmchen-Sandwiches."

Sie verlagerte ihren Sohn auf der Hüfte, holte noch ihre Handtasche aus dem Wagen und schob dann mit einem Bein die Autotür zu. Max war zwar erst drei, aber schon ziemlich schwer. Noch einmal fasste sie nach, damit er ihr nicht von der Hüfte rutschte, und ging dann Richtung Eingang.

„Förmchen-Sandwiches habt ihr also gegessen? Habt ihr die mit Keksförmchen ausgestochen?"

„Ja. Ich hatte einen Dinosaurier und Em hat Herzen gemacht."

„Das ist ja schön! Tantchen ist eine tolle Babysitterin, nicht?"

„Mmm-hmm. Und wir haben auch noch Bonbons gekriegt."

Schmunzelnd gab Serena ihm einen Kuss auf sein zerzaustes Haar, bevor sie ihn vor der Haustür absetzte. Als sie die Tür aufstieß, kam ihr aus der Küche der köstliche Duft von gebratenem Fleisch entgegen, und sie atmete ihn tief ein. Sobald Serena in ihr Kindheitszuhause zurückkam, hatte sie durch die dicken Polstermöbel mit dem Blumenmuster, die alten Spitzengardinen und den Duft von frisch gekochtem Essen immer sofort wieder ein heimeliges Gefühl. Es war, als würde in Muriels Gegenwart die Zeit stehen bleiben.

„Da bist du ja, Mama!", rief Em und blickte von ihrem Buch auf, das sie auf ihrem Lieblingsplatz auf dem Sofa las. „Wie war es denn im Hotel?"

„Gut", antwortete Serena, setzte sich auf die Sofakante und umarmte ihre Tochter. „Hattest du einen schönen Tag?"

„Ja, wir haben mit Tantchen am Meer Glasscherben und Muscheln gesammelt, bis es zu kalt geworden ist. Und dann haben Max und ich ihr beim Kochen geholfen."

„Das riecht ja schon köstlich. Ich kann es gar nicht erwarten. Wo ist Tante Muriel denn eigentlich?"

„Hier bin ich, Liebes!", rief Muriel ihr aus der Küche zu, kurz bevor sie dann in der Tür erschien. Sie trug eine Hose und eine seidige Bluse und das silberne Haar war wie immer perfekt frisiert. Sie trocknete sich die Hände an einem Geschirrhandtuch ab und ließ sich von Serena einen Begrüßungskuss auf die Wange geben.

„Waren die Kinder brav?", fragte Serena und warf ihren Kindern einen gespielt warnenden Blick zu, auf den die beiden mit einer „*Wer, ich*?"-Miene reagierten.

„Sie waren richtige kleine Engel", erklärte Muriel und blinzelte den beiden verschwörerisch zu, woraufhin die grinsten, als wären sie noch einmal davongekommen. Serena ging das Herz auf. Sie hatte so gehofft, dass die herzliche, heimelige Atmosphäre auf Skye ihren Kindern guttun würde und dabei hatte sie ganz vergessen, dass Muriel auch ihr selbst gefehlt hatte. Spontan nahm sie Muriel jetzt fest in die Arme und drückte sie.

„Wofür war das denn, Liebes?"

„Ich habe dich vermisst und freue mich einfach, dass ich dich wiederhabe", antwortete sie.

Muriel unterdrückte ein Lächeln. „Ich finde es auch schön, euch wieder hier zu haben. Ich könnte gut ein bisschen Hilfe in der Küche gebrauchen, Serena. Kommst du mit?"

Serena runzelte zwar fragend die Stirn, denn Muriel brauchte eigentlich nie Hilfe in der Küche, aber sie folgte ihr trotzdem. Von ihr hatte Jamie schon als Kind kochen gelernt, und sie kochte fast so gut wie ihr Neffe – auch einer der Gründe, weshalb sie normalerweise jeden aus der Küche scheuchte. Sie musste also etwas auf dem Herzen haben.

„Ich hatte heute ein kleines Gespräch mit Em", berichtete Muriel, nahm zwei Becher aus dem Schrank und goss den bereits fertig aufgebrühten Tee hinein. „Warum hast du mir denn nicht gesagt, dass sie einen Schulverweis bekommen hat?"

Bei dieser Frage fiel Serena sichtlich in sich zusammen. Sie hätte Muriel den wahren Grund sagen sollen, weshalb sie beschlossen hatte, für das Sommerhalbjahr nach Skye zu kommen, aber sie hatte einfach nicht gewusst, wie sie das Thema ansprechen sollte. Ihr war nicht wohl dabei gewesen, die Sache am Telefon zu besprechen, und sie hatte deshalb warten wollen, bis sie es ihrer Tante persönlich sagen konnte.

„Sie ist nicht verwiesen worden, sondern ich habe sie abgemeldet, weil das Lernklima dort nicht gut für sie war."

An Muriels Miene war abzulesen, dass sie da keinen Unterschied erkennen konnte. „Sie hat mir erzählt, dass sie einem Mädchen an den Haaren gezogen hat, weil sie – Zitat – ‚eine blöde Kuh' ist."

Serena musste sich das Lachen verkneifen. Das Gleiche hatte Em ihr auch gesagt, sich allerdings strikt geweigert, das weiter zu erklären. „Ich glaube, da hat sie absolut recht. Ich bin überzeugt, dass Sophie irgendetwas gesagt hat, was Em dann dazu provoziert hat, sich so aufzuführen. Aber Sophies Vater ist derjenige, der nach Edwards Tod seine Stelle übernommen hat und nun für die finanziellen Zuwendungen für die Schule zuständig ist."

„Glaubst du wirklich, dass da ein Zusammenhang besteht?"

„Mit Sicherheit kann ich das natürlich nicht sagen, aber da die Schule nun mal der Firma *Sunspring Energy* ihre Existenz zu verdanken hat, wollen die Verantwortlichen es sich bestimmt nicht mit ihrem wichtigsten Sponsor verderben."

„Immer dasselbe", sagte Muriel und sah sie mitfühlend an. „Dann wird Em jetzt also in die Grundschule auf *Sleat* gehen."

„Ja, nächste Woche fängt sie dort an. Ich habe beschlossen, sie für die Gälischklasse anzumelden."

„Obwohl sie noch gar kein Gälisch spricht?", fragte Muriel etwas erstaunt.

Das war nicht als Kritik an Serenas Entscheidung gemeint, aber Muriels Worte trafen sie trotzdem. Sie trank einen großen Schluck Tee, bevor sie erklärte: „Ein bisschen Gälisch kann sie schon. Ich habe zu Hause mit ihr geübt, und die Lehrerin hat mir versichert, dass Em in der Klasse, für die sie jetzt angemeldet ist, ihr Gälisch sehr verbessern wird. In allen anderen Schulfächern ist sie den Gleichaltrigen weit voraus, sodass das keine negativen Auswirkungen auf ihre Schullaufbahn haben wird. Außerdem geht es ja auch nur um ein Halbjahr, weil wir im Herbst wieder nach *Nairn* zurückgehen und sie dort eine öffentliche Schule besuchen wird."

„Hör mal, Serena, es besteht wirklich kein Grund, Schuldgefühle zu haben, dass du hergekommen bist. Skye gehört schließlich zu deinem kulturellen Erbe. Hier sind deine Wurzeln, und dass Edward von dir verlangt hat, das alles aufzugeben, war nicht fair. Auch wenn du dich seinen Wünschen gefügt hast, als er noch am Leben war, hast du jetzt absolut das Recht, anders zu entscheiden."

„Wer sagt denn, dass ich Schuldgefühle habe?", fragte Serena daraufhin in scharfem Ton, aber Muriel lächelte einfach nur auf wissende, freundliche Art, sodass Serena sich wegen ihrer heftigen Reaktion richtig schlecht fühlte. Voller Unbehagen fuhr sie fort: „Jedenfalls kann ich Max noch im gälischen Kindergarten anmelden, obwohl die Anmeldefrist eigentlich schon abgelaufen ist, sodass du ihn nicht zu betreuen brauchst, wenn ich im Hotel bin."

„Wie ist es dort denn heute gelaufen?"

„Gut", antwortete sie, aber das klang selbst für ihre eigenen Ohren nicht besonders überzeugend. „Mr Blake hat anscheinend alles ganz gut im Griff, auch wenn er etwas … ruppig ist."

„Dann hattet ihr also eine Art Zusammenstoß?"

„Das würde ich so nicht sagen", erklärte sie. „Ich habe ihn nur gebeten, mir alle Arbeitsabläufe im Hotel zu zeigen, und da hat er sich aufgeführt, als würde das wahnsinnige Umstände machen. Er glaubt, dass ich seine Fähigkeiten und sein Urteilsvermögen anzweifle, nur weil ich wissen will, wie die Abläufe sind und wie alles organisiert ist."

„Aber dass du gern das Sagen hast, stimmt doch, Liebes, oder?"

„Tante Muriel! Willst du damit etwa sagen, dass ich andere herumkommandiere?"

Muriel zuckte mit den Achseln, aber ihre Augen blitzten schelmisch. „Ich sage nur, dass eben manchmal die Funken fliegen, wenn zwei starke, eigenwillige Persönlichkeiten aufeinandertreffen."

Ohne es zu wollen, wurde Serena jetzt rot, und sie sagte: „Ich würde nicht sagen, dass Funken fliegen, sondern eher, dass zwischen uns die ganze Zeit eine leichte Gereiztheit herrscht. *Funken* implizieren doch etwas völlig anderes. Und außerdem ist es ja *tatsächlich* so, dass ich das Sagen habe, jedenfalls was das Hotel angeht."

„Ach ja, natürlich. Mein Fehler", sagte Muriel darauf, nippte an ihrem Tee und fuhr dann fort: „Ich hoffe jedenfalls, dass ihr gut miteinander auskommt, denn ihr werdet schließlich sehr eng zusammenarbeiten."

„Ich werde den Kontakt mit ihm auf ein Minimum beschränken, das kannst du mir glauben. Er soll sich um die praktische Führung des Hotels kümmern, ich beschäftige mich mit dem Marketing und der Kundenzufriedenheit, also brauchen wir gar nicht so viel miteinander zu tun zu haben."

„Wie du meinst, Liebes", sagte Muriel in einem absolut unschuldigen Tonfall, aber irgendetwas an ihrer Miene sagte Serena, dass dieses Thema noch längst nicht vom Tisch war.

4

Als Jüngster in der Familie hatte Malcolm wahrscheinlich meistens seinen Willen bekommen, aber am Ende hatte doch immer seine Schwester Nicola gewonnen, sogar noch nach ihrem Tod.

Er stellte sich vor, wie sie mit einem breiten Ich-hab's-doch-gesagt-Grinsen vom Himmel auf sie herabschaute, als er in die gekieste Auffahrt zu ihrem alten Haus einbog. Nach all den Versuchen, die sie unternommen hatte, ihn dazu zu bringen, wieder nach Skye zurückzukommen, und nach all seinen Ausreden, weshalb es gerade nicht der richtige Zeitpunkt dafür sei, hätte er niemals gedacht, dass es am Ende die Worte *gesetzlicher Vormund* sein würden, die ihn zur Rückkehr bewegten.

Es war ja gar nicht so, dass es auf Skye nicht schön war – er konnte ohne Weiteres zugeben, dass ihm der weite, sich ständig verändernde Himmel, die unberührte Natur und das blaue Wasser gefielen. Die Landschaft gehörte zu den wenigen Dingen, die ihn dazu bringen konnten, poetisch zu werden, aber mit jeder atemberaubenden Aussicht kamen auch Dutzende schlimmer Erinnerungen zurück, mit denen er lieber nichts mehr zu tun haben wollte.

Malcolm parkte seinen Wagen hinter dem roten VW Polo, der

schon auf der Auffahrt stand, und ging im schwindenden Tageslicht zur Eingangstür der zweigeschossigen Kate. Dabei fiel ihm auf, dass die Farbe von den Fensterläden abblätterte und Platten auf dem Weg zur Tür abgesackt waren. Wenn das Wetter besser wurde, musste er sich unbedingt darum kümmern. Mit Nachdruck steckte er den Schlüssel ins Schloss der Eingangstür und betrat den mit dunklem Holz getäfelten Windfang, wo er seine Jacke an einen Haken hängte.

Der winzige Raum sollte eigentlich als eine Art Schleuse dienen, durch die verhindert wurde, dass die kalte Luft nicht ins Haus und die Wärme nicht so schnell nach draußen zog, aber in erster Linie war er eine Art Stolperfalle, weil überall Schuhe, Jacken und Rucksäcke herumflogen. Malcolm nahm sich einen Moment Zeit, den Schuhhaufen ein bisschen zu sortieren, bevor er in die Diele weiterging.

Dort war es dunkel, aber von der Stelle, an der er stand, konnte er im Wohnzimmer sowohl die Couch mit den vielen Kissen als auch den Esszimmertisch sehen, auf dem immer noch die Zeitung vom Morgen lag. Von seiner Nichte keine Spur.

„Kylee? Bist du zu Hause?"

Als Antwort kam aus der Küche ein panisches Kratzen, begleitet von leisem Gebimmel, als ein wuscheliges Fellknäuel von einem Hund mit freudiger Begeisterung in die Diele gesprungen kam. Malcolm bückte sich, nahm Kylees Cavalier King Charles Spaniel auf den Arm, und im nächsten Moment schleckte ihm auch schon die rosa Hundezunge durchs ganze Gesicht.

„Nicht lecken, Ainsley", befahl Malcolm streng, aber er brachte es nicht übers Herz, seinen Befehl auch durchzusetzen. Man konnte den winzigen Wuschel ja kaum als Hund bezeichnen, aber der Spaniel hatte ihn vom ersten Moment an angehimmelt und damit erreicht, dass er nachts nicht nur in Kylees, sondern auch in seinem Bett schlief.

Er setzte den Hund wieder auf den Boden, wo das Tier noch eine

Weile um seine Füße herumtänzelte und ihn dann mit schräg gelegtem Kopf anschaute, so als wartete er auf einen Befehl.

„Wo ist denn unser Mädchen?"

Malcolm sah auf seine Uhr, und dann erinnerte er sich plötzlich daran, dass ja Mittwoch war. Mittwochs holte Kylees beste Freundin Lane sie immer zur Probe des gälischen Chores der Highschool ab. Kylee hatte sich für diese Aktivität weniger aus Liebe zu ihrem kulturellen Erbe entschieden, als dass die Chorproben bei den wenigen Möglichkeiten, die es auf der Insel gab, einem richtigen Gesangsunterricht am nächsten kamen.

Auf dem Weg in die Küche holte er sein Handy hervor und schrieb Kylee: *Kommst du bald nach Hause? Das Essen ist in einer Stunde fertig.* Wenn man denn eine Tiefkühllasagne, die in einem altmodischen Backofen erhitzt wurde, als Essen bezeichnen wollte.

An den Tagen, an denen Kylee mit Kochen an der Reihe war, aßen sie gut, und zwar dank Nicolas gründlicher Anleitung auf diesem Gebiet. Wenn er an der Reihe war, na ja … sie verhungerten nicht. Mehr gab es dazu eigentlich nicht zu sagen.

Nachdem er den Timer des Ofens auf 60 Minuten gestellt hatte, wusste er in dem stillen Haus nicht so recht, wohin mit sich, also nahm er ein Sweatshirt und ging hinaus in den holprigen, eher feldartigen Garten hinter dem Haus, wo an dem alten Schaukelgestell von Kylee, an dem schon lange nicht mehr geschaukelt wurde, ein Boxsack hing. Das Gestell war kaum stabil genug, um der Wucht der Schläge standzuhalten, aber Malcolm hatte bis jetzt einfach keine Zeit gehabt, ein neues zu bauen oder das vorhandene zu verstärken.

Erst als er schon vor dem Boxsack stand, fiel ihm ein, dass er auf dem Weg nach draußen die Bandagen und die Boxhandschuhe vergessen hatte. Aber egal. Er hatte ja sowieso nicht vor, eine richtige Trainingseinheit zu absolvieren, sondern nur ein lockeres Training, um die verspannten Muskeln zu lockern und den anhaltenden Frust über die neue Frau in seinem Leben abzubauen, die offenbar wild entschlossen war, ihm selbiges zu vermiesen.

Er ging in die Grundstellung und umkreiste den Boxsack. Dabei übte er immer wieder einzelne Jabs oder Eins-zwei-Kombinationen, und zwar so, dass er die Kunststoffhülle des Boxsacks immer nur beinahe berührte; so als ob er die Distanz zu einem Gegner taxierte. Er hatte diese Aufwärmübung in den vergangenen 20 Jahren so oft gemacht, dass er dabei gar nicht mehr nachzudenken brauchte, doch er zwang sich dazu, sich zu konzentrieren und seinen Blick zu fokussieren.

Man entwickelte so leicht schlechte Gewohnheiten, wenn man nichts zum Trainieren hatte als einen schweren Sandsack, Gewohnheiten, die er sich mühsam wieder würde abtrainieren müssen, falls er jemals wieder in einen Boxring steigen sollte. Das war allerdings eher unwahrscheinlich, denn auf Skye gab es keinen einzigen richtigen Boxclub.

Seinen letzten offiziellen Boxkampf hatte er als Teenager bestritten, obwohl er auch in Baltimore noch mehrmals pro Woche in einem Fitnessstudio trainiert hatte. Es war eine gute Möglichkeit gewesen, die Verspannungen zu lösen, die sich einstellten, wenn er den ganzen Tag vor dem Bildschirm saß. Und seine Freundin hatte absolut nichts gegen die körperlichen Auswirkungen seines Trainings gehabt.

„Wenn man dich so sieht, kann man sich kaum vorstellen, dass du ein Computerfreak bist", hatte sie ihn geneckt.

Beim Gedanken an Teresa legte er mehr Wucht in seinen nächsten Schlag, als er eigentlich beabsichtigt hatte, und als er dabei den Boxsack wirklich traf, zuckte er zusammen. Er brauchte die Blutspur auf dem Boxsack gar nicht zu sehen, um zu wissen, dass er sich an dem harten, starren Kunststoffbezug eine Platzwunde an einem der Handknöchel zugezogen hatte. Er ließ die Deckung sinken, trat zurück und atmete tief durch, während sein Puls sich wieder beruhigte.

Im Grunde vermisste er Teresa gar nicht, jedenfalls nicht so wie früher einmal.

Malcolm angelte sein Handy aus der Hosentasche, um nachzuschauen, ob Kylee schon geantwortet hatte – was nicht der Fall war –, und ging dann zurück in die Küche, wo er seine verletzte Hand eine Weile unter fließendem Wasser kühlte. Er würde die Verletzung trotzdem nicht verbergen können. Eigentlich passte er immer gut auf seine Hände auf, weil er den ganzen Tag mit Hotelgästen zu tun hatte. Jetzt sah es so aus, als wäre er an einer Kneipenschlägerei beteiligt gewesen. Für Serena war das sicher eine perfekte Beanstandung, wenn sie nach einer suchte.

Der Signalton des Backofentimers ging genau in dem Moment los, als er hörte, wie die Haustür geöffnet wurde. Malcolm griff nach einem zusammengefalteten Handtuch, das auf der Arbeitsplatte lag, zog die Backofentür auf und verbrannte sich trotz mehrerer Schichten Handtuch die Finger. Er jonglierte die Aluform zur Arbeitsfläche, nahm dann zwei Teller aus dem Schrank und begrüßte seine Nichte mit den Worten: „Genau rechtzeitig. Das Essen ist fertig."

Kylees Rucksack landete auf dem Wohnzimmerfußboden, und kurz darauf erschien sie in der Küchentür. „Was gibt's denn heute?"

„Ich habe Lasagne gemacht", antwortete er, nahm jeweils eine ordentliche Portion aus der Form und legte sie auf die Teller.

„Du meinst, du hast Lasagne aufgebacken."

„Wo ist denn da der Unterschied? Hier, ich nehme die Teller, wenn du Besteck mitbringst."

Kylee kramte in der Schublade nach Gabeln und Messern und folgte ihm dann ins Esszimmer, wo er die Teller auf den Tisch stellte.

„Du könntest an den Abenden, an denen du mit Kochen an der Reihe bist, wirklich auch mal was Grünes auf den Tisch bringen", sagte sie, während sie sich setzte.

„Wieso denn? Tomaten sind doch auch Gemüse."

Kylee verdrehte die Augen, lächelte allerdings dabei. Er schaute zu, wie sie das Messer und die Gabel ordentlich neben ihrem Teller anordnete und war wieder einmal verblüfft darüber, wie ähnlich sie ihrer Mutter sah. Dunkelblondes Haar, grüne Augen, groß, schlanke Figur – und sogar ihre Eigenarten waren gleich. Zum Beispiel die Angewohnheit, sich eine Haarsträhne hinters Ohr zu streichen und die Art, wie sie ihre Serviette faltete und glatt strich. Einmal mehr verspürte er schmerzliche Reue darüber, dass er zugelassen hatte, dass seine schweren Kindheitserinnerungen die Beziehung zu seiner Schwester so nachhaltig beeinträchtigt hatten. Jetzt hier mit Kylee zusammenzuleben, war fast so etwas wie eine zweite Chance.

„Tischgebet?", forderte sie ihn auf.

„Ach, bete du doch heute mal."

Sie senkte den Kopf, sprach ein schnelles Gebet und fing dann an zu essen.

„Mensch, Onkel Malcolm, da machst du einfach eine Lasagne warm", sagte sie mit gespielter Empörung.

„Ich gebe mir Mühe, dich zufriedenzustellen", sagte er schmunzelnd. „Am Freitagabend taue ich vielleicht sogar einen *Shepherd's Pie* auf", fügte er dann noch hinzu.

„Na, vielen Dank auch", entgegnete Kylee und zog ein Gesicht.

„Wie war denn dein Tag?"

Es war die obligatorische Elternfrage, auf die stets das obligatorische Teenie-Achselzucken folgte, und das war auch jetzt nicht anders, obwohl noch ein überaus erhellendes „Okay" folgte.

„Nur okay?"

„Lane hat sich entschieden, in *London* auf die Uni zu gehen."

Ach so, jetzt verstand er. Kylee hatte sich an einer Reihe von Unis in Großbritannien und in den Vereinigten Staaten beworben, aber bisher hatte sie nur eine Zusage erhalten. Keine der Unis, die sie sich ausgesucht hatte, war in *London*, und ausgerechnet dorthin würde ihre beste Freundin jetzt gehen. Er lenkte das Gespräch lieber fort von dem Freundschaftsdrama zu einem Thema, bei dem er ihr wirklich helfen konnte.

„Auf welche Bescheide wartest du denn noch?“, fragte er.

„*Berkelye, UCLA* und das *Royal Conservatoire*“, antwortete sie, legte ihre Gabel hin und fragte dann verzagt: „Und was ist, wenn ich gar keinen Platz an einer guten Uni bekomme?“

„Das passiert nicht“, antwortete er. Auch das gehörte zum Drehbuch.

„Und was, wenn doch?“

„Das weiß ich auch nicht, Kylee. Damit beschäftigen wir uns, wenn es dazu kommen sollte. Aber denk dran“, er stupste ihre Hand über den Tisch hinweg an, „du bist eine fantastische Sängerin. Ich glaube an dich. Du kannst ja auch immer noch erst auf ein Junior College in Amerika gehen und dann im zweiten Jahr aufs College wechseln. In den USA gibt es viele Gesangscoachs.“ Und wenn er seinen alten Job bei der Forschungseinrichtung an der *Johns Hopkins* wiederbekäme, würde er so ein Coaching sogar bezahlen können.

„Vielleicht“, sagte sie zweifelnd.

Er konnte gut nachvollziehen, wie sie sich fühlte. Als er in ihrem Alter gewesen war, hatte er auch unbedingt aus Glasgow weggehen wollen, um sein eigenes Leben zu leben. Skye war zwar nicht dasselbe, aber für ein so talentiertes Mädchen mit dem Traum, eine berühmte Singer-Songwriterin zu werden, musste es sich hoffnungslos klein und eng anfühlen.

„Vielleicht studiere ich einfach irgendetwas Langweiliges wie Chemie oder Physik“, murmelte sie.

„Mach bloß keinen Quatsch, junge Dame. Mit so einem Schock würde mein altes Herz gar nicht mehr fertig werden.“

Das quittierte sie allerdings nur mit einem kaum merklichen Lächeln, das auch gleich wieder erlosch, während sie mit ihrer Gabel herumspielte. Diesen Blick kannte er. Er bedeutete, dass jetzt gleich etwas kommen würde, was ihm nicht gefiel.

„Kann ich dich was fragen?"

Am liebsten hätte er Nein gesagt, um das Thema zu vermeiden, aber weil das sicher keine gute Methode gewesen wäre und er ein Vorbild sein sollte, nickte er zögerlich.

„Erinnerst du dich noch an das Festival in Glasgow, von dem ich dir erzählt habe?"

„Mmm-hmm."

Kylee nagte an ihrer Unterlippe und brachte den Rest dann in einer Art Schwall heraus. „Lane hat tatsächlich noch Tickets ergattert, und ihre Eltern erlauben ihr hinzufahren, wenn ich mitkomme. Das Schuljahr ist dann zu Ende, und es war wirklich schwer, die Tickets …"

„Moment mal. Du willst im Ernst, dass ich zwei siebzehnjährige Mädchen zu einem fünf Autostunden entfernten Festival fahren lasse, das mindestens genauso bekannt für seinen Drogenkonsum ist wie für seine Musik?"

„Ich weiß ja, aber Lane und ich machen so was nicht. Ich hatte gehofft, dass du es dir wenigstens überlegen würdest."

„Ich überlege es mir", sagte er daraufhin, aber sie machte ein Gesicht, als hätte er Nein gesagt. Und vielleicht würde er das auch tun, denn er war vor zehn Jahren selbst auf diesem Festival gewesen, und schon damals hatte es die Grenze zwischen unschuldigem Spaß und unmoralischen Ausschweifungen zumindest geschrammt. Er konnte sich gut vorstellen, dass es im Laufe der vergangenen Jahre wahrscheinlich eher schlimmer als besser geworden war. Jedenfalls war es kein Ort, an den er seine behütete, unerfahrene Nichte und ihre noch unerfahrenere Freundin alleine hinfahren lassen wollte, besonders auch, weil Kylee wie mindestens 22 aussah und bereits die Aufmerksamkeit von Männern auf sich zog – und zwar die falsche Art von Aufmerksamkeit.

Wenn es um seine Nichte ging, war für ihn allerdings keine Art von Aufmerksamkeit von Männern die richtige.

Kylee aß schweigend zu Ende und legte dann das Besteck auf ihren leeren Teller. „Kann ich aufstehen? Ich möchte noch einen Song zu Ende schreiben."

„Klar. Ich bin sowieso mit Spülen an der Reihe."

Als Malcolm ein paar Minuten später Wasser in die Spüle laufen ließ, hörte er leise Gitarrenklänge aus Kylees Zimmer. Nach dem Tod ihrer Eltern hatte er sich auf eine schwere Zeit gefasst gemacht, und es hatte auch tatsächlich reichlich Tränen und eine ablehnende Grundhaltung gegeben, aber meistens hatte Kylee beides unter Kontrolle, so wie auch an diesem Abend.

Das führte er darauf zurück, dass sie damals sofort ihre gesamte Energie in ihre Musik und das Schreiben von Songs gesteckt hatte. Er fragte sich allerdings ständig, ob das nicht vielleicht nur ihre Art war, die unausweichliche Trauer hinauszuzögern, die dann wahrscheinlich eines Tages auf völlig unberechenbare Weise hervorbrechen würde.

Im Unterschied zu ihm machte sie sich große Sorgen um ihre Zukunft. Aber er schätzte, auch ohne etwas von Musik zu verstehen, ihre Entschlossenheit, den Weg als Musikerin zu gehen. Kylee hatte zwar beide Eltern verloren, aber er würde alles tun, was in seiner Macht stand, um zu verhindern, dass ihr auch noch ihre Träume verloren gingen.

5

Am nächsten Morgen nach dem Frühstück ließ Serena die Kinder bei Muriel und fuhr auf der Halbinsel *Sleat* nach *Armadale.* Als sie den Umzug nach *Skye* geplant hatte, war ihr klar gewesen, dass sie nicht die ganze Zeit bei Muriel würden wohnen können. Ihre Tante hätte sie bestimmt gerne bei sich aufgenommen, aber weil Max nachts ständig wach wurde und Tante Muriel einen sehr leichten Schlaf hatte, war es besser, ein Ferienhaus zu mieten. Leider waren die meisten Unterkünfte, in denen sie bis August bleiben konnten, schon ausgebucht, und es war nur noch dieses kleine Häuschen etwa acht Kilometer entfernt von *Armadale Castle,* am äußersten Zipfel der Halbinsel, frei.

Langsam fuhr sie die Straße entlang, die vom starken Dauerregen nass glänzte. Ganz allmählich setzte sich Grün gegen die Grau- und Brauntöne des Winters durch, ein sicheres Zeichen, dass es bald Frühling werden würde. Insgeheim hatte sie zwar schon immer den Winter auf Skye geliebt, wenn die urige Schönheit der Insel durch einen feinen Schneeüberzug noch hervorgehoben wurde, aber der langsame Wechsel der Jahreszeiten brachte auch eine ganz besonders passende Verheißung für sie mit sich: die Verheißung auf einen Neuanfang, neues Leben nach einem langen, kalten Winter.

Serena hielt sich an die Wegbeschreibung, die sie auf die Rückseite eines Briefumschlags gekritzelt hatte und hielt Ausschau nach einem Baum mit einem abgebrochenen Ast, der direkt an der ansonsten nicht weiter beschilderten Abzweigung auf die lange Zufahrt zu dem Haus stehen sollte. Wegen der tiefen Furchen auf dem Weg wurde sie heftig durchgeschüttelt und hatte richtig Angst, dass der Wagen aufsetzen könnte. An beiden Seiten der Straße sammelte sich das Regenwasser in ausgewaschenen Rinnen und füllte die Schlaglöcher, die das Wintereis hinterlassen hatte, nachdem es durch den leichten Nieselregen zerbrochen war.

Sie folgte dem kurvigen Weg auf eine Anhöhe hinauf und hielt vor einem winzigen Cottage an. Von außen sah das Haus wirklich vielversprechend aus: weiß gekalkte Steinmauern und seitlich vom Haus ein eingezäunter Garten mit einer Picknickbank auf einer gekiesten Fläche. Der Eigentümer hatte sich eindeutig Mühe gegeben, das Haus zu einer einladenden Ferienunterkunft für Urlauber zu gestalten.

Sie stieg aus dem Wagen und schloss den Reißverschluss ihrer Wachsjacke gegen eine plötzliche eisige Windbö. Trotz all ihrer romantischen Frühlingsgedanken war der Wind immer noch so schneidend kalt wie im Winter.

In diesem Moment ging die Tür des Cottages auf und ein älterer Herr in einer Cordjacke und mit einer Wollmütze auf dem Kopf tauchte in der Tür auf. „Mrs Stewart?“

„Mr Brown?“

Er nickte, bedeutete ihr mit einer Geste einzutreten und sagte: „Na, dann kommen Sie mal herein und schauen Sie es sich an.“

Offenbar war er kein Freund von Smalltalk. Serena quetschte sich an ihm vorbei in das winzige Cottage und schaute sich um. Es war sehr schlicht, aber gepflegt eingerichtet mit Flickenteppichen, Möbeln aus Pinienholz und bot gerade genügend Platz für zwei bis drei Personen. Mehr als ausreichend also für ihren zeitlich begrenzten Aufenthalt.

„Es gibt ein Schlafzimmer am Ende des Ganges und der Dachboden ist zu einer Art Studio ausgebaut“, sagte er.

Sie nickte und schaute sich um, wie viel Platz ihr zur Verfügung stand. „Wo sind denn die Heizkörper?“, fragte sie.

„Es gibt keine, meine Liebe.“

„Wie bitte?“

Er machte mit dem Kopf eine Geste – offenbar als eine Aufforderung, ihm zu folgen – und führte sie zu einem Holzherd in der kleinen Küche. Es gab keine Heizkörper, sondern nur den alten Holzherd zum Heizen und Kochen, und sie wusste nicht einmal, ob sie den überhaupt bedienen konnte.

„Hinter dem Haus ist Holz aufgestapelt. Mehr als genug für den ganzen Sommer.“

Ihre Hoffnung schwand genauso schnell, wie sie in ihr aufgekeimt war. Eine elektrische Kochplatte und einen Minibackofen zum Kochen hätte sie besorgen können, aber die Nächte auf Skye waren auch im Sommer kühl. Und selbst wenn sie bereit gewesen wäre, den Ofen ständig einzuheizen, war ihr bei der Vorstellung des heißen, gusseisernen Ofens in der Nähe eines neugierigen Dreijährigen höchst unwohl.

„Das muss ich mir erst überlegen“, sagte sie langsam. „Ich habe nicht gewusst, dass das hier die einzige Wärmequelle ist.“

Der Vermieter zuckte daraufhin nur mit den Achseln und führte sie wieder nach draußen, wo inzwischen aus dem leichten Nieseln richtiger Regen geworden war. Sie setzte ihre Kapuze auf, gab Mr Brown zum Abschied die Hand und rannte zurück ins warme Auto.

Das war also ein Flop gewesen. Sie hatte wirklich keine hohen Ansprüche, aber eine zuverlässige Heizung ohne offenes Feuer gehörte dazu. Was sollte sie jetzt tun?

Sie musste sich auf jeden Fall eine andere Unterkunft suchen, dabei war es schon schwierig genug gewesen, im Einzugsgebiet der Schule dieses Cottage zu finden. Selbst wenn sie ein bezahlbares Haus zur Miete fände, musste es außerdem noch innerhalb der Grenzen des Schulbezirks liegen, damit ihr Plan, Em nach der Schule allein mit dem Schulbus nach Hause fahren zu lassen, aufging.

Eigentlich hatte Serena vorgehabt, von der Cottagebesichtigung aus direkt zum Hotel zu fahren, aber stattdessen fuhr sie nun den ganzen Weg über die Halbinsel *Sleat* zurück und dann noch einmal fast eine Stunde weiter nach *Portree* zu ihrem Lieblingscafé. Dort gab es nicht nur hervorragenden Caffè Latte, sondern auch kostenloses W-Lan und ein schwarzes Brett, auf dem Einheimische oft freie Zimmer oder Ferienhäuser aushängen. Dass sie nicht sofort ins Hotel gefahren war, hatte nichts mit einer Vermeidungsstrategie zu tun und mit dem flattrigen Gefühl im Bauch, wenn sie an Malcolm Blake dachte, sondern damit, dass es für sie im Moment oberste Priorität hatte, eine Unterkunft zu finden.

Doch nachdem sie erst das schwarze Brett vergeblich abgesucht und dann noch eine Stunde im Internet recherchiert hatte, musste sich Serena eingestehen, dass es wohl aussichtslos war, etwas zu finden. Sogar die Reservierungen des Hotels war sie durchgegangen, um nachzuschauen, ob eines der zu ihm gehörigen Ferienhäuser noch frei war. Doch die waren natürlich für den gesamten Sommer bis September ausgebucht. Aber vielleicht war das ja auch ganz gut so. Denn direkt vor Ort zu sein, hätte ihren Plan, dem Hotelmanager möglichst aus dem Weg zu gehen, erheblich erschwert.

Sie stand jetzt auf und ging wieder hinaus zu ihrem Wagen. Währenddessen wappnete sie sich innerlich dafür, ihm ganz klar zu signalisieren, dass sie genauso das Recht hatte, im Hotel zu sein wie er. Als Teilhaberin war es schließlich ihre Verantwortung, sich die Buchführung anzuschauen und sich ein Bild davon zu machen, wofür Geld ausgegeben wurde. Sie konnte Malcolm zwar nicht zwingen, nett zu sein, aber sie konnte sich weigern, sich von ihm und seiner Art unterkriegen zu lassen. Schließlich war die Leitung des Hotels keine Privatangelegenheit.

Auf dem Rückweg nach *Isleornsay* wurde aus dem leichten Landregen ein Wolkenbruch. Wenn das so weiterging, würde das Hotelgelände bis zum Morgen eine Schlammwüste sein. Sie parkte vor dem Hotel, zog den Reißverschluss ihrer Jacke wieder hoch und atmete noch einmal tief durch, bevor sie sich in den Kampf stürzte.

Manche Tage im Hotel liefen wie geschmiert. Die Gäste waren zufrieden, alles funktionierte, wie es sollte, und alle Mitarbeiter erschienen zur Arbeit.

Heute war jedoch nicht so ein Tag.

Um zwei hatte Malcolm schon vier Zimmer geputzt, weil sich die Reinigungskraft bereits den zweiten Tag nacheinander krank gemeldet hatte, danach hatte er zwei verstopfte Toiletten repariert, einen Ehering aus dem Abfluss eines Waschbeckens in einem der Ferienhäuser befreit und zwanzig Minuten mit dem IT-Service telefoniert, um herauszubekommen, warum die Website nicht funktionierte. Das wiederum zog nach sich, dass er eine Stunde damit verbringen musste, aus der gespeicherten Sicherung die Homepage wiederherzustellen und auf den Server hochzuladen. Das hatte er eigentlich schon vorgehabt, seitdem er im vergangenen Jahr hier angefangen hatte, war aber bis zu diesem Zeitpunkt nicht dazu gekommen war. Er massierte sich den Nacken. Fertig. Er hatte alle Katastrophen und Ärgernisse abgearbeitet, die aufgelaufen waren.

Und als hätte dieser Gedanke sie herbeigerufen, ging in diesem Moment die Tür auf und Serena Stewart betrat sein Büro.

„Kann ich bitte die Gewinn-und-Verlust-Unterlagen der letzten beiden Quartale haben?“, fragte sie.

„Ihnen auch einen schönen guten Tag, Mrs Stewart", sagte er daraufhin, lehnte sich auf seinem Stuhl zurück und genoss den Anblick ihres attraktiven Äußeren. Er hätte ihren Aufzug für Absicht gehalten, wäre sie nicht völlig ungeschminkt gewesen und hätte sie wegen des Regens das Haar nicht zu einem strengen Zopf geflochten. Das war nicht gerade der Aufzug, für den sich eine Frau entschieden hätte, die verführerisch wirken wollte.

Aber wahrscheinlich war es ohnehin besser, die Gedanken gar nicht erst in diese Richtung schweifen zu lassen.

„Entschuldigung. Guten Tag. Wie läuft's denn heute?", sagte sie daraufhin.

„Immer gerade einen Schritt vom Weltuntergang entfernt", antwortete Malcolm und übertrieb um der Wirkung willen ein ganz klein wenig. „Was für ein Platzregen! Ich rechne fest damit, dass die Gäste mir auch noch meine fehlende Kontrolle über das schottische Wetter zum Vorwurf machen werden."

Er war richtig überrascht, als daraufhin der Hauch eines Lächelns über ihr Gesicht ging. „Gibt es Gäste, die so etwas tun?", fragte sie erstaunt.

„Ja, ziemlich oft sogar."

Sie schüttelte den Kopf und das Lächeln verschwand. „Kann ich dann bitte jetzt die Gewinn-und-Verlust-Unterlagen haben?"

Okay, sie hatte jetzt zwar bitte gesagt, aber er brauchte dazu noch ein paar Informationen mehr. „Warum wollen Sie die denn haben?"

Und sofort war die Mauer, die sie um sich zu ziehen pflegte, wieder da, und ihr Gesicht versteinerte sich. „Weil ich Sie darum gebeten habe."

„Ich meine, wozu Sie sie brauchen. Nur damit ich weiß, welche Ordner ich heraussuchen muss." Er sah ihre abwehrende Miene und beschloss, es noch einmal anders zu versuchen. „Mir ist bewusst, dass wir gestern irgendwie auf dem falschen Fuß gestartet sind", erklärte er. „Aber es würde vieles vereinfachen, wenn Sie mir nicht unterstellen würden, dass ich bewusst versuche, Ihnen das Leben schwer zu machen. Ich mache hier nur meinen Job."

Die einzige Veränderung in ihrer Miene bestand darin, dass sie die Augenbrauen hochzog und erklärte: „Das gilt doch für uns beide, oder?"

Sie würde keinen Millimeter von ihrer Forderung oder ihrer Einstellung abweichen, sodass er keine andere Wahl hatte, als klein beizugeben. Er stand also auf, kam hinter seinem Schreibtisch hervor und sagte: „Hören Sie …"

„Nein, bleiben Sie, wo Sie sind", sagte sie energisch und hob eine Hand. „Ich weiß nicht, ob Sie ein Problem mit mir haben, weil ich eine Frau bin oder weil Sie niemanden in Ihrem Revier dulden, aber mir gefällt die Annahme nicht, die beiden Möglichkeiten zugrunde liegt. Nämlich die Annahme, dass ich nicht in der Lage bin, eine Firma zu leiten. Das bin ich nämlich sehr wohl, und ich habe es auch schon unter Beweis gestellt. Ich schlage also vor, dass Sie Ihre Streitlust, die Sie offenbar jedes Mal in meiner Anwesenheit überkommt, zügeln und mir einfach geben, worum ich Sie gebeten habe."

Er konnte nichts dafür, dass er in diesem Moment über das ganze Gesicht grinsen musste, und sein Ärger verflog. Und obwohl er wusste, dass dadurch alles nur noch schlimmer wurde, ließ er seinen Blick abwärts wandern zu dem Reißverschluss ihres Pullovers, der von selbst immer ein bisschen weiter aufging, und zu ihrem dadurch etwas zu tief geratenen Dekolleté.

Sie folgte seinem Blick, bekam einen hochroten Kopf und zog den Reißverschluss bis zum Anschlag hoch. In einer sinnlosen Geste des Selbstschutzes verschränkte sie die Arme vor der Brust und erklärte: „Wirklich charmant. Entweder Sie haben keinen Selbsterhaltungstrieb, oder Sie versuchen gerade, mich zu zwingen, Sie zu feuern. Was von beidem ist es?"

Er räusperte sich und zwang sich wieder zu einer ernsten Miene. „Ich glaube, eher das Erste. Mrs Stewart – Serena – ich will ja gar nicht streiten, und ich versuche auch nicht, Ihnen das Leben schwer zu machen, aber ich leite jetzt erfolgreich seit neun Monaten dieses Hotel, und zwar ohne Hilfe und mit viel zu wenig Personal. Was genau mache ich also Ihrer Meinung nach falsch?"

„Ich habe Ihnen doch schon gesagt, dass Sie gar nichts falsch machen." Ihr Zorn schien jetzt zu verrauchen.

„Abgesehen davon, dass ich die Miteigentümerin bin und deshalb das Recht habe, mich jederzeit hier aufzuhalten, sagen Sie doch selbst, dass Sie überlastet sind. Wenn dieses Hotel so erfolgreich werden soll, wie es das meiner Überzeugung nach sein könnte, dann brauchen Sie meine Hilfe."

Bei diesen Worten sah sie absolut aufrichtig aus. Und vielleicht war er ja seit ihrer Ankunft auch tatsächlich übertrieben abwehrend gewesen. „Okay", sagte er deshalb.

„Okay?"

Er wandte sich ab, zog eine Aktenschublade auf, nahm den Ordner heraus, den sie brauchte, und hielt ihn ihr hin. „Schauen Sie sich die Zahlen ruhig an. Ich glaube, es ist alles in Ordnung."

„Danke", sagte sie und nahm den Ordner entgegen.

„Gern geschehen." Es kostete ihn fast übermenschliche Überwindung, die Worte herauszubringen, aber er sagte: „Bevor Sie gehen, habe ich noch eine Frage. Worüber genau haben Sie gestern mit den Gästen am Empfang gesprochen?"

„Über nichts Besonderes. Ich habe Ihnen nur ein paar Vorschläge gemacht, was Sie auf Skye unternehmen können. Warum fragen Sie?"

„Ein paar Gäste haben heute Morgen nach Ihnen gefragt. Besonders die Avilas waren sehr dankbar für Ihre Tipps zur Sternenbeobachtung."

Ein Lächeln ging über ihr Gesicht und sie sagte: „Da bin ich aber froh, dass es gestern Abend noch einmal etwas aufgeklart hat, bevor es angefangen hat zu regnen. Man kann doch im Winter nicht auf Skye sein, ohne unseren Nachthimmel zu bestaunen. Das wäre geradezu ein Sakrileg."

„Ja, da haben Sie recht", sagte er nachdenklich.

Wie um sich zu verabschieden, hielt sie noch einmal den Ordner hoch und sagte: „Wenn ich mir die Zahlen angeschaut habe, möchte ich gern mit Ihnen darüber sprechen."

„In Ordnung." Und dann sah er ihr ziemlich perplex nach, wie sie auf dem Absatz kehrtmachte und verschwand. Was war denn das gerade gewesen?

6

Malcolm Blake wusste, was er tat. Zumindest konnte sie die Sorge, dass das möglicherweise nicht der Fall sein könnte, schon mal von ihrer Liste streichen.

Serena schaute sich die letzte Seite der Unterlagen an und legte dann alles wieder ordentlich in den Ordner auf Muriels Esstisch. Das Hotel lief gut. Sie würden die gesetzten Einnahmen- und Buchungsziele, die Jamie und Andrea im Businessplan angegeben hatten, voraussichtlich erreichen, und die Kundenzufriedenheit war hoch, wenn man sowohl nach den Onlinebewertungen als auch nach den schriftlichen Bewertungen der Gäste auf den ausgelegten Karten ging, die beim Auschecken an der Rezeption abgegeben werden konnten. Malcolm erfüllte seine Aufgaben genauso, wie er es sollte.

Andererseits war die gute Frühjahrsauslastung einem unerwarteten Artikel in einem Londoner Reisemagazin zu verdanken. Das war zwar eine Riesenchance gewesen, die sie genutzt hatten, aber darauf konnte man sich nicht ausruhen. Serena musste kreativ werden und Ideen entwickeln, wie man neue Kunden gewinnen und die Stammgäste, die in der Zeit verloren gegangen waren, als das Hotel wegen der Renovierung geschlossen gewesen war, zurückgewinnen konnte.

Als Nächstes schaute sich Serena die Gehaltsliste an. Aus den Zahlen ging hervor, dass das Hotel personell auf jeden Fall unterbesetzt war. Mit dem Finger fuhr sie an der Tabelle entlang, in der auch Malcolms Gehalt stand, und seufzte, als sie die Zahl dort sah. Sie würde ihn nicht nur *nicht* feuern, sondern sogar sein Gehalt erhöhen müssen. Natürlich nicht sofort, denn das wäre wahrscheinlich noch ein Ansporn, bei seinem arroganten Verhalten zu bleiben, und sie brauchte ihn jetzt als Teamplayer. Sie mochten sich ja auf einen Waffenstillstand geeinigt haben, aber die gesamte Situation war sehr viel angespannter, als ihr lieb war, besonders, wenn sie daran dachte, wie er auf ihre unpassende Kleidung angespielt hatte, um in ihrem Gespräch die Oberhand zu gewinnen.

Als sie jetzt noch einmal an diesen Moment zurückdachte, sah sie ihn vor ihrem inneren Auge. Sie schob den Ordner zurück in ihre Umhängetasche und griff nach Notizblock und Stift. Ein paar Minuten später stand plötzlich direkt neben ihrer rechten Hand eine Tasse Tee und Muriel setzte sich mit interessierter Miene auf den Platz neben ihr: „Woran arbeitest du denn da gerade?", fragte ihre Tante.

„Ach, ich notiere mir nur ein paar Ideen für das Hotel, obwohl ich bezweifle, dass es Malcolm gefallen wird, wenn ich ihm noch zusätzliche Aufgaben und Verantwortung auflade."

„Malcolm, hmm? Seit wann sprecht ihr euch denn mit dem Vornamen an?"

Serena blinzelte. In Gedanken hatte sie ihn eigentlich schon immer Malcolm genannt, aber sie hatte sehr darauf geachtet, Mr Blake zu sagen.

„Das tun wir gar nicht", antwortete sie deshalb auch.

„Dann hältst du ihn also doch gar nicht für einen solchen Rüpel?"

Serena legte ihren Stift ordentlich auf den Notizblock und antwortete: „Doch, ich halte ihn immer noch für einen Rüpel, aber seine Arbeit macht er gut."

„Na, das ist ja dann schon mal ein Anfang. Ich fände es schrecklich, wenn ihr beide euch nicht verstehen würdet. Er ist ein guter Mann, und ich glaube, ihr habt einiges gemeinsam."

„Was weißt du eigentlich über ihn?", fragte Serena daraufhin ihre Tante.

„Was hat er dir denn erzählt?"

Serena zuckte mit den Achseln und trank einen Schluck Tee. „Gar nichts. Schließlich haben wir ja nicht die ganze Zeit gekichert und uns gegenseitig Zöpfe geflochten."

Muriels Augen wurden schmal, und sie sagte: „Serena Marie!"

„Entschuldigung", murmelte Serena und unterdrückte ihr Lächeln rasch wieder. Muriel hasste Ironie, und auch wenn Serena mittlerweile 39 Jahre alt war, hieß das noch lange nicht, dass die Regeln des Hauses für sie nicht mehr galten. „Ich habe nicht das Bedürfnis, ihn privat kennenzulernen, solange er seine Arbeit ordentlich macht."

„Wenn du meinst …", sagte Muriel nur dazu und stupste dann gegen den Notizblock unter Serenas Hand. „Was ist denn das?"

Daraufhin berichtete Serena ihr, dass sie ein paar Gästen Tipps für Besichtigungen und andere Urlaubsaktivitäten gegeben hatte und dass diese Gäste daraufhin wieder nach ihr gefragt hätten. „Ich finde, das Hotel sollte geführte Touren und Ausflüge anbieten."

„Das ist eine großartige Idee. An was für Touren hast du denn dabei gedacht?"

Sie drehte den Block um, damit Muriel ihre Liste lesen konnte. „Autotouren, Wanderungen und Ausflüge zur Sternbeobachtung. Ich bin sicher, da gibt es noch einiges mehr, aber das ist erst einmal das, was mir spontan eingefallen ist. Wir würden Führungen, Karten von der Umgebung und vielleicht Lunchpakete anbieten. Die meisten Gäste, die nach Skye kommen, möchten zwar viel Natur erleben, aber dabei nicht auf eine luxuriöse Unterkunft und gutes Essen verzichten."

Muriel rückte mit ihrem Stuhl vom Tisch weg, stand auf und drückte Serenas Schulter. „Du bist ein kluges Mädchen. Was für eine großartige Idee. Aber sprich lieber erst mit Malcolm darüber, denn er muss schließlich dafür sorgen, dass die Angebote auch bestehen bleiben, wenn du wieder weg bist."

„Ich rede mit ihm, wenn ich alles fertig geplant habe", sagte Serena. „Im Moment ist es ja nur ein Entwurf."

„Gut. Ich gehe jetzt schlafen", verabschiedete sich Muriel.

„Bete, dass Max weiterschläft, sonst hast du nicht viel davon", bemerkte Serena trocken.

„Ach Kindchen, es ist doch alles gut mit ihm. Sein unruhiger Schlaf wird bestimmt nicht mehr ewig dauern. Das kannst du dir vielleicht jetzt noch nicht vorstellen, aber irgendwann wirst du zurückblicken und dich fragen, wo die Zeit geblieben ist."

„Ja, weil sich das ganze Jahrzehnt ohne eine durchgeschlafene Nacht wie ein einziger langer Tag anfühlt", entgegnete Serena.

Darüber schmunzelte Muriel nur, wünschte ihr noch einmal eine gute Nacht und ließ sie dann in dem stillen Esszimmer allein.

Aber Muriel hatte ja recht. Ihre Kinder wurden so schnell groß, und irgendwie verpasste sie es. Sie hatte bei dieser Reise nur an ihre Verantwortung und ihre Verpflichtungen gedacht und, ja, auch daran, sich einen Teil ihrer selbst zurückzuholen, den sie irgendwo und irgendwann unterwegs verloren hatte. Aber diese Reise konnte auch mehr sein als das. Sie war ihre Chance, Max und Em auf den Geschmack der Insel ihrer Kindheit zu bringen, auch wenn sie nur eine kurze Zeit dableiben würden.

Die nächsten paar Tage hielt sich Serena vom Hotel fern, was Malcolm unerklärlicherweise bedauerlich fand. Er hatte sie eigentlich nur ein bisschen in Rage bringen wollen, weil sie so übereifrig schien, aber absolut nicht die Absicht gehabt, sie zu vergraulen. Weil ihn ihre Anwesenheit von dem Moment an gestört hatte, in dem sie im Hotel eingetroffen war, hätte er sich vielleicht nicht wünschen sollen, dass sein Plan so gut funktionierte, aber er fand es auch seltsam, wie groß seine Erleichterung war, als sie am Sonntagnachmittag ihren Kopf in sein Büro steckte und fragte: „Kann ich mit Ihnen sprechen?"

„Aber natürlich", sagte er. „Kommen Sie doch bitte herein."

Sie trat ein und schloss die Tür hinter sich. In ihrer Armbeuge hing eine große Beuteltasche aus Leder, und der Pulli, den sie heute trug, hatte keinen Reißverschluss. Er hatte Mühe, nicht breit zu grinsen, als sie vor seinem Schreibtisch Platz nahm.

„Ich habe eine Idee."

„Wieso bekomme ich jetzt Angst?", fragte er.

Einer ihrer Mundwinkel ging zu einem schiefen Grinsen nach oben, und sie holte einen Papierstapel aus ihrer Tasche, den sie ihm über den Tisch hinweg zuschob. „Daran sind Sie selbst schuld, denn Sie haben mich überhaupt erst darauf gebracht, mir Gedanken zu machen."

Als er den Stapel zu sich hinzog und durchblätterte, war es ein zusätzlicher Marketingplan, der genauso aufgebaut war wie der, mit dem ihn Andrea beauftragt hatte, als sie ihn als Hotelmanager eingestellt hatte.

„Vom Hotel angebotene und organisierte Touren?", fragte er.

„Ja, ein zusätzliches Angebot für unsere Gäste. Man bräuchte nicht mehr immer wieder die gleichen Fragen zu beantworten, und außerdem würde es uns noch einen Vorteil gegenüber anderen Hotels und Pensionen in der Gegend verschaffen. Wir sind ja im Grunde schon jetzt beliebt bei sehr anspruchsvollen Gästen, und das neue Angebot würde dann sicher Gäste mit dem Wunsch nach Luxus-Abenteuer ansprechen."

Sie hielt die Luft an, und er merkte, dass sie tatsächlich gespannt und etwas nervös auf seine Reaktion wartete.

„Die Idee gefällt mir. Aber was soll ich dazu sagen? Sie sind die Eigentümerin und können doch machen, was Sie wollen."

„Aber ich bin nicht dauerhaft hier vor Ort. Sie wären derjenige, der es umsetzen müsste, und ich möchte sicher sein, dass Sie bei dieser Idee mit an Bord sind, bevor ich sie weiterverfolge."

Er war immer noch dabei, in dem Papierstapel zu blättern, und sah, dass es Pläne für Wandertouren, Autotouren und sogar einen Ausflug zur Sternenbeobachtung gab. „Sie interessieren sich also wirklich für Astronomie?"

„Es ist kaum möglich, auf Skye aufzuwachsen, ohne sich nicht wenigstens ein bisschen dafür zu interessieren. Und die Sterne sind schließlich auch einer der Gründe, weshalb es Urlauber gibt, die sogar im Winter herkommen. Wegen des tollen Wetters kommen sie dann ganz sicher nicht."

„Nein, sicher nicht, aber wenn wir mit ‚Wintersternen' werben, dann würde ich jede Wette eingehen, dass wir die Auslastung in der Nebensaison noch steigern könnten."

„Das ist wirklich eine großartige Idee, Serena. Lassen Sie uns das machen", sagte er und blickte von dem Plan auf.

Sie wirkte überrascht. „Ich habe schon ein paar Prospektentwürfe mitgebracht. Sie stecken ganz hinten in dem Ordner. Vielleicht möchten Sie sich die ja noch anschauen und haben Änderungsvorschläge, bevor sie in den Druck gehen."

Er blätterte ganz nach hinten, wo tatsächlich ein professionell entworfenes und layoutetes Faltblatt steckte. „Das haben Sie gemacht?"

„Ja", antwortete sie ein wenig stolz und hob das Kinn ganz leicht wie als Warnung, etwas Kritisches darüber zu sagen.

„Das ist perfekt. Wirklich beeindruckend. Ich hatte ja keine Ahnung, dass Sie so etwas können", bemerkte er.

„Das können Sie ja auch nicht wissen, weil sie mich gar nicht kennen.“

Das saß. Vielleicht hatte er sie wirklich verletzt, weil er so angriffslustig gewesen war. Doch der Konflikt war sicher nicht einseitig gewesen: Sie hatte ihn nur gesehen und sofort angenommen, dass er nicht in der Lage war, ein Hotel zu führen. Aber das wollte er jetzt, da sie endlich ein einigermaßen zivilisiertes Gespräch führten, nicht noch einmal zur Sprache bringen.

„Da haben Sie recht. Sind Sie zufällig auch versiert im Texten?“

„Wieso fragen Sie?“

Er lehnte sich auf seinem Stuhl zurück und antwortete: „Wir haben jeweils einen Account bei Facebook und Instagram, aber es wird dort praktisch nichts gepostet. Wir brauchen jemanden, der oder die sich um die Social Media des Hotels kümmert.“

„Und was soll da gepostet werden?“, fragte sie.

„Informationen und Neuigkeiten über Skye, Vorschläge für Ausflüge, Besichtigungen und Unternehmungen und Hinweise auf das, was die Insel so einmalig macht. Aspekte, die dem Hotel und der ganzen Location das gewisse Etwas geben. Ich könnte neue Posts unserer Website direkt neben dem Buchungsformular platzieren.“

„Die Idee gefällt mir. Wir könnten auf Veranstaltungen vor Ort und in der Region hinweisen, zum Beispiel wenn Live-Bands in der Bar auftreten“, sagte sie mit lebhafterer Stimme und leuchtenden Augen, und in diesem Moment wurde ihm bewusst, wie hübsch sie immer ausgerechnet dann war, wenn sie ihm das Leben schwer machte … aber jetzt war sie geradezu unwiderstehlich. Offenbar war ihm anzusehen, was er dachte, denn sie verstummte mitten im Satz und fragte:

„Ist was? Warum sehen Sie mich so an?“

„Entschuldigung, habe ich das? Ich habe nur gerade gedacht, dass mich das freut, denn meine Schreibkünste beschränken sich auf technische Themen. Also, was meinen Sie? Würden Sie das übernehmen?“

Serena zögerte, nickte dann aber und antwortete. „Ja, das mache ich." Dann hielt sie kurz inne und fügte noch hinzu: „Das ist wirklich eine gute Idee, Malcolm. Das hätten wir schon längst machen sollen."

„Also, das hier", er hielt den Ordner mit den Plänen und Entwürfen hoch und fuhr fort, „das ist auch eine gute Idee. Danke dafür."

Sie wusste nicht so genau, wie sie mit seinem Dank umgehen sollte, also stand sie auf, deutete mit einer Geste auf den Marketingplan und sagte: „Den können Sie behalten. Es ist eine Kopie. Ich gebe die Ideen auch an Jamie und Ian weiter, um sicherzugehen, dass sie mit den Änderungen einverstanden sind. Und vielleicht hat Andrea ja auch noch Vorschläge dazu."

„Perfekt. Ich sage Ihnen Bescheid, wenn ich die Änderungen an der Internetseite vorgenommen habe."

„Danke." Sie lächelte ihn zurückhaltend an, nickte und verschwand dann wie der Blitz aus seinem Büro.

Ebenso beunruhigt wie fasziniert starrte er noch eine ganze Weile auf die Tür, als sie schon längst fort war. Je mehr Kontakt er mit der neuen Miteigentümerin hatte, desto mehr fragte er sich, ob die selbstherrliche, Verwöhnte-Prinzessin-Seite an ihr nicht nur geschauspielert war. Auf was er wohl stoßen würde, wenn er sich die Mühe machte, ein wenig genauer nachzuforschen?

7

Als Serena wieder das Haus ihrer Tante betrat, war sie ebenso zufrieden wie verwirrt. Eigentlich hätte sie froh sein müssen, dass Malcolm nicht nur ihre Ideen begeistert aufgenommen, sondern auch selbst noch eine ganz hervorragende Idee beigetragen hatte. In ihrem Kopf rotierte es schon, so viele Gedanken ballten sich dort. Sie hielt sich nicht gerade für eine Autorin, aber sie kannte Skye, und sie liebte die Insel. Es war ganz einfach, jeden Tag einen Post über das zu schreiben, was die Insel zu etwas ganz Besonderem machte.

Dennoch hatte es während ihres Gespräches einen Moment gegeben, da hatte Malcolm sie angesehen – sie wirklich gesehen – und sie hatte irgendetwas verspürt. Aber wahrscheinlich sollte sie lieber nicht zu viel in diesen Moment hineininterpretieren, denn Malcolm hatte ganz deutlich zum Ausdruck gebracht, dass er ihr Äußeres zwar attraktiv fand, ihre Art dagegen zum Weglaufen. Es war durchaus möglich, dass er sie nicht leiden konnte, sie aber trotzdem attraktiv fand.

Als nicht weniger verstörend empfand sie die Tatsache, dass der Funke in beide Richtungen übergesprungen war. Ob man es nun Anziehung oder Interesse oder Chemie nannte, er hatte etwas, das sie aus dem Gleichgewicht brachte. Ja, rein äußerlich hatte er objektiv gesehen einiges zu bieten – dunkelbraune Augen, volle Lippen und ein maskulines Kinn, aber sie war viel zu vernunftgesteuert und ihr Geschmack viel zu erlesen, um wegen etwas so ausschließlich Körperlichem wie Muskeln oder irritierend ungepflegter Gesichtsbehaarung in Begeisterungsstürme auszubrechen.

Was auch immer es sein mochte, was da bei ihr passierte, sie musste es in den Griff bekommen. Sie hätte ein ganzes Notizbuch vollschreiben können mit Gründen, weshalb es – außer der Tatsache, dass er ihr Angestellter war – eine grottenschlechte Idee war, sich zu Malcolm Blake hingezogen zu fühlen.

In dem Moment, in dem sie jetzt Muriels Haus betrat, stürzten sich ihre Kinder auf sie und rissen sie aus ihren Gedanken.

„Mami!", rief Max und klammerte sich mit beiden Armen an ihre Beine, als wäre sie den ganzen Tag und nicht nur eine halbe Stunde weg gewesen. Sie hob ihn hoch und stöhnte unter der Last seines Gewichtes, während jetzt auch noch Em ihre Körpermitte umklammerte.

„Was für eine Begrüßung!" Serena drückte erst Em einen Kuss auf den Kopf und dann Max einen dicken Schmatzer auf die Wange. „Was habt ihr denn so gemacht? Ihr habt aber Tante Muriel nicht den ganzen Tag in der Küche gefangen gehalten, oder?"

„Nein Mami", sagte Max kichernd. „Komm, guck mal."

Gefolgt von Em schleppte sie ihn in die Küche zu der Stelle, wo Muriel mit einer großen Schüssel am Küchentresen stand und leuchtend rosafarbenen Teig knetete. „Was ist denn das? Kekse?"

„Nein, Salzteig", antwortete Muriel. „Kannst du dich noch erinnern, dass wir den früher auch immer gemacht haben, als du noch klein warst?"

„Klar erinnere ich mich", sagte sie. Sie hatte immer gefunden, dass Salzteig viel besser war als Ton, weil das, was man daraus formte, wie

Plätzchen im Backofen gebrannt werden konnte. Sie setzte Max jetzt auf den Tresen und beugte sich dann vor, um ihrer Tante ein Küsschen auf die Wange zu geben. „Großtanten sind das Beste, oder?"

„Mmm-hmm", bestätigte Max mit Nachdruck. Als Muriel sich umdrehte, um zwei Glasschälchen von der Arbeitsfläche zu nehmen, zwickte Max blitzschnell ein kleines Stückchen von dem Teig ab und steckte es in den Mund, schüttelte sich aber sofort und spuckte es wieder aus.

Serena lachte. „Das ist kein Plätzchenteig, mein kleines Äffchen, und das hat dir Tante Muriel bestimmt auch schon gesagt."

„Ja, das habe ich, und jetzt weißt du auch warum, mein Schatz", bestätigte Muriel, sah Max dabei aber ganz vernarrt an. Sie war für Serena und Jamie Muttterersatz gewesen, sodass sie für Serenas Kinder eigentlich die Oma war. Serenas leibliche Mutter Marjorie war eher die Art Großmutter, die aus der Ferne Geschenke schickte und sich dann wunderte, wenn die Kinder sie bei ihrem einzigen Besuch im Jahr nicht stürmisch begrüßten. Muriel dagegen schnitt mit ihnen am Küchentisch Papierpüppchen aus und stellte gefärbten Salzteig her.

„Spielst du mit uns, Mama?", fragte Em hoffnungsvoll.

„Ja, natürlich", antwortete Serena und half Muriel, den Teig in vier gleich große Portionen aufzuteilen, während ihre Tante die Zutaten für eine zweite Ladung in einer anderen Farbe zusammenrührte.

„Was meint ihr beiden? Blau oder grün?"

„Blau", sagte Max im selben Moment, in dem Em „grün" sagte.

„Dann wird es türkis", erklärte Serena.

Muriel ging zum Schrank, um die Lebensmittelfarbe zu holen, aber als sie die Schranktür öffnete, schwankte sie hin und her. Serena stützte sie sofort und fragte: „Ist alles in Ordnung?"

„Ja, alles bestens", antwortete Muriel. „Mir war nur kurz ein bisschen schwindelig. Nichts Ernstes."

Mit gerunzelter Stirn schaute Serena ihre Tante noch einmal genau an. Muriel hatte tiefe dunkle Ringe unter den Augen, aber das hatte Serena darauf zurückgeführt, dass Max sie wieder alle mitten in der Nacht geweckt hatte. Stimmte etwas nicht mit ihr?

Muriel war genauso stur, wie es Serenas Vater gewesen war, und letztlich war diese Sturheit einer der Gründe dafür gewesen, dass man den Krebs bei ihm erst festgestellt hatte, als es schon zu spät gewesen war. Serena hatte nicht vor, so eine Einstellung in irgendeiner Form zu unterstützen, besonders, weil Muriel schon im vergangenen Jahr hin und wieder seltsame Beschwerden gehabt hatte.

„Vielleicht solltest du lieber doch noch diese Woche zum Arzt gehen", sagte Serena so leise, dass die Kinder es nicht hören konnten. „Nur zur Sicherheit."

Doch da sah Muriel sie streng an und sagte: „Mir geht es gut, Serena, Liebes. Kümmere dich bitte um deine eigenen Angelegenheiten."

Gut, Muriel wollte also von ihrer Nichte keinen Rat annehmen. Aber Serena machte sich eine innere Notiz, sie genauer zu beobachten und sie notfalls zu zwingen, zum Arzt zu gehen, wenn sich die Beschwerden häuften oder gar verschlimmerten.

„Was hat denn Malcolm zu deinen Vorschlägen gesagt?", fragte Muriel jetzt.

Ein wirklich geschickter Schachzug, Tantchen. „Er fand sie gut und hat mich sogar noch gefragt, ob ich nicht die Social-Media-Seiten des Hotels betreuen kann."

„Das klingt ja vielversprechend. Also versteht ihr beiden euch jetzt besser?"

„Ja, fürs Erste schon, aber erwarte nicht zu viel."

Serena ignorierte Muriels vielsagenden Blick und setzte sich mit ihrem Klumpen Salzteig an den Küchentresen. Die darauffolgende Stunde konzentrierte sie sich ganz darauf, kleine Tiere und Buchstaben – Max kannte bereits den größten Teil des Alphabets – zu formen, und ließ die Gedanken an den frustrierenden Hotelmanager hinter sich.

„Sag mal, Em, morgen ist ja dein erster Tag in der neuen Schule. Wie fühlst du dich denn, wenn du daran denkst?", fragte Muriel.

„Ich bin aufgeregt", antwortete Em. „Ich kann ja noch nicht so gut Gälisch, und was ist, wenn ich nichts verstehe?"

„Ach, so schlecht ist dein Gälisch doch gar nicht", beruhigte Serena sie. „Außerdem sprechen die Lehrer und die anderen Schüler ja auch alle Englisch."

Em nickte, aber die Art, wie sie eine misslungene Salzteig-Figur auf den Tisch klatschte, sprach Bände. Leise Zweifel beschlichen Serena. War das hier wirklich das Beste für sie und die Kinder? Vielleicht hätte sie Em für den Rest des Schuljahres lieber selbst zu Hause unterrichten sollen, das wäre ja auch eine Möglichkeit gewesen. Es war schon eine ungeheure Umstellung für Em, mitten im Schuljahr die Schule zu wechseln, und dann auch noch in einer Sprache unterrichtet zu werden, die sie nicht einmal annähernd fließend sprach, war sicher eine zusätzliche Herausforderung.

„Du machst das bestimmt ganz prima", sagte Muriel in sehr sicherem Ton und fing dabei einen Blick von Serena auf. „Deine Mama hätte dich da bestimmt nicht angemeldet, wenn sie nicht überzeugt wäre, dass du das auch schaffst." Dabei gab sie dem Mädchen einen verschwörerischen Knuff. „Außerdem sprechen deine Mama und ich ja auch beide Gälisch. Und dein Onkel Jamie auch, obwohl er das Gegenteil behauptet."

Da wurde Em ein bisschen munterer. „Ich weiß. Er hat mir ganz viele Schimpfwörter beigebracht, als ich ihm erzählt habe, dass meine Mitschüler gemein zu mir sind."

Muriel hatte Mühe, ernst zu bleiben, und Serena musste ein Schmunzeln unterdrücken, bevor sie sagte: „Na, die behältst du hier aber lieber für dich, mein Schatz, denn die anderen Kinder verstehen sie. Obwohl du ja auch mal ausprobieren könntest, ob du von deinen Lehrern nicht vielleicht Extrapunkte dafür bekommst."

Misstrauisch kniff Em daraufhin ein wenig die Augen zusammen und fing dann an zu kichern. „Dann sage ich, dass das die Idee von meiner Mama war."

„Das ist die richtige Einstellung", sagte Serena, legte den Arm um Em und drückte sie. „Du machst das bestimmt großartig, mein Schatz. Hab einfach ein bisschen Geduld, ja?"

Trotz ihrer mutigen Worte schlief Serena in dieser Nacht nicht viel, sondern wälzte sich in ihrem Bett hin und her in dem Zimmer, das sie mit Max teilte. Ausnahmsweise war dieser einmal nicht schuld an ihrer Schlaflosigkeit, denn der rührte sich die ganze Nacht nicht. Die Stille bot zu viel Raum zum Nachdenken und Grübeln – über die neue Schule, darüber, dass sie auf *Skye* war, und wie weit sie von dem Leben entfernt war, von dem sie glaubte, es ihren Kindern schuldig zu sein. Aber eigentlich hatte auch ihr eigenes Leben nicht gerade viel Ähnlichkeit mit den naiven Plänen, die sie einmal gehabt hatte.

„Hör auf zu jammern", flüsterte Serena sich im Dunkeln selbst zu.

Und sie hatte ja wirklich keinen Grund, sich zu beklagen, denn sie hatte so viel – zum Beispiel gesunde, intelligente Kinder und ein wunderschönes Haus. Ihr fehlte vielleicht eine eigene Karriere, aber sie hatte wenigstens etwas, womit sie fürs Erste beschäftigt war.

Was sie auf jeden Fall gelernt hatte, war, wie hohl der Teil des Traumes vom „liebenden Ehemann" sein konnte. Dass sie seit Edwards Tod kein Glück mit Dates gehabt hatte, lag vielleicht einfach daran, dass sie sich nicht vorstellen konnte, sich jemals wieder zu verlieben. Aber das war in Ordnung so. Sie hatte sich zwar nicht gewünscht, dass Em und Max ohne Vater aufwuchsen, aber mittlerweile war ihr klar geworden, dass das gar nicht so schlimm sein musste.

Trotz ihres übernächtigten Zustandes setzte Serena am nächsten Morgen ein fröhliches Gesicht auf, als Em ins Esszimmer kam und sie ihr verkündete: „Es gibt ein ganz besonderes Erster-Schultag-Frühstück. Tee, Scones, Haferkekse, Rührei und Würstchen."

„Ist das alles für mich und Max?", fragte Em mit großen Augen?

„Ja, für euch und für Tantchen und mich. Heute ist schließlich ein besonderer Tag." Serena wusste, dass sie es mit dem Frühstück übertrieb, aber Backen beruhigte ihre Nerven, und heute fühlte sie sich ganz besonders verletzlich.

Muriel kam bereits fertig angezogen ins Esszimmer und schenkte ihr ein verständnisvolles Lächeln. „Konntest du nicht schlafen?"

„Ich hab nur schon mal mit dem Backen für die ganze Woche angefangen", sagte Serena, aber sie konnte ihrer Tante nichts vormachen.

Als sie einen großen Teil des Frühstücks verputzt hatten, erklärte sich Muriel bereit, alles abzuräumen und die Reste wegzupacken, damit Serena Max und Em beim Anziehen helfen konnte. Es gelang Serena noch, sich zusammenzureißen, als Em ihre neue Schuluniform anzog – eine marineblaue Hose und ein hellblaues Poloshirt mit aufgesticktem Schulwappen –, aber als dann Max eine dunkle Jeans und seinen blauen Pullover anziehen wollte, weil er so aussehen wollte wie seine Schwester, musste sie sich doch vor Rührung die Augen wischen.

„Ist alles in Ordnung, Mama?", fragte Em und starrte Serena an, als wäre sie eine völlig Fremde.

„Tut mir leid, entschuldige", sagte Serena nur und tupfte sich die Augen ab. „Ich habe auch geweint, als du eingeschult worden bist, Em, und jetzt, wo Max in den Kindergarten kommt, ist es wieder genauso."

Max kroch auf ihren Schoß und legte seine Hände auf ihre Wangen. „Ist schon gut, Mami. Ich kann ja meine Giraffe bei dir lassen, wenn ich weg bin."

Serena lachte leise und gab ihrem Sohn einen Kuss auf die Nase. „Das ist wirklich lieb von dir, mein Äffchen, aber Mr Spots ist bestimmt enttäuscht, wenn er nicht mit dir in den Kindergarten gehen darf." Sie zog Max an sich, drückte ihn ganz fest, und dann tat sie das Gleiche mit Em. „Ihr seid die besten Kinder, die man sich nur vorstellen kann, wisst ihr das?"

Max wühlte sich aus ihrer Umarmung heraus, aber Em schaute ihr in die Augen und sagte: „Wir kommen schon zurecht, Mama. Mach dir keine Sorgen."

„Also gut. Wenn du es sagst..." Sie drückte jedem der Kinder noch einen Kuss auf den Kopf und richtete sich dann wieder auf. „So, und jetzt nehmt ihr beide euren Rucksack, und wir machen uns auf den Weg. Wir wollen ja nicht gleich am ersten Tag zu spät kommen, oder?"

Vielleicht sollte ich öfter so emotional werden, dachte Serena, während sie die beiden durch die Kälte zum Auto brachte. Em und Max waren derart entschlossen zu beweisen, dass sie keinen Grund hatte, traurig zu sein, dass sie darüber ihre eigene Nervosität ganz vergaßen. Jedenfalls bis sie von der Hauptstraße auf das Gelände der winzigen Grundschule von *Sleat* abbogen.

„Wisst ihr eigentlich, dass ich früher auch in diese Schule gegangen bin?", sagte Serena fröhlich, nachdem sie einen Parkplatz gefunden hatte. „Ich fand es hier immer schön, und deshalb finde ich es cool, dass ihr jetzt auch hier seid."

Em sah nicht besonders überzeugt aus, sodass Serena beide Kinder bei der Hand nahm und mit ihnen zum Haupteingang ging. Mehrere Gebäude mit weiß gekalkten Wänden in traditioneller Bauweise und leicht geneigten grauen Dächern lagen an die sanft ansteigende Landschaft geschmiegt da.

Etwas unterhalb befand sich der Schulhof, auf dem sich erstes Grün durch die Wasserpfützen kämpfte, welche der unablässige Regen der vergangenen Woche hinterlassen hatte. Ein breiter, dichter Waldstreifen trennte den Schulhof vom Sund dahinter. Ems zweifelnder Blick machte noch einmal deutlich, wie sehr sich dieses Umfeld von dem viktorianischen Gebäude der *Highlands Academy* mit seinen akribisch gepflegten Außenanlagen unterschied.

„Keine Angst, du schaffst das …", flüsterte Serena ihr vor der Schultür noch zu und drückte ihr einen Kuss auf den Kopf. „Das wird bestimmt ein tolles Abenteuer."

Sie war wirklich sicher, dass es das würde, aber diese Überzeugung änderte nichts an dem flauen Gefühl in ihrer Magengrube, als sie die Kinder den fähigen Händen der Lehrerinnen und Erzieherinnen übergab und wieder zurück zum Haus ihrer Tante fuhr.

Muriel war zum Einkaufen nach *Broadford* gefahren, also werkelte Serena im Haus herum, erledigte Wäsche und wischte völlig überflüssigerweise Staub, denn es war schon überall blitzblank. Sie brauchte so dringend Ablenkung, dass sie sogar kurz überlegte, ins Hotel zu fahren, um zu schauen, was Malcolm machte. Am Ende entschied sie sich dann aber doch lieber dafür, den Prospektentwurf fertigzugestalten und einen Terminplan für ihre Posts in den Social Media zu erstellen.

Als Muriel schließlich wiederkam, sprang Serena vom Esstisch auf und fragte: „Kann ich dir irgendwie helfen?"

„Serena Marie, du sitzt doch nicht hier herum und machst dir Gedanken um deine Kinder, oder?"

„Natürlich nicht", antwortete sie. „Ich zerbreche mir den Kopf über sie, würde es genauer treffen."

Mit einem kleinlauten Lächeln nahm sie Muriel die Taschen ab und brachte sie in die Küche. Stand es einer Mutter denn nicht zu, sich am ersten Schultag ihrer Kinder in einer neuen Schule Sorgen zu machen?

Über Max hätte sie sich allerdings wirklich keine Sorgen zu machen brauchen, denn als sie gegen Mittag kam, um ihn abzuholen, rannte er strahlend auf sie zu.

„Na, hast du Spaß gehabt, mein kleines Äffchen?"

„Mmm-hmmm. Ich hab Hunger."

Serena hob ihn hoch, setzte ihn sich auf die Hüfte und umarmte ihn ganz fest. Er war wirklich mehr als reif für den Kindergarten. Und mit ein bisschen Glück hatte sie sich auch völlig umsonst Gedanken um Em gemacht.

„Ich will nicht darüber reden! Warum muss ich auf diese blöde Schule gehen?", fragte Em, knallte die Autotür zu und rannte den Weg zu Muriels Haustür hinauf, sodass Serena ihr nur völlig verdattert hinterhersah.

„Ich mag den Kindergarten trotzdem, Mami", kam jetzt Max' Stimme vom Rücksitz. Serena seufzte und lehnte den Kopf an die Kopfstütze. So viel also zu ihrer Hoffnung einer möglichst reibungslosen Eingewöhnung. Sie hatte Em nicht einmal dazu bringen können, ihr zu erzählen, was passiert war. Als sie es versucht hatte, war dabei nur ein weiterer Ausbruch herausgekommen.

„Komm, Maxie, wir gehen lieber mal ins Haus", sagte sie zu ihrem Sohn, hob ihn aus dem Kindersitz und setzte ihn im Haus mit einer Kiste voller Spielzeugautos erst einmal auf dem Wohnzimmerfußboden ab, um anschließend nach Em zu schauen, die sich in ihrem Zimmer verkrochen hatte.

Sie klopfte leise an die Tür und fragte: „Können wir reden, Em?"

„Ich mache Hausaufgaben", kam Ems patzige Antwort.

Daraufhin zögerte Serena kurz, drehte sich dann aber um und ging wieder zurück zu Max. Obwohl sie eigentlich instinktiv das Gefühl hatte, Em gut zureden zu müssen, war ihr klar, dass Em erst reden würde, wenn sie so weit war.

Und tatsächlich, ein paar Minuten später tauchte ein kleines verweintes Mädchen im Wohnzimmer auf. Sie hatte sich schon umgezogen und trug statt der Schuluniform jetzt Jeans und einen pinkfarbenen Pulli.

„Willst du nicht erzählen, was passiert ist?", fragte Serena aufmunternd.

„Ich habe gar nichts verstanden", berichtete Em kläglich. „Die Lehrerin hat gesagt, ich soll einfach mitmachen, so gut ich kann, aber dann hat sie mir eine Frage gestellt, und ich habe irgendetwas Dummes auf Gälisch gesagt. Ich habe die Wörter total durcheinandergebracht und alle haben gelacht."

Serena seufzte. Ihr war schon klar gewesen, dass es eine ziemliche heftige Umstellung werden würde, aber sie hatte unterschätzt, wie wichtig es für ihr intelligentes Kind war, alles richtig zu machen.

Sie legte Em den Arm um die Schultern und sagte: „Ich weiß, dass es am Anfang schwer ist, wenn man nicht alles versteht, aber je besser du aufpasst und je mehr Übung du bekommst, desto mehr verstehst du auch."

„Aber Mama …"

„Kein Aber. Ich weiß, dass du das schaffst, Em. Und ich weiß, dass du keine bist, die aufgibt. Du lässt dich doch durch eine schlechte Erfahrung nicht davon abhalten, es weiter zu versuchen, oder?"

Em sah nicht besonders überzeugt aus, nickte aber trotzdem.

„Gibt es nicht jemanden, der dir helfen könnte?"

„Also, da ist so ein Mädchen, Felicity. Ihre Mutter kommt aus Schottland, aber sie ist in Australien geboren. Sie ist erst seit zwei Jahren hier und spricht fast genauso gut Gälisch wie die schottischen Kinder."

Serena strich Em das dunkle Haar zurück. „Dann musst du vielleicht einmal ganz bescheiden sein und um Hilfe bitten. Was meinst du?"

Em schniefte ein bisschen und sah schon weniger verdrossen aus. „Kann sein."

Serena drückte sie noch einmal fest an sich und bot ihr an, sich ihre Hausaufgaben noch einmal anzuschauen – die ebenfalls auf Gälisch gemacht wurden –, bis es Zeit fürs Abendessen war. Aber Serenas Zweifel und Sorgen blieben und verfolgten sie, während sie der vertrauten Tätigkeit nachging, Brötchen zu backen.

„Du grübelst doch über irgendetwas nach", sagte Muriel von der anderen Seite der Küche aus. „So fest knetest du den Teig nur, wenn du dir Sorgen machst."

„Ich mache mir keine Sorgen. Ich … denke nur nach."

„Dann hast du gerade eben die gesamte Luft aus dem Teig gedacht und musst ihn nochmal gehen lassen, bevor du Brötchen formen kannst."

Serena hielt in ihrem Tun inne und starrte auf den völlig platten Teigklumpen, der vor ihr lag. Eigentlich hätte er nur noch einmal ganz leicht durchgearbeitet werden sollen, bevor sie ihn in Brötchenportionen aufteilte. Aber jetzt hatte sie das erste Gehen durch ihre Knetattacke wieder zunichtegemacht. Frustriert klatschte sie mit der Hand auf den Teig, bevor sie Muriel wieder anschaute.

„War es die richtige Entscheidung, wieder herzukommen, Tantchen? Em mag die Schule nicht, und wir haben immer noch keine Bleibe für uns gefunden …"

„Doch, das habt ihr, denn ich habe dir ja gesagt, dass du hier wohnen kannst, solange du möchtest. Auch den ganzen Sommer."

„Wir wissen doch beide, dass das für uns alle viel zu anstrengend wäre", seufzte Serena. „Vielleicht war es eine voreilige Entscheidung, wieder herzukommen. Ich bin einfach vor unseren Problemen davongelaufen und habe irgendwie geglaubt, dass sie sich hier auf *Skye* alle von selbst lösen würden."

„Serena, Liebes, schau mich mal an." Muriel sah sie so lange an, bis Serena tat, was sie gesagt hatte. „Hör auf zu grübeln. Ja, wir müssen uns vielleicht alle erst an die neue Situation gewöhnen, aber du musst aufhören, jetzt im Nachhinein alles anzuzweifeln und dir ständig Sorgen zu machen, dass du einen Fehler gemacht haben könntest. Du bist eine großartige Mutter und eine intelligente Frau und absolut in der Lage, selbständig Entscheidungen zu treffen. Ich weiß das, deine Kinder wissen es, und deine Familie weiß es auch. Die einzige Person, die es jetzt auch noch glauben muss, bist du selbst."

Diese Worte rührten viel zu sehr an etwas, das Serena nicht einmal sich selbst, geschweige denn ihrer Tante gegenüber eingestand, und sie merkte, wie sie plötzlich großes Unbehagen empfand. „Ich möchte nur, dass für die Kinder alles perfekt ist und sie nicht eines Tages zurückblicken und mir die Entscheidungen übel nehmen."

Da legte Muriel ihr ganz sanft eine Hand auf die Schulter und erklärte: „Ach Serena, mein Schatz, manchmal muss man einfach ein bisschen Glauben haben."

„Ja klar, Glauben." Sie schluckte, ließ die Teigkugel in eine geölte Schüssel fallen und deckte die Schüssel dann mit einer Frischhaltefolie ab. Über Glauben ließ sich leicht reden, aber es war schwer, ihn zu behalten. Und noch schwerer war es, ihn wieder zurückzugewinnen, wenn man ihn einmal verloren hatte.

Im Wohnzimmer saßen Max und Em mitten auf dem Teppich, umgeben von Brettspielen, die Em in irgendeinem Schrank gefunden hatte.

„Was spielen wir?", fragte Serena und kniete sich neben den beiden hin.

„Schach", antwortete Max.

„Verstehe." Es war zwar ein Schachbrett, das da vor ihm lag, aber es war mit Damesteinen und *Candy Land*-Figuren bestückt. „Vielleicht schaue ich euch beim ersten Spiel einfach zu, damit ich die Regeln verstehe."

Sie stellte rasch fest, dass es keine Regeln gab, beziehungsweise sie sich so schnell änderten, dass sie nicht zu verstehen waren.

Nach einer kurzen Pause, die sie einlegen musste, um die Brötchen zu formen, bevor sie sie dann noch einmal an der warmen Herdplatte gehen ließ, spielten die Kinder dann richtig Dame, als sie wieder ins Wohnzimmer kam. Em konnte Max mühelos in dem Spiel schlagen, aber sie tat so, als würde sie all die Züge, mit denen sie hätte gewinnen können, nicht erkennen, bis sie ganz sicher war, dass Max einen uneinholbaren Vorsprung hatte.

„Ich hab gewonnen!", krähte Max. Serena wuschelte ihrem Sohn durchs Haar und lächelte ihre Tochter wissend an. Em war eine gute große Schwester und ein liebes Mädchen, was ihre derzeitigen und auch die vergangenen Schulprobleme umso unverständlicher machte.

„So, und jetzt bauen wir eine Burg!", rief Max, wischte die Spielsteine des Damespiels ausgelassen zurück in die Schachtel, griff dann in einen Beutel mit Bauklötzen neben sich und begann daraus einen wackeligen Turm zu bauen. „Da wohnt der Drache", verkündete er.

„Aha. Wohnen in der Burg denn auch Menschen?"

„Nein, nur Drachen. Und Schafe. Drachen essen nämlich Schafe."

Jetzt ergab das Bauprojekt schon mehr Sinn. Nachdem er nämlich aus dem Kindergarten nach Hause gekommen war, hatte sie sich dazu überreden lassen, ihn einen seiner Lieblingsfilme schauen zu lassen. Serena wollte gerade eine Bemerkung über die schottischen Wikinger machen, als ein Klopfen die Haustür förmlich erbeben ließ.

„Kannst du bitte aufmachen, Serena?", rief Muriel aus der Küche.

Serena runzelte die Stirn und stand vom Fußboden auf. Wer um Himmels Willen kam an einem so regnerischen Abend um diese Zeit noch vorbei? Vorsichtig öffnete sie die Tür, und ihr Herz hüpfte ihr bis in den Hals, als sie Malcolm Blake gegenüberstand. „Was machen Sie denn hier?"

„Muriel hat uns zum Abendessen eingeladen", antwortete er und strich sich mit der Hand durchs Haar, um die Regentropfen abzuschütteln, die dort und auf den Schultern seiner Jacke lagen. „Dürfen wir hereinkommen? Es ist kalt."

„Wir?" Serena trat zur Seite, ging ins Wohnzimmer voraus und blinzelte kurz, als nach ihm eine hübsche junge Frau das Haus betrat. Sie sah ihm so ähnlich, dass sie miteinander verwandt sein mussten. Hatte Malcolm etwa eine Tochter, und zwar eine, die schon ein Teenager war?

„Serena, das ist Kylee. Kylee, darf ich dir Serena vorstellen, Muriels Nichte und eine der Eigentümerinnen des Hotels."

„Freut mich, Sie kennenzulernen, Mrs Stewart", sagte Kylee und gab ihr lächelnd und mit einer für einen Teenager beeindruckenden Selbstsicherheit die Hand.

„Freut mich auch, dich kennenzulernen", sagte Serena wie automatisch, weil sie immer noch so verblüfft war. „Das sind meine Kinder Em und Max."

Kylee ging sofort zu Em, die gerade mit einem Puzzle begonnen hatte. „Ach ist das schön. Ist das Dornröschen? Kann ich mitmachen?"

„Hier, du kannst das Kleid legen", antwortete Em und schob ein Häufchen Puzzleteile zu Kylee hin. Sie war offensichtlich völlig fasziniert von dem älteren Mädchen, denn sie gab Kylee die guten Teile und nicht irgendwelche langweiligen Teile vom Himmel.

Serena setzte ein Lächeln auf, das wahrscheinlich genauso künstlich aussah, wie es sich anfühlte, und sagte: „Setzen Sie sich doch. Ich sage Tante Muriel Bescheid, dass Sie da sind."

Und dann raste sie förmlich in die Küche, lehnte sich dort über die Kochinsel und fragte: „Wieso hast du mir nicht gesagt, dass du ihn eingeladen hast?"

„Ach, habe ich vergessen, das zu erwähnen?", fragte Muriel unschuldig. „Das muss mir irgendwie entfallen sein."

„Ja klar. Willst du damit etwa erreichen, dass wir besser miteinander auskommen?"

Muriel warf ihr einen so strengen Blick zu, dass ihr der Protest im Halse stecken blieb und antwortete: „Kylee und Malcolm sind montagabends oft zum Essen hier. Ich fand es nicht besonders gastfreundlich, ihnen zu sagen, dass sie nicht mehr willkommen sind, weil du ihn anscheinend nicht leiden kannst“, antwortete sie auf Serenas provozierende Frage.

Bei diesen Worten kam sich Serena vor wie eine egozentrische Dreijährige, aber das bange Gefühl blieb, und ihre Nerven lagen auch schon ohne die Aussicht, es an diesem Abend noch mit Malcolm aufnehmen zu müssen, blank.

„Es wäre nur schön gewesen, wenn du mich wenigstens vorgewarnt hättest.“

„Aber warum denn, Liebes? Damit du noch ein Thema mehr zum Grübeln gehabt hättest? Ich glaube, es wird langsam Zeit, die Brötchen in den Ofen zu schieben, damit wir bald essen können. Es sei denn, du möchtest noch ein bisschen länger bei ihm sitzen und Smalltalk halten“, bemerkte Muriel jetzt.

„Nein, vielen Dank auch“, antwortete Serena und schob das Blech mit den Brötchen in den Backofen unter das Hähnchen, für das noch genau 20 Minuten auf dem Timer standen. Sie überlegte, ob sie glaubhaft noch Essensvorbereitungen vorschieben konnte als Grund, sich vor Malcolms Gesellschaft zu drücken, aber es war alles fertig, und sogar der Tisch war schon gedeckt. Ach, wäre ihr doch nur früher aufgefallen, dass für zwei Personen mehr gedeckt war, dann hätte sie gewusst, dass Muriel irgendetwas im Schilde führte.

Serena zog ein Haargummi von ihrem Handgelenk, band ihr Haar zu einem Zopf zurück und atmete einmal tief durch, bevor sie wieder ins Wohnzimmer ging.

Malcolm saß auf dem Boden und baute mit ihrem Sohn zusammen einen Anbau an die Burg. „Also wenn du Drachen hast, dann brauchst du auch eine Startbahn“, sagte er gerade. „Manche von ihnen brauchen nämlich richtig viel Platz zum Starten und Landen, genau wie Flugzeuge. Meinst du nicht?“

Da leuchteten Max’ Augen, als hätte Malcolm gerade die beste Idee in der gesamten Geschichte des Drachenburgenbaus. „Das hab’ ich ganz vergessen! Die sind ja voll groß!“

„Genau! Richtig groß.“ Malcolms Blick ging kurz nach oben und traf auf Serenas, wanderte aber sofort wieder zurück zu seinem Projekt, mit roten Bauklötzen eine Startbahn zu bauen.

Gut. Er kann also mit Kindern umgehen. Wahrscheinlich, weil er selbst geistig und emotional noch ein Kind ist.

Da meldete sich Kylee zu Wort. „Hey Onkel Malcolm, ich glaube, wir haben noch einige solcher alten Bauklötze bei uns auf dem Dachboden. Die kann doch Max haben, oder?“

„Ja, ich schau mal nach, wenn wir wieder zu Hause sind. Ich habe nach Weihnachten ein paar Kisten hochgebracht.“

Serena schaute zwischen Malcolm und Kylee hin und her und fragte: „Ach, sie ist Ihre Nichte?“

Jetzt sah er sie endlich direkt an. „Ja, die Tochter meiner großen Schwester“, antwortete er und legte eine unterschwellige Betonung auf *große*, so als wollte er sagen, dass sie offenbar so dumm gewesen war zu glauben, dass er schon eine Tochter im Teenageralter hatte.

„Sie lebt bei mir.“

„Also eigentlich lebst du ja wohl eher bei mir“, bemerkte Kylee.

„Hey, Obacht, Mädel. Vergiss nicht, wer dir zu essen gibt.“

„Na, bei deinen Kochkünsten bin das ja wohl auch eher ich“, entgegnete Kylee kess.

Da musste Serena laut lachen, was ihr einen Blick von Malcolm einbrachte, der sehr viel weniger Sympathie ausdrückte als der, mit dem er Kylee ansah. Aber irgendwie wäre sie richtig enttäuscht gewesen, wenn sie erfahren hätte, dass er gut kochen konnte, denn das hätte das Bild, das sie sich von ihm gemacht hatte, komplett zerstört.

Dann schnüffelte sie. Was verbrannte denn da?

„Mist! Die Brötchen!“ Sie rannte zurück in die Küche, riss die Backofentür auf, und eine kleine Qualmwolke mit dem typischen Geruch von Verkohltem kam heraus. Sie griff nach einem Topflappen und zog erschrocken das Backblech heraus. Oben waren die Brötchen goldgelb, wie sie sein sollten, aber die Unterseite war komplett schwarz.

Und erst da merkte sie, dass sie das Blech mit den Brötchen nicht nur direkt unter das Hühnchen geschoben, sondern außerdem auch noch vergessen hatte, noch einmal die Temperatur zu kontrollieren. Aber zum Glück waren die Brötchen nicht völlig ruiniert.

„Wir schneiden einfach die Unterseite ab“, murmelte sie sich selbst zu. „Vielleicht merkt es ja keiner.“

Doch diese Hoffnung erwies sich als vergebens. Muriel und Kylee sagten nichts, als sie ihr Brötchen neben das Hühnchenfleisch legten, aber Malcolm drehte seines um und erklärte: „Aha, daher also der verbrannte Geruch.“

Als Serena daraufhin rot wurde, ärgerte sie sich noch mehr. Seit wann interessierte es sie denn, ob er glaubte, dass sie kochen und backen konnte? Er war ihr Angestellter, kaum einmal ein Bekannter, sodass wirklich nicht die Notwendigkeit bestand, ihn zu beeindrucken.

„Serena ist eine hervorragende Bäckerin, wenn sie nicht abgelenkt ist“, sagte Muriel.

Malcolm lächelte sie an. „Abgelenkt? Wieso waren Sie denn abgelenkt?“

Dieser Mann …! Wahrscheinlich glaubte er, dass er sie durch seine Anwesenheit ablenkte. Serena suchte nach einer plausiblen Antwort, und schließlich fiel ihr eine ein, die wenigstens zum Teil stimmte. „Ach, mich beschäftigt gerade unsere Wohnungssuche.“

„Welche Wohnungssuche denn?“

„Ich hatte eigentlich vor, für den Sommer ein Ferienhaus in *Armadale* zu mieten“, erklärte sie, „aber als ich es mir dann angesehen habe, hat es doch nicht für uns gepasst.“

„Zu rustikal und einfach?“

„Die einzige Wärmequelle war der Holzofen, und dabei ist mir einfach nicht wohl, wenn ich an Max denke.“

„Das verstehe ich. Und sonst gab es nichts Passendes?“

„Jedenfalls habe ich bis jetzt noch nichts gefunden. Vor allem nichts, wo wir den ganzen Sommer bleiben könnten.“

„Was ist denn mit Mrs Dochertys Kate?“, fragte Kylee.

Serena schaute zwischen Kylee und Malcolm hin und her. „Mrs Docherty?“

„Das ist unsere Nachbarin“, erklärte Malcolm. „Auf dem Grundstück neben uns stehen zwei Gebäude. Mrs Docherty verbringt den Sommer in dem modernen Haus auf dem hinteren Teil des Grundstücks und vermietet die alte Kate aus dem 19. Jahrhundert. Seit dem letzten Herbst steht sie leer.“

„Der Typ, der dort gewohnt hat, musste in den Knast“, sagte Kylee aufgeregt.

Malcolm warf ihr einen warnenden Blick zu und sagte: „Ach, das ist doch nur Klatsch und Tratsch. Jedenfalls ist auch dieses Haus sehr einfach, und ich bin nicht sicher, ob es das ist, was Sie suchen.“

Wahrscheinlich meinte er damit, dass es zu sehr in seiner Nähe war, und damit empfahl es sich wahrscheinlich für keinen von ihnen beiden. Aber Kylee schien die unterschwellige Aussage nicht mitzubekommen und erklärte: „Es wäre perfekt für Sie. Es hat unten zwei Schlafzimmer und zusätzlich noch einen ausgebauten Dachboden, und ich weiß, dass es mindestens zwei Heizkörper hat, weil ich geholfen habe, es winterfest zu machen, als es leer stand“, erklärte sie.

„Wenn Sie möchten, kann ich mich gerne für Sie erkundigen“, bot Malcolm an, klang dabei aber sehr zögerlich. „Es hat einen ziemlich schönen Blick auf die *Broadford Bay*. Der Nachteil wäre, dass sie immer den weiten Weg von dort zur Arbeit im Hotel fahren müssten."

„Ach, würden Sie das bitte tun, Malcolm?", sagte Muriel und legte ihm die Hand auf den Unterarm. „Das wäre wirklich sehr nett von Ihnen."

Malcolm sah Serena daraufhin an und wartete auf eine Reaktion ihrerseits. Einen langen Moment war sie unschlüssig. Gerade noch hatte sie sich Sorgen gemacht, dass sie keine Wohnung finden würde, und Tante Muriel hatte ihr gesagt, dass sie mehr Glauben haben müsse. Doch irgendwie konnte Serena für Gottes Fürsorge in Form einer weiteren Stressquelle nicht dankbar sein.

Trotzdem war das vielleicht eine Möglichkeit – vielleicht sogar ihre einzige. Sie schluckte also alle ihre Vorbehalte, die sich verdächtig nach verletztem Stolz anfühlten, herunter und sagte dann: „Ja, würden Sie bitte fragen?"

„Mit Vergnügen", erklärte er mit einem Augenzwinkern.

Muriel sah absolut zufrieden aus mit dieser Wendung der Dinge und bekam den ironischen Unterton in der höflichen Unterhaltung gar nicht mit. Aber an den Blicken, die Malcolm Serena immer wieder über den Tisch hinweg zuwarf, war abzulesen, dass er die Situation sehr genoss. Er würde dafür sorgen, dass sie nicht vergaß, wie sehr sie auf ihn angewiesen war.

8

Malcolm rief am nächsten Morgen gleich als Erstes bei Mrs Docherty an, hinterließ ihr eine Nachricht und hoffte insgeheim, dass sie sich möglichst schnell bei ihm melden würde. Die Idee, einer Frau gegenüber den Helden spielen zu können, gefiel ihm vielleicht deshalb so gut, weil Serena dann zukünftig in ihrem Umgang mit ihm ein bisschen demütiger werden musste.

Es konnte aber auch sein, dass er einfach nur gespannt war zu erleben, wie sie sich ihm gegenüber als ganz normale Nachbarin und nicht als seine Chefin verhalten würde. Er war einfach von Natur aus neugierig und hatte stets den Drang, herausbekommen zu wollen, was Menschen zu einer bestimmten Reaktion veranlasste. Dazu gehörte auch ihr eher ruhiges Verhalten am Vorabend, das darauf hindeutete, dass sie sich über etwas Gedanken machte. Aber was mochte es für Serena Stewart schon geben, worüber sie sich Sorgen machen musste?

Er bekam zunächst keine Gelegenheit mehr, seine Neugier zu befriedigen, denn in den darauffolgenden Tagen ließ sie sich nicht im Hotel blicken. Ob sie ihm aus dem Weg ging? Aber so, wie er sie bisher kennengelernt hatte, war das ein geradezu absurder Gedanke.

Am Donnerstagnachmittag klingelte schließlich sein offizieller Durchwahlanschluss im Hotel. „Malcolm, mein Lieber, hier ist Anna Docherty."

„Mrs Docherty! Dann haben Sie also meine Nachricht bekommen? Ich dachte schon, Sie wären so beschäftigt mit Sonnenbaden, dass Sie keine Zeit hätten zurückzurufen."

Die Besitzerin des Nachbarhauses verbrachte immer den Winter bei ihrer Tochter in Südfrankreich. Sie behauptete zwar, das schottische Wetter sei schlecht für ihre Arthritis, aber er glaubte eher, dass es ihr gefiel, von charmanten französischen Männern umgeben zu sein. Nach allem, was er bisher über sie gehört hatte, war sie eine kesse alte Lady, und das bestätigte sich auch dieses Mal, als sie jetzt am anderen Ende der Leitung entzückt kicherte.

„Da haben Sie mich wirklich durchschaut", erklärte sie und fuhr dann fort: „Sie schreiben in Ihrer Nachricht, dass Sie eine Mieterin für meine kleine Kate haben?"

Daraufhin erzählte Malcolm ihr von Serena, dass sie zwei Kinder habe und bis zum Ende des Sommers ein Haus bräuchte. Als Mrs Docherty dann auch noch hörte, dass es sich bei der potenziellen Mieterin um Duncan MacDonalds Tochter handelte, war sie sofort Feuer und Flamme.

„Sie wissen doch, dass Duncan meinem jüngsten Sohn das Fiedelspielen beigebracht hat, oder? Auch wenn er nicht so viel übt und spielt, wie er eigentlich sollte – er spricht nicht einmal mehr Gälisch, seit er in Edinburgh lebt –, ist es doch gut, wenn die traditionelle Musik erhalten bleibt und weitergepflegt wird, finden Sie nicht auch?"

Malcolm nahm sich einen Ordner mit Rechnungen vor, während Mrs Docherty ohne Punkt und Komma weiter von ihrem Sohn erzählte, von dem sie offenbar glaubte, dass er nur deshalb ein erfolgreicher Friseur geworden sei, weil er zu faul war, um in einem „richtigen Job", wie sie es gern bezeichnete, zu arbeiten. Malcolm kontrollierte derweil die letzte Obst- und Gemüserechnung und streute hin und wieder an einer passenden Stelle ein zustimmendes Murmeln ein.

Als Mrs Docherty ungefähr zehn Minuten so geredet hatte, ohne irgendetwas Konkretes zu sagen, unterbrach er sie schließlich und fragte: „Soll ich ihr dann sagen, dass sie die Kate mieten kann?"

„Dass sie ... was kann? Ach so, das Haus meinen Sie. Ja sicher. Sie haben doch den Schlüssel, mein Lieber. Zeigen Sie es ihr und lassen Sie mich dann wissen, ob sie es mieten möchte, ja? Sie können dann für mich die Miete entgegennehmen, bis ich im Juni wieder da bin."

„Das mache ich gern. Aber jetzt muss ich mich wieder an die Arbeit machen, Mrs Docherty. Und geben Sie den französischen Mädchen doch bitte auch eine Chance, ja?"

Dann legte er lachend auf.

Wenn Kylee ihm nicht schon viele Geschichten über Mrs Docherty erzählt hätte, die sie in der letzten Zeit von den Bewohnern des Dorfes gehört hatte, hätte Malcolm gedacht, dass ihr Auftreten als exzentrische alte Lady gespielt war. Doch es gab im Dorf – angelehnt an Mrs Dochertys Verhalten – den stehenden Begriff: „einen Anna Docherty vollführen", und er hatte den Verdacht, dass sie sich nicht zuletzt deshalb so aufführte, weil sie im Dorf für ein bisschen Abwechslung und Gesprächsstoff sorgen wollte. Warum aber auch nicht? Wenn man drei Ehemänner überlebt, sechs Kinder zur Welt gebracht und es zum gesegneten Alter von 89 Jahren geschafft hat, dann stand es einem doch wahrlich zu, ein bisschen Spaß zu haben.

Er blätterte einen Stoß mit Papieren durch, bis er das laminierte Blatt mit Serenas Handynummer gefunden hatte.

Als er sie anrief, ging sie sofort ans Handy und fragte erstaunt: „Malcolm! Gibt es ein Problem?"

„Nein, kein Problem, aber das Haus, von dem ich Ihnen erzählt habe, ist tatsächlich zu vermieten. Und falls Sie heute Abend noch vorbeikommen und es sich anschauen möchten, ich habe einen Schlüssel."

„Ginge das auch morgen Vormittag?", fragte sie, und er hörte Kinderstimmen im Hintergrund.

„Ich bin den ganzen Tag im Hotel", erinnerte er sie. „Es sei denn, sie können morgens ganz früh kommen, bevor ich ins Hotel fahre."

„Ich glaube, das wäre besser", erklärte sie, und ihre Stimme klang plötzlich gedämpft. Trotzdem konnte er hören, wie sie sagte: „Max, das kommt nicht in die Toilette. Und du kannst nicht ohne Hose herumlaufen. Komm sofort wieder her!"

Malcolm musste schmunzeln. Er hatte auf jeden Fall den einfacheren Elternjob von ihnen beiden. „Dann kommen Sie doch um halb acht vorbei. Ich schicke Ihnen nachher die Adresse und ich bringe sogar Kaffee mit."

„Gut, ich komme dann", murmelte sie. „Danke."

„Gern geschehen", antwortete er und beendete dann mit einem wohligen Gefühl im Magen das Gespräch.

9

Serena stand am Eingang des Hauses, dessen Adresse Malcolm ihr auf ihr Handy geschickt hatte, und zitterte vor Kälte, obwohl sie eine Steppjacke und Stiefel mit Lammfellfutter trug. Für Mitte April war es auf Skye eigentlich zu kalt, aber in den letzten Wochen war ein Sturm nach dem anderen über die Insel gefegt, und der jetzige brachte auch noch dichten Nebel und einen feinen Eisregen mit, der an ihrer Jacke und in ihren Haaren haftete. Minuten vergingen, und sie fragte sich langsam, ob sie sich vielleicht eine falsche Adresse oder die falsche Zeit notiert hatte.

Sie holte also ihr Handy aus der Tasche und wollte gerade Malcolm anrufen, als am Ende der langen matschigen Auffahrt im Nebel die Umrisse einer Gestalt auftauchten und dann klarer wurden, je näher diese Gestalt kam. Malcolm trug einen dicken Pullover, schlammverkrustete Gummistiefel und hatte eine Wollmütze über die Ohren und tief in die Stirn gezogen. Sie verwünschte sich selbst wegen des kleinen Hüpfers, den sie in ihrem Inneren verspürte, als sie ihn sah. Raubeinig wirkende Männer waren nie ihr Geschmack gewesen, aber bei ihm war es etwas anderes. Und das beunruhigte sie ein wenig.

„Tut mir leid, dass ich zu spät komme", begrüßte er Serena und überreichte ihr einen Thermobecher. „Kann ich das mit einem Kaffee wiedergutmachen?“

„Also gut, vielleicht lässt er mich über die Verspätung hinwegsehen. Viel zu tun heute Morgen?“ Sie war hoch zufrieden mit sich, dass sie diese Worte so gleichmütig und leidenschaftslos herausbrachte.

„Ja, es gab da einen kleinen Zwischenfall, an dem Kylees Hund, schmutzige Pfoten und alle Polstermöbel im Haus beteiligt waren“, antwortete er mit einem schiefen Grinsen. „Der Hund hat Glück, dass er so süß ist.“

Zögernd erwiderte Serena sein Lächeln. „Em bettelt auch schon eine ganze Weile, dass sie einen Hund haben möchte, aber im Moment kann ich nicht auch noch die Verantwortung für einen Hund übernehmen.“

„Das verstehe ich“, erklärte Malcolm, wühlte in seiner Jackentasche nach dem Schlüsselbund des Hauses und berührte sie versehentlich, als er den Schlüssel an ihr vorbei ins Schloss der Haustür steckte. „Das Haus steht schon eine ganze Weile leer, deshalb ist es da drinnen jetzt bestimmt sehr kalt, aber im Herbst hat die Heizung noch funktioniert.“

Serena ging an ihm vorbei in die Eingangsdiele, von der aus man gleich in eine Art Wohnraum gelangte. Von außen sah das Haus mit den weiß gekalkten Außenwänden und den erneuerten Sprossenfenstern aus wie eine klassische Bauernkate und wie eine kleinere Version des Hotels. Das Innere überraschte sie dann, weil es so hell und modern wirkte.

Im gesamten Haus waren die alten breiten Bodendielen noch erhalten, und die Wände waren in einem hellen Cremeton gestrichen. An einer Wand hing ein kleiner Fernseher mit Flachbildschirm, gegenüber davon stand eine Couchgarnitur, die mit Schonbezügen versehen war.

„Es gibt kein Esszimmer, aber dafür eine Wohnküche“, erklärte

Malcolm mit der routinierten Ruhe eines Immobilienmaklers, was so wenig zu seinem Aufzug an diesem Morgen passte, dass sie schmunzeln musste. Sie folgte ihm durch den Flur in eine etwas altmodische, aber funktionale Küche, unter deren Arbeitsplatten sich alle notwendigen Geräte einschließlich Waschmaschine und Trockner befanden.

Als sie dann noch den alten AGA-Herd entdeckte, sagte sie: „Es ist wirklich reizend."

Malcolm schien überrascht von ihrer Reaktion. „Dann schauen Sie sich am besten auch noch die Schlafzimmer an. Zwei sind hier unten – ich nehme an, die würden Ihre Kinder bekommen –, und dann gibt es oben unter dem Dach noch eine Art Studio mit einem Doppelbett."

Die beiden Schlafzimmer im Erdgeschoss waren klein, aber sehr hübsch mit antiken Einzelbetten eingerichtet, an deren Fußende jeweils frische, gebügelte Leinenbettwäsche lag. Ein Stück weiter den Gang entlang befand sich ein winziges Bad mit einem Durchlauferhitzer, der in die Duschkabine eingebaut war. Von der Diele in der Mitte des Hauses führte eine steile Treppe hinauf in ein kleines holzvertäfeltes Dachstudio unter dem Spitzdach, das gerade breit genug war für das Doppelbett.

Malcolm drückte sich an die eine Wand, damit Serena an ihm vorbeikam, aber dabei kamen sie sich immer noch so nah, dass sie den frischen Duft seines Eau de Toilette und seinen kräftigen Körper nicht ignorieren konnte.

Vor dem Fenster blieb sie stehen und schnappte förmlich nach Luft. „Die Aussicht ist ja atemberaubend."

Er trat hinter sie, um ebenfalls hinauszuschauen, und jede Faser ihres Körpers geriet in Aufruhr. Sie musste hier weg, bevor er merkte, wie attraktiv sie ihn fand, aber es war nicht einmal genügend Platz für eine Person, um zu manövrieren, geschweige denn für zwei.

„Ich habe von meinem Schlafzimmer aus den gleichen Ausblick", sagte er. „Aber hier ist wenigstens das Bett so hoch, dass man auch im Liegen hinausschauen kann. Wenn es aufhören würde zu regnen, hätten sie einen wunderbaren Blick in den Sternenhimmel."

Etwas an der Intimität seiner Aussage bewirkte, dass sie heftig errötete und ihr am ganzen Körper heiß wurde. Dabei fühlte sich ihr Mantel plötzlich viel zu warm an, obwohl es im Haus extrem kalt war.

Sie räusperte sich. „Und die Heizung und der Durchlauferhitzer sind funktionstüchtig?"

„Als ich das Haus winterfest gemacht habe, hat jedenfalls noch alles funktioniert, aber wenn Sie möchten, bringe ich die Heizungen und Boiler gerne gleich für Sie in Gang."

„Das wird nicht nötig sein", sagte sie. „Ich bin sicher, das schaffe ich auch allein."

Malcolm sah sie mit einem nachdenklichen Blick an, der viel beunruhigender war als sein übliches arrogantes Grinsen.

„Fällt es Ihnen wirklich so schwer, Hilfe anzunehmen?", fragte er, woraufhin Serena tiefer errötete und nicht so genau wusste, ob sie Schuldgefühle haben oder beleidigt sein sollte.

„Nein, es fällt mir nicht schwer, aber ich brauche keine Hilfe. Ich habe schon mal eine Heizung eingeschaltet."

„So habe ich das gar nicht gemeint. Es wurmt Sie, dass ich es war, der das Haus für Sie gefunden hat, und Sie können nicht zulassen, dass ich jetzt auch noch die Heizung einschalte, stimmt's? So ein Komplex muss doch mit der Zeit eine ziemliche Last sein."

Ihre Schuldgefühle verflogen genauso schnell, wie sie gekommen waren, und sie entgegnete: „Das sagt genau der Richtige."

„Also ich habe mir meinen Komplex wenigstens redlich verdient. Ich würde einfach nur gerne wissen, was Sie so wütend macht?"

Diese Unterstellung war so erstaunlich, dass sie einen Moment lang sprachlos war. „Sie meinen, abgesehen von der Tatsache, dass mein Mann gestorben ist und mir zwei Kinder hinterlassen hat, die ich jetzt alleine großziehen muss?“

„Ja, abgesehen davon. In Anbetracht der Umstände sollte man doch eigentlich meinen, dass sie für Hilfe besonders dankbar wären.“

Daraufhin starrte sie ihn nur wütend an. „Vielleicht habe ich einfach schon genug Männer erlebt, die mir sagen wollten, wofür ich dankbar sein sollte. Als wäre ich zu schwach oder zu dumm, es selbst zu wissen.“

„Wenn Sie der Meinung sind, dass ich auch zu diesen Männern gehöre, dann haben Sie zu viel Zeit mit den falschen Männern verbracht“, erklärte Malcolm daraufhin mit verschränkten Armen, jetzt wieder mit gewohnt arroganter Miene, und sie hätte ihm dieses Grinsen nur zu gern aus dem Gesicht geohrfeigt.

Nein, das eher nicht, aber sie wäre nur zu gern in der Lage gewesen, sich in ihrem berechtigten Selbstmitleid zu suhlen, ohne plötzlich den Wunsch zu verspüren, sich in seine starken Arme sinken zu lassen.

Was um Himmels Willen war bloß mit ihr los?

Serena rang sich ein schnippisches Lächeln ab, das zu seinem passte, obwohl ihr Herz jetzt so heftig pochte, dass sie sicher war, man konnte es durch ihren Pulli hindurch sehen.

„Dann gehe ich also davon aus, dass Sie sich für ein Exemplar der richtigen Art von Mann halten, oder?“

„Ich habe Ihnen nur eine Beobachtung mitgeteilt. Sie sind diejenige, die sie persönlich nimmt.“ Er machte noch einen Schritt auf sie zu, und sie zwang sich, ihre Stellung zu behaupten, obwohl in dem schmalen Raum zwischen Bett und Fenster ihre Zehenspitzen beinah aneinanderstießen.

„Zwischen uns gibt es nichts Persönliches“, erklärte sie.

„Nein?“ Er streckte seine Hand aus, wickelte eine ihrer Haarlocken um seinen Zeigefinger und sah ihr dabei ununterbrochen in die Augen. Zwischen ihnen war eine Energie zu verspüren, die jeden Nerv elektrisierte und sie derart erstarren ließ, dass sie sich nicht rühren, geschweige denn weggehen konnte. Als er seinen Blick senkte und ihren Mund ansah, stockte ihr der Atem. Sie schwankte zwischen dem Wunsch, ihn zu küssen, und dem, ihn wegzustoßen, und fragte sich, welcher von beiden die Oberhand gewinnen würde.

Doch statt ihren Mund mit seinem zu berühren, ließ er die Hand sinken und zog eine Augenbraue hoch. „Möchten Sie Ihre Antwort noch ändern?"

In dem Moment explodierte an der Stelle in ihr, an der eben noch Schmetterlinge geflattert waren, pure Wut. *Was war das für ein Spiel, das er da spielte?* Sie richtete sich auf, schaute fest auf einen Punkt über seiner rechten Schulter, sodass sie ihm nicht in die Augen schauen musste und sagte: „Machen Sie bitte Platz."

Er versuchte noch ein paar Sekunden, den Blickkontakt wiederherzustellen, und trat dann in eine Ecke des Raumes, damit sie vorbeigehen konnte. Als sie fast an der Tür war, sagte er: „Ich hätte nicht gedacht, dass Sie eine Frau sind, die vor einer Herausforderung davonläuft."

Da erstarrte sie, und all ihre guten Vorsätze lösten sich in Luft auf, als sie sich umdrehte, wieder zu ihm zurückging und so nah an ihn herantrat, dass er mit einem dumpfen Geräusch gegen die Wand stieß. Sie sagte: „Nur dass eines klar ist. Ich bin kein naives Mädchen, das nicht weiß, was es will, und deshalb aufgeklärt werden muss – von Ihnen nicht und auch von sonst niemandem. Dass ich mich zu Ihnen hingezogen fühle, heißt noch lange nicht, dass ich dieses Gefühl auch ausleben muss."

Mit diesen Worten machte sie auf dem Absatz kehrt und ging so schnell sie sich traute die steile Treppe hinunter, während ihr das Herz immer noch bis zum Hals schlug. Seine Schritte polterten hinter ihr die hölzernen Stufen hinunter.

„Dann geben Sie es also zu! Sie fühlen sich zu mir hingezogen."

Doch Serena reagierte darauf gar nicht mehr, sondern verließ das Haus und stieg ins Auto. Warum musste nur immer wieder ihr Temperament mit ihr durchgehen? Es war ja nicht so, dass sie ihm etwas gesagt hätte, das er nicht schon wusste – du liebe Güte, er hatte sie allein schon dadurch zum Schmelzen gebracht, dass er ihr *Haar* berührt hatte –, aber jetzt, da sie es zugegeben hatte, würde er sicher nicht mehr lockerlassen. Sie klappte die Sonnenblende herunter, schaute in den Spiegel dahinter, steckte die Haarsträhnen, die sich gelöst hatten, wieder in den Zopf.

Sie erschrak, als es an das Fenster der Fahrertür klopfte, klappte die Sonnenblende wieder hoch und drehte den Schlüssel im Zündschloss, damit sie das Fenster öffnen konnte.

Malcolm beugte sich nach unten, sodass sie auf Augenhöhe waren, und stützte sich mit dem Unterarm am Fenster ab. „Gehen Sie mit mir essen. Sie können doch nicht so etwas sagen und mich dann damit stehen lassen."

„Ich bin nicht interessiert", antwortete sie darauf nur knapp.

Er musterte sie daraufhin aufmerksam und entgegnete: „Das glaube ich Ihnen nicht."

„Das tut mir leid. Glauben Sie etwa, wir hatten da eben gerade so etwas wie einen magischen Augenblick? Davon habe ich jedenfalls nichts gemerkt."

Da wurden seine Augen schmal, und er strich sich mit einer Hand über die untere Gesichtshälfte, als ob er nicht so genau wusste, was er tun sollte. Sie nutzte sein Schweigen, um den Gang einzulegen, und er musste einen richtigen Satz zur Seite machen, als sie rückwärts von der Auffahrt fuhr.

„Warten Sie!", rief er ihr noch nach. „Wollen Sie das Haus jetzt mieten oder nicht?"

Sie bremste, brauchte aber gar nicht weiter zu überlegen, denn das Häuschen war in jeder Hinsicht perfekt – mit Ausnahme des

Nachbarn. Also streckte sie noch einmal den Kopf zum Fenster hinaus und rief: „Ich ziehe morgen ein."

Serena weigerte sich, ihn noch einmal anzusehen, bevor sie weiterfuhr, und sie würde ganz bestimmt auch nicht mehr in den Rückspiegel schauen. Die kalte Luft strömte durch das immer noch offene Fenster ins Auto und kühlte ihre überhitzte Haut. Es bestand kein Zweifel, dass sich die ganze Sache langsam zu einem Machtkampf entwickelte und dass sich, sehr zu ihrem Verdruss, das Gleichgewicht langsam aber sicher zu Malcolms Gunsten verschob.

Die Auseinandersetzung mit Serena machte Malcolms Konzentration für den gesamten Tag zunichte, und die Schuld daran konnte er niemand anderem geben als sich selbst. Gelegentlich gab er wider besseres Wissen leichtsinnigen Impulsen nach, und er konnte froh sein, dass Serena so reagiert und ihn nicht auf der Stelle gefeuert hatte.

Natürlich war ihre rein berufliche Beziehung in dem Moment ins Private gegangen, als er angefangen hatte, ihr bei der Wohnungssuche zu helfen, und es wäre gelogen gewesen, hätte er behauptet, anders wäre es ihm lieber. Es war nur ein letzter Funke Selbsterhaltungstrieb gewesen, der ihn davon abgehalten hatte, die Einladung in ihrem Blick anzunehmen und sie zu küssen.

Und ja, diese Einladung hatte es gegeben, was auch immer sie ihm jetzt weiszumachen versuchte. Aber da war auch Angst im Spiel gewesen, und diese Angst war es auch gewesen, die ihn im letzten Moment abgehalten hatte.

Er hörte dem Nachtportier Liam bei der morgendlichen Übergabe kaum zu und machte sich dann nur mit halber Aufmerksamkeit an seine Aufgaben im Hotel. Er kontrollierte den Warenbestand, checkte Gäste aus und kontrollierte Arbeitszeitkonten, um sie dann später an die Lohnbuchhaltungsfirma zu schicken, die die Lohnabrechnungen für das Hotel erledigte. Doch bei all dem ging ihm Serena keinen Moment lang aus dem Kopf.

Warum oder wovor hatte sie Angst? Vor ihm bestimmt nicht, denn sie hatte sich von dem Augenblick an, in dem sie zum Haupteingang des Hotels hereinspaziert war, gut gegen ihn behauptet. Und wenn sie es zuließ, schien sie ihn sogar zu mögen.

Er hatte eher den Eindruck, dass sie nicht bereit war, auf ihre unbegründeten Vorurteile gegen ihn zu verzichten. Aber immerhin hatte sie jetzt – wenn auch unabsichtlich – die Anziehung zwischen ihnen beiden eingestanden. Ihre feste Entschlossenheit, diese Anziehung und die damit verbundenen Gefühle nicht auszuleben, fühlte sich wie eine unverhohlene Herausforderung an, und wenn er vor eine Herausforderung gestellt wurde, dann konnte er nicht widerstehen, sie anzunehmen.

Wie aufs Stichwort ging in diesem Moment seine Bürotür auf, und die Frau, um die sich seine Gedanken drehten, betrat den Raum. Wenn das so weiterging, glaubte er langsam, dass zwischen ihnen eine Art übersinnliche Verbindung bestand.

„Sind Sie noch einmal hergekommen, um zu Ende zu bringen, was wir angefangen haben?“, fragte er. Doch dieses Mal war sie eindeutig vorbereitet, denn sie sah ihn einfach nur kühl an, und nichts an ihrer Miene verriet, was sie dachte.

„Wohl kaum“, antwortete sie dann. „Sie haben nur vergessen, mir den Schlüssel für das Häuschen zu geben.“

„Den haben Sie doch bestimmt absichtlich nicht mitgenommen, damit Sie mich wiedersehen können.“

„Haben Sie schon mal in ein Psychologiebuch geschaut? So etwas nennt man Projektion. Sie übertragen Ihre eigenen Wünsche auf mich.“

War das etwa ein Anflug von Flirt? Ganz langsam ging ein Lächeln über sein Gesicht, und dann entgegnete er: „Das stimmt wahrscheinlich, aber wenn ich mich recht erinnere, haben Sie damit angefangen."

Ihr Mund zuckte, und er hätte schwören können, dass es an einem Versuch lag, ein Lächeln zu unterdrücken. „*Sie* waren es, der angefangen hat, aber da Sie mein Angestellter sind, wäre alles andere auch sittenwidrig", bemerkte sie nur.

„Sittenwidrig sagen Sie?"

„Ja, hochgradig. Tut mir leid."

Da stand Malcolm auf, kam hinter seinem Schreibtisch hervor, setzte sich auf die Schreibtischkante, sah sie direkt an und sagte: „Es tut Ihnen gar nicht leid. Sie haben Angst, weil es gerade eben zwischen uns geknistert hat und Sie nicht wissen, wie Sie damit umgehen sollen."

Serena wurde sofort wieder rot, aber sie hob angriffslustig das Kinn und sah ihn so lange an, bis er wegschaute. „Sie machen mir keine Angst", sagte sie.

„Dann beweisen Sie es, indem Sie mit mir essen gehen. Auf ein echtes Date. Keine Spielchen. Nur ein Essen und Wein und zwei Menschen, die einander zufällig attraktiv finden. Man kann nie wissen. Vielleicht haben wir ja tatsächlich etwas gemeinsam."

Ihr eigensinniger Blick wurde jetzt unsicher, aber nur für einen kurzen Augenblick, so als wollte sie sich vergewissern, ob er es ernst meinte, aber dann war der abschätzende Blick auch schon wieder da. „Das war sehr gut. Ist das der Spruch, mit dem Sie sonst bei Frauen landen können?"

„Sie sind wirklich wild entschlossen, nur das Schlechteste über mich zu denken, oder? Das ist kein Spruch. Ich finde nur, es wird langsam Zeit für uns beide zuzugeben, dass da etwas zwischen uns ist."

Wieder schwankte sie kurz, nagte an ihrer Unterlippe, und er ärgerte sich, dass er sie nicht doch geküsst hatte. Jetzt würde er an nichts anderes mehr denken können, wenn er mit ihr zusammen war.

„Zwischen uns ist gar nichts außer Ihrer Fantasie“, sagte sie in sehr bestimmtem Ton. „Und selbst wenn da etwas wäre, gehe ich im Herbst wieder zurück nach *Inverness*. Ich lasse mich nicht auf irgendwelche sinnlosen Abenteuer ein.“

„Ich habe Sie zum Essen eingeladen und nicht ins Bett“, wandte er darauf ein.

„Ich bin weder an dem einen noch an dem anderen interessiert“, erklärte sie darauf nur ganz nüchtern.

„Sie werden Ihre Meinung noch ändern.“

„Da wäre ich mir an Ihrer Stelle nicht so sicher“, bemerkte sie abschließend, nickte ihm noch einmal knapp zu und machte dann auf dem Absatz kehrt.

„Brauchen Sie jetzt den Schlüssel oder nicht?“, rief er ihr hinterher und zog den Schlüssel – der Grund, weshalb sie überhaupt gekommen war – aus seiner Tasche. Er würde sie schon noch zu fassen bekommen.

Sie griff nach dem Schlüssel, aber er schloss die Finger darum, bevor sie ihn entgegennehmen konnte, und sagte: „Ich würde Ihnen sehr gerne morgen nach der Arbeit beim Umzug helfen, Sie brauchen mich nur zu fragen.“

Serena sah ihn unverwandt an, bis er ihre Hand und auch den Schlüssel losließ.

„Ich habe Ihnen doch schon gesagt, dass ich das auch alleine schaffe“, erklärte sie.

Als sie zur Tür hinausschlüpfte, rief er ihr hinterher: „Aber es ist gar nicht nötig, dass Sie es alleine schaffen.“

Doch sie ging einfach weiter, und das Echo ihrer Schritte wurde mit jedem Schritt leiser. Malcolm ließ sich wieder auf die Schreibtischkante sinken. Er hatte keine Ahnung, was im Kopf dieser Frau vor sich ging, aber er wollte einfach nicht locker lassen.

Trotz des bitterkalten Windes, der über die Halbinsel *Sleat* fegte, gab Serena dem Betteln der Kinder nach, am Nachmittag nach der Schule am Strand zu spielen. Es war schließlich Freitagnachmittag, das Ende einer langen Woche, und sie bekam dadurch vielleicht die dringend benötigte Ablenkung von den Gedanken, die ihr permanent durch den Kopf gingen.

Sie hätte natürlich versuchen können, Malcolm gegenüber die Coole zu spielen, aber Tatsache war, dass schon allein die Berührung seiner Hand jeden vernünftigen Gedanken unmöglich gemacht hatte. Je mehr sie sich bemühte zu beweisen, dass er sie nicht interessierte, desto tiefer manövrierte sie sich in die Geschichte hinein.

„Bleib vom Wasser weg, Max!", rief sie ihrem Sohn zu, als der schnurstracks auf die Wasserlinie zu rannte, und stieß einen resignierten Seufzer aus, als er auch schon bis zu den Waden im Wasser stand, sodass es oben in seine Gummistiefel hineinschwappte.

„'schuldige Mami!", rief er zurück, ganz ernsthaft, aber leider zu spät. In diesem Augenblick schaute Em fast flehend zu Serena hin und rannte dann ebenfalls los, um es ihm nachzumachen.

Als sie sich schließlich auf den Heimweg machten, waren die Kinder nass bis zu den Knien, mit Sand paniert und so durchgefroren, dass sie vor Kälte bibberten.

„Wir könnten ja nachher nach dem Abendessen noch Sterne beobachten, denn heute ist der Himmel endlich einmal klar. Vielleicht mache ich sogar eine heiße Schokolade. Aber nur, wenn ihr jetzt beide sofort ein heißes Bad nehmt", sagte sie, als sie bei Muriel zu Hause angekommen waren.

Das genügte für Em als Anreiz, sofort in das Bad zu flitzen, das direkt an Muriels Schlafzimmer grenzte, aber Max brachte immer noch jede nur denkbare Ausrede vor, um der Wanne im Gästebad zu entgehen. Die Idee mit dem Sternebeobachten war schamlose Bestechung, aber Serena brauchte irgendetwas, um das hibbelige Gefühl in ihrem Bauch zur Ruhe zu bringen, das sich jedes Mal einstellte, wenn ihr Malcolm in den Sinn kam – und das war irritierend oft der Fall.

Also packte Serena die Kinder dick ein, als das letzte Zwielicht am Horizont schwand, und ging mit ihnen zum Auto. Sie hievte Max auf die Motorhaube, half dann Em beim Hinaufklettern und legte sich selbst zwischen die beiden.

Im Unterschied zum Festland gab es hier auf der Insel kaum Lichtverschmutzung, sondern nur eine unendliche schwarze Weite über ihnen, in der die Sterne funkelten wie der Glitzer, der die meisten von Ems Kleidungsstücken schmückte.

„Mama?“ Em hielt ihren Plastikbecher hoch und Serena füllte vorsichtig etwas von der köstlichen heißen Schokolade hinein und dann auch ein wenig in den Kindertrinkbecher mit Deckel von Max. Er trank einen Schluck und kuschelte sich dann unter die Decke auf der Motorhaube, als läge er in seinem Bett.

Em lag an die Windschutzscheibe gelehnt da und schaute nach oben zu den Sternen. „Das haben wir schon lange nicht mehr gemacht. Ich habe es vermisst.“

„Ich auch, aber da, wo wir sonst wohnen, ist es nachts zu hell, weil überall Lampen brennen und man dann nur die allerhellsten Sternbilder sieht. Das hier gehört mit zu den größten Attraktionen von *Skye*.“

„Nein … ich meine das hier. Zusammen nichts tun“, sagte Em darauf.

Serena drehte sich zur Seite und sah ihre Tochter eine ganze Weile an. Wann war sie so erwachsen geworden? Das Leben war nicht leicht gewesen, seit Edward gestorben war, aber Serena hatte sich ganz darauf konzentriert, dafür zu sorgen, dass die Kinder immer beschäftigt und versorgt waren, und sich um die Probleme in der Schule zu kümmern. Als sie jetzt die nachdenkliche Miene ihrer Tochter sah, wurde ihr klar, dass Em schon viel zu erwachsen war für ihr Alter.

„Das war eine schwere Zeit, nicht wahr? Es tut mir leid, wenn ich nicht so für dich da gewesen bin, wie ich es eigentlich hätte sein sollen."

Da sah Em sie überrascht an und entgegnete: „So habe ich das gar nicht gemeint."

„Das weiß ich. Aber ich weiß auch, dass ich versuche, gleichzeitig Mama und Papa für euch zu sein, und das gelingt mir nicht immer."

Em schaute weg und konzentrierte sich stattdessen auf die Sterne über ihr. „Das hast du doch immer getan. Eigentlich hat sich seit Papas Tod doch fast gar nichts geändert."

Ems bitterer Tonfall überraschte Serena. Ihre Tochter sprach nicht gern über Edward, aber das hatte sie zunächst auf ihre Trauer zurückgeführt und dann darauf, dass Em den Tod ihres Vaters offenbar akzeptiert hatte.

„Wir waren doch nie eine richtige Familie", sagte Em. „Das waren immer nur wir beide. Und später dann noch Max natürlich."

Tränen brannten in Serenas Augen, als sie sich auf der Motorhaube des Wagens zurück an die Windschutzscheibe lehnte, und es überkam sie das Gefühl, völlig versagt zu haben. Natürlich hatte sie nicht vorhersehen können, dass Edward sich nach Ems Geburt mehr für seine Arbeit als für seine Familie interessieren würde, und auch nicht, dass er mit 42 Jahren an einem Herzinfarkt sterben würde, ohne dass seine Tochter Gelegenheit gehabt hatte, von ihm Abschied zu nehmen. Trotzdem fühlte sie sich irgendwie dafür verantwortlich, so als wäre es ihr persönliches Versagen, dass auch sie jetzt ihren Kindern nicht das Leben in einer heilen Familie ermöglichen konnte.

Sie wusste nicht, was sie sagen sollte, also legte sie nur einen Arm um jedes ihrer Kinder und zog sie ganz fest an sich. Max drehte sich leise schnarchend im Schlaf hin und her, so als wolle er die richtige

Schlafposition für sich finden, aber Em legte ihren Kopf auf Serenas Schulter.

„Also, welches Sternbild haben wir noch nicht besprochen?", fragte Em, nachdem sie beide ein paar Minuten geschwiegen hatten.

„Hmm." Serena konzentrierte sich auf den Himmelsabschnitt in ihrem Blickfeld. „Perseus, den Großen Bären und Kepheus haben wir uns schon genauer angeschaut …"

„Ist da in der Nähe nicht auch irgendwo das Sternbild des Drachen?"

„Ja, da ist es. Schau mal da, zwischen dem großen und dem kleinen Bären. Man ist sich nicht ganz einig über den Ursprung des Namens dieses Sternenbildes, aber diese Geschichte gefällt mir am besten: Erinnerst du dich an ‚Die zwölf Heldentaten des Herkules'?"

„Nicht so genau."

„Also, Hera brachte Herkules durch eine List dazu, seine Familie umzubringen, was er dann aber zutiefst bereute."

„Das ist ja grausam."

„Ja, das sind die meisten griechischen Sagen", erklärte Serena. „Als Herkules daraufhin um Aufgaben bat, durch die er seine Tat sühnen könne, sagte das Orakel von Delphi, er solle dem König zu dessen Vergnügen dienen. Während Herkules dann im Dienst des Königs stand, befahl dieser ihm, zwölf Taten zu vollbringen …

„Eigentlich waren es zehn."

„Richtig, aber der König behauptete, bei zweien davon habe Herkules Hilfe bekommen. Die elfte Tat bestand jedenfalls darin, die goldenen Äpfel aus dem Garten der Hesperiden zu stehlen, die aber von Ladon bewacht wurden. Ladon war ein mehrköpfiger Drache, der sich um den Baum mit den Äpfeln geschlungen hatte. Deshalb ist das Sternenbild so angeordnet – mit dem Kopf unter dem Fuß des Herkules."

„Das ist cool", sagte Em leise. „Aber es ist auch irgendwie traurig.

Eigentlich hatte der Drache ja die Aufgabe, die Äpfel zu bewachen, und dann wurde er dafür getötet."

„Ich glaube, da wäre Sir Frederic Leighton mit dir einer Meinung gewesen. Er hat ein Bild gemalt, auf dem die Hesperiden dem Drachen ein Schlaflied singen." Serena hielt inne und fügte dann noch hinzu: „Leighton ist der Maler, der alle Frauen in apricotfarbenen griechischen Gewändern gemalt hat, so wie das, das wir in der *Tate Gallery* gesehen haben, weißt du noch?"

„Und wo ist das Bild mit den Hesperiden und dem Drachen?"

Serena überlegte. Sie hatte sich sehr intensiv mit diesem viktorianischen Maler beschäftigt, aber sie wusste nicht mehr genau, wo seine Bilder im Einzelnen ausgestellt waren. „Ich glaube in der *Lady Lever Art Gallery*."

„Wo ist die? Sind wir da schon mal gewesen?"

„Nein, da waren wir noch nicht. Die ist in Liverpool."

„Dann müssen wir da mal hinfahren. Ich möchte es gerne sehen. Deine Stimme ist so fröhlich, wenn du über Kunst redest."

Serena lächelte. „Da hast du recht. Das macht mich auch richtig glücklich. Vielleicht fahren wir im Sommer mal hin. In Liverpool gibt es viele schöne Museen."

„Aber ich weiß nicht, ob Max im Museum nicht Unsinn macht."

„Wir passen einfach gut auf ihn auf", sagte Serena mit einem Grinsen zu ihrer Tochter, nahm sich aber kurz Zeit, ihrem Kleinen über das weiche, blonde Haar zu streicheln. In Augenblicken wie diesem war sie dankbar für die Unterschiedlichkeit ihrer beiden Kinder: ihre nachdenkliche und pflichtbewusste Tochter und ihren eigenwilligen, aktiven Sohn. „Wir kommen doch auch allein ganz gut zurecht, oder? Ich möchte nur, dass ihr beiden glücklich seid."

Da wurde Ems Miene unsicher, und sie sagte: „Es tut mir leid, dass ich dir so viele Probleme mache. Dass wir aus *Inverness* weg mussten, habe ich wirklich nicht gewollt."

„Glaubst du das? Dass wir wegen der Sache in der Schule auf *Skye* sind?"

„Ist das denn nicht so?"

Da drückte Serena sie ganz fest an sich. „Nein. Wir hätten auch in *Inverness* bleiben können, aber ich wollte, dass Max und du erlebt, wie es ist, auf *Skye* aufzuwachsen, und dass ihr Gälisch lernt und einfach entspannter leben könnt. Wenigstens für eine Weile." Sie zog ein Gesicht. „Das hat wohl nicht so gut geklappt, was?"

Em zuckte mit den Schultern. „Ach, so schlimm ist es auch wieder nicht. Ein paar Mädchen in der Schule sind sogar richtig nett."

„Und das sagst du jetzt nicht, um mich zu beruhigen?"

„Es ist alles in Ordnung. Es geht mir gut. Mach dir doch nicht so viele Gedanken. Hör wenigstens mal kurz auf damit."

Serena ging das Herz auf, und sie lächelte wieder. „Okay. Welches Sternenbild nehmen wir als Nächstes? Das des Pegasus haben wir uns vor einiger Zeit schon mal genauer angeschaut, oder?"

Und so lagen sie da, Serena erzählte die griechischen Sagen, die hinter den Namen der Sternbilder standen, während Em das erzählte, was sie schon darüber wusste, und ironische Bemerkungen machte, die Serena so sehr an Edward erinnerten. Schon bald wurde Ems Stimme immer schläfriger und ihr Körper sackte entspannt gegen Serenas, sodass sie Em anstupste und flüsterte: „Komm, wir gehen jetzt lieber ins Bett. Der Himmel ist sowieso inzwischen bedeckt."

„Mmm", murmelte Em und setzte sich auf, während sich Serena von der Motorhaube heruntergleiten ließ. Sie nahm Max auf den Arm und trug ihn ins Haus, während Em hinter ihnen her taumelte und ihre Decke hinter sich her schleifte.

Als Serena beide Kinder ins Bett gebracht, noch mit ihnen gebetet und ihnen einen Kuss auf die Stirn gegeben hatte, ging sie wieder zurück zum Wagen, nahm ihren Becher mit Schokolade und deckte sich mit einer zusätzlichen Decke zu, die sie mitgebracht hatte. Die

Nacht war dunkel und still, und die Wolken, die vom Wind über den Nachthimmel getrieben wurden, verdeckten den Mond.

Es war gut, noch einmal daran erinnert zu werden, weshalb sie überhaupt hier war, nämlich der Kinder wegen, und um sich selbst wiederzufinden und sich wieder daran zu erinnern, wer sie ohne Mann war, damit sie nicht sofort wieder dieselben Fehler machte wie beim letzten Mal, so anziehend Malcolm auch sein mochte.

10

Am nächsten Tag wachte Malcolm früh vom Klingeln seines Weckers auf und klopfte auf dem Weg ins Bad laut an Kylees Zimmertür. „Zeit zum Aufstehen, Kylee. Gib Gas."

Er wartete vor der Tür, bis er eine verschlafene Reaktion aus dem Zimmer hörte und dann Geräusche, die bestätigten, dass sie aufgestanden war. Am Samstag hatte sie oft sehr früh eine Gesangsstunde und musste deshalb so früh aufstehen, aber sie war eben ein Teenager, und deshalb hatten sie oft schon Hals über Kopf das Haus verlassen müssen, weil Malcolm viel Wert auf Pünktlichkeit legte.

Als Kylee jetzt in ihrem Wochenendoutfit, bestehend aus Jeans und Hoodie, und das blonde Haar zum Pferdeschwanz zusammengebunden, die Treppe herunterkam, stand der Porridge schon bereit. Porridge war so ziemlich das Einzige, was Malcolm zubereiten konnte, ohne es anbrennen zu lassen.

„Was für eine Überraschung!", sagte Kylee. „Nie im Leben hätte ich mit Porridge zum Frühstück gerechnet."

„Jetzt werd' mal nicht frech, Mädel!", sagte Malcolm, deutete mit einer Geste zum Tisch und fuhr fort: „Wenn es dir nicht passt, kannst du dir ja selbst dein Frühstück machen."

Kylee hatte diese Entgegnung schon so oft gehört, dass sie nur die Augen verdrehte und sich mit dem Schälchen Porridge an den Tisch setzte. „Du brauchst mich doch gar nicht zu fahren", sagte sie. „Schließlich habe ich selbst ein Auto."

„Eine vierstündige Hin- und Rückfahrt ist zu lang für eine Siebzehnjährige. Mir ist wohler, wenn ich dich fahre."

„Hat dir schon mal jemand gesagt, dass du überbehütend bist?"

„Nur du, aber dafür über hundert Mal. Und ich habe ja auch guten Grund, überbehütend zu sein."

Er fixierte sie mit strengem Blick und bereute es sofort, als ein Schatten von Trauer über Kylees Gesicht ging. Er hatte sie ganz bestimmt nicht an den Unfalltod von Nicola und Richard erinnern wollen. Aber sie verstand sicher, dass er zögerte, sie ganz alleine losfahren zu lassen, nachdem ihre Eltern vor knapp einem Jahr beide bei einem Verkehrsunfall ums Leben gekommen waren. Das Wetter in Schottland war einfach unberechenbar. Ein unvorhergesehenes Unwetter mit Regen oder Schnee, und schon gab es Straßenverhältnisse, für die sie einfach noch zu unerfahren war. Solange er die Verantwortung für sie hatte, würde er jedenfalls auf Nummer sicher gehen.

Sobald Malcolm mit seinem Porridge fertig war, den er mit Honig, Sahne und Butter verfeinert hatte, stellte er sein Schälchen in die Spüle und sagte: „Ich ziehe mich jetzt an, und dann können wir los."

Als er die Treppe hinaufging, fragte er sich, was Serena wohl gerade machte. Ob sie schon mit ihrem Umzug in das kleine Nachbarhäuschen begonnen hatte? Oder frühstückte sie auch gerade mit ihren Kindern? Serena und er waren gar nicht so verschieden, wie sie scheinbar dachte. Sie waren beide alleinerziehend und taten unter den gegebenen Umständen ihr Möglichstes.

Natürlich hatte Serena die notwendigen Mittel und Möglichkeiten, viel Zeit mit ihren Kindern zu verbringen, aber dafür war Kylee in einem Alter, in dem sie eher Orientierung von Malcolm brauchte als seine ständige Anwesenheit und Aufmerksamkeit. Sie war im Grunde unglaublich verantwortungsbewusst für ihr Alter und deshalb hatte er im Vergleich zu Serena auf jeden Fall die einfachere Aufgabe.

Doch Serena wollte diese Parallelen in ihrer Lebenssituation nicht wahrhaben. Es war zwischen ihnen beiden persönlich geworden, aber sie schien zu glauben, dass diese Tatsache einfach wieder verschwinden würde, wenn sie sie ignorierte. Es konnte ja sein, dass sie in der Lage war, den Schalter einfach umzulegen, aber er konnte nicht aufhören, daran zu denken, wie einladend ihr Mund ausgesehen hatte, und er wünschte, er hätte es gewagt, sie zu küssen, egal mit welchen Folgen.

Malcolm kämmte sich die Haare, stutzte seinen Bart und zog dann zu seiner Jeans einen dicken Fischerpullover an. Seinen Laptop steckte er zusammen mit einem Notizblock und einem Buch über Webdesign in die Hülle, damit er die Stunden während Kylees Gesangsunterricht zum Arbeiten nutzen konnte. Den Social-Media-Feed auf der Website zu platzieren, war zwar längst nicht so anspruchsvoll wie seine frühere Arbeit, bei der er astronomische Daten analysieren musste, aber er war ziemlich aus der Übung.

„Wir kommen zu spät!“, schrie Kylee jetzt von unten.

„Ich komme ja schon“, rief er zurück, schwang sich die Laptoptasche über die Schulter, rannte die Treppe hinunter und nahm im Vorbeigehen seine Jacke von der Garderobe. „Nimm deine Autoschlüssel mit. Heute fährst du.“

Kylee sah überrascht aus, aber sie nahm ihren Rucksack und folgte ihm nach draußen, wo ihr VW Polo hinter seinem Ford Focus geparkt war. Die kleinen Autos in Großbritannien waren nach all den Jahren in den USA mit den großen SUVs eine erstaunlich schwierige Umstellung für ihn gewesen. Er hatte versucht, Kylee zu etwas Größerem und Sichererem zu überreden, aber sie hatte auf diesem superkleinen Wagen bestanden für den Fall, dass sie irgendwann in eine Großstadt ziehen sollte. Das war zwar im Grunde ein vernünftiger Plan gewesen, aber es bedeutete trotzdem, dass er sich immer wie in einer Sardinenbüchse eingezwängt fühlte, wenn er mit ihr mitfuhr.

Als sie beim Überqueren der Brücke nach *Skye* das Radio einschaltete und einen Pop-Sender wählte, beschwerte er sich nicht, denn so war die Regel: Der Fahrer bestimmt die Musik.

Nach ein paar Minuten spähte sie zu ihm hinüber und fragte: „Was liest du denn da?"

„XML und CSS. Spannend, was?"

„Klingt nach jeder Menge Spaß. Die nächste Frage wäre, warum?"

„Ich habe Serena gebeten, sich um die Social-Media-Accounts des Hotels zu kümmern, und jetzt versuche ich, diese irgendwie auf der Website unterzubringen."

„Das ist ja eine richtig gute Idee!"

Er warf ihr ein schiefes Lächeln zu, aber sie sah es nicht, weil sie verantwortungsbewusst nach vorn auf die Straße schaute. „Du brauchst gar nicht so überrascht zu tun. Hin und wieder passiert das sogar mir mal."

„Entschuldige. So habe ich das doch gar nicht gemeint. Ich wusste ja nicht mal, dass ihr überhaupt einen Social-Media-Account habt."

„Na, nachdem ich jetzt mein Tonbandgerät in Rente geschickt habe und du mir diese neumodische Sache namens MP3 gezeigt hast, habe ich mir gedacht, dass ich dann technologisch auch gleich aufs Ganze gehen kann."

Kylee schnaubte, entschuldigte sich aber nicht. Offenbar ging sie mit der für Teenager typischen Hybris einfach davon aus, dass niemand über 20 Ahnung davon hatte, was auf der Welt so los war. Und auch die Tatsache, dass Malcolm beruflich Software für Spitzentechnologien entwickelt hatte, spielte bei dieser Einschätzung offenbar keine Rolle. Er lächelte also einfach still vor sich hin und las weiter. Trotz der Umstellung, die sein Umzug zurück nach *Skye* bedeutete, und trotz der neuen Verantwortung, mit der er zu diesem Zeitpunkt noch absolut nicht gerechnet hatte, liebte er Kylee. Genau wie Nicola war sie klug und lustig, und als sie jetzt anfing, zur Musik im Radio mitzusingen, fügte er in Gedanken noch *talentiert* hinzu. Nur Gott allein wusste, woher sie dieses Gesangstalent hatte, denn wenn der Rest der Familie sang, stimmten die Hunde aus der Nachbarschaft jaulend mit ein.

Als Kylee in das kleine Industriegebiet von *Fort William* abbog, wo ihr Gesangslehrer arbeitete, hatte er seine CSS-Kenntnisse aufgefrischt und eine verstörend gründliche Einführung in die Top 40 der Charts erhalten. Kylee machte noch einen kleinen Schlenker, hielt vor einem Pub namens *Blooming Fuchsia* an und sagte: „Dann hole ich dich in zwei Stunden wieder ab, okay?"

„Ich warte hier. Viel Spaß." Er stieg aus und schaute dem roten Auto noch hinterher, bevor er den Pub betrat.

Im Grunde war es noch viel zu früh, um in einen Pub zu gehen, aber das *Blooming Fuchsia* öffnete bereits um sieben und bot ein hervorragendes Frühstück an. Sobald er das clubähnliche Innere des Pubs mit der dunklen Holzvertäfelung und der glänzenden Mahagonibar betreten hatte, tauchte aus einem Hinterzimmer eine junge blonde Frau mit einem strahlenden Lächeln auf.

„Guten Morgen, Malcolm! Das Übliche?"

„Wenn es Ihnen nichts ausmacht, dann setze ich mich in eine Nische und nicht an die Bar, Janine."

Er ließ sich in einer der großen Ecknischen nieder, denn er wusste, dass sich der Pub samstags immer erst gegen Mittag füllte, und packte seinen Laptop aus. Er nickte Janine ein Dankeschön zu, als sie ihm seinen Tee mit Milch und Zucker brachte, und rief dann einen Code-Editor auf.

„Ist Kylee wieder in der Gesangsstunde?"

Malcolm blickte auf, als Janine das schottische Frühstück vor ihm auf den Tisch stellte. „Ja. Und, was gibt's hier so Neues?"

„Läuft alles. Meine Mutter zieht mit ihrem neuen Freund nach *Aberdeen*. Ich helfe ihr gerade beim Packen."

„Haben Sie dann noch Familie in den *Highlands*?"

„Meinen Vater, aber den seh ich nicht oft. Hab also viel freie Zeit."

Er hatte das Gefühl, dass sie sich durch seine Nachfrage geschmeichelt fühlte, und bereute deshalb schon, dass er überhaupt darauf eingegangen war. Sie drückte sich immer irgendwie vage aus, so als legte sie es darauf an, dass er nachfragte. Das tat er allerdings wohlweislich nie, denn sie war nicht nur mindestens zehn Jahre jünger als er – er schätzte ungefähr 20 gegenüber seinen 33 Jahren –, sondern sie war auch absolut nicht sein Typ. Aus sehr schlanken Blondinen hatte er sich noch nie etwas gemacht, besonders, wenn sie ihn so sehr an seine Nichte erinnerten wie Janine.

Wie zum Vergleich tauchte sofort das Bild von Serena vor seinem inneren Auge auf. Es war schwer, sich vorzumachen, dass er nicht auf seine Chefin stand, wenn das mit einer solchen Regelmäßigkeit passierte.

Er räusperte sich. „Vielen Dank, Janine, aber ich muss das hier fertigbekommen, bevor Kylee wieder da ist."

„Ja. Ja klar. Sagen Sie einfach Bescheid, wenn Sie irgendwas brauchen. Ich bin da drüben."

Jetzt flirtete sie aber ganz eindeutig. „Danke, das mache ich", sagte Malcolm vage.

Als Kylee schließlich in den Pub kam, war er mit den Änderungen zwar noch nicht ganz, aber beinahe fertig. Er sicherte das, was fertig war, klappte seinen Laptop zu und fragte: „Und, wie ist es gelaufen?"

„Gut. Wir arbeiten an einer von Rosinas Arien aus dem *Barbier von Sevilla*. Das ist wirklich schwierig, weil sie für einen Mezzosopran geschrieben ist, und ich bin eigentlich ein Alt."

Er verstand ungefähr fünf Wörter von ihrem Satz, obwohl er zu wissen glaubte, dass die Oper eine italienische Komödie war. Daran erinnerte er sich, weil er es so komisch gefunden hatte, dass eine Geschichte, die in Spanien spielte, auf Italienisch geschrieben war. Trotzdem lächelte er sie aufmunternd an. Sie war absolut keine Opernsängerin – schließlich wollte sie Singer-Songwriterin werden –, aber sie stürzte sich auf alles, was ihr helfen konnte, ihr Ziel zu erreichen, und diese Einstellung wollte er auf jeden Fall unterstützen.

„Können wir dann jetzt los? Du kannst mir ja im Auto von Rosana erzählen."

„Rosina."

„Sag' ich doch." Er wuschelte ihr durchs Haar, wohl wissend, dass sie das nicht leiden konnte, und winkte dann Janine hinter der Bar noch einmal zu.

Sie gingen nach draußen zu Kylees Polo und mussten auf dem Weg zum Auto vier Leuten ausweichen, die in den Pub wollten. Kylee grinste ihn an. „Weißt du eigentlich, dass das Mädel da drinnen sich jetzt schon seit mindestens einem halben Jahr wünscht, dass du mal mit ihr ausgehst?"

„Die Tatsache, dass du sie als Mädel bezeichnest, ist genau der Grund, weshalb ich das auf gar keinen Fall tun werde. Sie könnte eine von deinen Schulfreundinnen sein."

„Du weißt aber schon, dass es für mich absolut in Ordnung wäre, wenn du jemanden daten würdest, oder?"

Malcolm stieg ins Auto und hoffte, dass sie das Thema fallen lassen würde, bis sie auf der Fahrerseite einstieg, aber diese Hoffnung erfüllte sich leider nicht. Sie blieb hartnäckig.

„Das ist wirklich mein Ernst. Ich fühle mich richtig schlecht, weil Theresa und du Schluss gemacht habt, als du aus Amerika weggegangen bist …"

„Das war Theresas Entscheidung – nicht deine", erklärte Malcolm. „Du brauchst also keinen einzigen Gedanken daran zu verschwenden. Außerdem hat es doch gar keinen Sinn, jetzt jemanden kennenzulernen, weil wir keine Ahnung haben, wohin es uns demnächst verschlägt."

Er rechnete damit, dass sie jetzt den Wagen starten würde, aber sie saß einfach nur da und sagte schließlich: „Und was ist, wenn wir in Schottland bleiben? Die *University of Scotland* hat gute Musikstudiengänge, und von dort habe ich ja schon eine Zusage."

Er runzelte die Stirn und fragte: „Was wird das hier, Kylee? Ich dachte, du willst unbedingt nach Amerika."

Sie schluckte heftig, griff in ihre Tasche und hielt ihm dann auf ihrem Handy eine E-Mail hin. Ihm rutschte das Herz in die Hose, als er den Absender sah: UCLA. Dann las er nur so weit, wie es nötig war, um zu sehen, dass es eine Absage war. Sie griff zu ihm hinüber nach ihrem Handy, um eine zweite Nachricht aufzurufen, diesmal vom *Berkelye College of Music,* ihrer ersten Wahl. Er wappnete sich innerlich für die schlechte Nachricht.

„Moment mal, das ist ja gar keine Absage. Du bist auf der Warteliste", sagte er überrascht.

„Ist doch das Gleiche. Es ist ja nicht so, dass da jetzt noch was frei würde. Wer da einen Platz bekommt, nimmt ihn auf jeden Fall an."

Malcolm gab ihr das Handy zurück und sagte: „Das tut mir leid, Kylee. Ich weiß, wie sehr du dir das gewünscht hast."

Sie zuckte nur mit den Achseln, aber an ihrem Hals sah er, wie sie schlucken musste und ein paar Mal blinzelte, um Tränen wegzudrücken. „Ist schon okay. Ich weiß ja, dass es ein ziemlich mutiger Versuch war. Wenigstens bin ich noch nicht endgültig abgelehnt, oder? Sie halten mich offenbar für talentiert genug für ihr College, und dabei habe ich nicht die Weltklasse-Vorbereitung gehabt wie manche der anderen Bewerber. Außerdem habe ich gehört, dass dort ein extremer Konkurrenzkampf herrscht."

Malcolm zögerte kurz, legte ihr dann aber den Arm um die Schultern und umarmte sie ganz fest. „Ich bin stolz auf dich, Kylee. Du bist so unglaublich talentiert, und ich habe absolut keinen Zweifel daran, dass du genau da landest, wo du hingehörst. Du kannst es doch auch erst mal ein paar Jahre in *Glasgow* probieren, und wenn du dann immer noch nach Amerika möchtest, versuchst du es eben noch mal. Oder du machst dein Bachelorstudium hier und gehst dann für den Master nach Berkeley. Du hast mir doch erzählt, dass es bei der Zulassung dann nicht mehr ganz so konkurrenzbetont zugeht."

„Dann würdest du also auch hier mit mir in Schottland bleiben?"

„Ja natürlich würde ich das. Wir sind doch eine Familie, und das heißt, dass wir aufeinander achtgeben", antwortete er und gab ihr dann einen kleinen Stups. „So, und jetzt lass uns fahren. Es sieht nach Regen aus."

Auf dem Heimweg war Kylee still, aber nicht deprimiert. Er war stolz, wie erwachsen sie schon war. Als er so alt gewesen war wie sie, hätte er mit einer solchen Entscheidung bestimmt Schwierigkeiten gehabt, aber sie zog hier alle Möglichkeiten in Betracht. Bei ihrer Entschlossenheit bestand gar kein Zweifel daran, dass sie so oder so ihren Weg im Musikbusiness machen würde. Vielleicht würde ja sogar ein Plattenlabel auf sie aufmerksam werden. Sie hatte den Verstand ihres Vaters, die Hartnäckigkeit ihrer Mutter und sehr viel Talent von Gott geschenkt bekommen. Malcolm selbst hatte an all dem eigentlich keinen Anteil, aber er konnte zumindest tun, was in seiner Macht stand, dass sie jede Chance nutzen konnte, die sich ihr bot.

11

Eine Kiste auf der Hüfte balancierend, steckte Serena den Schlüssel ins Schlüsselloch und stieß die Tür zu ihrem neuen Domizil auf. Obwohl immer noch Regenwolken bedrohlich über den Himmel fegten, hatte der Dauerregen endlich aufgehört, sodass ihr jetzt ein kleines Zeitfenster blieb, um ihre Habseligkeiten, die alle in ihren Kofferraum passten, in ihr neues, wenn auch nur vorübergehendes Zuhause zu tragen.

Sie ging in die Küche und stellte die Kiste dort auf den Tisch, auf dem sie einen Zettel mit Malcolms krakeliger Handschrift vorfand. *Willkommen im neuen Heim. Ich bin gegen 20:00 Uhr zurück, falls Sie Hilfe beim Warmwerden brauchen.*

Sehr lustig. Das war wieder typisch für ihn, einen unschuldigen Willkommensgruß mit einer versteckten Andeutung zu versehen.

Es sei denn, er meinte es gar nicht als Anspielung. Fröstelnd rieb sie sich die Arme. Draußen war es zwar ein paar Grad wärmer geworden, aber im Innern des Hauses war es noch genauso kalt wie an dem Tag, an dem sie es sich angeschaut hatte. Hatte er denn die Heizung gar nicht angestellt, wie er gesagt hatte? Sie ging zu dem Heizkörper am anderen Ende der Küche und berührte ihn. Er war eiskalt.

Erst jetzt fiel ihr wieder ein, dass sie ja vehement darauf bestanden hatte, das selbst zu übernehmen, also kniete sie sich vor den Heizkörper und suchte nach der Schraube, mit der man das Ventil öffnen konnte, durch das dann warmes Wasser durch den Heizkörper strömte. Dabei stellte sie fest, dass sie für diese Schrauben einen speziellen Schraubenschlüssel brauchte.

Frustriert setzte sie sich zurück auf ihre Fersen. Sie konnte warten, bis Malcolm von der Arbeit nach Hause kam und als Bevollmächtigter der Vermieterin diese Aufgabe erledigte, oder sie konnte zum Hotel fahren und dort das nötige Werkzeug holen. Doch beides fühlte sich an, als ginge Malcolm dann als Sieger vom Platz.

Also stieg Serena wieder in ihr Auto und fuhr nach *Broadford* zum nächstgelegenen Baumarkt. Sie brauchte ja sowieso Werkzeug für das Haus, denn der nächste Handwerker war weit entfernt. Eine Dreiviertelstunde später war sie zurück mit einem Ratschen-Kasten, und nachdem sie sich vergewissert hatte, dass der Boiler aufgefüllt war, schaltete sie ihn ein, damit das Wasser heiß wurde, während sie die wenigen Küchenutensilien einräumte, die sie von zu Hause mitgebracht hatte.

In dem Häuschen war im Unterschied zu dem Feriencottage, das sie sich angeschaut hatte, die Küche nur notdürftig mit ein paar wenigen Küchengeräten und Tellern ausgestattet. Was fehlte, würde sie aus ihrem Haus in *Nairn* holen müssen, denn es war sinnlos, alles noch einmal zu kaufen, wenn es sich hier nur um eine vorübergehende Unterkunft handelte.

Serena hatte ihre Kleider bereits in die kleinen Schränke gehängt und die restlichen Sachen gefaltet und in den schmalen Kommoden verstaut, als das Wasser im Boiler endlich heiß war. Also ging sie zum Hauptheizkörper im Wohnzimmer und entlüftete ihn, bis Wasser aus dem Ventil in die kleine Schüssel lief, die sie darunter gestellt hatte. Jetzt brauchte sie nur noch die anderen Ventile zu öffnen.

Hochzufrieden mit sich selbst saß sie in ihrem Schlafzimmer. Malcolm dachte bestimmt, dass er ihr beim Aufdrehen der Ventile würde helfen müssen, wenn er nach Hause kam, und dass sie jetzt in ihrem Wintermantel dasaß und fror und ihre eigene Sturheit verfluchte. Aber sie brauchte ihn gar nicht. Der Beweis dafür waren die Heizkörper in ihrem Häuschen, die langsam warm wurden.

Die folgenden paar Stunden verbrachte sie damit, alle Oberflächen in der Küche und im Bad zu wischen und das Bad mit den Utensilien auszustatten, die sie aus *Nairn* mitgebracht hatte. Erst als sie damit fertig war, erlaubte sie sich, ein Weilchen auf dem Sofa zu sitzen und sich entspannt zurückzulehnen. Das Häuschen war perfekt. Es war urig und traditionell, aber trotzdem gemütlich. Genau so etwas hatte sie im Kopf gehabt, als sie sich ihren befristeten Aufenthalt auf *Skye* vorgestellt hatte.

Es blieb ihr noch genügend Zeit, um im Supermarkt einige Lebensmittel einzukaufen, bevor sie Em und Max bei Muriel abholen musste. Vielleicht hatte sie sogar noch Zeit genug, um zum Nachtisch ihr Spezial-*Shortbread* zu backen.

Nachdem sie die Kinder abgeholt hatte und zu ihnem neuen Zuhause gefahren war, reagierten die beiden genauso, wie sie gehofft hatte.

„Das ist es?“, fragte Em und sprang sofort aus dem Wagen, als Serena angehalten hatte. „Wie süß!“

Serena hob Max aus seinem Kindersitz und beide Kinder stürmten zur Eingangstür.

„Ihr habt jeder ein eigenes Zimmer. Geht und schaut es euch an“, sagte sie, und schon flitzten die beiden hinein, während sie selbst noch einen Moment vor dem Haus auf der Veranda blieb und ihren Blick immer wieder zum Nachbarhaus schweifen ließ, das aber durch die Bäume an der Grundstücksgrenze fast vollständig verdeckt war. Die Auffahrt war leer. Aber sie rechnete sowieso nicht damit, dass sie außerhalb der Arbeit viel mit Malcolm zu tun haben würde.

Nachdem die Kinder jeden Winkel ihres neuen Zuhauses erkundet hatten, setzte sie sie an den Tisch, damit sie ihr halfen, die Zutaten für das *Shortbread* abzumessen und zu vermischen.

„Mir gefällt es hier", sagte Em und strahlte Serena über die Mehlspur auf ihrer Nase hinweg an. „Es ist wie ein kleines Märchenhaus."

Serena lächelte ihr über die Schulter hinweg zu und sagte: „Ja, das ist es. Unser eigenes kleines Haus im Wald, nur für uns drei."

Erschrocken wurde Serena wach und machte mit einem Ruck die Augen auf. Es war noch dunkel, und ihr Wecker zeigte an, dass es erst kurz nach elf war. Wovon war sie wach geworden? Waren es einfach nur die unbekannten Geräusche in der neuen Umgebung gewesen? Aber als sie genauer hinhorchte, hörte sie das Geräusch wieder. Es war Max, der sie rief.

Sie schlug die Bettdecke zurück und hastete, so schnell sie es in der Dunkelheit wagte, die Treppe hinunter. Als sie unten ankam, wusste sie, dass etwas nicht stimmte. Die feuchte Kälte traf sie wie ein Schlag, und der Temperaturunterschied zwischen ihrem warmen Studio oben und dem eisigen Erdgeschoss bewirkte, dass sie an Armen und Beinen eine Gänsehaut bekam.

Als sie Max' Zimmer betrat, saß er mit weit aufgerissenen Augen im Bett. „Es ist so kalt, Mami."

Sie legte eine Hand auf den Heizkörper, obwohl sie schon wusste, was sie fühlen würde. Er war kalt.

„Mama?" Em steckte den Kopf zur Zimmertür herein, die Bettdecke um ihre Schultern gelegt. „In meinem Zimmer ist es so kalt. Was ist denn mit der Heizung?"

„Ich weiß es nicht, mein Schatz. Oben funktioniert sie. Kriecht doch erst mal in mein Bett. Ich schau nach, was los ist."

Die beiden tapsten sofort wieder aus dem Zimmer, und dann waren ihre Füße auf der Holztreppe zu hören. Mit einem Aufstöhnen lehnte sich Serena an die Wand, machte aber sofort wieder einen Satz nach vorn, als ihre Haut den kalten Putz berührte. Das Haus war offenbar kein bisschen isoliert, wenn die Temperatur so schnell sank, nachdem die Heizung ausgegangen war.

Dieser blöde Malcolm. Aber nein, da konnte sie im Grunde nur sich selbst die Schuld geben. Hätte sie sein Angebot angenommen, ihr zu helfen, dann hätte er die Heizung schon am Freitag kontrolliert, eingeschaltet und die Heizkörper aufgedreht.

Konnten sie jetzt bis morgen warten? Dass sich ihre beiden bereits schlafenden Kinder in ihrem Bett breit gemacht hatten, beantwortete die Frage für sie. Wenn sie in dieser Nacht wenigstens noch etwas Schlaf bekommen wollte, würde sie ihren Stolz herunterschlucken und ihren Nachbarn um Hilfe bitten müssen, so schmachvoll das auch sein mochte.

Vielleicht war Malcolm ja noch wach. Sie fand ihr Handy, wählte seine Nummer und wurde sofort mit seiner Mailbox verbunden.

Eine ganze Weile schwankte Serena, aber dann zog sie ihre Flanellhose und ihren Cardigan an, stieg in ihre Gummistiefel und marschierte nach nebenan. Hinter einem der Fenster im Obergeschoss brannte noch Licht. Er hatte gesagt, dass sie aus ihren Schlafzimmerfenstern den gleichen Blick hätten. Er war also noch wach.

Das ist eine schlechte Idee. Eine ganz schlechte Idee. Ich sollte lieber wieder gehen.

Doch sie zwang sich, die Hand zu heben und an die Tür zu klopfen.

Kurz darauf ging das Licht auf der Veranda an, und einen Moment später machte ihr Malcolm barfuß, in T-Shirt und Pyjamahose – die im Übrigen Ähnlichkeit mit ihrer eigenen hatte – die Tür auf. Sein Mund verzog sich ganz langsam zu einem breiten Grinsen, als er ihren etwas derangierten Zustand bemerkte.

„Ach, hallo Mrs Stewart. Mit einem nächtlichen Besuch von Ihnen hätte ich wirklich nicht gerechnet, jedenfalls nicht so bald."

Serena widerstand dem Drang, die Augen zu verdrehen. Ob es ihr gefiel oder nicht, sie brauchte seine Hilfe. „Die Heizung ist ausgefallen, und es wird kalt im Haus."

„Ach. Ist das so?" Mit verschränkten Armen stand er an den Türrahmen gelehnt da, und sein Lächeln wurde jetzt in ganz offener Erheiterung noch breiter.

Dieser Kerl, der sie ohnehin schon so wütend machte, zwang sie also tatsächlich, es auszusprechen. „In den Kinderzimmern ist es eiskalt. Könnten Sie … vielleicht rüberkommen und mal einen Blick auf die Heizung werfen?"

„Ich habe ja gesagt, dass Sie nur zu fragen brauchen." Er richtete sich jetzt auf und senkte die Arme. „Gehen Sie schon vor. Ich hole mein Werkzeug."

Serena musste einen dicken Kloß aus Stolz und Dankbarkeit schlucken und beides schmeckte ihr nicht. „Danke."

„War das wirklich so schwer?"

Ausnahmsweise schien er es einmal ernst zu meinen und sie nicht provozieren zu wollen. Sie warf ihm ein schiefes Grinsen zu, und kurz bevor sie sich auf den Rückweg machte, sagte sie noch: „Sie können sich gar nicht vorstellen, wie schwer."

„Ich bin gleich drüben bei Ihnen", sagte er darauf nur.

Ganz still ging sie wieder zurück zum Haus, und aus einem Grund, den sie nicht so recht benennen konnte, war ihr ganz eng um die Brust. Sie sollte einfach dankbar sein. Und das war sie auch. Er hätte es ihr ja noch sehr viel schwerer machen und darauf herumreiten können, dass sie ihn mitten in der Nacht aus dem Bett geholt hatte – oder sich sogar weigern können, ihr zu helfen.

Als sie ihr Häuschen wieder betrat, schwankte sie kurz, bevor sie ins Bad ging, um sich die Zähne zu putzen und das Haar zusammenzubinden. Sie schaute gerade noch einmal nach Em und Max, als es leise an der Tür klopfte.

Malcolm hatte sich eine Jeans angezogen und eine schwere Jacke, und er hatte seinen Werkzeugkasten dabei. Als sie ihn hereinließ, fragte er sehr leise: „Sind alle Heizkörper kalt?"

„Alle außer dem oben in meinem Schlafzimmer."

„Okay." Er schaltete die Lichter ein, als er ins Wohnzimmer ging und sich dort am Heizkörper hinkniete und ihn anfasste. „Haben die Heizkörper denn vorhin noch funktioniert?", fragte er.

Sie nickte.

„Dann müssen die Heizkörper wahrscheinlich nur abgeglichen werden. Das heiße Wasser steigt nach oben, und dann kommt es nicht wieder zurück ins Erdgeschoss."

„Aber Max und Em schlafen jetzt oben in meinem Bett."

„Ich werde leise sein", versprach er, holte eine Taschenlampe und eine Ratsche aus seiner Werkzeugkiste und bedeutete ihr dann mit einer Geste, vor ihm her die Treppe hinaufzugehen.

Um ihm nicht im Weg zu stehen, ging sie auf die andere Seite des Bettes, während er sich vor den Heizkörper kniete und das Licht der Taschenlampe auf das Ventil richtete. Nach zehn Sekunden stand er wieder auf.

„Das war schon alles?", flüsterte sie ungläubig.

„Ja, das war's. Sie hatten das Ventil eine ganze Umdrehung geöffnet, aber es ist nur eine Vierteldrehung nötig."

Serena folgte ihm wieder die Treppe hinunter und murmelte vor sich hin: „Ich hätte es gleich Ihnen überlassen sollen."

„Täuschen mich meine Ohren oder hat Serena Stewart da gerade eine Niederlage eingestanden?"

Serena zog ein Gesicht. „Keine Niederlage. Ich habe sie ja selbst aufgedreht, aber ich habe nicht gewusst, dass Heizkörper abgeglichen werden müssen."

„Das tut mir leid. Ich hätte darauf bestehen sollen, es zu machen."

„Sie wollten doch nur, dass ich angekrochen komme und Sie um Hilfe bitte."

„Das haben Sie ja auch getan. Es hat nur zwölf Stunden länger gedauert, als ich gedacht habe." Er grinste sie an, aber sein Ton war beinahe selbstironisch, und Serena reagierte mit einem Lächeln darauf.

Er hätte aus der Situation bestimmt Kapital schlagen können, aber er war nett und tat es nicht, sondern packte sein Werkzeug wieder ein, stand auf und sagte: „Ich warte noch ein paar Minuten, um ganz sicher zu sein, dass die anderen Heizkörper auch warm werden."

„Danke. Tut mir leid, dass ich Sie mitten in der Nacht aus dem Bett geholt habe."

„Da machen Sie sich mal keine Gedanken", entgegnete er darauf mit einem Lächeln, das schon wieder verschmitzt und mehrdeutig war wie eh und je. „Mir fallen einige Möglichkeiten ein, wie Sie das bei mir wiedergutmachen können."

Sie unterdrückte das Flattern in ihrem Bauch, bevor es richtig losgehen konnte, und sagte: „Ich wünschte, Sie würden das lassen."

„Warum tun Sie so, als gäbe es dieses Etwas zwischen uns nicht, Serena?"

„Ich bin Ihre Chefin, und wie es aussieht, sind Sie jetzt mein Vermieter. Abgesehen davon gibt es zwischen uns kein *Etwas*."

„Das gibt es wohl, ob Sie es zugeben oder nicht. Aber wenn Sie die Tatsache stört, dass wir auch eine berufliche Verbindung miteinander haben, dann können wir ja einfach ein paar Regeln aufstellen."

„Und an welche genau haben Sie da gedacht?"

„Arbeit ist Arbeit und Privatleben ist Privatleben. Und ich habe zwar eine gewisse Verantwortung als Vermieter, aber ich bezweifle, dass Aufgaben welcher Art auch immer um Mitternacht dazugehören. Deshalb glaube ich, dass Sie mir jetzt etwas schulden."

Da war er wieder, der provozierende Unterton, und zusätzlich hatte sein Blick jetzt auch noch etwas beunruhigend Intensives. Sie musste schlucken und bemerkte dann: „Sie sind ziemlich hartnäckig."

„Sie haben ja keine Ahnung, wie hartnäckig." Er hielt ihrem Blick noch etwas länger stand, deutete mit dem Kopf in Richtung der Kinderzimmer und fuhr fort: „Vielleicht schauen Sie jetzt noch mal nach den Heizkörpern, damit wir beide wieder ins Bett kommen."

Das war genau die Möglichkeit, ihm zu entkommen, auf die sie gewartet hatte. Als Erstes stürzte sie in Ems Zimmer, danach in Max' und stellte fest, dass beide Heizkörper langsam warm wurden. Dank Malcolm. So ungern sie es zugab, sie war ihm wirklich etwas schuldig.

„Gut?", fragte er, als sie zurückkam.

„Ja, danke." Sie hielt inne und erklärte dann noch: „Das meine ich ernst."

„Gern geschehen. Schlafen Sie gut."

Nachdem sie die Tür hinter ihm geschlossen hatte, widerstand sie dem Drang, ihm durchs Fenster noch nachzuschauen. Aber er hatte recht, da war wirklich etwas zwischen ihnen. Sie hatte nur absolut keine Ahnung, wohin das führen sollte.

12

Serena wohnte noch keine zwei Tage in ihrer Kate, als Muriel anrief und sie und die Kinder zum Essen zu sich einlud. Der Grund dafür war unschwer zu erraten: Es war Montag, und Muriel hatte die üblichen Gäste eingeladen. Serenas Versuche, die Einladung auszuschlagen, erwiesen sich als ziemlich fruchtlos.

„Was soll das heißen, du kannst nicht kommen?", fragte Muriel. „Ich habe zwei Hähnchen gebraten. Du willst doch nicht, dass ich ein ganzes Hähnchen umsonst gebraten habe, oder?"

Also parkte Serena um zehn vor sechs ihren Wagen vor Muriels Haus und ließ sich mit dem Schlüssel, den sie noch hatte, selbst herein. Wie erwartet, wuselte ihre Tante in einer altmodischen Schürze über ihrem maßgeschneiderten Kleid in der Küche herum und sah dabei aus wie eine Hausfrau aus den 60er-Jahren.

„Ich bin da. Sag mir, was ich noch tun kann."

Muriel schob eine Holzschüssel mit gemischtem Salat über die Kochinsel in Serenas Richtung. „Ich deute dein Zögern, meine Einladung für heute Abend anzunehmen, als Zeichen, dass es dir in dem Häuschen gefällt."

Die Deutung war weit gefehlt! Es war ein Zeichen, dass sie

Malcolm nach ihrer seltsam intensiven nächtlichen Begegnung nicht sehen wollte, aber das konnte sie natürlich nicht sagen. Sie nahm also einfach das Salatbesteck und begann, den Salat mit dem Dressing zu vermischen.

„Ja, es ist perfekt. Sehr friedlich“, sagte sie auf die Bemerkung ihrer Tante hin nur.

„Und dein neuer Nachbar?“

Sie hätte wissen müssen, dass die Frage in diese Richtung gehen würde.

„Ich sehe ihn nicht viel, obwohl er so freundlich war, herüberzukommen und die Heizung in Gang zu bringen, als wir eingezogen sind.“ Serena musste über ihre revidierte Version der Wahrheit ein Lächeln unterdrücken.

„Ach wirklich?“, fragte Muriel dazu nur, und Serena ignorierte den amüsierten Unterton ihrer Frage einfach.

„Das Häuschen ist nicht besonders gut ausgestattet, deshalb muss ich irgendwann diese Woche nochmal nach *Nairn* fahren, um ein paar Sachen zu holen, die wir unbedingt brauchen.“

„Wieso lässt du dir denn die Sachen nicht von Jamie und Andrea mitbringen, wenn sie in ein paar Wochen kommen?“, fragte Muriel.

Serena sah ihre Tante irritiert an und antwortete dann: „Aber die beiden wollen doch erst im Juni kommen, und ich komme nicht zwei Monate ohne Töpfe und Pfannen aus. Und außerdem, glaubst du wirklich, dass sie mir die richtigen Sachen mitbringen würden?“

„Also wenn es mit Kochen und Kleidung zu tun hat, auf jeden Fall.“

Darüber musste Serena schmunzeln, denn ganz Unrecht hatte ihre Tante da sicher nicht. Ihr jüngerer Bruder hatte ein besonders sicheres Stilgefühl, und den größten Teil ihrer Küchenausrüstung hatte sie von ihm bekommen. Trotzdem wollte sie nicht, dass er in ihren Sachen herumkramte. „Das mache ich lieber selbst, Tantchen“, erklärte sie deshalb.

„Aber Max und Em könntest du dann hier bei mir lassen. Es ist doch nicht nötig, ihnen eine sechsstündige Autofahrt zuzumuten, oder?“, fragte ihre Tante.

„Ich hatte überlegt, einmal in *Nairn* zu übernachten, und du willst doch wahrscheinlich nicht zwei Tage lang hinter Max herjagen, oder ...?“

Daraufhin sah Muriel sie mit ihrem sachlich nüchternen Blick an und sagte: „Darf ich dich daran erinnern, dass ich auch schon dich und deine Brüder überlebt habe? Ich denke, dann werde ich auch zwei Tage mit deinen beiden sehr wohlerzogenen Kindern fertigwerden.“

Es wäre bestimmt praktisch und viel unkomplizierter, die Fahrt alleine zu machen, ohne die unweigerlichen Pausen, die nötig waren, wenn man ein Kleinkind dabei hatte, das gerade erst trocken war. Doch genau in dem Moment, in dem Serena den Mund aufmachte, um zuzustimmen, wurde sie von einem lauten Krachen und einem Schrei aus einem der Schlafzimmer unterbrochen.

Serena rannte in die Richtung, aus der der Lärm kam, und fand Max schluchzend in einem Haufen von Büchern vor. Das Regal über ihm hing gefährlich schief an nur einer Aufhängung. „Ich will das Buch!“, heulte er und zeigte mit dem Finger auf ein Buch, das zwei Regalbretter höher stand, bevor er wieder in herzzerreißendes Gebrüll ausbrach.

Serena nahm ihn auf den Arm, wischte ihm die Tränen ab, die ihm die runden Bäckchen hinunterliefen, und sagte: „Ach Maxie, mein Äffchen, du darfst doch nicht auf das Regal klettern. Wenn du ein Buch haben willst, das zu hoch für dich liegt, dann frag nächstes Mal deine Schwester, ja?“

Max schaute daraufhin so bitterböse in Ems Richtung, wie es nur Dreijährige können, worauf Em aber nur mit einem etwas ahnungslosen Achselzucken reagierte. Wahrscheinlich hatte sie zu Max gesagt, er solle es sich doch selbst holen.

„Ich hole es dir jetzt vom Regal und dann gehen wir ins Wohnzimmer und lesen es, ja? Sammelst du bitte die Bücher hier auf, Em? Das Regal bringen wir später wieder in Ordnung."

Em fügte sich ohne Widerrede und bestätigte dadurch Serenas Verdacht, dass sie an dem Malheur nicht so ganz unbeteiligt war. Serena holte das Buch vom Regal – ein Bilderbuch über Lastwagen – und ging mit Max ins Wohnzimmer.

Abgesehen von einer leichten Rötung über einer Augenbraue war er nicht verletzt. Die Tränen waren also offenbar in erster Linie aus Empörung geflossen. Das merkte Serena daran, wie schnell sie versiegten, als sie anfing, ihm das Buch über all die unterschiedlichen Arten von Lastwagen vorzulesen.

Als sie ihm das Buch zum vierten Mal vorgelesen hatte und kurz davor war, ebenfalls in Tränen auszubrechen, klopfte es an der Haustür, und sie war deshalb bereits dort, als Muriel aus der Küche rief: „Serena, kannst du bitte aufmachen? Malcolm ist wohl etwas zu früh dran."

Und tatsächlich war es Malcolm, der mit einer Werkzeugkiste in der Hand auf der Veranda stand, hinter ihm Kylee. Er lächelte sie auf eine Weise an, die ihren Herzschlag mit ärgerlicher Geschwindigkeit beschleunigte.

„Wussten Sie eigentlich, dass die meisten Männer eine Flasche Wein mitbringen und keinen Werkzeugkasten, wenn sie irgendwo eingeladen sind?", fragte sie ihn.

„Wer sagt denn, dass ich auf dem Boden der Kiste keine Weinflasche verstaut habe?"

„Ist das denn so?"

„Nein, aber Ihre Unterstellung kränkt mich." Er zwinkerte ihr zu, und sie verdrehte die Augen in seine Richtung. Er ging an ihr vorbei direkt zu Max und fragte: „Hey, kleiner Mann, wie geht's?" Dabei wuschelte er ihrem kleinen Sohn einmal durchs Haar, bevor er in die Küche weiterging.

„Hi Kylee“, sagte Serena. „In ein paar Minuten gibt's Essen. Wenn du willst, kannst du bis dahin noch fernsehen.“

„Schon gut. Ich kann auch gerne noch ein bisschen helfen.“ Kylee folgte ihr in die Küche, wo Malcolm bei Muriel stand.

„Malcolm will nach dem Waschbecken in meinem Bad schauen“, sagte Muriel. „Das Wasser läuft dort nicht richtig ab. Kannst du ihm bitte zeigen, wo es ist?“

Serena warf Muriel einen verärgerten Blick zu, den Muriel allerdings mit ebenso unschuldiger Miene quittierte wie vorhin Em bei dem kleinen Bücherregalunfall. Dann bedeutete sie mit einer Geste des Kopfes dem immer noch grinsenden Malcolm, ihr zu folgen.

Sie führte ihn durch Muriels altmodisches, aber tadellos sauberes und aufgeräumtes Schlafzimmer in das kleine modernisierte Bad und sagte dann. „Um das Waschbecken dort geht es. Nur für den Fall, dass Sie sich das nicht schon gedacht haben.“

Malcolm stellte seine Werkzeugkiste neben dem Waschbecken ab und bemerkte: „Ich habe das Gefühl, Ihnen ist unbehaglich zumute, Serena. Dabei hätte ich gedacht, dass Sie dankbar sind für meine Fähigkeit, Dinge zu reparieren. Neulich Nacht war es jedenfalls noch so.“

„Sehr witzig. Brauchen Sie noch irgendetwas? Ich würde jetzt sonst nämlich Muriel beim Tischdecken helfen.“

„Sie meinen, Sie wollen nicht hierbleiben und meine reizende Assistentin sein?“

„Ich bin sicher, das schaffen Sie auch ohne mich. Ich würde zwar zu gern sehen, wie Sie das Reparieren eines verstopften Abflusses sexy aussehen lassen, aber ich glaube, das können nicht einmal Sie.“

„Da unterschätzen Sie mich aber“, erklärte er daraufhin, knöpfte sein Hemd auf, zog es aus und stand in einem engen, schwarzen T-Shirt da, das seinen muskulösen Oberkörper definitiv vorteilhaft betonte. Ob das aus Berechnung oder eher zufällig geschah, sie musste jedenfalls die Lippen zusammenpressen, um nicht loszuprusten.

„Ich glaube, ich schätze Sie ganz genau richtig ein", widersprach sie und fügte noch hinzu: „Beeilen Sie sich. Wir möchten nur ungern ohne Sie anfangen." Und damit ging sie wieder ins Esszimmer, wo mittlerweile schon Kylee dabei war, den Tisch zu decken.

„Brauchst du Hilfe?", fragte Serena.

„Nein, ich bin schon fast fertig", antwortete Kylee, die gerade das Besteck korrekt und ordentlich neben den Tellern platzierte. „Meine Mutter hat immer auf so Sachen wie gute Tischmanieren und einen ordentlich gedeckten Tisch großen Wert gelegt."

„Sie hat es dir jedenfalls gut beigebracht."

„Dabei komme ich gar nicht so oft dazu, es anzuwenden, denn wir haben nie Gäste." Sie warf Serena ein schiefes Lächeln zu und erklärte: „Und außerdem kann Onkel Malcolm nicht kochen."

Serena erwiderte das Lächeln und stellte fest, dass im Tonfall des Mädchens keine Kritik zu erkennen war, sondern sie machte einfach nur eine sachliche Feststellung. Aber Serena fragte sich trotzdem, wie die beiden das mit dem Kochen und Essen wohl regelten. Es war jedenfalls deutlich zu merken, dass Malcolm seine Nichte liebte und sein Bestes für sie gab. Doch was war mit ihren Eltern passiert? Wieso war Kylee in der Obhut ihres unverheirateten Onkels? Serena hatte Muriel eigentlich schon ein paar Mal danach fragen wollen, dann aber immer wieder Angst gehabt, ihre Tante könnte das Interesse falsch verstehen.

„Habe ich das Essen verpasst?", fragte Malcolm, als er den Kopf zur Esszimmertür hereinsteckte. Er hatte zwar inzwischen sein Hemd wieder angezogen, es aber noch nicht zugeknöpft.

„Nein, Sie kommen genau richtig. Ist der Abfluss wieder frei?"

„War ganz einfach", antwortete er, ging an Serena vorbei und sagte dann mit gesenkter Stimme, sodass nur sie es hören konnte: „Und ich habe so sexy dabei ausgesehen. Schade, dass Sie es verpasst haben."

Wieder hätte sie beinahe gelacht, schaffte es aber noch gerade rechtzeitig, sich zu beherrschen, sodass nur ein kaum merkliches

Lächeln ihre Mundwinkel umspielte. „Mit der Enttäuschung muss ich wohl leben."

Malcolm verließ den Raum, und sie hörte, wie er in seinem üblichen heiteren Ton mit Muriel plauderte. Als sie sich wieder umdrehte, sah sie, dass Kylee sie beobachtete.

„Sie mögen meinen Onkel, oder?"

„Klar", sagte Serena strahlend. „Natürlich mag ich ihn."

Aber Kylees Miene verriet, dass sie zu schlau war, um dieses Ausweichmanöver nicht zu durchschauen. Serena verwünschte sich selbst, dass sie nicht vorsichtiger gewesen war. Wenn sie nicht wollte, dass ihr peinliche Fragen gestellt wurden, durfte sie eben nicht ganz so offen mit Malcolm flirten. Und dabei hatte sie gar nicht die Absicht gehabt, sondern es hatte sich einfach so ergeben.

Als sie schließlich alle sechs um den Tisch herum Platz genommen hatten zu einer Mahlzeit, die für mindestens zwölf Personen gereicht hätte, stellte Serena fest, dass sie Malcolm direkt gegenübersaß. Sie versuchte, nicht zu ihm hinzuschauen, aber jedes Mal, wenn sie aufblickte, sah er sie mit nachdenklicher Miene an, so als wäre sie ein Rätsel, das gelöst werden musste.

Serena half später freiwillig beim Abräumen, nur um etwas Abstand zu bekommen. Doch als sie zum zweiten Mal wieder ins Esszimmer kam, rief Em ihr vom Wohnzimmer aus zu: „Mama, kommst du und spielst das Leiterspiel mit uns?"

„Sobald ich hier fertig bin", rief sie zurück, und in diesem Moment packte sie der Übermut, und sie fügte noch hinzu: „Fragt doch Malcolm. Ich weiß, dass der für sein Leben gern Spiele spielt."

„So verlockend es auch klingt", sagte Malcolm daraufhin von der Tür aus, „aber ich muss Kylee nach Hause bringen und dann im Hotel die Bar übernehmen. Owen hat sich krankgemeldet."

Das schien in letzter Zeit häufig vorzukommen, und selbst wenn man das für die Jahreszeit kalte Wetter bedachte, hatte Serena gehofft, dass ihre Angestellten zuverlässiger wären. Sie musste so bald wie möglich die Personalsituation ansprechen.

„Wenn Sie möchten, kann ich Kylee nachher mit nach Hause nehmen, wenn wir fertig sind. Das macht keine Umstände."

Überrascht sah Malcolm sie daraufhin an und fragte: „Das würde Ihnen nichts ausmachen?"

„Natürlich nicht. Und außerdem bin ich Ihnen doch noch einen Gefallen schuldig."

„Dabei hatte ich eigentlich an etwas anderes gedacht", murmelte er nur, und sein Blick bewirkte einmal mehr, dass es sie am ganzen Körper kribbelte. „Aber ich nehme, was ich kriegen kann."

Dann setzte er sich zu Em und Max an den Tisch und Serena setzte sich auf den einzigen noch freien Platz neben ihn. Sie merkte sofort, dass Malcolm das Leiterspiel nach ganz anderen Regeln spielte und dass es nach seinen Regeln viel mehr Spaß machte. Er ließ seine Spielsteine die Schlangen hinunterpurzeln und schrie dabei mit hoher Stimme, sodass Max vor Lachen quietschte. Jedes Mal, wenn die Kinder wegschauten, vertauschte er deren Spielsteine, und als Em an der Reihe war, brachte er sie zum Kichern, indem er laut zählte, um sie abzulenken. Sogar Kylee und Muriel mussten über seine unkonventionellen Regeln schmunzeln.

Nach einer mehr als fragwürdigen Spielauswertung erklärte Malcolm Max zum Sieger, der daraufhin auf dem Sofa herumsprang, um seinen Sieg angemessen zu feiern.

Malcolm stand währenddessen auf und machte eine richtige Show daraus, sich zu recken und zu strecken und sagte schließlich: „So, ich muss jetzt zur Arbeit, aber du schuldest mir Revanche."

„Was ist denn Revanche?", fragte Max.

„Es bedeutet, dass er das Spiel noch mal mit dir spielen will, damit er auch mal gewinnen kann", erklärte Serena und hob Max vom Sofa, bevor er herunterpurzelte und auf den Kopf fiel.

Max schien erfreut über die Idee. „Okay."

„Und für Sie ist es immer noch in Ordnung, Kylee mit nach Hause zu nehmen?", fragte Malcolm.

„Ja klar. Wir brechen auch in ein paar Minuten auf."

„Also gut. Komm Kylee, du musst noch deine Tasche und die Gitarre aus dem Auto holen."

Em sah Kylee aufgeregt an und sagte: „Du spielst Gitarre? Ich spiele Klavier."

„Ach wirklich? Das würde ich gerne hören."

„Okay. Vielleicht kannst du ja dann auch was auf der Gitarre spielen."

„Abgemacht."

Kylee huschte an Malcolm vorbei, der unsicher zu Serena schaute und flüsterte: „Ich bitte Sie wirklich nicht gern darum!"

„Na, wer hat hier wohl Probleme, Hilfe anzunehmen? Sagen Sie einfach danke, und wir sind quitt."

„Quitt, hä?"

Sie sah ihm so lange in die Augen, bis er leise lachte.

„Also gut, wir sind quitt."

„War das denn wirklich so schwer?", fragte sie und konfrontierte ihn mit seinen eigenen Worten.

Da blitzte der Schalk in seinen Augen auf, und er rückte so nah an sie heran, dass er ihr ins Ohr flüstern konnte: „Vorsicht! Es könnte sonst noch jemand auf die Idee kommen, sie hätten Humor."

„Ich habe Humor! Ich finde Sie nur nicht so besonders komisch."

„Lügnerin."

Sie bereitete gerade eine Erwiderung vor, als Kylee mit ihrer Schultasche und dem mit Stickern übersäten Gitarrenkoffer vom Auto zurückkam. Deshalb sagte sie nur. „Fahren Sie schon los. Ich bringe Kylee nach Hause."

„*Danke*", sagte er tonlos und umarmte Kylee kurz zum Abschied.

Em hopste ungeduldig auf dem Sofa herum und hatte nur noch Augen für Kylee. „Du spielst zuerst."

Kylee nahm ihre Gitarre aus dem Koffer, strich ein paarmal über die Saiten, stimmte ein paar Saiten nach und fing dann an zu spielen. Es war nicht zu leugnen, dass sie eine sehr gute Stimme hatte, leicht rauchig, so wie Serena es von Folksängern kannte, und bei etwas genauerem Hinhören auf den Text staunte sie nicht schlecht, wie gut er war.

Als Kylee fertig war und die Anwesenden Beifall klatschten, fragte Serena: „Hast du das selbst geschrieben?"

Lächelnd nickte Kylee. „Das habe ich letztes Jahr bei einer Talentshow in der Schule gespielt. Aber ich ändere immer wieder Kleinigkeiten daran."

„Du hast wirklich Talent, Kylee. Willst du Musik studieren, wenn du mit der Schule fertig bist?"

Kylee rutschte daraufhin so unruhig auf ihrem Platz hin und her, dass Serena merkte, wie heikel das Thema offenbar war. Schließlich antwortete das Mädchen: „Das hoffe ich. Im Sommer möchte ich gern ein Demoband aufnehmen."

„Es ist bestimmt klug, wenn du dir alle Möglichkeiten offenhältst", sagte Serena, aber soweit sie es beurteilen konnte, war Kylee ein Naturtalent. Wenn das Mädchen jedoch auf *Skye* blieb, würde es wahrscheinlich sein Potenzial nicht ausschöpfen können. Deshalb sagte sie: „Wenn es deinem Onkel recht ist, würde ich dich gerne ein paar Freunden vorstellen, die Berufsmusiker sind. Davy ist Leadsängerin in einer Band und hat ein eigens Plattenlabel, und Glenn ist ein Studiomusiker. Die beiden haben früher beide bei meinem Vater Musikunterricht gehabt."

Kylee sah Serena mit einer Mischung aus Staunen und Misstrauen an und erklärte erstaunt: „Aber Sie kennen mich doch gar nicht."

„Aber ich erkenne ein Talent, wenn ich es höre, und ich weiß, dass

Talente gefördert werden müssen. Davy und Glenn könnten dir vielleicht ganz praktisch weiterhelfen."

Serena wusste, dass die beiden sie ermutigen, aber auch realistisch bleiben würden. Die Musikindustrie war ein schwieriges Business, und sie würden Kylee ganz sicher eindringlich raten, ihre akademische Ausbildung genauso ernst zu nehmen wie ihre Musik.

Jetzt meldete sich Em zu Wort. Sie wollte endlich *Für Elise* spielen, das sie mittlerweile beherrschte, und beendete damit das Gespräch zwischen Serena und Kylee. Serena schaute Malcolms Nichte an und hoffte, dass sie nicht gerade eine Grenze überschritten hatte.

13

„Mami, Mami, wach auf!“

Serena machte die Augen auf, als eine kleine Hand behutsam ihre Wange tätschelte, und schaute ihrem Sohn direkt in die Augen. An der Art, wie das Licht durch die Fenster ins Zimmer fiel, erkannte sie, dass es noch sehr früh sein musste.

„Guten Morgen, mein Äffchen“, begrüßte sie ihren Sohn und hob eine Ecke der Bettdecke hoch, damit Max zu ihr unter die warme Bettdecke schlüpfen konnte. „Wieso bist du denn schon so früh wach?“

„Da ist einer an der Tür.“

„Ach, das hast du bestimmt nur geträumt“, beruhigte Serena ihn, schloss die Augen wieder und betete, dass Max den Hinweis verstehen und wieder einschlafen möge.

„Aber da ist wirklich einer an der Tür, Mama!“

Serena seufzte, als jetzt auch noch Em in ihr Zimmer gehopst kam und sich aufs Fußende des Bettes schwang. Das war es dann wohl gewesen mit dem Weiterschlafen. Sie richtete sich also auf und fröstelte wegen ihres dünnen Pyjamas in der kühlen Luft. „Wer ist es denn?“

„Ich weiß nicht. Ich hab nicht aufgemacht.“

Also schwang Serena die Beine aus dem Bett, griff nach ihrem weiten Cardigan und wickelte ihn auf dem Weg nach unten um sich. Als sie die Haustür aufriss, schaute sie direkt in Malcolm Blakes dunkelbraune Augen.

Wie automatisch ging ihre Hand zum Kopf, um ihr zerzaustes Haar ein bisschen glatt zu streichen, bevor ihr bewusst wurde, was sie da tat und sie sich bremsen konnte. „Guten Morgen. Was machen Sie denn hier?"

„Ich bringe Ihnen Frühstück", antwortete er, hielt dabei eine Thermoskanne und eine weiße Bäckertüte hoch und grinste dabei auf eine Art, dass ihr Herz einen Purzelbaum schlug. Doch dann wich sein Lächeln einer seltsam unsicheren Miene und er fragte: „Können wir kurz reden?"

„Wer ist denn da, Mama?", fragte Em und kam die Treppe heruntergepoltert, Max nur eine Stufe hinter ihr.

„Es ist Malcolm. Ich muss kurz mit ihm reden. Ihr beiden könnt euch schon mal anziehen." Sie trat hinaus auf die Veranda, zog die Tür hinter sich zu und war froh, dass sie eine lange Pyjamahose anhatte. Doch in dem Moment fiel ihr wieder ein, dass das Oberteil einen sehr tiefen Ausschnitt hatte, und sie hielt rasch den Cardigan vorne mit einer Hand zusammen.

„Kaffee", sagte er und gab ihr die Thermoskanne. „Und Teilchen."

Sie musste in einem anderen Universum aufgewacht sein. „Danke, aber … ich verstehe nicht …"

„Also Sie haben mich im Pyjama an die Tür geholt, deshalb habe ich gedacht, dass ich mich für diesen Gefallen revanchieren muss. Doch im Unterschied zu Ihnen habe ich wenigstens Kaffee mitgebracht."

„Sehr witzig. Aber jetzt mal im Ernst. Weshalb sind Sie hier?"

Er räusperte sich, steckte die Hände in die Taschen seiner Lederjacke und antwortete: „Kylee hat mir erzählt, dass Sie ihr angeboten haben, sie mit Freunden bekannt zu machen, die Berufsmusiker sind."

„Ich hoffe, ich habe mich da nicht in Dinge eingemischt, die mich nichts angehen. Ich hatte es angeboten, bevor mir bewusst wurde, dass ich Sie eigentlich erst hätte fragen müssen."

„Nein, das ist es gar nicht", sagte er, und wieder kam diese seltsame Unsicherheit in seiner Miene zum Vorschein. „Das ist ein sehr großer Gefallen, und es war wirklich nur als Scherz gemeint, dass Sie mir einen Gefallen schulden."

Also das war jetzt aber wirklich eine interessante Wendung. Erst setzte er ihr heftig zu, dass sie keine Hilfe annehmen könne, und jetzt wand er sich, weil sie seiner Nichte einen Gefallen tat.

„Das tue ich nicht für Sie, sondern für Kylee", erklärte sie.

„Und warum?"

„Weil ich weiß, was es bedeutet, bei den begrenzten Möglichkeiten hier auf *Skye* Künstler oder Künstlerin zu sein. Kylie ist viel zu talentiert, dass sie dieses Talent auch nutzen können muss."

„Dann bedanke ich mich bei Ihnen. Sie können sich gar nicht vorstellen, wie viel das Kylee bedeutet. Und mir auch."

„Keine Ursache", sagte sie leise. Er wandte sich zum Gehen, aber bevor sie richtig nachgedacht hatte, sagte sie: „Malcolm?"

„Ja?"

„Was ist mit Kylees Eltern … mit Ihrer Schwester? Warum lebt Kylee bei Ihnen?"

Sofort wurde Malcolms Miene verschlossen und Serena bereute ihre Frage sofort. Doch als er sie jetzt mit angespannter Miene ansah, erkannte sie den Schmerz in seinem Gesicht.

„Sie sind letztes Jahr bei einem Autounfall ums Leben gekommen", erklärte er.

Genau so eine Antwort hatte sie befürchtet. „Wie furchtbar. Das tut mir sehr leid."

„Ja, mir auch." Er schaute die Auffahrt entlang zu seinem Haus, das eigentlich einmal das Haus seiner Schwester gewesen war. „Als

Erziehungsberechtigter bin ich nicht halb so gut, wie es Nicola und Richard waren, aber außer mir hat Kylee niemanden mehr."

Serena schluckte und fühlte sich erbärmlich.

„Sie ist ein bemerkenswertes Mädchen, Malcolm. Und wenn Sie mich fragen, dann machen Sie Ihre Sache mit ihr richtig gut."

Wieder begegneten sich ihre Blicke und in ihrer Brust setzte ein seltsamer Schmerz ein. Er lächelte zaghaft. „Das bedeutet mir mehr, als Sie sich vorstellen können, Serena. Noch mal vielen Dank."

Sie sah ihm nach, wie er bis zum Ende der Auffahrt ging, wo er sich noch einmal umdrehte und ihr zuwinkte, bevor er zu seinem Haus abbog. Serena öffnete langsam die Tür zu ihrem eigenen Haus, wo Em sie sofort aufgeregt mit Fragen löcherte.

„Was wollte er denn hier? Und was hat er dir mitgebracht, Mama?"

„Das weiß ich nicht." Sie wollte gerade vorschlagen, dass sie sich teilten, was auch immer er mitgebracht hatte, aber als sie in die Tüte lugte, sah sie, dass es Cranberrymuffins waren. Drei Stück.

„Kriegen wir auch eins?", fragte Max mit großen Augen.

„Ja, ihr kriegt auch eins", antwortete sie. Das war irgendwie ein Maß an Umsicht, mit dem sie bei Malcolm niemals gerechnet hätte.

Serena stellte den Wasserkessel auf den Herd, um den Kindern einen Tee zu kochen, und setzte sich dann mit ihnen an den Küchentisch, wo sie sich die leicht süßlichen, mit Früchten gesprenkelten Brötchen schmecken ließen, als hätten sie monatelang nichts zu essen bekommen. Aber die ganze Zeit kreisten Serenas Gedanken weiter um Malcolm Blake.

Was sollte sie nur von ihm halten? Er war eine rätselhafte Mischung aus Direktheit und Sensibilität. Er zeigte keinerlei Reue dafür, dass er sie bedrängte und ständig versteckte Anspielungen machte, aber dann wiederum spielte er das Leiterspiel mit ihren Kindern, und zwar mit einer Hingabe, als wären es seine eigenen, ganz zu schweigen von der Art, wie er sich für seine Nichte einsetzte.

Er machte eine große Show aus seiner Arbeitsethik, und ein Blick darauf, wie er das Hotel führte, ließ vermuten, dass er über mehr Erfahrung als Unternehmer verfügte, als er zugab. Außerdem war da auch noch sein Beruf als Ingenieur, den sie so gar nicht mit dem zusammenbringen konnte, was sie bis jetzt über seinen Hintergrund erfahren hatte.

Du könntest ja einen Blick in seine Personalakte werfen. Oder ihn vielleicht einfach fragen. Aber das war gefährlich, denn wenn er herausbekam, dass sie versuchte, etwas über ihn in Erfahrung zu bringen, dann würde er noch stärker auf ein Date drängen.

Ihre Entschlossenheit, sich auf gar nichts einzulassen, begann langsam zu schwinden. Schlimm genug, dass sie sich seit Jahren nicht mehr zu einem Mann hingezogen gefühlt hatte, aber noch schlimmer war, dass diese kurzen Einblicke, die ein tiefgründigeres Innenleben bei diesem Mann vermuten ließen, sie heftig in Versuchung brachten, doch nachzugeben und zu schauen, wohin dieses *Etwas* zwischen ihnen sie führte.

Aber das ging nicht. Ihr Lebensmittelpunkt war in *Nairn,* und *Skye* war lediglich ein kleiner Abstecher. Es ergab absolut keinen Sinn, auch nur einen Zeh in dieses fremde Gewässer zu tauchen, es sei denn, sie war auf der Suche nach einem flüchtigen Abenteuer.

Darüber hinaus war sie seine Chefin. Sie konnten vielleicht Freunde sein oder wenigstens freundschaftliche Kollegen, aber alles andere konnte eigentlich nur in eine Katastrophe münden.

Mit etwas, das zumindest so wirkte wie Konzentration, gelang es ihr, die Kinder für die Schule fertig zu machen und sie dort hinzubringen, und als sie wieder zu Hause war, setzte sie sich an den Küchentisch und begann mit ihrer Arbeit.

Als Erstes rief sie Davy an. Da der Anruf direkt auf die Mailbox weitergeleitet wurde, hinterließ sie eine Nachricht und klappte dann ihren Laptop auf. Es wurde höchste Zeit, dass sie sich mit der

Personalsituation des Hotels befasste. Malcolm mochte zwar so tun, als wäre es keine große Sache, an der Bar für jemanden einzuspringen, aber unter der Woche hatte er auch so schon 11-Stunden-Tage, und an den Wochenenden waren es auch immer noch sechs bis acht Stunden. Das war auf Dauer viel zu viel, und sie fand es absolut nicht fair, dass er auch noch für den Barkeeper oder die Zimmermädchen einspringen musste.

Dann war da außerdem noch das Thema der Personalkosten und der Dienstpläne der Mitarbeiter, ganz abgesehen von dem Problem, überhaupt zuverlässige Mitarbeiter zu finden. Als Serena aufbrach, um Max wieder aus dem Kindergarten abzuholen, hatte sie bereits Kopfschmerzen vom Lesen der vielen Zahlentabellen. Es würde auf jeden Fall etwas kosten, zusätzliches Personal einzustellen, und das wiederum würde den Gewinn des Hotels verringern. Doch es war unbedingt nötig. Sie wollten nämlich auf gar keinen Fall als Arbeitgeber dafür bekannt sein, dass sie ihre Angestellten ausbeuteten. Das würden auch Ian und Jamie so sehen.

Nachdem Serena Max vom Kindergarten abgeholt hatte, versorgte sie ihn mit Milch, ein paar Keksen und einem Puzzle und schrieb dann einen Briefentwurf mit ihren Vorschlägen an ihre Brüder. Sie schickte an die beiden die Nachricht mit einer Tabellenkalkulation als Anhang und hoffte, dass sie den vorgeschlagenen Budgetzuweisungen zustimmen würden. Das bedeutete dann aber auch, dass sie schleunigst die neu geplanten Marketingmaßnahmen würde umsetzen müssen, um die Kosten wieder hereinzuholen.

Das wiederum musste erst einmal warten, weil es mittlerweile fast Zeit war, Em von der Schule abzuholen. Tagsüber hatte sie einfach nie genügend Zeit ohne Unterbrechungen, um einmal eine Aufgabe zu Ende zu bringen.

Als sie mit Max an der Grundschule von *Sleat* vorfuhr, kam ihre Tochter strahlend aus dem Schulgebäude gestürmt und berichtete atemlos: „Felicity hat mich morgen nach der Schule zu sich nach Hause eingeladen, Mama. Darf ich?"

Als Serena Em so strahlen sah, empfand sie große Erleichterung, sagte aber: „Ich möchte gern erst noch mit ihrer Mama reden, ja? Fährt Felicity mit dem Bus?"

„Nein, sie sind da drüben." Em zeigte auf ein kleines Mädchen und eine Frau mit identischen Pferdeschwänzen, die sich schon auf dem Weg zum Parkplatz befanden. Bevor Serena etwas sagen konnte, ließ Em ihren Rucksack stehen und rannte hinter den beiden her.

„Felicity! Warte! Meine Mama möchte mit deiner Mama reden."

Mit einem schiefen Lächeln hob Serena Ems Schultasche auf und ging dann mit Max zu der wartenden Frau, die ihr lächelnd die Hand entgegenstreckte. „Ich bin Alice Quinn, Felicitys Mutter."

Serena gab Alice die Hand und stellte sich ebenfalls vor: „Serena Stewart."

„Sie sind neu an der Schule, nicht wahr? Ich wollte Sie schon anrufen und Sie und Emmy zum Tee einladen, aber wie ich gerade erfahren habe, war Felicity schneller als ich."

„Das ist wirklich sehr nett von Ihnen. Wir kommen gern, das heißt, wenn Max auch mitkommen kann."

„Ja natürlich", sagte Alice und lächelte freundlich. „Wir wohnen im Elm Cottage in *Tokavaig*. Wissen Sie, wo das ist?"

„Ja, das kenne ich. Es ist in der Nähe des *Dunscaith Castle*, oder?"

„Genau. Dann also morgen?"

„Ja morgen, und vielen Dank noch mal."

„Wir freuen uns sehr darauf, ehrlich!" Alice und Felicity winkten mit genau der gleichen Bewegung noch einmal zum Abschied und gingen dann weiter zu ihrem Auto.

„Danke, Mama", sagte Em mit strahlenden Augen und konnte sich kaum bremsen, zu ihrem eigenen Auto zu hüpfen. „Und ich glaube, Andrews Mama würdest du auch mögen. Sie sind letztes Jahr von

Fort William wieder hierher gezogen. So ähnlich wie wir, glaube ich. Andrew spricht auch noch nicht so gut Gälisch."

Serena lächelte und wuschelte Em durchs Haar. „Bestimmt mag ich sie. Ich freue mich, dass du schon Freunde gefunden hast."

Vielleicht lebten sie sich ja wirklich langsam in ihrer neuen Umgebung ein. Ja, dieser Nachmittag fühlte sich nach langer Zeit wieder so normal an – Em, die am Esstisch Hausaufgaben machte, und Max, der auf dem Fußboden mit Autos spielte –, dass sie zum ersten Mal seit Wochen das Gefühl hatte, durchatmen zu können. Genau das wünschte sie sich – wenigstens eine gewisse Zeit lang –; entspannte Nachmittage ohne zusätzliche Verpflichtungen und Hektik. Und wenn das Wetter endlich besser würde, könnten sie rasch alle anstehenden Aufgaben erledigen und danach draußen spielen, weil es jetzt immer länger hell war.

Sie waren gerade mit dem Abendessen fertig, als Serenas Handy den Signalton für eine eingegangene Nachricht abgab, und als sie nachschaute, sah sie Davys Nummer auf dem Display. Verpasster Anruf. Mit dem Empfang in *Breakish* war es immer noch so eine Sache, auch wenn er hier schon viel besser war als in *Isleornsay*. Eine Frauenstimme mit starkem Highland-Akzent war auf der Mailbox zu hören.

„Hi Serena, hier ist Davy. Ich bin gerade nach Hause gekommen. Glenn ist zurzeit in Los Angeles, und ich habe am Samstag einen Gig hier in *Inverness*, aber vielleicht könntest du ja mit Kylee am kommenden Samstag herkommen. Wir würden uns freuen, wenn wir ihr weiterhelfen könnten. Sag ihr doch, dass sie ihre Gitarre mitbringen soll, wenn sie mag."

Mit einem Lächeln löschte Serena die Nachricht. Davy – das war die Kurzform von Davina – war eine der talentiertesten Schülerinnen ihres Vaters gewesen und hatte dadurch als Jugendliche viel Zeit bei ihnen zu Hause verbracht. Vom Alter her lag Davy genau zwischen Serena und Jamie und war in der Schule eine Klasse unter Serena gewesen. Es war eine dieser Freundschaften, die hielten, auch wenn sie sich in den vergangenen 15 Jahren nur ein paar Mal gesehen hatten.

Serena rief zurück, hinterließ noch eine Nachricht und zögerte dann kurz, bevor sie Malcolms Handynummer eingab. Er nahm das Gespräch sofort an. Im Hintergrund waren Stimmen und Gelächter zu hören.

„Ich wusste, dass Sie nachgeben würden“, hörte sie ihn trotz der schlechten Verbindung munter trällern. „Und es liegt an meinem guten Kaffee, geben Sie es zu. Wann soll ich Sie am Freitag abholen?“

Serena lachte und erklärte: „Immer langsam. Ich rufe gar nicht wegen der Date-Idee an.“

„Und das hier ist das Geräusch meines Herzens, das mir gerade gebrochen wird.“ Am anderen Ende der Leitung war ein grausiges Geräusch zu hören.

Serena musste lachen. „Ach, Sie zerknüllen doch nur ein Blatt Papier.“

„Woher wissen Sie das? Sind Sie so versiert darin, Männerherzen zu brechen, dass Sie sogar schon das Geräusch erkennen?“

Ihr Grinsen wurde immer breiter, sodass ihr das Gesicht schon richtig wehtat. „Bitte seien Sie ernst, ja? Mein Anruf hat einen anderen, wichtigen Grund.“

„Okay.“ Seine Stimme wurde jetzt sachlich. „Was gibt es denn?“

„Davy hat sich heute Abend bei mir gemeldet.“

Am anderen Ende der Leitung war jetzt statisches Knistern zu hören. „Was haben Sie gesagt? Ich glaube, die Verbindung ist weg.“

„Ich habe gesagt … Warten Sie, wo sind Sie gerade?“

„In der Bar.“

„Schon wieder?“

„Ja, schon wieder.“ Sein Tonfall machte deutlich, dass ihm das genauso wenig gefiel wie ihr. „Owen … krank … ich habe gesagt, ich würde …“

Serena hielt das Handy weiter vom Ohr weg, obwohl sie wusste, dass das ganz sicher nicht helfen würde. Sie konnte ja schon von Glück sagen, dass sie überhaupt ein Netz hatte. Obwohl sie nicht wusste, ob er sie hören konnte, sagte sie: „Ich komme bei Ihnen vorbei."

Dann brach die Verbindung ab, bevor sie wusste, ob er ihre letzten Worte verstanden hatte. Sie ließ das Handy sinken, sah ihre Kinder an und sagte: „So, ihr beiden, ihr zieht jetzt eure Schuhe an, und dann besucht ihr Tantchen, weil ich kurz ins Hotel muss."

„Warum denn?", fragte Max.

Weil deine Mama komplett wahnsinnig geworden ist, dachte sie und fühlte sich gleichzeitig ein bisschen schuldig daran, dass Malcolm schon wieder eine Doppelschicht schob, während sie mit ihrer Familie zu Abend aß. Kein Wunder, dass Muriel ihn und Kylee montags abends zum Essen einlud.

Während sich die Kinder ihre Schuhe anzogen, packte Serena eine ordentliche Portion von dem noch warmen *Shepherd's Pie* in eine Dose und legte Besteck und eine Serviette dazu. Nachdem sie Em und Max bei Muriel abgesetzt hatte – was ihre Tante als wundervolle Überraschung bezeichnete –, fuhr sie zum Hotel. Dabei schlug ihr Herz etwas schneller, als es für die Tour eigentlich angemessen gewesen wäre. Mit dieser Geste überschritt sie definitiv die Grenze zwischen Beruf und Privatleben.

Sie stellte ihren Wagen am Ende des Parkplatzes in der Nähe der Bar ab und ging über den knirschenden Kies zu der schweren Eingangstür. Von drinnen drangen Licht, Musik und Lachen nach draußen, ein Zeichen, dass es voll war, obwohl es ein ganz gewöhnlicher Dienstagabend war.

Die Hitze und der Lärm trafen sie wie eine Druckwelle, als sie die Tür aufzog. Fast alle Tische, aber nur wenige der Hocker an der dunklen Mahagoni-Bar waren besetzt, während in der hinteren Ecke des holzvertäfelten Raumes mehrere Männer traditionelle schottische Instrumente aufbauten. Das erklärte, warum es so voll war.

Sie ließ ihren Blick wieder zurück zur Bar schweifen, wo Malcolm Bier zapfte, Getränke mixte und ausschenkte und dabei vertraut mit den Gästen plauderte. Statt der üblichen Lederjacke trug er ein kariertes Hemd, das er offen und mit bis über den Ellenbogen hochgekrempelten Ärmeln über einem T-Shirt trug.

Er schien sich in seiner Rolle überraschend wohlzufühlen und wirkte absolut nicht wie jemand, der notgedrungen hatte einspringen müssen.

Serena war selbst über die Anziehung, die sie in diesem Moment ihm gegenüber empfand, so schockiert, dass sie wie erstarrt war und kurz überlegte, lieber wieder umzukehren. Aber bevor sie den Gedanken in die Tat umsetzen konnte, hatte er sie schon entdeckt, und das Lächeln, das er ihr zuwarf, ging ihr bis in die Zehenspitzen. Jetzt gab es kein Zurück mehr.

„Was ist denn das?“, fragte er und wischte reflexartig noch einmal über die bereits blitzblanke Oberfläche der Bar, als sie näher kam.

„Abendessen. Haben Sie schon etwas gegessen?“

„Nein. Also dass sie mir Abendessen bringen, nachdem Sie vorhin einfach aufgelegt haben, damit habe ich wirklich nicht gerechnet.“

„Aber ich habe doch gar nicht…“, setzte sie an, bevor sie merkte, dass er sie wieder nur auf den Arm nahm. „Ich fand es irgendwie unfair, dass Sie schon wieder hier festsitzen, statt zu Hause zu sein.“

„Ich weiß ja nicht, ob das etwas mit fair zu tun hat, aber ich weiß es jedenfalls sehr zu schätzen, dass Sie gekommen sind. Möchten Sie etwas trinken?“

„Nein danke. Ich trinke nicht, wenn ich fahre.“

„Sehr vernünftig. Aber es muss ja auch nicht unbedingt etwas Alkoholisches sein. Probieren Sie mal das hier.“ Er nahm ein Longdrinkglas, füllte Eis hinein und dann Selters aus der Zapfanlage. Dann gab er noch etwas aus einer weißen Glasflasche dazu und zum Schluss einen Spritzer Sahne aus dem Kühlschrank unter der Bar. Dann schob er ihr das Glas hin und sagte: „Italienische Soda."

„In einer Bar in Schottland?"

Er grinste. „Diesen Drink mache ich für die Leute, die noch fahren müssen. Besser als Limo aus der Flasche."

Sie nahm das Glas, nippte daran und lächelte: „Ingwer."

„Richtig", sagte er und fuhr fort: „Kommen Sie doch und leisten Sie mir Gesellschaft beim Essen, ja?"

Eigentlich hätte sie ihm jetzt einfach von Davys Anruf erzählen und dann wieder gehen können, aber sie ließ sich auf einem der Hocker am Ende der Bar nieder, während er die Tupperdose öffnete.

Er aß einen Bissen und nickte beifällig. „Das ist gut. Danke."

„Gern geschehen." Serena saß ein paar Minuten schweigend da und sagte dann: „Es sieht so aus, als würden Sie sich da hinter der Bar ziemlich wohlfühlen. Haben Sie das irgendwann schon mal gemacht."

„Ja, ich habe mir als Barkeeper mein Masterstudium finanziert."

„Ihr Masterstudium?"

„Ja, Sie glauben ja gar nicht, wie viele überqualifizierte Barkeeper und Hotelmanager es gibt, aber mir macht das ehrlich gesagt nichts aus. Ich mag Menschen."

Sie grinste ihn von der Seite an und bemerkte: „Und ich habe die ganze Zeit gedacht, Sie hätten es nicht so mit Menschen. Da war ich wohl die einzige. Vielleicht habe ich nur von mir auf andere geschlossen."

Er beugte sich vor, stützte sich mit den Unterarmen auf der Bar ab und sah sie dabei ununterbrochen an. Diese Nähe ließ ihr Herz schneller schlagen und sie sagte: „Dann muss ich mich wahrscheinlich bei Ihnen entschuldigen, was?"

„Nein. Na ja, vielleicht. Aber ich erwarte es nicht."

Wieso war ihr Hirn nur plötzlich so träge?

„Mir ist klar, dass Sie schwer schuften. Deshalb bin ich gerade mit Jamie und Ian darüber im Gespräch, den Personaletat zu erhöhen."

Nachdem sie das gesagt hatte, richtete sich Malcolm auf und sein Lächeln verschwand. „Aber warum denn?"

„Weil Sie ganz eindeutig andere Aufgaben haben und es nicht fair ist, wenn Sie auch noch ständig für andere Mitarbeiter einspringen müssen. Das ist nicht Ihr Job."

„Aber es macht mir wirklich nichts aus."

„Mir aber. Ich möchte nicht dafür verantwortlich sein, dass Sie nicht so für Kylee da sein können, wie es nötig wäre."

Da räusperte er sich und sagte: „Aber ich kann das Geld für die Überstunden gut gebrauchen, Serena."

Erst da – also zu spät – wurde ihr bewusst, dass sie mit der anderen Hälfte der Neuigkeiten hätte beginnen müssen, also erklärte sie jetzt: „Das wundert mich nicht weiter. Für all die Verantwortung, die Sie hier haben, sind Sie nämlich absolut unterbezahlt. Und deshalb habe ich vor, Ihr Gehalt zu erhöhen."

Er blinzelte ungläubig. „Sagen Sie das noch mal."

„Ich warte nur noch auf die Zustimmung von Jamie und Ian, nachdem sie sich die neuesten Zahlen angeschaut haben, aber für mich steht fest, dass wir Sie hier unbedingt brauchen, und unverzichtbare Mitarbeiter bezahlt man anständig."

Sprachlos starrte Malcolm sie an, und sie redete rasch weiter, bevor das Schweigen allzu unangenehm wurde. Das kam davon, wenn man Berufliches und Privates vermischte.

„Eigentlich bin ich aber gekommen, um Ihnen zu sagen, dass Davy sich heute Abend bei mir gemeldet hat. Sie hätte am übernächsten Samstag Zeit. Meinen Sie, da könnte Kylee auch? Sie haben hier ja erst ab 14:00 Uhr Dienst."

„Bei einer Chance sorge ich dafür, dass es geht." Einen Moment lang wirkte er seltsam verletzlich. „Danke. Für … beides."

Das rührte ihr Herz, aber sie drückte dieses Gefühl ebenso rasch weg, wie es gekommen war. „So etwas tun Freunde doch füreinander, oder?", fragte sie.

„Dann sind wir jetzt also Freunde?", antwortete er darauf mit einer Gegenfrage.

„Das ist allemal besser, als Feinde zu sein."

Da sah er sie aufmerksam an und erklärte: „Ich habe Sie nie als Feindin betrachtet, Serena."

Sein Blick stieg ihr mehr zu Kopf, als Alkohol es je gekonnt hätte. Hastig fuhr sie fort: „Jedenfalls ist es das Mindeste, was ich tun kann. Wenn aber die Geschäftskosten steigen, müssen wir auch umgehend die neuen Marketingideen umsetzen. Von der nächsten Woche an werde ich wahrscheinlich vormittags im Hotel sein und dort arbeiten, wenn Em und Max in Schule und Kindergarten sind. Das heißt, natürlich nur, wenn ich hier nicht im Weg bin."

„Sie werden nicht im Weg sein", erklärte er, drückte den Deckel wieder auf die Dose und schob sie ihr hin. „Danke für das Abendessen."

„Gern geschehen. Dann sehen wir uns also am Montag?"

„Ja, ich freue mich schon."

Mit einem unsicheren Lächeln nahm sie die Dose und wandte sich zum Gehen, aber kurz bevor sie die Eingangstür der Bar aufstoßen wollte, drehte sie sich noch einmal um und rechnete eigentlich fest damit, dass Malcolm schon wieder bei der Arbeit war, aber er stand immer noch an derselben Stelle und schaute ihr nach.

14

Sie fühlte sich zwar wie amputiert, nachdem sie die Kinder bei Tante Muriel zurückgelassen hatte, aber Serena verspürte auch eine enorme Erleichterung, als sie am Freitagnachmittag die Autobrücke von *Skye* zum Festland überquerte. Sie floh nicht, sondern im Gegenteil, sie brauchte Abstand, um sich mit dem Gedanken zu beschäftigen, der ihr Tag und Nacht keine Ruhe mehr ließ.

Sie bereute nicht, dass sie mit Malcolm Frieden geschlossen hatte, denn sie begann tatsächlich, ihn zu mögen, und es war wunderschön, wie er mit den Kindern umging. Die Vorstellung, sich mit ihm zu treffen und Zeit zu zweit mit ihm zu verbringen, reizte sie immer mehr. Wann hatte sie es zum letzten Mal mit jemandem zu tun gehabt, der sie so oft zum Lachen gebracht und ihr das Gefühl gegeben hatte, lebendig zu sein?

Aber wenn sie jetzt ein Date hätten und sich danach regelmäßig sähen, was wäre dann am Ende des Sommers, wenn sie wieder zurück aufs Festland ging? Sie war schon seit langem aus dem Alter heraus, in dem sie geglaubt hatte, man könne das Herz bei so etwas außen vor lassen. Entweder sie ließ sich jetzt darauf ein, oder sie setzte dem Ganzen ein Ende, bevor es außer Kontrolle geriet.

Leider hatte sie vor Ersterem Angst, und das Zweite wollte sie nicht.

„Um Himmels willen", murmelte sie vor sich hin und drehte am Sendersuchlauf ihres Autoradios, um ihre ärgerlich hartnäckigen Gedanken von Musik übertönen zu lassen.

Als sie schließlich ihr Haus in *Nairn* betrat, war Serena gleichzeitig völlig erschöpft. Sie schloss die Tür hinter sich ab und ging direkt in die Küche. Nach zwei Wochen auf *Skye* hatte sie eigentlich damit gerechnet, die gleiche Erleichterung zu empfinden wie nach der Heimkehr von einer langen Reise, aber es fühlte sich alles fremd und leer an. Wenn sie nicht völlig erledigt gewesen wäre, hätte sie sich vielleicht noch am selben Abend auf den Rückweg gemacht, um bereits wieder zu Hause zu sein, wenn die Kinder am nächsten Morgen wach wurden.

Sie setzte sofort einen Wasserkessel auf, ging dann den Inhalt ihrer Schränke durch und stellte Teller, Schüsseln, Servierplatten, Besteck und ein paar Rührschüsseln zusammen. Die Küche in dem Häuschen auf *Skye* war so kärglich eingerichtet, dass sie den gesamten Inhalt ihres Geschirrschrankes mit nach *Skye* nehmen musste. Dann goss sie sich einen Becher Tee auf, während sie überlegte, was sie sonst noch mitnehmen sollte. Bis jetzt hatte sie mit einem einzigen Backblech improvisiert, also kamen auch noch Pfannen und Backbleche mit auf den Stapel.

Als sie all die Sachen in einem großen Karton verstaut hatte, ging sie nach oben in ihr Schlafzimmer, um noch ein paar Kleidungsstücke aus dem Schrank mitzunehmen – überwiegend bequeme Pullover und langärmelige Shirts – denn sie hatte bei ihrer Abreise eher für den Sommer als für den Frühling gepackt, und wie sich herausstellte, war sie dabei allzu optimistisch gewesen.

Bei einem ihrer Lieblingskleidungsstücke, einem engen Strickkleid aus Kaschmirwolle in einem wunderschönen gedämpften Violett zögerte sie. Das hatte sie nicht mitgenommen, weil sie nicht gewusst hatte, zu welchem Anlass sie es auf *Skye* hätte tragen sollen. Nachdem sie kurz überlegt hatte, nahm sie es jetzt doch aus dem Schrank, zusammen mit einem passenden Schal und einem Paar schwarzer hochhackiger Stiefel … nur für alle Fälle.

Sie hatte ganz vergessen, wie wenig Zeit nötig war, um Dinge zu erledigen, wenn man dabei nicht ständig unterbrochen wurde, also ging sie wieder in die Küche, machte sich ein Sandwich zum Abendessen und setzte sich dann im Wohnzimmer vor den Fernseher. Der erste Film, den sie einschaltete, war ein seltsamer, eher stiller Film. Zunächst schien es ein Drama über Untreue zu sein, entwickelte sich aber dann zu einem Mordthriller. Nichts also, was sie sich so ganz allein zu Hause anschauen wollte.

Sie schaltete deshalb auf einen anderen Sender um und blieb bei *Bridget Jones – Schokolade zum Frühstück* hängen. Sie wusste allerdings nicht so genau, ob dieser Film besser oder schlechter war als der davor. Es ging um eine Frau in einem gewissen Alter, die sich auf der Suche nach der Liebe ihres Lebens zur Idiotin machte. Insgesamt hatte der Film vielleicht einfach zu viel Ähnlichkeit mit ihrem Leben, und als er zu Ende war, empfand sie wieder nur Ratlosigkeit.

Was jetzt? Es war noch nicht einmal zehn. Sie öffnete eine Flasche Weißwein, nahm ein Glas mit nach oben in ihr Bad und ließ Badewasser in die Wanne laufen. Obwohl sie ein langes, ausgiebiges duftendes Schaumbad nahm, lag sie schon vor 11 Uhr im frisch bezogenen Bett.

Das ist mein spannendes Leben, dachte sie voller Ironie kurz vor dem Einschlafen.

Serena war ganz sicher gewesen, dass sie im ersten Morgengrauen wieder auf den Beinen und bereit sein würde, zurück nach *Skye* zu fahren. Max' Vorstellung davon, sie ausschlafen zu lassen, war – trotz des häufigen Aufwachens in der Nacht – spätestens um 7:00 Uhr zu Ende. Aber als sie ihre Augen aufschlug und helles Licht durch ihre Schlafzimmerfenster strömte, war klar, dass es nicht der erste silbrige

Morgenschimmer war, sondern die strahlende, blendende Helligkeit eines ungewöhnlich sonnigen Frühlingstages.

Sie riss die Augen auf und schaute auf den Wecker: 11:05 Uhr? Das konnte doch unmöglich sein. Sie nahm ihre Armbanduhr vom Nachttisch, aber die bestätigte die Zeit, die der Wecker anzeigte. Sie warf die Bettdecke zurück und war schon halb im Bad, als ihr bewusst wurde, dass sie ja nirgends hin musste. Muriel erwartete sie erst am Abend zurück, also gab es keinen Grund zur Eile.

Die Matratze sackte unter ihrem Gewicht nach unten, als sie sich wieder auf die Bettkante sinken ließ. Wenn sie um 14:00 Uhr aufbrach, wäre sie rechtzeitig zurück, um die Kinder abzuholen und selbst ins Bett zu bringen. Das Auto war schon fertig gepackt, und sie brauchte nur ein paar Minuten, um sich anzuziehen. Was sollte sie also mit diesem unerwarteten Zeitgeschenk anfangen?

Ihre Füße trugen sie, ohne dass es ihr recht bewusst war, nach unten in den als Atelier umfunktionierten Abstellraum, weshalb, wusste sie nicht. Vielleicht war es Inspiration, vielleicht auch einfach Mut. Die Leinwand stand immer noch auf der Staffelei, wo sie sie zurückgelassen hatte, und neben der sauberen Palette lagen Farbtuben aus Metall. Einen Moment lang kitzelte sie eine Idee am Rande ihres Bewusstseins und bettelte darum, realisiert zu werden. Aber noch bevor sie den Pinsel zur Hand genommen hatte, entschwand die Idee wieder irgendwo in ihrem Inneren.

Sie konnte einfach nicht. Es war dieser Ort, die Last der Vergangenheit, die in die Wände eingesickert war. Edward war zwar nicht mehr da, aber die Erinnerungen waren geblieben: Sein Ärger, wenn er nach Hause kam und sie, immer noch im Pyjama, in dem winzigen Raum antraf, ohne dass sie Abendessen zubereitet hatte. Die kleinen Seitenhiebe darüber, dass sie immer älter wurde, aber immer noch an kindischen Träumen festhielt. Die Tatsache, dass er ihr nicht ein einziges Mal ein Kompliment für ihre Arbeit gemacht hatte.

Tränen brannten ihr in den Augen. Vielleicht hatte Edward recht gehabt. Vielleicht wurde es ja wirklich Zeit, vernünftig zu werden und die Sachen endgültig wegzuräumen. Schließlich war sie eine Witwe mit zwei Kindern. Um große Kunst zu schaffen – überhaupt Kunst zu schaffen –, brauchte man Leidenschaft, und die hatte sie schon so lange nicht mehr empfunden, dass sie sich kaum noch daran erinnerte, wie sie sich anfühlte.

Ungebeten kam ihr jetzt Malcolm in den Sinn, was einen neuen Ansturm von Vorfreude bei ihr auslöste, ganz ähnlich wie das Gefühl, das sie früher immer gehabt hatte, wenn sie eine neue Idee für ein Bild gehabt hatte. Bis zu dem Moment, in dem sie sich begegnet waren, hatte sie gedacht, dass so wie Edward auch ein Teil von ihr jetzt tot war, der irrationale Teil, der sich nicht zufriedengab, der mehr wollte, trotz all der Gründe, die dafür sprachen, mit ihrem Leben zufrieden zu sein. Wenn dieser Teil immer noch da war, egal, wie tief verschüttet, bedeutete das dann nicht, dass die Fähigkeit zu malen vielleicht auch noch vorhanden war?

Sie zögerte nur einen Herzschlag lang, bevor sie den Pappkarton aus der Ecke holte und ihre Malutensilien zusammenpackte: Ölfarben, Pinsel, Aquarellfarben und Leinwände. Alles, was sie brauchen würde, um zu arbeiten, falls die Inspiration noch einmal zuschlug. Als der Raum sich immer mehr leerte und der Inhalt erst in einer Kiste, dann in einer zweiten und schließlich auch noch in einer dritten und vierten verschwand, begann sich das Druckgefühl, das sie die ganze Zeit auf der Brust gespürt hatte, langsam zu lösen.

Die Kisten mit ihren Malutensilien gesellten sich im Kofferraum ihres Wagens zu den Küchensachen, und dann atmete Serena tief durch und schaute noch einmal zurück auf das Haus.

Ohne ihre kostbarsten Besitztümer und ohne die Kinder wurde das Gebäude wieder zu dem, was es immer gewesen war, was sie aber nie richtig bemerkt hatte: ein Haus – aber nie wirklich ein Zuhause.

Es wurde Zeit, das zu tun, was sie schon vor drei Jahren hätte tun sollen – es verkaufen. Hier, wo jeder Raum und jede Wand schlechte Erinnerungen ausstrahlte, konnte sie Em und Max nicht die Art von Leben bieten, das ihnen zustand.

Das würde sie den Kindern sagen, solange sie noch auf *Skye* waren, damit sie sich an den Gedanken gewöhnen konnten. Wenn sie dann am Ende des Sommers nach *Nairn* zurückkämen, würde sie das Haus zum Verkauf anbieten.

Serena schloss die Haustür hinter sich ab und ging mit einer neuen inneren Leichtigkeit zum Wagen. Diese Leichtigkeit hielt den ganzen Weg durch den oberen Teil von Schottland an, und vielleicht war sie es auch, die sie dazu brachte zu sagen: „Sie vermissen mich schon, was? Dabei war ich doch nur zwei Tage nicht da", als sie noch eine halbe Stunde von der Brücke entfernt Malcoms Anruf entgegennahm.

„Ja, das stimmt, aber deshalb rufe ich nicht an."

Er klang so ernst, dass ihre gute Laune sofort verflog. „Was ist denn passiert?"

„Muriel ist im Krankenhaus."

„Was? Warum?" Sie atmete schnell einmal durch, weil eine Welle von Angst sie erfasste. „Und wo sind Max und Em? Sie hat auf die beiden aufgepasst …"

„Die sind jetzt bei mir, also machen Sie sich keine Sorgen."

Darüber war sie so erleichtert, dass sie kurz hinter dem Lenkrad schwankte.

„Ich habe Kylee beauftragt, die Kinder mit zu uns nach Hause zu nehmen. Ich hoffe, das ist okay. Ich habe ihr meinen Schlüssel für Ihr Haus gegeben, damit sie dort ein paar Sachen zum Anziehen und etwas Spielzeug holen kann. Ich bin hier bei Muriel im Krankenhaus in *Broadford*."

„Ich brauche noch ungefähr eine Stunde. Weiß man denn schon, was ihr fehlt?"

Sie konnte sein Zögern am Ende der Leitung förmlich hören, aber seine Stimme war ganz sachlich, als er antwortete: „Nein, noch nicht. Sie hat sich heute Morgen anscheinend nicht wohlgefühlt, und dann ist sie zu Hause zusammengebrochen. Em hat den Notruf gewählt und dann mich angerufen. Sie ist wirklich ein sehr tapferes kleines Mädchen."

Danke, Gott, dass Em so geistesgegenwärtig war.

„Wir haben hier alles gut im Griff. Sie brauchen also nicht das Gefühl zu haben, dass sie sich besonders beeilen müssen. Wir hatten Glück, dass sie im Krankenhaus eingetroffen ist, bevor die Ärzte in der Ambulanz Feierabend hatten. In dem Fall hätte man sie nach *Inverness* weitergeschickt. Das kann allerdings immer noch passieren, je nachdem, was die Untersuchungen ergeben."

„Danke, Malcolm. Ich bin Ihnen sehr dankbar."

„Das ist doch selbstverständlich. Bis später dann."

Serena beendete das Gespräch und steckte ihr Handy in den Becherhalter. Jetzt war ihr wieder ganz eng um die Brust. Sie hätte wissen müssen, dass mit ihrer Tante etwas nicht stimmte. Seit mindestens einem Jahr war Muriel schneller müde als früher. Das war auch der Grund gewesen, weshalb Jamie und Ian Malcolm überhaupt eingestellt hatten, um Muriel von der Arbeit im Hotel zu entlasten.

Und Serena hatte selbst auch bemerkt, wie erschöpft Muriel seit der Ankunft von ihr und den Kindern gewirkt hatte. Sie hatte es aber darauf zurückgeführt, dass Max sie etliche Nächte hintereinander geweckt hatte. Wieso hatte Serena nur nicht energischer darauf bestanden, dass Muriel zum Arzt ging? Warum war sie nicht sofort von *Nairn* nach *Skye* zurückgefahren, als sie am Morgen aufgewacht war?

Nein, sie hatte nicht Schuld an dem, was passiert war. Wäre sie gleich frühmorgens in *Nairn* losgefahren, dann hätte sie wahrscheinlich ihre Kinder abgeholt, und Muriel wäre ganz alleine gewesen, als sie zusammengebrochen war. Es war also sogar ein großes Glück, dass Serena erst später losgefahren war. Wer weiß, wie lange ihre Tante sonst hilflos in ihrem Haus gelegen hätte, ohne dass jemand es mitbekommen hätte?

Doch auch diese Erkenntnis änderte nichts daran, dass ihr im Laufe der nächsten Stunde immer wieder ganz anders wurde. Sie musste ganz bewusst darauf achten, dass sie nicht automatisch schneller fuhr, um möglichst schnell wieder auf *Skye* zu sein, und als sie endlich ihren Wagen vor dem weißen Stuckgebäude parkte, in dem das Krankenhaus von *Broadford* untergebracht war, zitterten ihre Knie so heftig, dass sie sich kaum auf den Beinen halten konnte. Sie überquerte rasch den Parkplatz in Richtung des Eingangs aus Glas und Stahl, und als sie das Gebäude betrat, erschlug sie die heiße, nach Desinfektionsmittel riechende Luft regelrecht.

Der völlig verwaiste Empfangsbereich war alt und abgenutzt und bestand im Grunde einfach nur aus einem Linoleumfußboden mit ein paar Stühlen und einem holzvertäfelten Empfangstresen, auf dem das Schild INFORMATION angebracht war. Sie nahm links von sich eine Bewegung wahr und brach vor Erleichterung beinahe zusammen, als sie sah, dass es Malcolm war, der aufstand und die Zeitschrift weglegte, in der er gelesen hatte.

Sie blieb stehen, klammerte sich mit beiden Händen an den Trageriemen ihrer Handtasche, als wäre es eine Rettungsleine, und fragte: „Was ist denn los? Haben Sie schon etwas gehört?"

„Man hat mir nur gesagt, sie sei stabil. Da ich kein Angehöriger bin, dürfen sie mir keine Auskunft geben. Kommen Sie, wir suchen nach einer Schwester. Vielleicht erfahren Sie dann ja mehr."

Serena war erleichtert, als Malcolm zu dem unbesetzten Empfangstresen ging und nach einer Schwester rief. Einen Moment später kam eine Frau den Korridor entlang, und er stellte Serena als Muriels Nichte vor.

„Können Sie uns etwas darüber sagen, was los ist?", fragte Serena.

„Wir warten immer noch auf die Untersuchungsergebnisse, aber im Moment ist sie stabil, und es wird voraussichtlich nicht nötig sein, sie zu verlegen."

Serena blinzelte. Es war also immer noch völlig unklar, was den Zusammenbruch verursacht hatte? Wie war das möglich?

„Im Moment ist der Arzt gerade bei ihr", fuhr die Schwester fort. „Wir sagen Ihnen Bescheid, wenn Sie zu ihr können."

„Danke." Serena ging mit Malcolm wieder zurück zu den Stühlen im Wartebereich und setzte sich neben ihn. Nach einer Weile sagte sie: „Danke, dass Sie hier sind, und auch dafür, dass Sie sich um Em und Max gekümmert haben."

„Wenn Sie mit den Kindern sprechen möchten, kann ich gern Kylee anrufen. Es würde die beiden sicher beruhigen, kurz Ihre Stimme zu hören."

Als sie nickte, rief Malcolm mit seinem Handy Kylee an, begrüßte sie und reichte dann sein Handy an Serena weiter.

„Hallo Kylee. Wie geht es Em und Max?"

„Sie sind gerade beim Abendessen", antwortete Kylee. „Ich habe ihnen Suppe gemacht. Max spielt zwar nur damit herum, aber Em schmeckt es anscheinend. Wenn sie fertig gegessen haben, mache ich Max bettfertig. Em hat schon ihren Schlafanzug an, aber ich habe gedacht, dass es bei Max vielleicht sicherer ist, damit zu warten, bis er fertig gegessen hat."

Serena lachte. „Ja, da hast du wahrscheinlich recht. Benehmen sie sich denn gut?"

„Bis jetzt schon", antwortete Kylee, und ihr Ton klang fast ein bisschen amüsiert.

„Ich habe ihnen versprochen, dass sie auf dem Sofa vor dem Fernseher einschlafen dürfen, wenn sie brav sind. Ich hoffe, das ist in Ordnung."

„Das ist die perfekte Ablenkung. Du machst das wirklich großartig, Kylee."

„Das mache ich doch gern", antwortete sie. „Geht es Tante Muriel gut?"

„Man weiß noch nicht so genau, was ihr fehlt, aber sie ist stabil. Wir melden uns, wenn wir wissen, wann wir nach Hause kommen. Ich hoffe, dass du deine Pläne für den Samstagabend nicht über den Haufen werfen musstest."

„Ach, das waren nur Hausaufgaben. Grüßen Sie Tante Muriel von mir, wenn Sie sie sehen, ja?"

„Das machen wir." Sie wartete, bis Kylee das Handy an Em und Max weitergegeben hatte, sprach kurz mit beiden, beendete dann das Gespräch und gab Malcolm sein Handy zurück.

„Ist alles okay?"

„Es klingt jedenfalls so, als hätten sie eine tolle Zeit." Spontan griff sie nach seiner Hand und drückte sie. „Ich weiß gar nicht, wie ich Ihnen danken soll, dass sie für meine Familie da sind."

„Das mache ich doch gern."

Das war seine übliche Antwort, aber sein Tonfall hatte auch einen Hauch von Erheiterung oder Ironie. Als sie versuchte, ihm ihre Hand wieder zu entziehen, hielt er sie fest, und nach kurzem Überlegen beließ sie es dabei. Es fühlte sich gut an, Unterstützung zu bekommen, auch wenn sie niemals damit gerechnet hätte, dass die ausgerechnet von Malcolm kommen würde.

Stunden schienen zu vergehen, in denen sie einfach nur dasaßen und sich über die Stuhllehnen hinweg bei der Hand hielten. Serena starrte die gegenüberliegende Wand an und Malcolm blätterte ungeschickt einhändig in einer Zeitschrift. Es wäre einfacher gewesen, wenn er ihre Hand einfach losgelassen hätte, aber das schien er gar nicht zu wollen. Erst als am Ende des Ganges ein Arzt auftauchte und ihren Namen aufrief, ließ er endlich ihre Hand los und stand mit ihr auf.

„Ja? Ich bin Serena Stewart."

Der Arzt gab ihr die Hand. „Ich bin Dr. Lee. Ich habe eben auch mit Ihrer Tante gesprochen. Sie können jetzt zu ihr."

„Danke. Wissen Sie inzwischen, was ihr fehlt?" Sie fiel mit dem Arzt in einen Gleichschritt und Malcolm folgte ihnen in einigem Abstand.

„Die Laborwerte sind gerade gekommen, und es sieht so aus, als ob die Ursache für ihre Symptome kein Herzinfarkt war, sondern eine Schilddrüsenüberfunktion. Es besteht der begründete Verdacht, dass es sich um eine Autoimmunerkrankung handelt, die *Morbus Basedow* heißt, aber wir können erst morgen eine Ultraschalluntersuchung ihrer Schilddrüse durchführen. Erst dann wissen wir es mit Sicherheit. Zurzeit bekommt Ihre Tante als Notfallmaßnahme erst einmal Betablocker, bis die Wirkung der Schilddrüsenmedikamente einsetzt."

Serena schluckte. Sie kannte sich mit medizinischen Fragen überhaupt nicht aus, aber alles, was er ihr sagte, klang beängstigend und kompliziert. Das einzig Schlimmere, was sie sich hätte vorstellen können, wäre gewesen, wenn es um eines ihrer Kinder gegangen wäre. Als sie jetzt anfing zu sprechen, klang ihre Stimme klein und ängstlich.

„Wird sie denn wieder gesund?"

Dr. Lee lächelte. „Ja, davon können Sie ausgehen. Dass sie heute Nacht hier bleibt, ist eine reine Vorsichtsmaßnahme, aber wenn sie weiterhin gut auf die Medikamente anspricht, dann kann sie morgen wieder nach Hause. Wäre es schlimmer, hätten wir sie morgen mit dem Hubschrauber nach *Raigmore* verlegt, aber ich glaube nicht, dass es dazu kommen wird." Vor einer geschlossenen Tür blieb er stehen und sagte: „Sie können jetzt zu ihr."

„Vielen Dank, Doktor." Serena lächelte ihn an und betrat dann das kleine Zimmer. Sie versuchte, ihre Bestürzung darüber zu verbergen, dass ihre Tante in einem Krankenhausbett lag und an Überwachungsgeräte angeschlossen war. Eine Tropfinfusion lief in ihren Arm, und unter dem Krankenhausnachthemd kamen Kabel hervor, die zu einem Herzmonitor führten. An ihrem Finger hatte sie einen Clip, von dem Serena glaubte, dass es ein Sauerstoffmonitor war.

„Hallo Tantchen, wie geht es dir denn?“, fragte Serena und hockte sich auf die Kante des Besucherstuhls neben Muriels Bett, während Malcolm ganz ruhig an der Tür stehen geblieben war.

„Jetzt guck mich nicht so an, Kindchen. Ich liege ja nicht im Sterben.“ Muriels Stimme klang einen Hauch schwächer als sonst, aber sie sprach in ihrem ganz normalen sachlich nüchternen Tonfall. „Hast du denn noch nicht mit dem Arzt gesprochen?“

„Doch, und es ist ja immerhin so schlimm, dass Em den Notarzt rufen musste.“

Jetzt sah Muriel wirklich betreten aus und sagte: „Wie geht es ihr denn? Sie hatte ziemliche Angst und Max auch, aber er fand die Rettungssanitäter dann richtig spannend, als sie kamen.“

„Em geht es gut“, verkündete Malcolm von seinem Posten an der Tür aus. „Kylee hat sich bereit erklärt, auf die beiden aufzupassen, bis Serena wieder zu Hause ist.“

„Sie ist so ein liebes Mädel“, sagte Muriel, und Serena wusste nicht genau, ob Muriel damit Em oder Kylee meinte. „Du solltest jetzt lieber nach Hause zu deinen Kindern fahren, Serena. Es ist wirklich nicht nötig, dass ihr mir hier Gesellschaft leistet. Ich habe meinen Fernseher und Malcolm hat mir ein Buch mitgebracht.

„Das lag zufällig im Auto“, erklärte er. „Ich hätte nicht damit gerechnet, dass sie ein Fan von Militärthrillern ist.“

„Das bin ich auch gar nicht, aber das ist immer noch besser, als nur die Wände anzustarren, oder?“

Wenn Muriel noch so viel Mumm besaß, ging es ihr offenbar wirklich nicht allzu schlecht. Endlich atmete Serena tief durch und sagte: „Ruf mich an, sobald du weißt, wann du entlassen wirst, ja? Ich hole dich dann ab.“

„Das mache ich. Und jetzt geht und hört auf, so ein Aufhebens um mich zu machen.“ Ihr abwehrendes Winken war ein eindeutiges Zeichen dafür, wie unangenehm es ihr war, so im Mittelpunkt zu stehen. Serena beugte sich hinunter, um ihr einen Kuss auf die Wange zu geben, und Malcolm tat danach das Gleiche.

„So ihr beiden und jetzt geht. Und sorgt dafür, dass ihr noch etwas zu Abend esst, bevor es zu spät ist.“

Malcolm begleitete Serena aus dem Zimmer, und als sie etwa die Hälfte des langen Ganges hinter sich hatten, lachte er laut auf. „Wenn es noch irgendeinen Zweifel daran gegeben hat, dass sie wieder gesund wird, dann hat das gerade eben diesen Zweifel ja wohl zerstreut.“

„Ja, Muriel ist ziemlich zäh“, stimmte Serena zu. „Vielen Dank noch mal, Malcolm. Ich bin froh, dass Sie hier waren.“

Als er daraufhin nickte, sah man ihm seine Freude darüber an. Er ging mit ihr zurück in den Empfangsbereich und sagte: „Nach Ihnen. Ich weiß, dass zwei Kinder gleich sehr froh sein werden, ihre Mama wiederzusehen.“

Wie sich herausstellte, waren Em und Max nicht froh, Serena zu sehen, denn sie waren beide tief und fest auf dem Sofa eingeschlafen. Zusammengerollt lagen sie mit ihren Lieblingskuscheltieren unter einer dicken Wolldecke. In dem Moment, in dem Serena und Malcolm den Raum betraten, sprang Kylee auf und legte den Zeigefinger auf ihre Lippen.

„Sie haben versucht, wach zu bleiben, bis Sie kommen, aber sie waren von all der Aufregung einfach fix und fertig. Sie schlafen jetzt schon seit fast einer Stunde. Nicht einmal ihren Film haben sie zu Ende geschaut.“

„Danke, Kylee“, sagte Serena, legte den Arm um die Schultern des

Mädchens und drückte sie ganz fest. „Du kannst dir gar nicht vorstellen, wie dankbar ich dir bin."

„Ach, das war wirklich kein Problem. Die beiden haben sich wunderbar benommen."

„Ehrlich?"

Kylee lächelte. „Ehrlich. Sogar Max, obwohl er mich überredet hat, ihn eine Stunde lang im Haus huckepack herumzutragen. Ich glaube, ich bin noch müder als die beiden."

„Das glaube ich gerne. Em und Max haben bestimmt eine tolle Zeit gehabt, aber du musst mir erlauben, dass ich dich für deine Babysitterdienste bezahle."

„Nein, das ist wirklich nicht nötig."

„Aber ich bestehe darauf."

Kylees Blick wanderte zu ihrem Onkel. „Nein, wirklich … ich …"

„Ich habe Kylee als Belohnung schon versprochen, dass sie im Juni zu einem Musikfestival fahren darf, wenn sie die beiden hütet", erklärte Malcolm. „Ich finde, sie hat dadurch unter Beweis gestellt, dass sie Verantwortung übernehmen kann." Er zog eine Augenbraue hoch und sah seine Nichte demonstrativ an.

„Richtig?"

„Absolut."

„Na, ein Konzertbesuch ist natürlich viel cooler als Bargeld. Auf jeden Fall bin ich dir sehr dankbar."

Kylee lächelte sie noch einmal schüchtern an und sagte dann: „Die Sachen der Kinder sind in dem Beutel da drüben."

„Also, dann würde ich sagen, dass wir sie jetzt wecken", erklärte Serena.

Doch Malcolm hielt sie auf und schlug vor: „Wenn Sie Max nehmen, dann trage ich Em, und wir legen die beiden bei Ihnen zu Hause direkt wieder ins Bett. Es ist ja nicht weit."

„Sind Sie sicher?" Em war zwar klein für ihr Alter, aber so klein nun auch wieder nicht, selbst wenn Malcolm aussah, als könnte er so einiges heben, ohne dabei ins Schwitzen zu geraten.

„Ja, ganz sicher."

„Okay, wenn Sie meinen …" Serena grinste ihn an, hängte sich den Beutel mit den Kindersachen über die Schulter und nahm dann Max mitsamt seiner Giraffe hoch. Sogar im Schlaf klammerte er sich sofort mit Armen und Beinen an ihr fest und legte seinen Kopf an ihren Hals.

Als Malcolm Em hochnahm, stöhnte er leise, weil sie ohne jede Körperspannung schlaff in seinen Armen hing und sich dadurch tonnenschwer anfühlte.

„Sie können es sich immer noch anders überlegen", erklärte Serena.

„Nein, nein, das geht schon", entgegnete Malcolm mit leicht angestrengter Stimme.

Serena lachte leise in sich hinein und trug Max zur Haustür hinaus, während Malcolm noch Mühe hatte, die bequemste Position für Em zu finden.

„Ich habe Sie gewarnt, dass sie schwer ist", sagte sie.

Der Kies auf der Auffahrt knirschte unter ihren Füßen, als sie zur befestigten Straße gingen, und Malcolm bemerkte: „Ich kann gar nicht glauben, dass Em nicht längst aufgewacht ist."

Als sie die etwa 100 Meter zu Serenas Häuschen geschafft hatten, verlagerte Serena Max auf ihrem Arm, holte den Hausschlüssel aus der Tasche und ließ sie beide herein. Kylee hatte sogar daran gedacht, die Außenbeleuchtung einzuschalten.

„Ems Zimmer ist dort links", flüsterte Serena. „Legen Sie sie einfach ins Bett. Ich komme gleich und decke sie zu." Sie selbst bog in das rechte Zimmer ab und legte Max in sein Bett, wo er sich sofort auf die Seite drehte, seine Giraffe in den Arm nahm und weiterschlief.

Als sie wieder aus dem Zimmer kam, stand Malcolm in der Diele und wartete auf sie. Auf Zehenspitzen ging sie noch zu Em, deckte das unruhig schlafende Mädchen zu und zog dann die Tür hinter sich zu.

Wieder draußen auf der Diele, bedeutete Serena ihm mit einer Geste, ihr in die Küche zu folgen, wo sie sich mit einem tiefen Seufzer an den Küchentresen lehnte. „Das war ein Tag, was?"

Er steckte die Hände in die Hosentaschen und sagte: „Ja, das kann man wohl sagen."

Als sie sich mit der Hand übers Gesicht wischte, kamen ihr unerwartet die Tränen. Sie musste heftig schlucken und blinzelte sie weg.

„Hey, was ist denn los?", fragte Malcolm, kam näher und berührte sie beruhigend am Arm.

„Es ist nur – ach, es war einfach zu viel. Ich habe zu Muriel eine engere Beziehung als zu meiner eigenen Mutter, und sie so zu sehen …"

„… erinnert Sie daran, dass sie nicht ewig da sein wird. Ja, ich weiß, das ist schwer." Er legte seinen Arm um sie und Serena erstarrte ganz kurz, bevor sie es zuließ.

Einen Moment lang stand sie einfach da und sog die Wärme auf, die von ihm ausging, war dankbar dafür, dass sie sich anlehnen konnte … zum ersten Mal seit … sie wusste gar nicht mehr, wie lange das her war. Es wurde Zeit, den Tatsachen ins Auge zu sehen: Sie hatte Malcolm völlig falsch eingeschätzt. Er war ein guter Mann, verantwortungsbewusst, zuverlässig und fürsorglich.

Sie ließ sich ein ganz klein wenig gegen ihn sinken, legte den Arm etwas fester um ihn, und das Herz schlug ihr bis zum Hals. Schon allein von seiner Persönlichkeit her würde es schwierig werden, ihn auf Abstand zu halten, aber dazu kam ja auch noch die Tatsache, dass er so attraktiv und so stark war und immer wie eine Mischung aus Parfüm und Leder roch …

„Serena?"

„Mmm?"

„Wenn Sie nicht möchten, dass ich die Situation ausnutze, dann ist es wahrscheinlich besser, wenn ich jetzt gehe."

Sein Tonfall war leicht frotzelnd, aber als sie aufblickte und ihn ansah, war das Verlangen in seinem Blick nicht zu übersehen. „Und wenn ich Sie bitten würde zu bleiben?"

Er schmunzelte. „Sie sind grausam."

„Ich bin nicht grausam, sondern nur gerade dabei, mein bisheriges Urteil über Sie zu überdenken."

Er fuhr sich mit einer Hand durch sein ohnehin schon zerzaustes Haar, sodass es jetzt noch wirrer aussah, und sie verspürte plötzlich den Drang, das Gleiche zu tun. „Sagen Sie mir doch, was genau Sie eigentlich von mir wollen."

Sie ließ ihre Hand seine Brust hinauf gleiten, spürte dabei jeden Muskel unter ihren Fingern und seinen Herzschlag, der genau so stark war wie ihr eigener. Sein Atem wurde schneller, aber seine Hand blieb an ihrer Taille, und sie merkte, wie er darauf wartete, dass sie den ersten Schritt machte. Ob dies der Moment war, in dem aus reinem Flirt mehr würde, sollte sie entscheiden. Trotz all der Frotzelei, seiner kleinen Provokationen, seines Faibles für Anspielungen wollte er ihren emotionalen Zustand nicht ausnutzen.

Serena gab jetzt dem heftigen Impuls nach, ihm mit den Fingern durchs Haar zu fahren, und endlich wusste sie genau, was sie wollte. Sie streckte sich und fuhr ihm ganz leicht mit dem Mund über die Lippen. Er reagierte langsam und zart, und sie ließ sich mit einem Seufzer auf den Kuss ein.

Er löste sich zu rasch wieder von ihr, und Unsicherheit durchfuhr sie wie ein kurzer Blitz. Hatte sie ihn missverstanden? Hatte er sie gerade eben nur nicht verletzen wollen? „Malcolm, ich …"

In einer fließenden Bewegung hob er sie auf den Küchentresen, sodass sie auf Augenhöhe waren. Seine Augen waren dunkel, sein Blick intensiv, und dann waren seine Hände in ihrem Haar, sein Mund nahm Besitz von ihrem, und jede noch so kleine Angst und Unsicherheit und jeder bewusste Gedanke verflog in der Kraft ihrer Verbindung.

Doch kurz bevor sie sich ganz verlor, unterbrach Malcolm den Kuss, löste sich aber nicht von ihr, sondern drückte seinen Mund auf ihre Wange und auf ihre Schulter, sodass ihr bei jeder Bewegung ein Schauer über den ganzen Körper lief.

Serena schlang ihre Arme um seinen Hals und stieß ein kleines, atemloses Lachen aus. „Hätte ich gewusst, dass du so küssen kannst, hätte ich bestimmt nicht so lange gewartet."

Malcolm löste sich jetzt ganz von ihr, und in seinem Blick blitzte Belustigung auf.

„Heißt das, du lässt dich endlich von mir zum Essen einladen?"

„Wann?"

„Freitag? Soll ich Kylee fragen, ob sie auf die Kinder aufpassen kann?"

„Das wäre wunderbar. Sie hat ihre Sache heute wirklich großartig gemacht." Ein Teil von ihr war überrascht, dass sie in der Lage war, ein ganz normales Gespräch zu führen, obwohl sie durch seinen Kuss immer noch völlig aufgelöst war und es ihre ganze Selbstbeherrschung erforderte, ihn nicht am Kragen zu packen und es noch einmal zu tun.

„Dann mache ich das." Er betrachtete einen Moment lang ihr Gesicht und gab ihr dann noch einen schnellen, zarten Kuss. „Vielleicht sollte ich noch ein bisschen länger bleiben …", sagte er, woraufhin sie lachte, obwohl sie am liebsten gesagt hätte: *Ja, bleib. Geh doch nicht.*

„Ich glaube, das ist genau der Grund, weshalb du gehen solltest."

„Na gut. Wir müssen schließlich gute Vorbilder sein, oder?" Malcolm seufzte, aber die Wärme in seinem Gesichtsausdruck strahlte in sie hinein.

„Leider ja." Sie rutschte vom Küchentresen herunter und brachte ihn zur Tür, wo er sie noch einmal küsste, bevor sie ihn halb zur Tür hinausschob. „Gute Nacht."

„Bis bald. Das ist ein Versprechen." Er warf ihr noch ein

verschmitztes Lächeln zu und turnte dann die Verandatreppe hinunter. Sie winkte ihm noch einmal zu, bevor sie die Tür schloss.

Erst als sie in die Küche ging und den Kessel auf den Herd stellte, erinnerte sie sich wieder an die beiden Kisten mit Sachen, die sie von zu Hause mitgebracht hatte und die immer noch im Kofferraum ihres Wagens standen. Aber egal. Die konnte sie auch morgen noch hereinholen. Im Moment wollte sie in ihrem Haus eine Tasse Tee trinken und das flattrige kleine Gefühl in ihrem Bauch genießen, das der Verheißung dieses neuen Schrittes in ihrer Beziehung entsprang.

Und so groß die Versuchung auch war, sie würde nicht an die Zukunft denken.

Auf dem Weg von Serenas Haus zu seinem ließ sich Malcolm reichlich Zeit, um die Erinnerung an den Kuss noch nachklingen zu lassen – oder vielleicht genauer ausgedrückt, er verlängerte den Heimweg, indem er erst in die entgegengesetzte Richtung ging und dann auf dem Trampelpfad an der Rückseite von Serenas Häuschen entlang zu seinem Haus. Als er schließlich die Eingangstür seines Hauses aufschloss, hatte er zumindest weitgehend das Verlangen abgeschüttelt, umzukehren und Serena weiterzuküssen, solange sie ihn noch ließ.

Kylee saß am Tisch, hatte ihre Schulbücher vor sich ausgebreitet und beugte sich über ein Notizbuch. Er zog sich einen Stuhl an ihre rechte Seite. „Du machst Hausaufgaben an einem Samstagabend?“

„Ich muss Montag in einer Woche eine Hausarbeit abgeben, aber ich möchte die Sache aus dem Kopf haben, wenn wir zu Davy und Glenn fahren.“

„Das finde ich sehr vernünftig“, sagte er, hielt inne und fügte dann noch hinzu: „Weißt du eigentlich, dass ich sehr stolz auf dich bin,

Kylee? Du bist in einer sehr angespannten Situation eingesprungen und hast das mit Max und Em wirklich toll gemeistert."

„Muriel ist immer so nett zu mir", sagte Kylee. „Geht es ihr gut?"

„Sie wird jedenfalls wieder gesund. Ich glaube, sie wird morgen aus dem Krankenhaus entlassen, und dann wird sie wohl ihr Leben lang auf Medikamente angewiesen sein. Aber es gibt Schlimmeres."

„Stimmt." Kylee schluckte, und er wusste, dass sie jetzt an ihre Eltern dachte. Sie schlug ihr Notizbuch zu und verkündete: „Ich glaube, ich gehe jetzt ins Bett."

„Moment noch. Ich möchte dich um einen Gefallen bitten."

„Ja?", fragte sie, und er nahm einen misstrauischen Unterton in der Frage wahr, über den er fast schon lachen musste.

„Kannst du am Freitagabend babysitten?"

Da umspielte ein verschmitztes kleines Lächeln ihren Mund und sie fragte: „Warum denn? Willst du Serena auf ein Date einladen?"

Weil es keinen Sinn hatte, es zu leugnen, antwortete er: „Ja, das habe ich vor."

„Also das hängt ganz davon ab, was es dir wert ist", antwortete sie, lehnte sich auf dem Stuhl zurück und schlug die Beine exakt so übereinander, wie es ihre Mutter immer getan hatte. Malcolm musste grinsen, obwohl ihn diese frappierende Ähnlichkeit innerlich schmerzte.

„An was genau hattest du denn da gedacht? Du bekommst ja auch schon das Festivalticket."

„Dass du uns alleine hinfahren lässt", antwortete sie.

„Na, jetzt willst du es aber wissen, was?"

„Du bist jetzt seit fast einem Jahr wieder auf *Skye*, und sie ist die erste Frau, die du überhaupt anguckst. Du willst dieses Date also wirklich."

Mit leicht zusammengekniffenen Augen sah er seine Nichte an. „Seit wann beobachtest du denn mein Beziehungsverhalten?"

„Also, ich müsste ja blind sein, wenn ich nicht mitbekommen würde, wie peinlich direkt Frauen dich anflirten. Im Ernst, du hast wirklich ein dickes Fell."

Malcolm schüttelte den Kopf. Das war so gar nicht die Art von Gespräch, das er mit einer Siebzehnjährigen führen wollte. Und welche Frauen außer der Kellnerin in *Fort William* flirteten denn mit ihm? Es stimmte, alle waren sehr nett zu ihm, aber sie waren hier schließlich auf *Skye*, und obwohl 20 Jahre vergangen waren, änderte das nichts an seinem Status als Einheimischer. „Soll das heißen, du hast nichts dagegen, wenn ich mit einer Frau ausgehe?"

„Mir ist egal, was du machst", erklärte sie daraufhin, sah ihn dabei aber nicht an. „Dann hast du weniger Zeit, dich in meine Angelegenheiten einzumischen."

„Also, du tust jetzt nicht gerade etwas dafür, das zu bekommen, was du willst, Kylee."

„Auch gut. Ich hab dir doch schon gesagt, dass es für mich völlig in Ordnung ist, wenn du eine Frau datest, besonders wenn es Serena ist. Sie ist wirklich nett. Und sie mag dich sehr."

„Woher weißt du denn das nun schon wieder?", fragte er, obwohl er nach dem Kuss wohl kaum noch einen Zweifel daran zu haben brauchte.

Kylee zuckte mit den Schultern. „Mädchen wissen so was. Also, was sagst du? Ich babysitte am Freitag, und du lässt Lane und mich selbst fahren."

„Du verhandelst ziemlich hart."

„Du magst sie ja wirklich", erklärte sie daraufhin grinsend.

„Okay, also darüber rede ich jetzt nicht mit dir, aber ich schlage dir einen Deal vor. Ich fahre euch zu dem Festival, setze euch aber einfach nur ab und hole euch hinterher wieder ab. Alkohol und Drogen sind tabu. Wenn du auch nur das kleinste bisschen berauscht wirkst, verlässt du nie wieder dieses Haus, und außerdem werde ich dich, wenn du studierst, auf dem Campus ständig verfolgen und dich höchstpersönlich in jeder Vorlesung und jedem Seminar abliefern."

Völlig entsetzt sah Kylee ihn an, schlug aber schließlich ein und besiegelte so den Deal. Sie brauchte ja nicht zu wissen, dass er das Argument schon vorausgesehen und sich deshalb längst diesen Kompromiss überlegt hatte. Sie würde schließlich in ein paar Monaten auch allein auf die Uni gehen, also musste er ihr irgendwann mehr Freiheiten geben, und es war bestimmt besser, wenn sie sich ausprobieren konnte, solange er noch da war, um auf sie aufzupassen.

Sie räumte ihre Bücher zusammen, packte sie in ihren Rucksack und rannte dann – immer zwei Stufen auf einmal nehmend – nach oben in ihr Zimmer. Obwohl es noch früh war, schaltete Malcolm alle Lichter aus und schloss die Haustür ab, bevor er nach oben in sein Zimmer ging.

Erst dort erlaubte er es sich, seine Gedanken wieder zu Serena schweifen zu lassen. Er hatte keine Ahnung, was das mit ihr war oder was sie von ihm wollte. Klar war nur, dass sie ihn gerne küsste, und dieses Gefühl beruhte auf Gegenseitigkeit. Blieb aber immer noch die Tatsache, dass sie nur vorübergehend auf *Skye* war.

Doch von all dem einmal abgesehen, musste er sich jetzt auch noch etwas für das Date am Freitag überlegen. Es stellte sich die Frage, wie man eine Frau wie Serena Stewart beeindrucken konnte. Es gab nichts, was man auf *Skye* unternehmen konnte, das sie nicht schon erlebt hatte, und es gab auch nichts, was er ihr schenken konnte, das sie sich nicht auch selbst hätte kaufen können.

Es musste also etwas sein, das man für Geld nicht kaufen konnte.

15

Serena blieb am Sonntagvormittag in der Nähe ihres Hauses für den Fall, dass ihre Tante anrief, um Bescheid zu sagen, dass sie aus der Klinik abgeholt werden könne. Diese Zeit nutzte sie, um die Sachen einzuräumen, die sie aus ihrem Haus in *Nairn* mitgebracht hatte, während Em und Max im Garten spielten. Dabei dachte sie ununterbrochen an Malcolm. Wie lieb und unterstützend er gewesen war, wie sie immer noch seinen Mund auf ihren Lippen spürte, wenn sie die Augen schloss, und wie sehr sie sich auf ihr Date am Freitag freute.

Sie kam zu dem Schluss, dass es von dem Moment an, in dem sie ihn mit ihrem Sohn bei Muriel auf dem Fußboden hatte spielen sehen, unausweichlich gewesen war. Jeder Mann konnte bei einem Date sein Bestes geben, aber einer, der seine Würde aufgab, um einen Dreijährigen zum Lachen zu bringen, war einer, der es wert war, ernsthaft in Betracht gezogen zu werden.

Bevor sie viel Zeit hatte, diesen Gedanken bis zu seiner unausweichlichen Konsequenz weiterzuverfolgen, klingelte ihr Handy. Sie nahm es vom Küchentisch und sah, dass es ihre Tante war.

„Ich werde entlassen", sagte Muriel. „Es muss nur noch ein Arzt die Entlassungspapiere unterschreiben."

„Dann setze ich nur noch Max und Em ins Auto, und wir fahren los, um dich abzuholen. Die beiden spielen schon den ganzen Vormittag draußen."

„Da bin ich meinem Mädel wohl eine ganz besondere Belohnung schuldig", sagte Muriel und fuhr fort: „Kommt Malcolm auch mit? Ich würde mich nämlich auch gerne bei ihm bedanken."

„Sobald ich ihn sehe, kann ich ihm ja ausrichten, dass du dich freuen würdest, wenn er mal vorbeikäme." Schon wenn sie nur seinen Namen hörte, ging das Flattern der Schmetterlinge in Serenas Bauch wieder los. Das musste sie unbedingt in den Griff bekommen, bevor sie ins Krankenhaus fuhr. Ihre Tante hatte nämlich ein untrügliches Gespür dafür, was gerade in Serena vorging, und sie war sich ziemlich sicher, dass sie in diesem Moment mehr preisgeben würde, als sie eigentlich wollte.

Nachdem sie aufgelegt hatte, zögerte sie kurz, wählte dann aber Malcolms Nummer. Was konnte es schon schaden? Und Muriel wünschte sich, dass er von ihrer Entlassung erfuhr.

Ihr Anruf wurde dann aber nicht wie gewöhnlich an seine Mailbox weitergeleitet, sondern er nahm das Gespräch schon nach dem zweiten Klingeln selbst an. Allein seine ruhige Begrüßung löste wieder ein Glücksgefühl bei ihr aus.

„Dein Timing ist wirklich hervorragend. Wir sind gerade aus der Kirche zurück", sagte er.

„Du gehst in die Kirche?", fragte Serena überrascht.

„Wieso wundert dich das?", fragte er zurück.

„Also, ich finde nur … irgendwie bist du gar nicht der Typ dafür."

„Wenn ich nicht der Typ wäre, dann hätte ich dich gestern Abend bestimmt nicht so bereitwillig verlassen."

Seine Stimme war plötzlich belegt, was bei ihr eine Gänsehaut auslöste. Sie musste schlucken, bevor sie sagen konnte: „Ich rufe an, um dir Bescheid zu geben, dass Muriel heute entlassen wird."

Da änderte sich sein Ton schlagartig. „Das sind ja wunderbare Neuigkeiten. Möchtest du, dass ich mitkomme?"

Sie wollte schon Nein sagen, und dass es keinen Grund gäbe, deshalb seine Tagesplanung über den Haufen zu werfen, aber andererseits würde sich Muriel bestimmt freuen, wenn er mitkäme. Und wenn sie ganz ehrlich war, wollte sie ihn auch gerne wiedersehen.

„Würdest du das machen?"

„Ja sicher. Ich zieh' mich nur noch rasch um, dann komme ich zu dir rüber."

Serena beendete das Gespräch und steckte ihr Handy in die Tasche. Er hatte nicht einmal nach Einzelheiten gefragt, sondern einfach zugesagt. Im Grunde hätte sie das nicht weiter zu überraschen brauchen, denn so verhielten sich doch Freunde, oder? Sie hatte das schon so lange nicht mehr selbst erlebt, dass sie richtig überrumpelt war.

Sie rief also die Kinder aus dem Garten ins Haus, duschte die beiden kurz in der Badewanne ab, zog ihnen saubere Sachen an und war gerade dabei, Em Zöpfe zu flechten, als es an der Haustür klopfte.

„Das ist Malcolm. Zieht euch Schuhe an, und dann können wir auch schon starten."

„Malcolm?", fragte Em und strahlte dermaßen, dass Serena sich fragte, ob sie die Einzige war, die ein bisschen verknallt war.

Em rannte schon zur Haustür und machte dadurch Serenas Hoffnung auf ein Begrüßungsküsschen zunichte. „Hi, Malcolm!", sagte Em fröhlich, als sie die Tür aufriss.

„Hallo, Miss Emmy", erwiderte Malcolm und schaute über ihren Kopf hinweg Serena an. „Alles bereit?"

„Ich muss nur noch rasch meine Handtasche holen", antwortete sie.

„Und Max", fügte Em hinzu.

„Das versteht sich doch von selbst, mein Schatz." Sie zupfte an einem von Ems Zöpfen und lächelte Malcolm an. „Ich bin sofort fertig."

„Lass dir Zeit." Er steckte die Hände in die Jackentaschen und wippte völlig ungezwungen auf seinen Absätzen vor und zurück, während er von ihrer achtjährigen Tochter von unten angehimmelt wurde.

Serena ging in Max' Zimmer, wo er völlig selbstvergessen auf dem Teppich saß und mit Autos spielte.

„Komm, mein kleines Äffchen. Wir fahren jetzt Tante Muriel abholen, ja?"

Er hielt ein kleines Polizeiauto in der einen Faust und erklärte: „Das schenk' ich ihr. Dann geht es ihr gleich wieder gut."

Serena gab ihm einen Kuss auf die Wange. „Das ist wirklich lieb von dir, mein Schatz. Da freut sie sich bestimmt."

Von der Diele her drangen Ems und Malcolms Stimmen zu ihr. „… hältst du davon, wenn Kylee noch mal auf euch beide aufpasst?"

„Gehst du mit Mama auf ein Date?" Em klang aufgeregt, und Serena hätte beinahe laut aufgestöhnt. Es gab nichts Schlimmeres als eine Achtjährige, die sich in ihr Beziehungsleben einmischte. Bevor Malcolm gezwungen war zu antworten, gesellte sie sich deshalb lieber wieder zu ihnen.

„Tut mir leid", sagte sie zu Malcolm und zog dabei ein Gesicht. „Sei nicht so neugierig, Em."

„Das ist schon okay", sagte er. „Es sei denn, du möchtest nicht, dass die beiden wissen, dass wir miteinander ausgehen. Aber jetzt ist die Katze ja sowieso schon aus dem Sack."

„Hey ihr beiden, lauft doch schon mal zum Auto, ja? Und du hilfst Max bitte beim Anschnallen, Em." Sie setzte Max auf dem Boden ab, und Em nahm ihn bei der Hand. Sobald die Tür hinter ihnen ins Schloss gefallen war, sagte Serena: „Tut mir leid. Sie ist …"

Den Rest ihrer Entschuldigung konnte sie nicht mehr sagen, weil er ihr Gesicht in seine Hände nahm und sie küsste. Sie schlang ihre Arme unter seinem Jackett um seinen Bauch und vergaß alles um sich her. Als er sich wieder von ihr löste, war sie ein bisschen benommen.

„So, das müsste mich eigentlich fürs Erste aufrechthalten. Ich kann heute den Freund der Familie spielen, und niemand wird auf die Idee kommen, dass ich eigentlich dich verführe und mir Hoffnungen auf ein paar Stunden Gespräch zwischen zwei Erwachsenen mache."

Serena lachte, obwohl sie immer noch die Nachwirkungen des Kusses spürte. „Ach wirklich. Ist das so?"

„Ja. Das ist so. Kylee kommt am Freitag und passt auf die Kinder auf, und du kannst dich ein paar Stunden entspannen."

„Du kannst dir gar nicht vorstellen, wie gut das klingt."

„Doch, ich glaube, das kann ich. Und jetzt lass uns losfahren, bevor irgendjemand fragt, wieso es so lange gedauert hat."

Serena nahm ihre Handtasche, holte die Schlüssel heraus und schloss die Haustür hinter sich ab. Wie machte er das nur? Schon seine bloße Anwesenheit munterte sie auf und beruhigte ihre Kinder. Und Ems neugierige Fragen schienen ihm nicht einmal unangenehm zu sein. Aber die Art, wie ihre Tochter ihm die Fragen gestellt hatte, weckte bei Serena die Vermutung, dass Em ihn nicht nur anhimmelte, sondern die Sache möglicherweise noch sehr viel problematischer werden konnte.

Sie seufzte, als sie jetzt gemeinsam zu ihrem Wagen gingen, und kontrollierte noch einmal, ob Max richtig angeschnallt war. Sie hatte wirklich versucht, ihre Kinder aus der ganzen Sache herauszuhalten, aber auf *Skye* war es nun einmal so, dass sich Privates und Berufliches unweigerlich miteinander vermischten. Um der Kinder Willen musste sie vorsichtig sein. Auch wenn sie die Beziehung realistisch sah – wenn es denn überhaupt eine Beziehung war –, so waren ihre Kinder einfach noch viel zu jung, um sie zu verstehen. Und Em sah in Malcolm offenbar schon den möglichen neuen Papa, den sie sich erhoffte.

„Ist irgendetwas?", fragte Malcolm, und erst da merkte sie, dass sie auf dem Fahrersitz saß, die Hände fest ums Lenkrad gekrallt, und durch die Windschutzscheibe nach vorn starrte.

„Nein, entschuldige bitte", antwortete sie, ließ den Wagen an, fuhr rückwärts von der Auffahrt und schalt sich selbst, dass sie so abgelenkt war.

„Es geht ihr bestimmt gut, und sie kommt zurecht, sonst würden sie sie doch gar nicht entlassen. Und auch die Tatsache, dass sie sie gestern nicht verlegt haben, ist doch beruhigend", sagte er.

„Ja. Du hast ja recht." Sie war dankbar, dass er nicht den wahren Grund für ihr seltsames Verhalten ahnte. Und das, was er über den Zustand ihrer Tante sagte, beruhigte sie auch ein wenig. Muriel war immer ein Halt in Serenas Leben gewesen, sodass Serena nicht wusste, wie sie damit fertig werden würde, wenn Muriel etwas zustieße. Es wäre jedenfalls ein noch vernichtenderer Schlag als der Tod ihres Vaters. Und ganz sicher schlimmer als der Verlust von Edward, auch wenn sie das natürlich unmöglich zugeben konnte.

Im Krankenhaus in *Broadford* brachte eine Schwester sie direkt zu Muriels Zimmer und klopfte leise an die Zimmertür, bevor sie sie öffnete.

Im Unterschied zu gestern hing Muriel nicht mehr an Geräten, und sie sah wieder aus wie immer. Mit ihren eigenen Sachen bekleidet saß sie lesend in einem Sessel.

„Tantchen!", rief Em, stürzte quer durch den Raum zu Muriel und fing an zu weinen.

„Ach, nicht doch, mein tapferes kleines Mädchen", sagte Muriel, drückte Em einmal fest an sich und breitete dann die Arme für Max aus, der es kaum aushalten konnte, nicht in die Umarmung eingeschlossen zu sein. Muriel hielt ihre Großnichte und ihren Großneffen einen Moment lang in den Armen und schaute dann über deren Köpfe hinweg Serena und Malcolm an. „Ich habe gedacht, Malcolm käme gar nicht mit."

Fragend sah er daraufhin Serena an, die mit den Schultern zuckte. „Er war zufällig gerade zu Hause. Wie ist denn das Buch?"

„Brutal", antwortete Muriel, meinte das aber offenbar nicht als Kritik. „Ich warte nur noch auf meine Rezepte, dann können wir aufbrechen."

„Störe ich hier etwa bei einem Familientreffen?", fragte da eine freundliche Frauenstimme von hinten. Die Schwester und Serena traten beiseite, um die Ärztin durchzulassen.

„Ich bin Dr. Goran", sagte sie und gab Serena die Hand.

„Ich bin Serena Stewart, die Nichte."

„Freut mich, Sie kennenzulernen. Ich habe Ihrer Tante schon gerade gesagt, dass sie großes Glück hat. Selbst wenn man das plötzliche und schwerwiegende Auftreten der Symptome bedenkt, spricht sie gut auf die Medikamente an. Solange sie sorgfältig darauf achtet, diese wie verordnet zu nehmen, gehe ich davon aus, dass es ihr in ein paar Wochen – vielleicht sogar schon früher – wieder besser geht.

„Dann ist es also *Morbus Basedow*?"

Die Ärztin schaute kurz zu Muriel, als wollte sie erst deren Zustimmung einholen, bevor sie etwas preisgab, und sagte dann: „Ja. Es ist gar nicht so ungewöhnlich, dass diese Krankheit erst später im Leben auftritt. Bei Ihrer Tante vielleicht ausgelöst durch eine Bronchitis im letzten Jahr. Ihr Hausarzt wird sie engmaschig kontrollieren, um sicherzugehen, dass sie mit den Medikamenten gut eingestellt ist." Dann trat sie an Muriels Bett und gab ihr mehrere Zettel. „Vergessen Sie bitte nicht, morgen Ihren Hausarzt aufzusuchen."

„Danke, Frau Doktor", sagte Muriel, stupste Em und Max ein wenig zur Seite und stand auf. „Dann lasst uns auch gleich aufbrechen. Ich freue mich schon so auf mein eigenes Zuhause."

Als Muriel etwas schwankte, weil sie noch ein wenig wackelig auf den Beinen war, wollte Serena ihr sofort helfen, aber Malcolm hinderte sie mit einem Blick daran. Ganz ruhig trat er neben Muriel und legte ihre Hand in seine Armbeuge, so als würde er sie nur begleiten und nicht stützen.

„So, Muriel, aber Sie müssen mir versprechen, dass Sie sich wirklich ausruhen. Auf jeden Fall so lange, bis Sie beim Hausarzt waren."

Sein strenger Blick entlockte Muriel ein Lächeln. „Wenn Sie darauf bestehen … Em, mein Schatz, gibst du mir bitte meine Handtasche?"

Em sprang auf und holte Muriels Handtasche und das Buch, während Serena Max bei der Hand hielt, damit er nicht ausreißen konnte.

Malcolm redete den ganzen Weg zum Auto mit Muriel und half ihr dann unauffällig beim Einsteigen. Anscheinend hatte nicht nur Muriel Malcolm adoptiert, sondern er sie ebenfalls.

Als sie bei Muriel zu Hause ankamen, begleitete er sie wieder fürsorglich ins Haus, wo es ordentlich und aufgeräumt aussah wie immer, nur der Couchtisch war zum Klavier geschoben worden, wahrscheinlich weil die Sanitäter mehr Platz gebraucht hatten. Em kamen wieder die Tränen, als sie das bedrohliche Szenario jetzt noch einmal vor Augen hatte.

„Du hast das wirklich großartig gemacht, Em", sagte Serena, umarmte ihre Tochter und gab ihr einen Kuss auf den Kopf. „Ich bin so stolz auf dich."

Muriel klopfte auf das Sofapolster neben sich und sagte: „So, mein kleines Lieblingsmädchen, jetzt setz dich mal einen Moment zu mir."

Em ging hin und kuschelte sich auf dem Sofa an ihre Großtante, während Max die andere Seite in Beschlag nahm. Muriel legte jeweils einen Arm um die beiden Kinder und erklärte: „Es könnte mir nicht besser gehen mit zwei so fürsorglichen Helfern."

„Da du ja jetzt in so guten Händen bist, werde ich mal nachschauen, was zum Mittagessen da ist", sagte Serena.

Im Kühlschrank fand sie einen Behälter mit gebratenem Hühnchen und Obst sowie die Standardsachen. Daraus ließ sich ohne weiteres ein Geflügelsalat zaubern. Sie war gerade dabei, die Hähnchenbrust zu würfeln, als Malcolm in die Küche kam. An der Kochinsel ließ er sich nieder und schaute ihr zu.

„Du kannst also tatsächlich kochen."

„Zerkleinern ist noch kein Kochen", sagte sie. „Aber ja, ich kann kochen. Was glaubst du denn, wie ich es all die Jahre geschafft habe, meine Familie satt zu bekommen?"

„Soweit ich weiß, hast du in *Inverness* einen Privatkoch."

Sie wollte gerade etwas entgegnen, als sie merkte, dass er sie wieder einmal auf den Arm nahm. „Also wenn man Kylee glauben kann, dann wärest ja eher du derjenige, der einen Privatkoch bräuchte."

Sie gab das zerkleinerte Hähnchenfleisch in eine Schüssel und fing dann an, Trauben und Äpfel in gleich große Stückchen zu zerschneiden, die sie dann zusammen mit einer Handvoll Nüsse zu dem Fleisch gab – und dann noch einen großen Klecks Crème fraîche.

Malcolm beugte sich vor und stibitzte mit den Fingern ein Stückchen Fleisch aus der Schüssel. „Das schmeckt gut. Aber wahrscheinlich ist es besser, wenn ich jetzt fahre. Ich müsste eigentlich schon längst im Hotel sein."

„Ach, du hast doch bestimmt noch etwas Zeit, oder?", sagte Serena. „Es sei denn, du hast etwas Besseres geplant als köstlichen Geflügelsalat auf Vollkornbrot."

„Dafür auf jeden Fall", erklärte er, beugte sich über den Tresen, um ihr einen Kuss zu geben, und sie ging nur zu gern darauf ein.

„Ach so, das erklärt vieles."

Als Serena Muriels Stimme hörte, schreckte sie zurück und wurde feuerrot.

„Lasst euch von mir nicht stören", sagte Muriel unbekümmert. „Ich wollte mir nur ein Glas Wasser holen."

Serena sah Malcolm an, aber der zuckte nur völlig unbeeindruckt mit den Schultern. Muriel würde sicher Fragen haben, die Serena noch gar nicht beantworten konnte, aber ihre Tante füllte tatsächlich an der Spüle nur ein Glas mit Wasser, trank einen großen Schluck und ging dann wieder dorthin, woher sie gekommen war.

„Meinst du, das bedeutet, dass sie damit einverstanden ist oder nicht?“, fragte Malcolm.

„In Anbetracht der Tatsache, dass sie jedes Mal, wenn dein Name fällt, versteckte Bemerkungen macht, bin ich ziemlich sicher, dass sie nichts dagegen hat.“ Serena nahm einen Stapel Teller aus dem Schrank und stellte ihn neben sich auf die Kochinsel.

„Ich bring die schon mal zu Em und Max“, sagte er, als sie jeweils ein halbes Sandwich auf zwei Teller legte.

Aber sie hielt ihn auf, indem sie ihn am Handgelenk festhielt. „Danke.“

„Dafür, dass ich Sandwichs serviere?“, fragte er und warf ihr ein schalkhaftes Grinsen zu. „Was krieg ich denn, wenn ich ihnen auch noch ein Glas Milch bringe?“

„Das meine ich doch gar nicht.“

Er beugte sich vor und gab ihr einen Kuss auf die Nasenspitze. „Ich weiß.“

16

Ein Date ist etwas völlig anderes, wenn man zwei Kinder hat, dachte Serena am Freitag um zehn vor sieben. Als sie die ersten Male mit Edward ausgegangen war, hatte sie Stunden gebraucht, um sich fertigzumachen – hatte ein Bad genommen, ihr Haar perfekt gestylt und sich sorgfältig geschminkt. Jetzt tuschte sie sich nur rasch die Wimpern, während Max neben ihr in der Badewanne plantschte. Nachdem sie ihn abgetrocknet und ihm den Schlafanzug angezogen hatte, würde sie den Bademantel aus – und ihre schicken Sachen anziehen – erst wenn die stets drohende Gefahr klebriger Finger weitgehend gebannt war.

„Mami!"

Serena drehte sich genau in dem Moment um, als Max mit der flachen Hand aufs Wasser klatschte, sodass es quer durchs ganze Bad spritzte: An die Wände, den Spiegel und ihr frisch geschminktes Gesicht.

„Lass das, Max!", schalt sie, griff nach einem Handtuch und versuchte, sich das Gesicht trocken zu tupfen, ohne etwas zu verschmieren.

„Sorry, Mami."

„Schon gut, mein kleines Äffchen. So, jetzt wird's aber Zeit, aus der Wanne zu steigen. Welchen Schlafanzug möchtest du denn anziehen?"

„Den mit den Dinos."

Klar. In letzter Zeit musste alles mit Dinos sein. Sie nahm ein Handtuch, hob ihn aus der Wanne auf den Läufer und rubbelte ihn kräftig ab, bevor sie ihn über den Gang in sein Zimmer trug. Aber in dem Moment, in dem sie seinen Schlafanzug aus der Kommodenschublade genommen hatte, riss er ihn ihr aus der Hand und erklärte: „Das kann ich alleine."

„Also gut, ‚Mr-Kann-ich-alleine'. Dann mach du mal, und ich zieh mich um."

Sie ließ ihn zurück, als er gerade dabei war, sich in die Beinlöcher der Unterhose zu kämpfen, und ging die Treppe hinauf in ihr Schlafzimmer, wo sie ihre Sachen schon zurechtgelegt hatte. Die gemusterte Feinstrumpfhose und das körperbetonte Strickkleid verlangten beim Anziehen fast genauso viel Gezappel, wie Max gerade unten veranstaltete. Sie schaute sich noch einmal in dem riesigen Spiegel an, den sie in einem Restpostenladen in *Fort William* gefunden hatte, und warf auch noch einen kritischen Blick auf ihre Hinteransicht. Wenigstens ließ der tiefe V-Ausschnitt des Kleides durch eine Raffung an der richtigen Stelle ihre Taille schmaler wirken und betonten, beeindruckend die anderen Rundungen.

„Gar nicht so schlecht für 39 Jahre", murmelte sie vor sich hin.

„Du siehst hübsch aus, Mama", hörte sie da die Stimme ihrer Tochter.

Serena drehte sich vom Spiegel weg zu Em, die in einem T-Shirt und einer Jogginghose, die sie sich dazu als Schlafanzughose ausgesucht hatte, in der Tür stand. „Danke, mein Schatz. Ist das in Ordnung für dich, wenn ihr heute mit Kylee hier zu Hause seid?"

„Ja klar. Kylee ist nett. Und lustig. Und sie hat gesagt, sie backt Blondies mit uns."

„Wie schön! Wir kommen auch nicht so spät zurück."

Serena zog die Reißverschlüsse ihrer kniehohen Stiefel zu, nahm ihre Armbanduhr vom Nachttisch und band sie sich um. Als sie dann hinter ihrer Tochter die Treppe hinunterging, fragte Em: „Ist das denn jetzt ein Date?"

„Also ..." Serena hatte immer noch nicht entschieden, wie viel sie den Kindern sagen wollte. „Ja, irgendwie schon. Er hat mich gefragt, ob ich mit ihm essen gehe, und ich habe Ja gesagt."

„Dann ist das ein Date", sagte ihre Tochter mit der ganzen Gewissheit einer überromantischen Achtjährigen.

„Ja, wahrscheinlich ist es das. Aber Malcolm und ich sind nur Freunde. Wir verbringen einfach gerne Zeit miteinander."

„Es ist okay, Mama. Ich meine, wenn du ein Date haben möchtest. Und auch, wenn du irgendwann heiraten möchtest", sagte Em und sah sie mit ernsthafter Miene und strahlenden Augen an, sodass sich Serenas Herz zusammenzog.

Sie dachte an all die Zeit, die sie sich voll und ganz den Kindern gewidmet hatte, weil sie überzeugt gewesen war, dass es das Beste für sie sei, und jetzt machte sich Em Sorgen, dass ihre Mutter einsam sein könnte. Serena umarmte ihre Tochter und gab ihr einen Kuss auf ihr dunkles Haar.

„Danke, mein Schatz, aber denk dir nicht zu viel dabei. Es ist wirklich nur ein Essen."

„Okay." Doch Ems Blick zeigte deutlich, dass sie das nicht glaubte.

In dem Moment klopfte es an der Haustür, und bevor Serena reagieren konnte, rief Em schon: „Ich mache auf." Dann rannte sie hin, und als sie die Tür aufriss, rief sie: „Malcolm und Kylee sind da, Mama!"

Serena schüttelte nur den Kopf und war gerade auf der letzten Treppenstufe angelangt, als Malcolm das Haus betrat. Er hatte eine dunkle Hose an, einen hellen Wollpulli und seine allgegenwärtige

Lederjacke. Sein Haar sah allerdings nicht ganz so zerzaust aus wie sonst, und er hatte seinen Bart gestutzt. Sie hätte nie gedacht, dass ihr das Naturburschenhafte an einem Mann einmal gefallen würde, aber ihr Herz machte einen kleinen Hüpfer, als sie ihn sah.

„Du hast ja lila Haare", quietschte Em, und als sich Serena von Malcolms Anblick losriss, stellte sie fest, dass Em Kylee meinte.

Das Mädchen zuckte verlegen mit den Schultern und erklärte: „Das ist nur Haarkreide. Ist es okay, wenn ich Em die Haare auch damit anmale?"

Em sah Serena mit braunäugigem Dackelblick an. „Bitte Mama? Bitte … bitte … bitte."

„Nur wenn es sich rauswaschen lässt", sagte Serena, was mit lautem Jubel von ihrer Tochter quittiert wurde.

„Äh … Serena", sagte Malcolm da. „Ich glaube da ist jemand abgehauen."

Sie drehte sich genau in dem Moment um, als ein kleiner, splitternackter Racker um die Ecke geflitzt kam, dessen Lachen hinter ihm im Gang noch nachhallte.

„Entschuldige mich bitte, solange ich mit meinem kleinen Nackedei beschäftigt bin", sagte Serena und eilte den Gang entlang hinter ihrem Sohn her.

„Hey Max, du wolltest doch deinen Schlafanzug alleine anziehen", sagte sie, und nach einem kurzen Fangen-Spiel, bei dem ihr Max immer wieder entwischte, schaffte sie es schließlich, ihn so lange festzuhalten, bis sie ihm sowohl die Unterhose als auch die Schlafanzughose anziehen und ihn streng ermahnen konnte, angezogen zu bleiben, und zwar vollständig. Als sie zurück ins Wohnzimmer ging, klammerte er sich wieder wie ein Äffchen an ihr fest.

„Bist du fertig, oder hätte ich lieber für drei Personen reservieren sollen?", fragte Malcolm amüsiert.

Die Erleichterung über seine Reaktion überraschte sie selbst. Jeder andere Mann wäre schon wieder halb zur Tür hinaus gewesen, wenn er in so eine Szene geraten wäre.

„Hey Max", sagte Kylee jetzt, „ich habe dir was mitgebracht. Es ist in meiner Tasche. Willst du mit mir in die Küche kommen und sehen, was es ist?" Kylee hielt ihm die Hand hin, und nach einem ganz kurzen Zögern ging er mit.

„*Danke*", sagte Serena tonlos in Kylees Richtung, umarmte dann Em noch ein letztes Mal und nahm ihre Handtasche von der Konsole in der Diele.

„Fertig?", fragte Malcolm.

„Ja, endlich. Lass uns bloß schnell verschwinden, solange sie uns lassen."

Sie schlichen sich also zur Haustür hinaus, und nachdem Serena noch einmal kurz stehen geblieben war, um zu lauschen, folgte sie ihm nach draußen zur Auffahrt, wo sein Wagen stand.

Er hielt ihr die Beifahrertür auf, und sie nutzte die Zeit, in der er um den Wagen herum auf die Fahrerseite ging, um ein paar Mal tief durchzuatmen. Ein und aus. Ein und aus. Ein und wieder aus. Den Mama-Modus ausschalten, dafür den Ganz-Frau-sein-Modus ein, wenn sie sich denn überhaupt daran erinnern konnte, was das war. Doch als sich Malcolm dann über die Mittelkonsole zu ihr beugte, ihr Kinn in seine Hand nahm und sie küsste, konnte sie sich problemlos wieder erinnern.

„Gut, also das ist jetzt ein bisschen peinlich", sagte er, als er sich wieder richtig hinsetzte.

„Was? Dass du nicht bis zum Gutenachtkuss warten konntest?"

Da lachte er, und es bildeten sich dabei diese unwiderstehlichen Lachfältchen um seine Augen, sodass ihr Herz schon wieder einen kleinen Satz machte. „Das ist mir kein bisschen peinlich. Ich hoffe, dass du mich mit dem nächsten Kuss nicht bis zum Gutenachtkuss warten lässt …"

„Hmmm. Wir werden sehen. Aber wo geht es denn nun hin? Sagst du es nicht, weil es dir peinlich ist?"

„Am besten schaust du es dir selbst an." Er schnallte sich an und fuhr dann rückwärts von ihrer Auffahrt herunter. Als sie in Richtung der Halbinsel *Sleat* abbogen, ahnte sie, was ihm peinlich war, und als sie dann beim Hotel vorfuhren, wusste sie es.

Er drehte sich auf seinem Sitz zu ihr um und sagte: „Hör zu, ich habe mich umgehört, welches das beste Restaurant auf *Skye* ist, und jede Person, die ich gefragt habe, hat gesagt …"

„… das hier." Sie lachte. „Dafür kannst du dich bei meinem Bruder bedanken. Wenigstens haben wir so die Sicherheit, dass das Essen gut ist."

„Küchenchef Villareal ist gerade dabei, eine neue Speisekarte zu entwickeln, und ich bin überzeugt, dass er uns einen kleinen Vorgeschmack darauf gibt. Du wirst also im Unterschied zu Jamie zu den Ersten gehören, die die Gerichte probieren dürfen."

Er sah so unsicher aus, schien es ihr aber gleichzeitig unbedingt recht machen zu wollen, dass sie sich zu ihm hinüberbeugte und ihn noch einmal küsste. „Es ist perfekt. Ob du es glaubst oder nicht, ich habe hier erst einmal gegessen."

„Das hatte ich gehofft. Was nützt denn die ganze Arbeit, wenn du das Hotel nicht auch genießen kannst?"

Wenn jemand es seltsam fand, dass die Besitzerin und der Manager im Restaurant des Hotels wie ganz normale Gäste aßen, ließ es sich jedenfalls niemand anmerken. Und Serena registrierte wohl, dass sie zum besten Tisch ganz hinten in einer Ecke geführt wurden, der schummrig beleuchtet war und ein ganzes Stück entfernt von den ohnehin nur gedämpften Geräuschen aus dem gemütlichen Restaurant stand. Jedes Detail war schlicht und edel und perfekt, von den weißen Leinentischdecken über die üppig gepolsterten Stühle bis hin zu dem Candlelight-Ambiente.

Unmittelbar nachdem sie Platz genommen hatten, brachte die Kellnerin ihnen schon eine Flasche Wein an den Tisch. „Spanischer Cava", sagte sie und schenkte ihnen beiden ein, um dann diskret wieder zu verschwinden. Als Gast und Empfängerin dieses hervorragenden Services verstand Serena jetzt, warum Malcolm gerade dieses Restaurant von allen empfohlen worden war.

„War das deine Idee?", fragte sie und nahm das Glas mit funkelndem Wein in die Hand.

„Nein", sagte er. „Ich habe daran gedacht, aber es hat sich ein bisschen … anmaßend angefühlt."

„Ich weiß deine Zurückhaltung zu schätzen, aber das heißt doch nicht, dass wir den Wein nicht genießen können, wo er schon einmal da ist." Sie trank einen Schluck und nickte dann anerkennend. „Da wir keine Speisekarten bekommen, nehme ich an, dass der Küchenchef auch die Weinauswahl getroffen hat, oder?"

„Richtig."

Serena griff nach dem Brotkorb und strich mit rosa Salz garnierte Butter auf eine Scheibe dunkles Brot. „Ich glaube, das ist Pumpernickel. Ziemlich guter Pumpernickel sogar. Eigentlich bin ich nicht unbedingt ein Pumpernickel-Fan, weil er mir normalerweise zu sauer ist."

„Wir bekommen diesen hier von einem kleinen Bäckereibetrieb in *Portree*, in dem noch echtes Handwerk betrieben wird", erklärte Malcolm. „Die Bäckerei beliefert uns und noch ein paar Restaurants mehr auf der Insel und hat einen Laden."

„Wirklich sehr gut", wiederholte sie noch einmal genüsslich.

„Also war es doch keine so schreckliche Idee?"

Seine Unsicherheit war wirklich rührend, besonders wenn man bedachte, wie großspurig und übertrieben selbstbewusst sie ihn bei ihrer ersten Begegnung empfunden hatte.

„Das war eine hervorragende Idee."

Er lehnte sich auf seinem Stuhl zurück und sah sie an. „Ich bin neugierig. Warum hast du deinen Anteil am Hotel überhaupt verkauft, wenn du vorhattest, ihn wieder zurückzukaufen?“

Serena überlegte, wie viel sie ihm erzählen sollte, und antwortete dann: „Ich weiß, dass das jetzt vielleicht schwer zu glauben ist, aber nachdem unser Vater gestorben ist, haben sich meine beiden Brüder überhaupt nicht verstanden. Ian hat für Jamie gearbeitet, aber sie haben, abgesehen von geschäftlichen Angelegenheiten, kaum miteinander geredet. Wenn der eine weiß gesagt hat, hat der andere schwarz geantwortet. Als dritte Partnerin des Hotels war ich immer das Zünglein an der Waage.“ Sie zuckte mit den Schultern. „Mir lag mehr an einer guten Beziehung zu meinen Brüdern als daran, am Familienunternehmen beteiligt zu sein, und dann hat Jamie mir angeboten, mir meinen Anteil abzukaufen, damit das Hotel in der Familie bleibt. Doch mittlerweile hat keiner von beiden mehr die Zeit, hier aktiv mit anzupacken, auch wenn sie es beide gerne tun würden, und deshalb hat Jamie mich gefragt, ob ich meinen Anteil nicht wieder zurückkaufen will. Ja, und da wäre ich also.

„Ja, da wären wir“, sagte er, lächelte herzlich und freute sich, sie einfach nur anzusehen.

„So, jetzt bin ich aber an der Reihe, eine Frage zu stellen. Meine Brüder haben gesagt, dass du Ingenieur bist. Was für eine Art von Ingenieur bist du denn genau?“, sagte sie.

„Das wolltest du fragen? Du hättest doch einfach nur in meine Personalakte zu schauen brauchen.“

„Ich habe daran gedacht“, gestand sie. „Aber dann war auch schon einige Zeit vergangen, unsere Beziehung war nicht mehr so ausschließlich beruflich, und da hätte es sich für mich so angefühlt, als würde ich dich ausspionieren.“

„Also, was ich genau gemacht habe, ist ein bisschen schwierig zu erklären. Ich habe mit Teleskopen gearbeitet.“

„Mit Teleskopen? So wie die, mit denen man Sterne beobachten kann?"

„Nein, eher mit solchen, mit denen in den Weltraum geschaut wird. Solche wie Hubble."

Sie blinzelte ungläubig. Von allen Antworten, die er hätte geben können, hätte sie niemals mit etwas so … Technischem gerechnet. „Und wie kommt man dazu, mit so etwas seinen Lebensunterhalt zu bestreiten?"

Er schmunzelte. „Ich weiß ja nicht, wie es bei anderen ist, aber ich bin da im Grunde irgendwie hineingeraten. Ich habe mich schon immer dafür interessiert, wie Dinge funktionieren, besonders, wenn sie irgendwie mit Strom zu tun haben. Ich war der Junge, der immer versucht hat, aus einer Autobatterie einen Elektromagneten zu basteln und solche Sachen. Am Ende hatte ich dann einen Abschluss in Elektrotechnik und habe bei einem Raumfahrtunternehmen gearbeitet, aber ich fand es furchtbar.

Weil ich Astronomie schon immer faszinierend fand und ich ganz gute Kenntnisse im Programmieren hatte, habe ich beschlossen, noch einmal an die Uni zu gehen und einen Abschluss in Informatik zu machen, als ich erfahren habe, dass es für mich einen Arbeitsbereich außerhalb der Astrophysik gibt."

Mit so etwas hatte sie absolut nicht gerechnet. Dass er jetzt ein Hotel führte und offenbar handwerklich begabt war, hätte sie eher mit einem Beruf als Facharbeiter oder Handwerker in Verbindung gebracht. Jedenfalls hätte sie nicht gedacht, dass er Akademiker war. „Du hast also deinen Job aufgegeben und als Barkeeper gearbeitet, um dein Studium zu finanzieren?"

„Genau. Es war zu schwierig, Vorlesungen und Seminare mit einem normalen Job zu vereinbaren."

„Ich bin beeindruckt. Aber ich verstehe immer noch nicht, was das mit Teleskopen zu tun hat."

„Ich bin … war … Softwareentwickler für ein Raumfahrtforschungsinstitut an der *Johns Hopkins*-Universität in *Maryland*. Ich habe hauptsächlich Programme geschrieben, mit Hilfe derer die Daten, die von Teleskopen gesendet wurden, analysiert wurden, damit die Astronomen sie nutzen konnten."

„Wenn ich also von Dark Sky-Plätzen und Sternbildern geredet habe, hast du die ganze Zeit nicht nur verstanden, wovon ich rede, sondern du hast sogar auf diesem Gebiet gearbeitet. Warum hast du denn nichts gesagt?"

Malcolm war wenigstens so anständig, betreten auszusehen. „Du warst so begeistert von der Idee, das Angebot für das Hotel auszuarbeiten, dass ich dich nicht bremsen wollte. Hättest du das gemacht, wenn du gewusst hättest, dass ich in der Astronomie gearbeitet habe?"

„Wahrscheinlich nicht", antwortete sie und setzte sich ein wenig zurück. „Aber jetzt fühle ich mich richtig blöd."

„Das brauchst du nicht. Die meisten unserer Gäste möchten die beste Stelle wissen, von der aus sie die Kassiopeia und den Großen Wagen sehen können. Die Algorithmen, die von Wissenschaftlern verwendet werden, um Objekte als Sterne oder eine Galaxie zu klassifizieren, interessieren sie nicht."

„Das stimmt", sagte Serena und lächelte verhalten. „Aber irgendwie bin ich doch ein bisschen verunsichert, denn Naturwissenschaftler sind eigentlich meine natürlichen Feinde."

„Warum denn das?"

„Weil ich Kunstgeschichte studiert habe. Und bevor du jetzt etwas sagst, ja, das ist der Abschluss für Leute, die nicht arbeiten müssen, um ihren Lebensunterhalt zu verdienen."

„Ich habe einen hoch bezahlten Job aufgegeben, um Sternendaten zu generieren und mit Teleskopen herumzuspielen", sagte er. „Ich finde nicht, dass es mir zusteht, darüber zu urteilen. Aber warum gerade Kunstgeschichte?"

„Ich habe mich schon als Kind für Kunst begeistert, aber Malerei war irgendwie zu …“

„… kein richtiger Beruf?“

Serena lächelte. Wenn Malcolm es sagte, dann sträubten sich nicht gleich ihre Nackenhaare.

„Ja, so in der Art. Ich hatte das Glück, dass ich nach dem Examen einen Praktikumsplatz in der *Tate Gallery* in *London* ergattert habe.“

„Wie geht denn *das*?“, fragte er.

„Also, zunächst mal muss man einen so gut wie nutzlosen Abschluss von einer sehr guten Uni haben, und dann nutzt man Beziehungen der Familie, um bestimmte Menschen daran zu erinnern, dass sie einem noch einen Gefallen schuldig sind, um so eine begehrte Stelle zu bekommen.“ Als sie es jetzt aussprach, merkte sie, wie versnobt und privilegiert sich das anhören musste, aber damals hatte sie es einfach nur vernünftig gefunden.

„Letztlich war es dann aber meine Qualifikation, durch die ich dort eine unbefristete Stelle und dann später einen Job als Kunstagentin und Managerin in einer ziemlich renommierten Galerie in Edinburgh bekommen habe.“

„Dann bist du ja im tiefsten Inneren genauso eine Akademikerin wie ich“, sagte er.

„Ich weiß nicht, ob das etwas Gutes oder Schlechtes ist“, entgegnete sie darauf.

Da lachte er wieder. „Es ist etwas Gutes.“

„Aber warum versteckst du denn dann die Tatsache, dass du offenbar sehr intelligent bist. Warum hast du von all dem nichts gesagt?“

Schon in dem Moment, in dem sie es aussprach, merkte sie, dass er das auch als Beleidigung hätte auffassen können, aber seine Augen blitzten, als ob es ihn eher amüsierte. „Ich verberge meine Intelligenz nicht. Ich rede nur nicht so viel über meine Bildung.“

„Und warum nicht?“

„Ich weiß es nicht. Warum tust du es denn nicht?“

Da umspielte ein Lächeln ihren Mund und sie sagte: „Du bist ziemlich gut darin, Dinge so zu verdrehen, dass ich vergesse, was ich eigentlich gefragt habe. Wenn du eine echte Antwort von mir willst, dann musst du die Frage zuerst beantworten.“

Ihm war jetzt offenbar etwas unbehaglich zumute, was sie wiederum sehr sympathisch fand. „Ich nehme an, ich habe es dir nicht gesagt, weil ich wissen wollte, ob du mich auch einfach so magst und nicht, weil du denkst, dass ich zu Hause eine angemessene Anzahl von Uniabschlüssen herumliegen habe.“

Da beugte sie sich vor, sah ihm in die Augen und stellte fest: „Und schon wieder hast du meine Frage nicht vollständig beantwortet.“

Er überlegte eine ganze Weile, bevor er sagte: „Wir kommen aus zwei völlig unterschiedlichen Welten, Serena. In deiner ist eine gute Ausbildung selbstverständlich, ja, sie wird sogar vorausgesetzt.“

„Aber wir sind doch beide hier auf *Skye* aufgewachsen.“

„Mit dem Unterschied, dass ich mit elf Jahren weggezogen bin. Und selbst wenn es nicht so gewesen wäre, ist das, was wir hier erlebt haben, nicht zu vergleichen.“

„Was genau ist denn passiert?“

Er trommelte mit den Fingern auf der Tischplatte. „Meinst du, bevor oder nachdem mein Vater alle Konten leer geräumt und uns völlig mittellos hat sitzen lassen?“

Eine Mischung aus Schrecken und Mitgefühl erfasste Serena. Sie vermutete, dass genau das der Grund war, weshalb er ihr nichts davon gesagt hatte. „Das habe ich nicht gewusst.“

„Wie hättest du das denn auch wissen sollen? Und wahrscheinlich hast du auch nicht gewusst, dass meine Mutter in eurem Hotel als Putzfrau gearbeitet hat. Weil das aber nicht gereicht hat, um über die Runden zu kommen, hat meine Tante uns zu sich nach *Glasgow* eingeladen und meiner Mutter einen Job als Reinigungskraft in einem

Hotel besorgt. Meine Mutter hatte nämlich keine Ausbildung, weil sie mit 14 von der Schule abgehen musste, um auf dem Bauernhof der Familie mitzuarbeiten."

„Aber sie hat alles getan, was nötig war, um dich und deine Schwester zu versorgen, und das ist doch bewundernswert."

„Meine Schwester war sieben Jahre älter als ich und ist damals auf *Skye* geblieben, weil sie hier heiraten wollte", sagte Malcolm. „Meine Mutter und ich waren also allein, und die Gegend in *Glasgow* – also die Stadt hat ja eigentlich zu Unrecht einen schlechten Ruf –, aber dort, wo wir gewohnt haben, hatte sie diesen Ruf wirklich verdient. Es war nicht unbedingt die Gegend, in der man als kluger und unbedarfter Junge vom Land gerne gesehen war, wenn du weißt, was ich meine. Ich bin zur Schule gegangen, hatte immer gute Noten, und die Nachmittage habe ich damit verbracht, es irgendwie zu schaffen, nicht zusammengeschlagen zu werden."

Er erzählte die Geschichte in einem munteren Ton, aber hinter den Worten spürte sie die tiefen Narben, die diese Zeit bei ihm hinterlassen hatte. Einen Moment lang konnte sie hinter der Prahlerei und dem Humor den kleinen Jungen sehen, der von Größeren und Stärkeren gemobbt wurde.

„Das ist mir eigentlich auch ganz gut gelungen bis zu dem Moment, in dem ich mit 13 einen naturwissenschaftlichen Wettbewerb gewonnen habe und in der Zeitung stand", fuhr er fort. „Ein paar Typen haben mir danach draußen vor dem Mietshaus aufgelauert und mir eine Tracht Prügel verpasst, die ich bis heute nicht vergessen habe. Wochenlang war ich am ganzen Körper grün und blau, und etliche der Platzwunden mussten genäht werden."

Er schob sein Haar an der Schläfe zur Seite, und sie sah eine gezackte Narbe am Haaransatz, die mittlerweile silbrig weiß und verblasst war.

Sie zuckte zusammen. „Und was ist dann passiert? Was hat deine Mutter getan?"

„Na ja, nachdem sie fertig damit war zu schwören, dass sie die Täter umbringen würde – diese Frau, die nicht mehr wog als 45 Kilo –, musste ich ihr versprechen, mich unauffällig zu verhalten und mich von Ärger fernzuhalten. Dabei hatte ich ja gar keinen Ärger gesucht, sodass dieser Rat nicht besonders hilfreich war.

Ich war wild entschlossen, nicht zuzulassen, dass meine Mutter sich vor mich stellte und für mich kämpfte, also suchte ich mir einen Boxclub und überredete den Eigentümer, mich kostenlos trainieren zu lassen, wenn ich dafür die Fußböden fegte und die Toiletten putzte – alles, was so anlag. Weil meine Mutter oft zwei Jobs hatte und es meiner Tante ziemlich egal war, was ich so trieb, gelang es mir, die Sache geheim zu halten. Doch der Eigentümer des Boxclubs durchschaute die Situation. Er war nämlich – ähnlich wie ich – auch in *Glasgow* aufgewachsen und wusste, was los war, wenn er ein dünnes Bürschchen sah, das zu wenig zu essen bekam und intelligent, aber ohne Aufsicht war. Er fing an, mir fürs Putzen etwas Geld zu geben, hatte öfter ‚zufällig' Essen übrig, wenn ich aus der Schule kam, oder ihm fehlte ‚zufällig' gerade ein Sparringspartner für einen der geübteren Jungs."

„Das klingt ja wie im Film", sagte Serena, die ihm wie gebannt zuhörte. „Bist du sicher, dass du die Geschichte nicht etwas ausschmückst, damit sie etwas spektakulärer klingt?"

„Ich schwöre, das ist die reine Wahrheit. Ich wurde ziemlich schnell ein guter Boxer, und als ich das nächste Mal angegriffen wurde, bin ich nicht weggelaufen, sondern habe mich gewehrt."

„Und was ist passiert?"

„Sie haben mich – äh – da getreten, wo es richtig wehtut. Richtig schlimm. Ich war vielleicht unter geregelten Bedingungen im Boxclub ein guter Boxer, aber wenn der Gegner keine Handschuhe trägt und noch ein paar Kumpels mitbringt, ist das etwas ganz anderes. Als ich am nächsten Tag im Club auftauchte, dachte ich, das Reginald mir zu meiner Heldentat gratulieren würde, aber stattdessen hielt er mir eine Standpauke, die ich mein Leben lang nicht vergessen werde."

„Weil du überheblich geworden warst?"

„Nein, weil er mir nicht beigebracht hätte, ein Straßenschläger zu werden. Er wollte, dass ich mich von Ärger fernhielt, und mir die Chance geben, etwas aus mir zu machen." Malcolm lächelte. „Meine Mutter wäre wahrscheinlich entsetzt gewesen, wenn sie den Mann jemals kennengelernt hätte, denn sein Wortschatz bestand überwiegend aus Schimpfwörtern, und seine Vorstellung von erzieherischen Maßnahmen war ab und zu eine kräftige Ohrfeige. Aber er war der Einzige, der in einer Zeit, in der ich auch leicht auf die schiefe Bahn hätte geraten können, ein Auge auf mich hatte.

Er sagte, ich sei zu klug, um mich wie ein Arsch zu benehmen … Und wenn mir wirklich etwas an meiner Mutter läge, dann würde ich auf die Uni gehen, mir einen guten Job suchen und dafür sorgen, dass sie in eine sicherere Gegend von *Glasgow* ziehen könne. Er erklärte mir, ich müsse die richtigen Entscheidungen treffen, wenn ich ein besserer Mensch und Mann werden wolle als mein Vater."

„Das ist ja eine heftige Geschichte", sagte Serena leise. „Und wo ist deine Mutter jetzt?"

„Ich habe es jedenfalls geschafft, sie aus der Mietskaserne herauszuholen, die sie so sehr gehasst hat, in eine sicherere Gegend. Dann bin ich nach Amerika gegangen, um im *Space Telescope Science Institute* zu arbeiten, und während ich weg war, hat sie einen Gemüsehändler geheiratet."

„Magst du ihn?"

Die Frage überraschte ihn offenbar und er antwortete: „Ja, eigentlich schon, aber wir haben so gut wie nichts miteinander zu tun. Das liegt allerdings vermutlich daran, dass ich ihm gesagt habe, was ich mit ihm mache, falls er meiner Mutter jemals so wehtut, wie es mein Vater getan hat. Ich glaube, das hat er sich zu Herzen genommen."

„Hättest du das wirklich getan?“

„Als ich zwischen 20 und 30 war, ohne zu zögern. Wie es jetzt wäre, weiß ich nicht so genau. Macht dir das Sorgen?“

Serena sah ihn intensiv an. Trotz der rauen Ecken und Kanten, trotz seiner Körperlichkeit war da in seinem Kern immer noch etwas Ruhiges und Beständiges, das ihr ein Gefühl von Sicherheit gab.

„Nein, kein bisschen“, antwortete sie deshalb. „Ich halte mich auch nicht für einen gewalttätigen Menschen, aber wenn jemand sich an einem meiner Kinder vergreifen würde, dann könnte ich für nichts garantieren.“

„Das verändert die Perspektive, oder? Als ich nur Kylees Onkel war, habe ich alle möglichen waghalsigen Sachen mit ihr gemacht und Nicola damit auf die Palme gebracht. Jetzt mache ich mir selbst andauernd Sorgen um Kylee.“

Dieses Gefühl kannte sie genau. Nachdem Edward gestorben war, hatte sie die Last der Verantwortung für die Kinder doppelt so schwer empfunden. Sie hob ihr Glas und stieß mit ihm an. „Vor diesem Teil des Elternseins warnt einen nie jemand.“

„Es ist jedenfalls nicht so gekommen, wie ich gedacht habe“, sagte er trocken.

„Das tut es nie.“

In dem Moment kam der erste Gang ihres Menüs, eine wunderschön angerichtete Jakobsmuschel, die genauso gut schmeckte, wie sie aussah. Serena aß den ersten Bissen und legte dann mit einem genüsslichen Seufzer ihre Gabel wieder hin. „Mein Bruder ist ein Genie.“

„Da will ich dir zwar nicht widersprechen, aber dieses Gericht hier ist von Küchenchef Villareal.“

„Wirklich? Das ist sehr beeindruckend.“

„Ja, finde ich auch.“

Endlich ging es in ihrem Gespräch um leichtere, unbeschwertere Themen – um Erinnerungen und die Besonderheiten, die es mit sich brachte, auf *Skye* aufzuwachsen. Es ging um lustige Geschichten über ihre Kinder und seine Nichte und um Serien im Fernsehen, die sie beide schauten. Mit jeder Minute, die verging, wuchs Serenas Bewunderung für Malcolm. Ihr Bild von ihm war so falsch gewesen. Er war intelligent, witzig und belesen. Und er sah sie an, als gebe es niemanden, mit dem er diesen Abend lieber verbringen würde.

Sie merkte, dass sie zu viel redete, aber jedes Mal, wenn das Gespräch auch nur in die Nähe ihrer Ehe mit Edward kam, wechselte sie das Thema. Es gab ein paar Dinge, die sie Malcolm gegenüber noch nicht preisgeben wollte. Er hörte einfach nur zu, schenkte ihr Wein nach und stellte Fragen.

Als er die Rechnung bezahlte und sie aufstanden, um zu gehen, war das Gefühl der zunehmenden Verbundenheit zwischen ihnen für sie beunruhigender geworden als die allgegenwärtige körperliche Anziehung.

„Danke für den schönen Abend", sagte Serena, als sie wieder draußen auf dem Parkplatz waren. Es war lange her, dass sie in so netter Gesellschaft gegessen hatte, ohne unterbrochen zu werden, und es fühlte sich an wie ein Festtag."

„Der Abend ist noch nicht zu Ende", sagte Malcom daraufhin geheimnisvoll, als er ihr die Beifahrertür aufhielt.

„Und du sagst mir wahrscheinlich nicht, wohin wir als Nächstes fahren, oder?"

„Auf gar keinen Fall. Aber du darfst gerne raten."

„Ich glaube, das will ich gar nicht", sagte sie langsam. „Ich lehne mich einfach zurück und freue mich auf die Überraschung."

17

Serena hatte keine Ahnung, wohin sie fuhren, bis Malcolm von der Hauptstraße auf eine gepflasterte Straße abbog, die in den *Kinloch Forest* führte. Das Scheinwerferlicht des Wagens huschte an den Bäumen entlang, die in Gruppen dicht an dicht am Wegesrand standen.

„Wirklich?“, fragte sie übertrieben aufgedreht bei der Aussicht. „Wir gehen Sterne beobachten?“

Er schaute zu ihr hinüber, und das Licht vom Armaturenbrett beleuchtete seine zufriedene Miene. „Ja. Sogar im Dorf ist die Lichtverschmutzung zu stark, um etwas zu sehen. Ich habe gedacht, dass du auch selbst einmal das erleben möchtest, wohinein du so viel Arbeit investiert hast, besonders auch, weil es in ein paar Wochen nicht mehr möglich ist, weil es dann nicht mehr dunkel genug wird.“

„Ach, wie ich das liebe. Wir sind erst einmal nachts draußen gewesen, seit wir angekommen sind, und ich habe den Kindern – also eigentlich in erster Linie Em – die Geschichten zu den Namen der Sternbilder erzählt. Max hat nur die ersten paar Minuten überstanden und ist dann eingeschlafen.“

Malcolm lächelte sie im Dunkeln an, aber sie spürte es eher, als dass sie es sah. Als er auf einen unbefestigten Parkplatz abbog, sagte er: „Es gibt da oben auf der Anhöhe eine ebene Fläche, wo wir sitzen können – aber das brauche ich dir ja wahrscheinlich nicht zu sagen, oder? Du hast ja schließlich eine Broschüre darüber verfasst."

Serena wünschte plötzlich, sie hätte Jeans angezogen und flache Schuhe, denn obwohl der Boden nach der Woche mit heftigen Regenfällen inzwischen wieder trocken war, stieg das Areal hier vom Parkplatz aus ungleichmäßig, aber stetig an. Sie knöpfte ihren Mantel zu, während Malcolm zum Kofferraum ging und in den Sachen herumwühlte, die darin waren.

„Du hast doch nichts dagegen, ein paar Sachen zu tragen, oder?"

„Natürlich nicht. Was hast du denn da?"

Er holte einen Picknickkorb heraus und gab ihr den als Erstes. „Na, unser Dessert natürlich und ein paar Decken. Ich wusste ja nicht so genau, was du anziehst, aber ich wollte die Überraschung nicht verderben, indem ich dir sage, dass es warme Sachen sein sollten. Und das hier trage ich." Er nahm einen Koffer aus dem Kofferraum und eine gepolsterte schwarze Tasche, die wie eine Jagdgewehrhülle aussah, nur kürzer. Es dauerte einen Moment, bis sie darauf kam, was es war.

„Wirklich? Du hast ein Teleskop mitgebracht?"

Er lachte leise. „Du bist die erste Frau, die ich kenne, die das gut findet. Wir brauchen zwar eigentlich kein Teleskop, aber ich habe gedacht, dass es vielleicht trotzdem Spaß macht."

„Das macht auf jeden Fall Spaß." Sie schob sich den Henkel des Picknickkorbs über den Arm und nahm dann eine der Decken, während er den Rest der Ausrüstung trug. Dann holte er noch eine Taschenlampe heraus und schlug den Kofferraumdeckel zu.

„Sollen wir?"

„Geh du voraus."

Als sie den Hang erklommen hatten und die ebene, grasbewachsene Fläche oben erreichten, breitete er eine der Decken aus. Schon etwas durchgefroren von der Abendkühle setzte sie sich in die Mitte der Decke. Ihr Atem bildete vor ihrem Mund kleine Wölkchen, aber er kniete sich vor sie, legte ihr noch eine Decke um die Schultern und machte sich dann daran, das Teleskop auf dem Stativ zu befestigen, während sie in dem Picknickkorb kramte.

Außer der Edelstahlthermoskanne mit Kaffee oder Tee, wie sie vermutete, enthielt er kleine Schachteln mit allen möglichen süßen Teilchen: Es gab kleine Windbeutel, winzige Mandelküchlein, Mini-Zitronen- und Obsttartes und etwas, das aussah wie Schokoladentrüffel.

„Du hast wirklich Stil", sagte sie. „Welches möchtest du denn selbst als Erstes kosten?"

„Ich habe sie schon alle probiert", antwortete er, und sie spürte im Dunkeln, dass er lächelte. „Und deine Kinder mittlerweile bestimmt auch. Was glaubst du denn, was Kylee im Rucksack hatte?"

„Oh, nein, die arme Kylee. Wenn man den beiden vor dem Schlafengehen Zucker gibt, drehen sie noch mal so richtig auf."

„Damit wird sie schon fertig. Außerdem hat sie hart verhandelt, als ich sie gebeten habe, die beiden zu hüten, und dafür hat sie jedes nur denkbare Maß an Hyperaktivität verdient."

Serena lachte. „Das Mädel gefällt mir immer mehr."

„Ja, sie ist schon eine …" Er setzte sich jetzt neben sie auf den Boden und griff tief in den Picknickkorb hinein. „Also, welches soll es sein?"

„Schokolade. Auf jeden Fall Schokolade."

Er nahm einen der Ganache-Trüffel aus der kleinen Papiermanschette und hielt ihn ihr zum Abbeißen hin. Sie leckte sich die Schokolade von den Lippen und lächelte ihn dann kokett an. „Erst nötigst du mich, Wein zu trinken, und dann fütterst du mich im Dunkeln mit Schokolade. Versuchst du etwa, mich zu verführen?"

„Möchtest du das denn?", fragte er in ernstem, fast sinnlichem

Tonfall, aber selbst im Licht der Taschenlampe bemerkte sie die Belustigung in seinem Blick.

„Jetzt noch nicht.“ Als sie seinen überraschten Blick registrierte, musste sie lachen. Wäre er ein anderer Typ Mann gewesen, hätte sie Sorge gehabt, dass er da etwas andeutete, wozu sie nicht bereit war.

Sie probierten all die kleinen süßen Teilchen aus der Schachtel und tranken Kaffee dazu, während Serena auf die Sternbilder zeigte und die Sagen um ihre Namen erzählte. Dann zog er sie hoch, legte ihr noch einmal die Decke richtig um die Schultern und sagte:

„So, jetzt bin ich an der Reihe. Komm, schau mal.“ Er stellte noch einmal kurz das Teleskop nach und trat dann beiseite, während sie sich vorbeugte und durch das Okular schaute.

Sie holte hörbar Luft. „Was ist das?“

„Der Jupiter“, antwortete er. „Wenn du genau hinschaust, kannst du zwei von seinen Monden sehen. Erkennst du die beiden Punkte, die wie Sterne aussehen?“

„Ja“, antwortete sie und ein Lächeln ging über ihr ganzes Gesicht. Der Planet war eine helle Scheibe, nein zwei, es waren zwei sichtbare braune Ringe durch die Teleskoplinse zu erkennen. In diesem Moment empfand sie eine unerklärliche Ehrfurcht. „Das habe ich noch nie so deutlich gesehen.“

„Das Ausmaß all dessen, was wir nicht sehen können und was wir noch nicht wissen, macht demütig“, sagte Malcolm. „Ich sehe das immer als den Herzschlag des Universums. Oder als Fingerabdruck Gottes. Man kann ihn sehen, wenn man weiß, wo man hinschauen muss.“

„Für einen Ingenieur bist du aber ziemlich poetisch“, bemerkte sie.

„Das liegt an meiner Gesellschaft“, entgegnete er und klang zur Abwechslung einmal nicht belustigt. Der Ernst in seiner Stimme ließ ihr Herz heftiger schlagen.

„Was können wir sonst noch sehen?“, fragte sie und wich ein wenig zurück, und zwar sowohl von dem Teleskop als auch vor seiner Stimmung.

Malcolm blinzelte hinauf in den Himmel, stellte das Teleskop noch einmal nach und blieb danach bei den Sternen, indem er ihr Fakten über sie erzählte.

Je weiter der Abend fortschritt, desto kälter wurde es, und Serena begann trotz der Decken so zu frieren, dass sie zitterte. Malcolm rieb ihr die Arme, um sie zu wärmen, und sagte schließlich: „So, ich packe jetzt alles zusammen, und wir gehen wieder zum Auto, ja?“

Sie war froh, als sie wieder im Schutz des Autos war, aber auch traurig, dass der Abend langsam zu Ende ging. Es war so lange her, dass sie ein Date gehabt hatte, das so normal und schön und romantisch gewesen war. Er hatte nicht versucht, sie zu beeindrucken, sondern hatte ihr einen sorgenfreien Abend geschenkt, voller Dinge, von denen er wusste, dass sie ihr gefielen.

Als er schließlich bei ihr vor dem Haus auf die Auffahrt einbog, saßen sie noch eine Weile einfach so im Dunkeln da.

„Weißt du, in dem Moment, in dem wir bei der Tür ankommen, wird Kylee versuchen, uns bei irgendetwas zu erwischen“, sagte er.

„Wenn ich also die Situation mit dir ausnutzen will, dann jetzt!“

„Ja, so ähnlich.“

„Dann komm her“, sagte Serena, zupfte an seiner Jacke, um ihn näher an sich heranzuziehen. Dann hob sie ihr Gesicht, damit er sie küssen konnte, aber der lange Kuss, der dann folgte, löste eher ein Sehnen bei ihr aus, als es zu stillen. Als sie sich wieder voneinander lösten, strich sie mit den Fingern über sein bärtiges Kinn. „Das war einer der schönsten Abende, an die ich mich erinnern kann. Danke.“

„Und was meinst du? Kann ich dich wiedersehen?“

Sie lächelte kokett und antwortete: „Du wirst mich in der nächsten Woche jeden Tag bei der Arbeit sehen.“

„Aber bei der Arbeit kann ich dich nicht küssen“, wandte er ein, zog sie noch einmal ganz nah an sich heran und küsste dieses Mal ihre Wange, ihr Kinn und ihr Ohr.

„Wer sagt denn, dass du das nicht kannst?", fragte sie mit einem wonnevollen Seufzer.

„Ich sage das. Du erinnerst dich? Arbeit ist Arbeit und Privatleben ist Privatleben."

„Wenn es deine eigenen Regeln sind, brauchst du dich doch nicht zu beschweren. Aber die Antwort lautet Ja. Ja, ich würde sehr gerne wieder mit dir ausgehen."

„Gut." Er küsste sie ein letztes Mal, zu lange, als dass es noch als Gutenachtküsschen durchgegangen wäre, und strich ihr dann mit dem Daumen über die Unterlippe. „So, und jetzt lass uns hineingehen, damit Kylee nicht fragt, was wir noch so lange im Auto gemacht haben."

„Ach was, Kylee ist schließlich schon 17. Sie weiß genau, was wir gemacht haben."

Da sah Malcolm sie mit tadelndem Blick an und erklärte: „So etwas möchte ich *nicht* hören. Kylee hat noch nicht einmal daran gedacht, einen Jungen zu küssen, geschweige denn, so etwas getan."

„Herzlichen Glückwunsch, Malcolm. Du darfst dich jetzt offiziell als Vater betrachten."

Es ist schön, diesen Teil meines Lebens nicht wegdrücken zu müssen, dachte Serena, als er sie bei der Hand nahm und mit ihr zum Eingang ging. Wenn sie in letzter Zeit überhaupt Dates gehabt hatte, dann hatte sie sich entweder die ganze Zeit gewünscht, dass der Mann, mit dem sie zusammen war, sie einfach als Frau und nicht als potenzielle Mutter für seine Kinder sah, oder sie hatte versucht, so zu tun, als ob sie sich keine Sorgen um ihre Kinder zu Hause machte. Malcolm gab ihr nicht das Gefühl, dass sie zwischen diesen beiden Möglichkeiten wählen musste.

In dem Moment, in dem sie an der Tür ankamen, riss Kylee sie schon völlig aufgelöst und mit verstörtem Blick von innen auf. Im Hintergrund war Max' schon vertrautes untröstliches Geschrei zu hören.

„Gott sei Dank seid ihr wieder da. Er weint schon seit zehn Minuten so schlimm, und ich weiß nicht, was ich machen soll!"

„Ist schon gut, Kylee, das sind Nachtängste. Wahrscheinlich erkennt er dich gar nicht." Serena kramte kurz in ihrer Handtasche und drückte Kylee ein paar Geldscheine in die Hand. „Danke, Kylee." Und dann sagte sie an Malcolm gewandt. „Tut mir leid. Ich muss mich jetzt erst mal um ihn kümmern. Ihr findet allein hinaus, oder?"

Die Antwort wartete sie gar nicht mehr ab, sondern stellte nur die Handtasche hin und ging sofort weiter in Max' Zimmer. Er sprang in seinem Bett herum, schrie aus vollem Hals und starrte, ohne etwas zu fixieren, auf die gegenüberliegende Wand. Sie legte sich neben ihm ins Bett, obwohl sie wusste, dass das wahrscheinlich nicht helfen würde.

„Hey, mein kleines Äffchen", murmelte sie. „Mama ist wieder zu Hause. Ich bin ja da."

„Nein!", schrie er und sah sie immer noch nicht an. „Geh weg!" Er holte aus, um sie zu schlagen, als ob sie ihn angegriffen hätte, und sie wich etwas zurück. In manchen Nächten konnte sie ihn festhalten, und er beruhigte sich, aber in Nächten wie dieser schrie er manchmal stundenlang, und sie konnte nicht mehr tun, als dafür zu sorgen, dass er sich nicht selbst wehtat.

Sie versuchte zwar die ganze Zeit, ihn mit leisen Worten zu beruhigen, aber offenbar drang sie damit gar nicht richtig zu ihm durch. Er schrie nur, schlug um sich und warf sich im Bett hin und her. Serena hatte keine Ahnung, wie lange es so ging; sie wusste nur, dass ihre Anspannung stetig zunahm, je länger es andauerte. Vor Frust kamen ihr die Tränen, während sie versuchte, möglichst Abstand zu halten und dafür zu sorgen, dass er nicht aus dem Bett fiel.

Dann hörten die Tränen plötzlich auf, und er sah sie mit klarem Blick an. „Mami?"

„Ja, mein Schatz, ich bin wieder zu Hause. Möchtest du jetzt weiterschlafen?"

Er nickte, legte sich wieder hin und nahm seine Giraffe in den Arm, als wäre nichts gewesen. Serena stieß einen tiefen Seufzer aus, deckte ihn zu und verließ auf Zehenspitzen das Zimmer.

Auf dem Gang vor der Tür blieb sie dann aber stehen, und jetzt liefen die Tränen, die sie die ganze Zeit unterdrückt hatte. Es war lange her, dass Max so schlimme Nachtängste gehabt hatte. Sorgte so das Universum für Gerechtigkeit, weil sie einen wundervollen Abend ohne Sorgen und nur für sich selbst genossen hatte? Oder bestrafte Gott sie dafür, dass sie es wagte, in ihrem Leben noch etwas anderes zu sein als Mutter?

Nein, so war Gott nicht. Es waren nur Schuldgefühle für ihren Gedanken, dass Max einen bis dahin perfekten Abend ruiniert hatte. Aber das hier war ihr Leben. Die Kinder würden immer ihre oberste Priorität und Verantwortung bleiben. Die sorgloseren Jahre von früher würden nie wieder zurückkehren, und eigentlich wünschte sie sich das auch gar nicht. Aber einmal eine Nacht durchschlafen … ein paar Minuten für sich alleine zu haben, um noch einmal bei der Erinnerung an das, was für sie das perfekte Date gewesen war, zu lächeln … Was wollte sie mehr?

Sie wischte sich mit dem Ärmel das tränennasse Gesicht ab, ging in die Küche, um sich noch einen Tee zu kochen, und blieb abrupt stehen, denn am Tresen stand Malcolm und goss gerade dampfendes Wasser aus dem Kessel in zwei Becher.

„Schläft er jetzt?", fragte er mit leicht heiserer Stimme, nahm die Becher und stellte sie auf den Tisch.

„Was machst du denn noch hier?"

„Soll ich lieber gehen? Ich weiß, du hast gesagt, wir würden ja selbst hinausfinden, aber ich habe gedacht, dass du mich vielleicht brauchst, und Kylee gebeten, den Wagen nach Hause zu bringen."

Das war so fürsorglich und so viel mehr, als sie erwartet hatte, dass ihr wieder die Tränen kamen, und er zögerte keinen Moment, sie in die Arme zu schließen. Sie schniefte an seiner Brust und kämpfte dabei gegen den Ansturm zweier gegensätzlicher Gefühle.

„Es ist alles gut, Serena. Du bist eine gute Mutter. Es ist nicht deine Schuld."

„Ich weiß ja. Es ist nur ..." Sie löste sich wieder von ihm, tupfte sich die Augen ab und merkte, wie dünn ihre Stimme klang. „Manchmal ist es schwer, so schwer, alles alleine schaffen und entscheiden zu müssen. Und du bist so lieb, aber ich kann nicht zulassen, mich an dich anzulehnen oder auf dich zu bauen.

Er zog sie wieder an sich, hielt sie ganz fest, und gedämpft drang seine Stimme an ihr Ohr. „Ich wäre aber gerne jemand, an den du dich anlehnen und auf den du bauen kannst."

„Bitte, Malcolm, hör auf."

„Warum?" Jetzt löste er sich von ihr und sah ihr in die Augen. „Warum ist es so schwer zuzulassen, dass sich jemand um dich kümmert und dir vielleicht ein bisschen hilft?

Weil das hier nicht von Dauer ist. Wenn es vorbei ist – und es wird irgendwann vorbei sein –, wird sich mein Leben hinterher noch viel schwerer anfühlen. Aber das konnte sie ihm nicht sagen. Das hätte geklungen, als würde sie ihn um Verbindlichkeit bitten, und das tat sie nicht. Nicht nach dem allerersten Date. Nicht schon jetzt, wo sie erst so wenig übereinander wussten.

„Können wir nicht einfach unseren Tee trinken und die Ruhe genießen?", fragte sie.

Er sah enttäuscht aus, aber er gab ihr einen Kuss auf den Kopf und ließ sie los. Sie nahm einen der Becher und setzte sich. Malcolm ließ sich gegenüber von ihr nieder. Nach einer Weile, in der sie nur schlückchenweise Tee getrunken hatten, fragte er: „Wie oft kommt das vor?“

„Einmal pro Woche, manchmal auch öfter. Er wird jede Nacht wach, aber meistens schläft er gleich wieder ein, wenn ich hingehe und ihn zudecke. Heute war es richtig schlimm. Vielleicht, weil ich nicht da war.“

„Sei doch nicht so streng mit dir“, sagte er.

„Mir ist ja klar, dass es wahrscheinlich auch dann passiert wäre. Er hat diesen Nachtschrecken seit über einem Jahr, und ich habe keine Ahnung, woran es liegt. Wenigstens erinnert er sich morgens nicht mehr daran. Wenn ich ihm sage, dass er nachts aufgewacht ist, dann leugnet er es fast immer.

Malcolm schmunzelte. „Genauso dickköpfig wie seine Mama also?“

„Ich bin doch nicht dickköpfig“, sagte sie, woraufhin er sie durchdringend ansah und anblinzelte.

„Also gut, vielleicht bin ich ein bisschen dickköpfig. Und vielleicht war ich durch Em auch ein bisschen verwöhnt, denn sie war immer ein pflegeleichtes Kind“, erklärte sie.

„Außer als sie von der Schule geflogen ist“, wandte er ein. Als Serena ihn daraufhin überrascht ansah, zuckte er nur mit den Achseln. „Tut mir leid, aber ich habe mich gefragt, wieso du sie mitten im Schuljahr die Schule wechseln lässt, und Muriel hat es mir gesagt.“

„Ich weiß immer noch nicht, was ich davon halten soll.“ Durch die friedliche Zeit auf *Skye*, die sie bis jetzt erlebt hatten, war die Angelegenheit für sie schon fast vergessen gewesen. „Sie hat noch nie in ihrem Leben auch nur mit einem einzigen Menschen Probleme gehabt. Jeder mag sie. Warum hat sie also in der Schule Streit gesucht? Und warum will sie mir den Grund dafür nicht sagen?“

„Vielleicht will sie jemanden schützen“, meinte Malcolm. „Em kommt mir nicht wie ein Kind vor, das absichtlich dickköpfig ist, so wie seine Mutter.“

Serena zog eine Grimasse in seine Richtung, aber durch sein Scherzen wurde ihr etwas leichter ums Herz. „Sie kommt in dem Gälisch-Kurs anscheinend sehr gut zurecht, aber ich weiß immer noch nicht, wie es im nächsten Jahr weitergehen soll. Finde ich eine andere freie Schule? Oder geht sie auf eine Privatschule? Auf ein Internat kommt sie auf gar keinen Fall, auch nicht, wenn sie älter ist."

„Serena." Malcolm nahm über den Tisch hinweg ihre Hand und drückte sie. „Vielleicht solltest du dich nur dieses eine Mal einfach zurücklehnen und vertrauen. Ich kann deinen Wunsch, alles zu planen, gut verstehen, aber bei manchen Dingen im Leben muss man einfach vertrauen."

„Blindes Vertrauen hat bei mir schon zu ein paar sehr schlechten Entscheidungen geführt. Ich halte lieber selbst die Augen offen."

Offenbar glaubte er, dass sich schon alles von selbst zurechtlaufen würde, wenn man eine Sache nur durchzog – und das galt offenbar auch für ihre Beziehung. Er war zu klug, um ihren Widerstand ihm gegenüber nicht zu spüren, und ihm war bestimmt auch klar, dass es da einen Zusammenhang gab.

Aber statt das Thema zu forcieren, kam er um den Tisch herum zu ihr und zog sie hoch. „Ich lasse dich jetzt erst mal schlafen. Sehen wir uns morgen?"

„Morgen?"

„Du machst uns doch mit Davy und Glenn bekannt, oder?"

Serena schüttelte ihre Melancholie ab. „Ja klar. Entschuldige. Ich muss die Kinder mitnehmen, also fahren wir am besten mit meinem Wagen, wenn euch das recht ist, ja?"

„Auf jeden Fall."

Als er sie an sich zog und ihr einen langen Kuss gab, löste sich ihre Anspannung ganz langsam, und sie schlang ihre Arme um seinen Bauch.

„Lass mich einfach tun, was ich kann, okay?"

Sie schluckte und nickte. „Ich versuch's."

Es folgten noch ein paar Küsse mehr auf dem Weg zum Ausgang und dann vor der Tür, aber als sie die Tür hinter ihm schloss, wurde Serena das Gefühl nicht los, dass ihr die Dinge schnell entglitten.

18

Malcolm wurde vor seinem Wecker wach. Er war irgendwie erwartungsvoll und konnte dieses Gefühl nicht recht einordnen, bis er sich wieder an die Pläne für den Tag erinnerte. Kylee hatte von nichts anderem mehr gesprochen, als er am vergangenen Abend nach Hause gekommen war, und sehr viel Zeit darauf verwendet, ihr Outfit für den Tag auszusuchen. Nachdem er noch einmal jeden Moment des Dates mit Serena rekapituliert hatte, war ihm das Einschlafen schwerer gefallen, als er zugeben mochte.

Er wusste immer noch nicht so recht, was er von ihren Reaktionen halten sollte. Sie mochte ihn sehr, aber sie hielt ihn immer noch auf Abstand, wenn sie in ihren Gesprächen auch nur in die Nähe von etwas Ernsthaftem oder Persönlichem kamen. Vielleicht war sie ja aus Sorge um ihre Kinder so zurückhaltend, und wenn es so war, dann konnte er ihr das wirklich nicht verübeln. Aber es schien so, als würde sie körperliche Nähe viel bereitwilliger zulassen als seelische.

Gleichzeitig war er aber auch ziemlich sicher, dass Männer so einen Unsinn nicht einmal denken sollten.

Verärgert schüttelte er den Kopf, stand auf, ging zu Kylees geschlossener Zimmertür, klopfte an und sagte laut und vernehmlich:

„Zeit zum Aufstehen, Kylee. Du willst doch heute nicht zu spät kommen, oder?“

„Ich bin schon auf“, antwortete sie. Das glaubte er ihr aufs Wort, bestimmt war sie bereits seit dem ersten Morgengrauen mit dem Finetuning ihres Outfits beschäftigt.

20 Minuten später – er war mittlerweile schon geduscht und hatte sich Jeans und ein etwas schickeres Hemd angezogen – war Kylee immer noch nicht aus ihrem Zimmer gekommen, aber jetzt drang immerhin schon Musik aus ihrer Stereoanlage bis hinaus auf den Gang. Er klopfte noch einmal und rief durch die geschlossene Tür: „Ich hole uns schnell was zum Frühstück. Sei bitte um halb acht fertig, ja?“

„Okay“, schrie sie ihm über das Wummern der Bässe zu.

Unten angekommen nahm er seine Schlüssel vom Schlüsselbrett im Flur und stieg ins Auto. Er wusste nicht, was dieses Treffen bringen würde, aber Kylee nahm es jedenfalls sehr ernst. Etwas von Profimusikern zu lernen, war eine Chance, die sie sich nicht entgehen lassen würde. Jedenfalls waren sie Serena etwas schuldig dafür, dass sie dieses Treffen arrangiert hatte.

Es gab eine ganze Reihe von Cafés und Restaurants in *Broadford*, die Frühstück anboten, doch er fuhr stattdessen zu einem winzigen Kiosk direkt an der Bucht. Eigentlich war es nicht mehr als eine Art Marktstand mit handgeschriebenen Schildern, bei dem schon die Farbe abblätterte, aber dort gab es nicht nur die besten *Fish and Chips* der Insel, sondern morgens auch die besten süßen Teilchen und Brötchen.

„Malcolm!“, begrüßte ihn die Betreiberin lächelnd, eine hübsche Frau Mitte 20 mit schwarz gefärbtem Haar und einem Ring in der Nase, als er an den Verkaufstresen trat. „Was hättest du denn gerne?“

„Morgen, Amy. Sechs Himbeer-Brioches und zwei große Becher Kaffee. Die dunkle Röstung.“

„Habt ihr übers Wochenende Besuch?“

„Nein, wir machen einen Tagesausflug mit Freunden." Das stimmte zwar nicht so ganz, aber es war allgemein genug formuliert, um keine weiteren Fragen zu provozieren.

Amy ging zu einem der Backbleche hinter dem Tresen und zählte sechs mit rötlichen Punkten gesprenkelte Hefebrötchen in eine weiße Papiertüte. Dann pumpte sie den Kaffee aus einer Gastronomie-Thermoskanne in zwei Becher.

Als sie ihm das Wechselgeld gab, sah sie ihn mit mitfühlendem Blick an und fragte: „Wie geht es denn übrigens Kylee?"

„Den Umständen entsprechend ganz gut. Es dauert eben, sich an die neue Situation zu gewöhnen." Amy hatte Nicola gekannt – im Grunde hatte Malcolm durch sie überhaupt erst von dem Kiosk hier erfahren –, aber er hatte das Gefühl, dass ihre Fragen wenig mit ihrer tatsächlichen Sorge um seine Nichte zu tun hatten.

„Wenn du was brauchst, du weißt ja, wo du mich findest", sagte sie.

„Danke für das Angebot, aber wir kommen eigentlich ganz gut zurecht. Tschüss Amy."

Als Abschiedsgruß hob er einen der Kaffeebecher ein bisschen höher und ging dann wieder auf die andere Straßenseite zu seinem Wagen. Ihr Interesse amüsierte und überraschte ihn gleichermaßen. Wie lange sie wohl schon mit ihm flirtete, ohne dass er es überhaupt gemerkt hatte? Kylee hatte recht. Er hatte wirklich ein dickes Fell. Aber er war so sehr damit beschäftigt gewesen, die Sache mit seiner Nichte und dem Hotel einigermaßen hinzubekommen, dass erst Serena und ihre hinreißend kratzbürstige Art nötig gewesen waren, um seine Aufmerksamkeit zu wecken.

Malcolm lächelte vor sich hin, als er den Kaffee in die Becherhalter im Wagen stellte und dann losfuhr. Er war überzeugt, dass zwischen ihm und Serena nichts passiert wäre, wenn sie ihn nicht an dem ersten Abend geküsst hätte. Und obwohl er seitdem sehr aufgepasst hatte, sie nicht zu sehr zu drängen, hielt sie sich nicht im Geringsten zurück. Er hatte immer mehr den Eindruck, dass sie zu den Frauen gehörte, die alles für einen Mann taten, wenn man erst einmal ihr Vertrauen gewonnen hatte.

Aber einer solchen Hingabe musste sich ein Mann auch als würdig erweisen.

Als er wieder zu Hause war, stellte Malcolm seinen Wagen hinter Kylees, brachte die Kaffeebecher und die Brötchen ins Haus und rief: „Bist du fertig, Kylee?"

Mit einer Fransentasche über der Schulter kam sie sofort die Treppe heruntergepoltert. Er schaute kurz, ob sie angemessen gekleidet war, so wie er es schon fast automatisch tat, wenn sie irgendwo hinging, aber außer ein bisschen mehr Make-up und etwas Schmuck, der sie etwas rockiger als normalerweise wirken ließ, sah sie aus wie immer.

„Können wir los?", fragte er.

Er bemerkte, dass sie nervös schlucken musste, bevor sie antwortete: „Klar."

„Entspann dich", sagte Malcolm und zauste ihr durchs Haar, was einen kleinen Aufschrei bei ihr auslöste. „Das sind Freunde von Serena, also sind sie bestimmt nett. Weißt du denn schon, was du sie fragen willst?"

„Ja, irgendwie schon", antwortete Kylee und atmete einmal tief durch.

Es war eine gute Übung für sie. Weil die Unis, an denen sie sich beworben hatte, weit entfernt waren, hatte sie per Video vorgespielt, aber wenn sie wirklich als Musikerin arbeiten und Karriere machen wollte, musste sie sich daran gewöhnen, vor Menschen aufzutreten. Kylee nahm ihren Gitarrenkoffer, der schon neben der Tür stand, und dann gingen sie rüber zu Serenas Haus. Schon bevor sie anklopfen konnten, ging die Tür auf und Serena begrüßte sie beide, aber ihr Blick ging rasch zu Malcolm.

„Kommt doch herein. Ich habe für euch Porridge mitgekocht, falls ihr Hunger habt. Wir haben noch ein paar Minuten Zeit, bevor wir aufbrechen müssen."

„Also eigentlich haben wir Frühstück mitgebracht", sagte Kylee, und Malcolm reichte Serena den Becher mit Kaffee. „Ich bin dir viel mehr schuldig als Kaffee und süße Brötchen, wenn ich das jemals wiedergutmachen will."

Malcolm musste ein Lächeln unterdrücken, weil Kylee den Eindruck erweckte, die Idee mit dem Frühstück stamme von ihr. Auch in Serenas Blick bemerkte er eine gewisse Belustigung, aber sie sagte nur freundlich: „Vielen Dank, Kylee, aber ich freue mich wirklich, wenn ich dir helfen kann. Ich glaube, Davy und Glenn können dir viele wertvolle Tipps geben."

„Malcolm!", rief Em und kam aus der Küche angerannt, unmittelbar gefolgt von Max. „Hast du uns was mitgebracht?"

„Also wirklich, was sind denn das für Manieren?", schalt Serena, aber Malcolm lachte nur.

„Ab in die Küche. Ich glaube, eure Mutter möchte nicht, dass ihr im Wohnzimmer esst." Er hielt verstohlen die Tüte auf, damit Serena einen Blick hineinwerfen konnte, bevor sie die Küche betraten. „Ich habe nur Süßes gekauft. Ist das okay?"

„Ja, das ist gut." So wie sie lächelte, hätte man meinen können, dass er viel mehr mitgebracht hatte als nur ein paar Brioches, aber vielleicht lag es auch an der Tatsache, dass er sie in die Tüte hatte schauen lassen, bevor er den Kindern die Leckerei anbot.

Serena ging in die Küche, um sich noch Zucker in ihren Becher mit Kaffee zu rühren, und nahm dann eine kleine Tüte Milch aus dem Kühlschrank. „Möchtest du auch?"

„Nein, ich trinke meinen schwarz."

„Sehr amerikanisch", bemerkte sie frotzelnd.

„Ach ja? Tee trinke ich mit Milch und Zucker, also bin ich bei dem, was wirklich wichtig ist, immer noch Schotte.“ Er griff an ihr vorbei, um einen Teller aus dem Schrank zu nehmen, berührte sie dabei bewusst einen kurzen Moment lang und legte seine Hand an ihre Taille. Der Seitenblick, den sie ihm dabei zuwarf, weckte bei ihm den Wunsch, sie ein paar Minuten für sich zu haben, ohne neugierige Kinderaugen, doch er nahm nur den Teller aus dem Schrank und stellte ihn auf den Tisch.

„Bedient euch, solange sie noch warm sind“, sagte er, woraufhin die drei sich wie ausgehungert über die Brötchen hermachten.

Malcolm nahm zwei Brötchen, legte sie jeweils auf einen Teller und hielt einen davon Serena hin.

„Die mit Himbeeren mag ich am liebsten“, sagte sie, biss ab und verdrehte genüsslich die Augen. „Die sind wirklich fantastisch.“

„Ich dachte, du hättest Schokolade am liebsten.“

„Knapp an zweiter Stelle. Ich mag alles, was süß ist. Aber man hat ein Backproblem, wenn man Kinder hat, die vor der vollen Keksdose sitzen und jammern, weißt du?“

„Irgendwie glaube ich das nicht“, sagte er daraufhin nur und verlagerte seinen Blick auf Max, der eine Himbeerspur um den Mund und bis hinunter zum Kinn hatte.

„Em ist kein solches Süßmäulchen. Sie fragt sogar manchmal, ob sie Gemüse haben kann.“ Serena nahm ein Papiertuch, feuchtete es unter dem Wasserhahn ein wenig an und wischte Max rasch den Mund ab, bevor etwas von den Himbeeren auf seine Kleidung geraten konnte.

„So, in fünf Minuten geht es los, ihr Lieben, Wir wollen doch nicht zu spät kommen, oder?“

Malcolm schaute zu, wie Serena mit geübten Handgriffen erst ihren Kindern das Gesicht abwischte und dann den Tisch abräumte. Sie war eine gute Mutter. Er hätte nie gedacht, dass ihm diese Eigenschaft überhaupt einmal bei jemandem auffallen würde, auch wenn er

Nicola dafür bewundert hatte, mit welcher Lockerheit sie Kylee versorgt und erzogen hatte.

Dabei wurde ihm auch bewusst, wie Serenas Alltag und ihr Leben allgemein wahrscheinlich aussah. Immer beschäftigt, aber weitgehend ohne Dank oder Anerkennung. Sie hätte sich ohne Weiteres ein Au-pair-Mädchen leisten können, hatte aber entschieden, alles selbst zu machen, und das bewunderte er ungemein.

Als er jetzt noch einmal daran dachte, wie er ihre Einstellung hinterfragt und einfach behauptet hatte, sie habe den Komplex, keine Hilfe annehmen zu können, verspürte er leichte Schuldgefühle. Oberflächlich betrachtet konnte sie sich vielleicht nicht beklagen, aber er musste jetzt auch wieder daran denken, wie sie am vergangenen Abend in Tränen aufgelöst in seinen Armen gelegen hatte. Wahrscheinlich hatte sie unzählige lange, einsame Nächte hinter sich, in denen sie die Last, zwei Kinder alleine großzuziehen, besonders schmerzlich empfand. Sie hatte jemanden verdient, der ihr etwas von dieser Last abnahm, und Max und Em hatten einen Vater verdient.

In diesem Moment wurde ihm mit erschreckender Klarheit bewusst, wie ernst es ihm mit dieser Frau war.

„Also, sind alle fertig?", fragte Serena jetzt, klatschte dabei in die Hände, und Em und Max standen zögernd von ihren Stühlen auf. Sie half ihnen, ihre Jacken anzuziehen, und ging dann voraus zum Auto.

„Tut mir leid, Kylee, aber du musst dich mit den beiden hinten auf die Rückbank quetschen. Ich habe Ems Sitz in die Mitte gerückt, damit du wenigstens einen Fensterplatz hast, aber deine Gitarre muss in den Kofferraum."

Als das Instrument dort sicher verstaut war und alle angeschnallt waren, fuhr Serena rückwärts von der Auffahrt und dann Richtung *Portree*. Es dauerte nicht lange, da spielte Kylee schon Ich-sehe-was-was-du-nicht-siehst mit den beiden Kindern.

„Sie ist wirklich ein liebes Mädchen", flüsterte Serena Malcolm zu.

„Das ist nicht mein Verdienst", flüsterte er zurück. „Nicola und Richard waren großartige Eltern."

„Das kann ich mir vorstellen. Aber wenn man bedenkt, was sie alles hinter sich hat, wirkt sie sehr ausgeglichen und positiv. Ich glaube, du machst das gut mit ihr. Ich weiß ja, was du alles aufgegeben hast, um es zu ermöglichen."

Er legte ganz kurz seine Hand auf ihre, als sie gerade schaltete, drückte sie kurz und ließ wieder los. Er hatte nur getan, was in der Situation notwendig und für ihn selbstverständlich gewesen war. Aber dass ihr bewusst war, was für ein Opfer er dafür gebracht hatte, fühlte sich gut an.

Er hatte die große Verantwortung am Anfang nur widerstrebend übernommen, ganz besonders, nachdem Teresa ihm sehr deutlich zu verstehen gegeben hatte, dass er es ihr nicht wert war, mit ihm nach Schottland zu gehen, und sie auch nicht bereit war, auf ihn zu warten. Wenn er jetzt daran dachte, dass er wirklich geglaubt hatte, sie würden eines Tages heiraten … Mittlerweile war ihm klar, dass ihre Prioritäten und ihre Vorstellungen vom Leben viel zu unterschiedlich gewesen waren, als dass eine langfristige Beziehung jemals hätte funktionieren können.

Davys und Glenns Haus lag in einer Wohngegend mit vielen kleinen Stadthäusern, die mit ihren weiß verputzten Fassaden eines wie das andere aussahen. Das war das *Skye*, von dem die meisten Urlauber gar nichts wussten. In den Prospekten wurden nur die malerischen, alten kleinen Häuser mit atemberaubendem Blick auf die Bucht gezeigt, nicht diese modernen Wohnviertel, die übersät waren mit Fernsehantennen und blauen Mülltonnen.

Vor einem Reihenendhaus mit einem silbernen Kombi davor hielt Serena an. Malcolm musste sich ein Lächeln verkneifen. Das musste doch eigentlich Kylees Fantasien darüber, mit ihrer Musik ganz schnell reich zu werden, im Keim ersticken. Davy und Glenn gehörten eindeutig zur Mittelschicht und lebten nicht schlecht, aber auch nicht luxuriös. Für Malcolm war das ein gutes Zeichen. Teenager träumten vielleicht von Reichtum und Ruhm, aber Eltern und andere Erziehungsberechtigte hatten Albträume von ungezieferverseuchten Wohnungen und davon, wie ihre Schutzbefohlenen irgendwann die Straßen nach kleinen Münzen und leeren Pfandflaschen absuchten.

Serena stieg aus und holte Kylees Gitarre aus dem Kofferraum, bevor sie Max aus seinem Kindersitz hob. Kylee nahm ihre Gitarre und folgte Serena ganz langsam zum Haus. Ihr war deutlich anzumerken, wie nervös sie war. Malcolm stupste sie mit einem aufmunternden Lächeln ein bisschen vorwärts, während Serena schon an die Tür klopfte, die fast im selben Moment aufging.

Malcolm wusste gar nicht so genau, wie er sich Davy vorgestellt hatte, jedenfalls nicht so wie diese völlig normal aussehende Frau. Sie war groß und hübsch, hatte kurzes schwarzes Haar und trug Jeans mit einer bedruckten Bluse im 40er-Jahre-Stil.

„Serena!“, begrüßte Davy ihre Freundin herzlich und umarmte sie kurz, bevor sie sich dann den Kindern zuwandte. „Ich glaub's ja nicht. Ihr seid Em und Maxie? Ich habe euch fast nicht wiedererkannt. Als ich euch das letzte Mal gesehen habe, wart ihr noch so klein.“ Sie richtete sich wieder auf und lächelte dann die beiden Gäste an, die sie noch nicht kannte. „Dann müsst ihr also Malcolm und Kylee sein. Kommt doch erst einmal alle herein.“

Malcolm stupste Kylee die beiden Stufen zum Eingang hinauf, der in ein sehr modernes Stadthaus führte. Die Wände und die hohen Decken waren strahlend weiß gestrichen, und das Wohnzimmer war modern eingerichtet. An den Wänden hingen farbenfrohe Bilder.

„Setzt euch doch“, lud Davy sie ein und deutete auf ein eckiges Ledersofa. „Ich sage Glenn rasch Bescheid, dass ihr da seid.“

Kylee hockte sich ganz vorn auf die Sofakante, während Max schnurstracks zu der Katze ging, die auf einem der Sessel lag und döste. „Mieze!“

Die Katze war immer noch dabei zu entscheiden, ob sie den kleinen Jungen dulden wollte oder nicht, als Davy auch schon mit einem Tablett mit Plätzchen und einer gemütlichen Teekanne zurückkam, dicht gefolgt von einem schlanken Mann mit kahlem, glatt rasierten Kopf. Mit seinen Ohrsteckern und mehreren Tattoos auf den Unterarmen entsprach er dem typischen Bild eines Musikers viel eher als seine Frau.

Während Davy das Tablett auf den Tisch stellte, gab der Mann Malcolm die Hand.

„Glenn“, stellte er sich vor.

„Ich bin Malcolm. Freut mich, Sie kennenzulernen. Das hier ist meine Nichte Kylee.“

„Hi Kylee.“ Glenn nickte ihr freundlich zu, kam aber nicht näher. „Schön, dass ihr kommen konntet. Serena hat gesagt, ihr habt Fragen zu einer Karriere als Berufsmusikerin.“

„Nur, wenn es Ihnen recht ist“, sagte Kylee, und es kam eher wie ein leises Krächzen heraus.

„Also wirklich, Glenn.“ Davy warf ihrem Mann einen durchdringenden Blick zu. „Jetzt lass uns doch erst einmal Tee trinken und ein paar Plätzchen essen. Komm, setz dich doch zu mir, Kylee. Ich glaube, die werden dir schmecken. Das ist Lavendel-*Shortbread.* Als Serena mir das Rezept gegeben hat, habe ich erst gedacht, sie ist verrückt geworden, aber die sind wirklich lecker.“

Serena und Davy schenkten Tee ein und reichten die Plätzchen und das *Shortbread* herum, und nachdem alle das *Shortbread* probiert hatten, das wirklich sehr lecker war, stellte Davy ihre Tasse ab und wandte sich Kylee zu. „Also, dann erzähl doch mal ein bisschen von deiner Musik. Serena hat erzählt, du bist Singer-Songwriterin.“

Malcolm merkte, wie Kylees sich wieder verspannte. „Ja", antwortete sie schüchtern.

„Gibt es denn einen Künstler oder eine Künstlerin, die dein Vorbild ist?"

Danke, Davy, dachte Malcolm. Und jetzt erzählte Kylee sofort begeistert von ihren Lieblingssängern und -sängerinnen, und kurz darauf zeigte sie auch schon mithilfe ihrer Gitarre, was ihr besonders gefiel, sodass Glenn seine eigene Gitarre holte, um sie zu begleiten.

Malcolm nahm Serena beiseite und flüsterte: „Die beiden sind fantastisch. Ich weiß gar nicht, wie ich dir danken soll. Kylee ist total in ihrem Element."

„Davy und Glenn werden sie gut beraten. Ich geh mal ein bisschen mit Max und Em nach draußen, ja? Die beiden werden langsam unruhig."

„Ich glaube, ich bleibe lieber erst mal hier."

„Das würde ich auch tun." Sie berührte kurz seinen Arm, bevor sie ihre Kinder nahm und mit ihnen nach draußen ging. Malcolm lehnte sich mit seiner Teetasse in der Hand zurück und schaute Kylee zu, die mit leuchtenden Augen und völlig versunken Glenn zuhörte.

Ja, er hatte Opfer gebracht, aber für ihn bestand in diesem Moment kein Zweifel daran, dass sie sich gelohnt hatten.

Serena saß auf einer niedrigen Steinmauer und schaute zu, wie Em und Max mit Stöcken und Steinen spielten, die sie in Davys und Glenns Vorgarten gefunden hatten.

Als sie etwa eine halbe Stunde draußen war, kam Davy heraus und setzte sich zu ihr auf die Mauer. „Du hast recht. Sie ist gut", sagte sie.

„Ja, das habe ich mir schon gedacht, aber ich bin ja keine Fachfrau, was Musik angeht."

„Ihren Gesang kann Glenn besser beurteilen als ich“, fuhr Davy fort. „Aber wenn man bedenkt, dass sie sich das Gitarrespielen weitgehend selbst beigebracht hat und jetzt schon so gut ist, dann ist sie auf jeden Fall ein Naturtalent.

„Und jetzt redet Glenn gerade mit ihr?“

„Er versucht, ihr eine realistische Vorstellung davon zu vermitteln, wie ein Musikstudium an der Uni läuft und was sie braucht, wenn sie es als Berufsmusikerin schaffen will.“

Serena warf Davy einen schiefen Blick zu und sagte: „Ich hoffe, das schreckt sie nicht ab. Er kann da ziemlich deutlich werden.“

„Es ist ja auch ein brutales Geschäft“, gab Davy zu bedenken. „Wenn sie sich leicht abschrecken lässt, dann ist es besser, wenn sie gleich erfährt, wie es läuft, so lange sie sich noch anders entscheiden kann. Seinen Lebensunterhalt mit Musik zu bestreiten, bietet selbst in guten Zeiten keine große Sicherheit.“

Obwohl Davys Worte gar nicht Serena galten, versetzten sie ihr einen Stich. Sie nickte nur und sagte: „Ich bin euch was schuldig.“

„Gern geschehen“, sagte Davy, legte dann ihren Kopf auf die Seite und musterte Serena eindringlich. „Also, was bedeutet dir denn dieser Malcolm? Und jetzt erzähl mir bloß nicht – wie neulich am Telefon –, dass er dein Angestellter ist.“

„Das ist er aber wirklich“, erklärte Serena lächelnd.

„Aber doch nicht nur.“

„Nein, nicht nur.“ Als Davy sie daraufhin erwartungsvoll ansah, zuckte sie mit den Schultern. „Wir treffen uns manchmal. Nichts Ernstes.“

„So sehr ‚nichts Ernstes‘, dass du dich für seine Nichte einsetzt?“

Serena überlegte erst sehr genau, was sie sagen sollte, bevor sie antwortete. „Ich mag ihn, sehr sogar. Aber ich werde nur für den Sommer hier sein, und wir haben beide Verpflichtungen. Ich habe keine Ahnung, was aus der Sache wird.“

„Als Glenn und ich uns kennengelernt haben, lebte er in *Edinburgh* und ich war hier auf *Skye*. Irgendwie haben wir es trotzdem geschafft. Damit will ich dich gar nicht drängen, sondern ich will damit nur sagen, dass solche Dinge ihre ganz eigene Art haben, sich von selbst zu regeln, wenn man motiviert ist und es wirklich will." Davy schwieg einen Moment lang und schaute zu, wie Em so tat, als würde sie vor ihrem quietschenden kleinen Bruder davonlaufen. „Und wie läuft es sonst so?"

„Ach, weißt du, insgesamt geht es uns gut." Auf die Einzelheiten, die sie nach *Skye* gebracht hatten, ging sie nicht weiter ein, denn Davy und sie waren zwar immer noch Freundinnen, aber nicht mehr so eng und vertraut miteinander wie früher.

In diesem Moment öffnete sich auch schon die Haustür und Malcolm tauchte darin auf. Obwohl er wahrscheinlich Davy wieder hereinholen sollte, sah er erst einmal nur sehr lange Serena an, sodass sich ihr Herz schon wieder ein kleines bisschen zusammenzog.

„Sieht so aus, als ob ich drinnen gebraucht werde", sagte Davy, stand von der Mauer auf, schaute zwischen Malcolm und Serena hin und her und lächelte. „Ich habe das Gefühl, dass ihr das schon irgendwie hinkriegt."

Serena stand auf, aber bevor sie Davy ins Haus folgen konnte, saß Malcolm schon neben ihr auf der Mauer.

„Wie läuft's denn da drinnen?", fragte Serena.

„Na ja, jetzt, da Kylee ihre Scheu vor dem echten Musiker überwunden hat, ist sie ganz und gar in ihrem Element. Besonders seit sie erfahren hat, dass Glenn auf dem letzten Studioalbum von *April Chaos* mitgespielt hat. Möglicherweise findet da gerade ein klitzekleines bisschen Heldenverehrung statt."

Serena lachte. „Ich freue mich, dass das Treffen ihr und euch weiterhilft. Fantastisch, wie viel Talent hier auf unserer kleinen Insel vorhanden ist, oder?"

„Absolut", sagte Malcolm, drückte ihre Hand, bevor er wieder aufstand und fortfuhr: „Ich geh mal lieber wieder hinein. Ich wollte dir auch nur sagen, dass wir in ein paar Minuten aufbrechen können."

„Wir kommen gleich nach", versprach Serena und sah ihm hinterher, wie er durch den Garten wieder zurück zum Haus schlenderte, aber sie stand nicht sofort auf. *Unsere kleine Insel* hatte sie gesagt. Sie lebte zwar jetzt schon so lange nicht mehr hier, dass sie aufgehört hatte, die Insel als Heimat für sich zu beanspruchen, aber durch den vergangenen Monat war ihr wieder klar geworden, was sie an *Skye* so liebte. Die Freundlichkeit der Menschen, und dass es hier keine Menschenmassen gab. Wäre es wirklich so schlimm hierzubleiben?

Bis jetzt hatte sie sich noch keine weiteren Gedanken darüber gemacht, in welche Richtung ihre Beziehung zu Malcolm gehen könnte, weil sie so sicher gewesen war, dass die ganze Sache eine Sommerromanze bleiben musste. Tatsache war aber auch, dass nach dem Sommer nirgends ein Job auf sie wartete, sie durch Ems Schule nicht mehr festgelegt war, wo sie wohnen mussten, und der Entschluss, das Haus in *Nairn* zu verkaufen, sowieso feststand. Was würde wohl passieren, wenn sie aufhörte, diese Faktoren als Entschuldigung zu benutzen, sich nicht fester zu binden?

Dieser Gedanke begeisterte und erschreckte sie zugleich. Das einzige Mal, dass sie ihre Vorsicht außer Acht gelassen und ihr Herz verschenkt hatte, hatte zu einer zehn Jahre dauernden, sehr schwierigen Ehe geführt. Aber Malcolm war ganz anders als Edward, und außerdem waren sie ja auch noch gar nicht an einem Punkt, wo das von Bedeutung wäre. Sie wollte diesem *Etwas* die Chance geben, sich ganz natürlich zu entwickeln. Das konnte doch nicht schaden, oder?

Kylee redete die gesamte Rückfahrt nach *Breakish* ununterbrochen und erzählte Malcolm und Serena haarklein alles, was Glenn und Davy gesagt hatten, einschließlich einer Analyse, welche unterschwellige Bedeutung das Gesagte ihrer Meinung nach hatte.

„Ich bin ziemlich sicher, sie haben das genauso gemeint, wie sie es gesagt haben", erklärte Malcolm, der sich auf dem Beifahrersitz umgedreht hatte und sie jetzt anlächelte. „Wenn Glenn gesagt hat, dass du Talent hast, du aber von einer Ausbildung am Konservatorium und ein paar Kursen im Fachbereich Musikproduktion profitieren könntest, dann hat er das wahrscheinlich genauso gemeint."

„Gut." Einen Moment lang sagte Kylee nichts. „Aber das Musikstudium in *Glasgow* ist fast ausschließlich auf Klassik ausgerichtet, und ich möchte nicht Opernsängerin werden."

Da wusste Malcolm, worum es ging. Das Studienangebot, von dem Glenn gesprochen hatte, war fast identisch mit dem Angebot von *Berkeley*, aber das Musikstudium an der *University of Glasgow* war völlig anders aufgebaut, und deshalb hatte Kylee das Gefühl, es könnte ihren künftigen Karrierechancen schaden, wenn sie nicht an die Uni ihrer Wahl ging.

„Ich weiß zufällig, dass man im dritten Studienjahr ein Auslandsjahr einlegen kann, also schreibe diese Unis auf keinen Fall gleich ab", riet ihr Malcolm. Als Kylee ihn daraufhin überrascht ansah, lachte er. „Was ist denn? Hast du gedacht, ich lese die Vorlesungsverzeichnisse nicht? Ich wage zu behaupten, dass ich über deine künftigen Kurse besser Bescheid weiß als du."

Da umspielte ein winziges Lächeln Kylees Mund, und als Malcolm sich wieder umdrehte, sah er, dass Serena ihn ebenfalls anlächelte. Ihm war gar nicht bewusst gewesen, dass er eine Bestätigung für seine Fähigkeiten im Umgang mit einem Teenager gebraucht hatte. Wenn Serena bemerkte, wie sehr er sich für Kylee engagierte, dann wurde ihr vielleicht auch klar, dass sie ihm vertrauen konnte.

Kylee nahm jetzt den Faden ihres Berichtes dort wieder auf, wo sie unterbrochen worden war, hier und da durchsetzt mit ein bisschen Heldenverehrung von Em. Als sie in die Zufahrt von Serenas Haus bogen, siegte einmal mehr Kylees Überschwang, denn in dem Moment, in dem Serena aus dem Auto stieg, umarmte Kylee sie stürmisch und sagte: „Das ist das Netteste, was jemals jemand für mich getan hat."

„Gern geschehen", sagte Serena lachend. „Freut mich, wenn ich behilflich sein konnte."

„Hey Kylee, du könntest doch schon mal nach Hause gehen", sagte Malcolm dann. „Ich komme gleich nach."

„Okay." Offenbar war Kylee noch so sehr mit dem beschäftigt, was am Vormittag passiert war, dass sie ihm gar nicht den üblichen wissenden Blick zuwarf. Sie winkte nur noch einmal kurz zum Abschied und machte sich dann auf den Weg.

Als Serena Max abschnallte, klammerte der kleine Kerl sich sofort wieder mit Armen und Beinen an sie und machte damit jede Hoffnung von Malcolm auf einen Moment unter vier Augen und vielleicht noch einen Abschiedskuss zunichte.

Er räusperte sich und sagte: „Ah … was ich noch sagen wollte … habt ihr vielleicht Lust … morgen mit uns in die Kirche zu kommen?"

Sie schien richtig erschrocken über diese Einladung. „In die Kirche?"

„Ja, du weißt schon, das großes Gebäude mit Buntglasfenstern, Lieder singen und so …"

„Ich weiß, was eine Kirche ist. Ich bin nur nicht … in welche Kirche gehst du denn?"

„In dieselbe Gemeinde, in die auch Muriel geht … und in die du früher auch selbst gegangen bist. Du erinnerst dich nicht, oder? Meine Mutter und Nicola und ich haben jahrelang immer ein paar Reihen hinter euch gesessen."

Jetzt wurde sie richtig rot und sah peinlich berührt aus. „An Nicola kann ich mich vage erinnern, aber an dich nicht. Du musst ein paar Jahre jünger sein als ich."

Ach ja, da war ja auch noch ihr Altersunterschied. „Macht dir das etwas aus?", fragte er deshalb.

Ganz langsam ging ein Lächeln über ihr Gesicht. „Nein, jedenfalls nicht so viel, wie es mir eigentlich ausmachen sollte."

„Gut." Trotz der Tatsache, dass sie ihren Sohn auf dem Arm hatte und Em nur ein paar Meter von ihnen entfernt stand, verspürte er die starke Versuchung, sie einfach hier und jetzt zu küssen, aber stattdessen fragte er: „Also, kommst du?"

Sie sah immer noch zögerlich aus, nickte dann aber und antwortete: „Okay."

„Großartig. Der Gottesdienst fängt um neun an. Ich halte dir einen Platz frei." Er zwinkerte ihr noch einmal zu, drehte sich dann um und ging los. Er hatte die Hälfte der Zufahrt bereits zurückgelegt, als sie ihm noch hinterherrief: „Warte, Kylees Gitarre ist noch hier!"

„Ach ja." Er kam zurück und wartete, während Serena den Kofferraum öffnete und den Gitarrenkoffer herausholte. Dabei sah er die Kisten, die sie zur Seite schob. „Was ist denn das alles?"

Sie drehte sich zu ihm um und empfand offenbar plötzlich Unbehagen. „Ach, nichts."

„Das sieht aber nicht aus wie nichts." Da lagen stapelweise aufgespannte Leinwände und Kästen mit Farben und Pinseln und Werkzeuge mit Holzgriffen, von denen er nicht wusste, was es war. „Du malst?"

„Ich habe mal gemalt."

„Ehemalige Malerinnen fahren aber normalerweise nicht ihre Utensilien in der Gegend herum", sagte er daraufhin vorsichtig.

Sie konnte ihm nicht in die Augen sehen. Deshalb nahm sie den Gitarrenkoffer aus dem Kofferraum, gab ihn ihm, schlug den Kofferraumdeckel wieder zu und sagte: „Dann bis morgen früh."

„Gut. Aber du versetzt mich nicht, ja? Ich denke nur an dein Seelenheil."

Sie lächelte ihn an, und die gerade noch deutlich zu spürende Anspannung hatte sich verflüchtigt. „Für mein Seelenheil ist gesorgt, vielen Dank. Jedenfalls war das so, bevor du mir über den Weg gelaufen bist. Und jetzt geh lieber. Wir sehen uns dann morgen in der Kirche."

Er grinste sie an und machte dann auf dem Absatz kehrt. Wieder war er nur ein paar Schritte gegangen, als er sich noch einmal umdrehte und sagte: „Serena? Danke noch mal. Du kannst dir gar nicht vorstellen, was das Kylee bedeutet hat."

Noch einmal zeigte sich dieses winzige Lächeln, als sie sagte: „Doch, ich glaube, das kann ich."

Als er mit der Gitarre seiner Nichte in der Hand nach Hause ging, fragte sich Malcolm, ob die Tatsache, dass Serena Kylee in ihren musikalischen Ambitionen unterstützte, mehr Gründe hatte als nur den Wunsch, einem Freund einen Gefallen zu tun.

19

Die Kirche, in die Serena und ihre Familie jahrelang gegangen waren, lag an einer ruhigen Straße in *Portree*. Es war ein Steinbau aus dem 18. Jahrhundert mit Bogenfenstern aus Buntglas, die in Serenas Kindheit ihre Fantasie beflügelt hatten. Nachdem sie dann von *Skye* weggezogen war, hatte sie auch Sonntagsgottesdienste in anderen Gemeinden besucht, aber diese winzige Dorfkirche ihrer Kindheit hatte etwas, was ihr ganz besonders heilig vorkam.

Bevor sie in den Gottesdienstraum ging, brachte sie Max noch in die Kleinkindergruppe und hatte eigentlich damit gerechnet, dass er protestieren würde, aber er setzte sich sofort zu einem kleinen Mädchen, das auf dem Teppich saß und mit Plastikdinosauriern spielte. Und auch Em ging bereitwillig, ja, fast begeistert in ihre Kindergruppe. Es war Serena selbst, die sich seltsam und unsicher fühlte, als sie dort ganz hinten im Mittelgang stand und die Bankreihen nach Malcolm und Kylee absuchte. Fast als hätte er gespürt, dass sie dort stand, drehte sich Malcolm genau in diesem Moment um, ließ seinen Blick durch die ganze Kirche schweifen und hob dann kurz die Hand. Sie ging rasch in seine Richtung und rutschte auf den Platz neben ihm.

„Guten Morgen", sagte er freundlich. „Du hast es also tatsächlich geschafft."

„Na ja, schließlich hast du dir Sorgen um mein Seelenheil gemacht."

„Und du hast mir daraufhin etwas ziemlich Gewagtes unterstellt."

Serena beugte sich vor, um Kylee zu begrüßen, die ein Kleid mit einer Strickjacke darüber trug und darin viel süßer aussah als in den zerrissenen Jeans mit dem Nietengürtel, die sie gestern getragen hatte. „Guten Morgen Kylee."

„Hi Serena", sagte sie. „Schön, dass du da bist."

„Danke, dass ihr mich dabeihaben wollt." Sie war zwar praktisch dazu genötigt worden, aber Malcolm konnte ja auch nicht wissen, dass Gott und sie in letzter Zeit eher nur oberflächlichen Kontakt hatten. Wobei ‚in letzter Zeit' eigentlich ein ganzes Jahrzehnt umfasste.

Der Gottesdienst war genauso, wie sie ihn in Erinnerung hatte. Er begann mit einem Lied des Kinderchores, dann bestieg ein Pfarrer, den sie nicht kannte, die Kanzel und hielt die Predigt. Die ganze Zeit war sie sich sehr bewusst, dass Malcolm neben ihr saß, aber er war so in die Predigt vertieft, dass sie schon dachte, er hätte sie ganz vergessen, bis er ihr mit den Fingern über den Handrücken strich.

Sie schaute fasziniert auf die Farben und Formen der Buntglasfenster, genau wie sie es schon als Kind getan hatte, sodass die Worte des Pfarrers nur noch ein Hintergrundgeräusch waren. Ein unerklärlicher Schwall von Gefühlen stieg in ihr auf. Sie hatte gehofft, dass es tröstlich und beruhigend sein würde, wieder hier zu sein, aber sie hatte die Macht ihrer Erinnerungen unterschätzt. Wie sie in den Monaten nach der Scheidung ihrer Eltern jeden Sonntag durch einen Tränenschleier die Buntglasfenster betrachtet hatte und sich dabei der auffälligen Abwesenheit ihrer Mutter und Ians neben sich auf der Kirchenbank so schrecklich bewusst gewesen war. Und wie sie die mitfühlenden Blicke der anderen Gemeindemitglieder bewusst ignoriert hatte. Ihre

Befangenheit war nur gemildert worden durch ihre Faszination von der Kirchenkunst und ihren Tagträumen darüber, was sie zeichnen und malen wollte, wenn sie wieder zu Hause war.

Es hatte damals so vieles gegeben, was sie nicht in Worte hatte fassen können, besonders nicht den Gemeindemitgliedern gegenüber, die es ja eigentlich gut meinten, sie aber entweder wie eine Halbwaise behandelten, die von ihrer Mutter verlassen worden war, oder als abschreckendes Beispiel für die Übel einer Scheidung. Sie hatte das damals alles immer wieder so lange in ihrem Inneren angestaut, bis es überschwappte und in Öl, Kreide oder Aquarellfarben wieder zum Vorschein kam. Sie musste ihrem Vater und Muriel zugutehalten, dass sie sie damals einfach hatten machen lassen, auch wenn die Themen ihrer Kunstwerke verstörend waren.

Und dann war dieses Aufwallen von Gefühlen irgendwann vorbei gewesen, wie ausgetrocknet. Abgeriegelt wie eine verlassene Kirche, deren Farben man nie wieder sehen würde.

„Alles in Ordnung?“, flüsterte ihr Malcolm ins Ohr.

In dem Moment merkte sie, dass sie ihre Zähne auf die Unterlippe presste, damit sie nicht bebte. Sie nickte nur ganz kurz und richtete sich auf, fest entschlossen, sich jetzt wieder auf die Predigt zu konzentrieren.

Am Ende des Gottesdienstes fühlte sie sich seltsam wund. Sie setzte ein freundliches Lächeln auf, als sie mit Malcolm und Kylee ins Foyer der Kirche ging, aber ihre Hoffnungen, rasch dort wegzukommen, verflüchtigten sich, als sie im Blick mehrerer älterer Gemeindeglieder ein vages Wiedererkennen wahrnahm. Eine grauhaarige Frau löste sich aus einer Gruppe und kam auf sie zu. „Serena MacDonald?“

„Hallo Mrs MacDonald“, sagte Serena und war sich der seltsamen Anrede gar nicht bewusst. Sie mochte zwar den gleichen Nachnamen tragen, hatte aber sonst absolut nichts mit der Frau zu tun. Die

MacDonalds gab es seit 1000 Jahren auf *Skye*. „Ich heiße jetzt Serena Stewart“, korrigierte sie die Frau.

„Ach ja, richtig.“ Die Miene von Mrs MacDonald wechselte jetzt zu Mitgefühl, und sie tätschelte Serenas Arm. „Ich habe das von Ihrem Mann gehört. Sie Ärmste. Warum sind Sie nicht gleich zurückgekommen? Wissen Sie, Jamie ist auch wieder hergekommen, obwohl er ja Sachen angestellt hat …“

Serena lächelte. Es gab wahrscheinlich kein älteres Gemeindemitglied, das sich nicht daran erinnerte, wie Jamie das Auto des Pfarrers einmal mit Klebeband eingewickelt hatte – oder an all die anderen Streiche, durch die er im Grunde permanent Ärger gehabt hatte.

„Ich kann Ihnen versichern, dass ein ziemlich verantwortungsbewusster Erwachsener aus ihm geworden ist“, sagte sie deshalb.

„Ach, das weiß ich doch, meine Liebe.“ Erst da schien Mrs MacDonald Malcolm zu bemerken, der mit Kylee bei Serena stand. „Ach, hallo Malcolm. Sind Sie beide zusammen hier?“ Der Blick der Frau bekam etwas Argwöhnisches, als sie zwischen den beiden hin und her schaute.

„Nein, eigentlich nicht“, sagte Serena im selben Moment, als Malcolm mit einem klaren „Ja“ antwortete.

„Wir sind Nachbarn“, erklärte Serena. „Und dann arbeitet er natürlich im Hotel. Er hat gedacht, es würde höchste Zeit für mich, der Gemeinde mal wieder einen Besuch abzustatten.“

„Er ist ein guter Junge. Wissen Sie, es könnte Ihnen wirklich Schlimmeres passieren, als mit einem so feinen Kerl wie Malcolm zusammen zu sein. Ich habe auch meiner Enkelin Eisley schon gesagt, dass sie ihn einmal besser kennenlernen sollte …“

„Eisley ist eher hinter dem Kerl vom Supermarkt her“, unterbrach Malcolm da die Frau ganz ruhig, gab ihr die Hand, senkte die Stimme und sagte laut genug, dass Serena es noch hören konnte: „Aber machen Sie sich keine Sorgen um mich, ich arbeite an ihr.“

Er arbeitete an ihr? Mit finsterer Miene und gerunzelter Stirn sah Serena ihn an, verabschiedete sich von Mrs MacDonald und verließ dann den Vorraum, ohne ein weiteres Wort zu Malcolm zu sagen. Als sie mit Max und Em im Schlepptau wieder zurückkam, stand er alleine dort und wartete mit ratloser Miene auf sie.

„Du bist sauer auf mich, oder?"

„Ich bin nicht sauer auf dich", sagte sie, zog ihre Kinder mit zum Ausgang und hoffte, dass er nicht hinterherkam, aber er folgte ihr die Treppe hinunter, hinaus in den beißend kalten Wind.

„Und warum redest du dann nicht mit mir?"

Am Fuß der Treppe blieb sie stehen, senkte die Stimme und sagte: „Ich hätte nur gerne darüber gesprochen, bevor wir es anderen sagen."

Malcolm sah belustigt aus und erklärte: „Ich habe doch gar nicht gesagt, dass wir zusammen sind, sondern nur ziemlich indirekt, dass ich an dir interessiert bin, du aber nicht willst, und das stimmt doch, oder?"

„Aber …" Doch, es stimmte. Er hatte nicht gesagt, dass sie zusammen waren, trotzdem hatte sie sich bloßgestellt gefühlt, besonders weil sie sich noch gar nicht darüber im Klaren war, was sie für ihn empfand.

„Es sei denn, du schämst dich für mich."

Völlig verdattert blinzelte sie ihn an. „Wie bitte?"

Er kam näher und flüsterte ihr ins Ohr: „Ist es dir peinlich zuzugeben, dass du jemanden datest, der für dich arbeitet. Jemanden, der überhaupt arbeiten muss?"

Mit einem Ruck sah sie ihm in die Augen. „Nein! Das ist nicht wahr."

„Was denn dann?"

Sie zögerte. „Die Scheidung meiner Eltern damals war in dieser Kirchengemeinde ein richtiges Event mit viel Publikum. Mir gefällt einfach die Vorstellung nicht, dass irgendjemand in diese Sache zwischen uns einbezogen wird, bevor wir selbst genau wissen, was los ist und in welche Richtung es geht."

Er überlegte eine ganze Weile und nickte dann ziemlich ernüchtert. „Tut mir leid. Ich habe nicht gewusst, dass das damals so eine große Sache war. Aber ich glaube nicht, dass wir heute schon irgendetwas offiziell gemacht haben." Er beugte sich ganz nah zu ihr hin. „Ich würde dir ja einen Abschiedskuss geben, aber …"

„Genau." Sie schenkte ihm ein vages Lächeln, das aber völlig unpassend war, und sah ihm mit einem Kloß im Hals hinterher.

Es war doch immer noch alles gut zwischen ihnen, oder? Er schien nicht böse zu sein, und er hatte sich sogar entschuldigt – damit hatte sie gar nicht gerechnet –, aber irgendwie hatte sie trotzdem das Gefühl, dass sie einen Riesenfehler gemacht hatte.

Serena setzte ein fröhliches Gesicht auf, als sie ihren Wagen vor Muriels Haus parkte und mit den Kindern hineinging, obwohl sie immer noch ein richtig flaues Gefühl im Bauch hatte. Genau so etwas hatte sie auf keinen Fall gewollt. Waren Männer nicht eigentlich unnahbar und unsensibel?

So war es auch beim ersten Mal, und schau doch, wie unglücklich dich das gemacht hat. Aber Malcolm war so ganz und gar nicht wie Edward – weder vom Aussehen noch von der Einstellung her, noch in irgendeiner anderen Hinsicht, die von Bedeutung war. Er schien ein wirklich fürsorglicher Mensch zu sein, und jetzt nagte unablässig der Gedanke an ihr, dass sie vielleicht seine Gefühle verletzt hatte.

„Wir sind da, Tantchen!", rief Serena, schloss die Tür hinter ihnen und folgte dem köstlichen Bratenduft in die Küche, wo Muriel dabei war, Kartoffeln zu schneiden. „Was ist denn das?"

Muriel hob den Kopf, damit Serena ihr einen Kuss auf die Wange geben konnte. „Es gibt heute Kartoffelstampf zum Braten."

„Nein, das meine ich nicht, sondern die Frage ist, warum du kochst. Ich habe dir doch gesagt, dass du alle Beilagen mir überlassen sollst."

„Ach, Unsinn. Jetzt hör auf, ein solches Aufhebens um mich zu machen und mich wie eine Invalidin zu behandeln."

„Tantchen", sagte Serena streng, „du bist erst vor einer Woche mit dem Krankenwagen hier abgeholt worden, und heute bist du zum ersten Mal seit ewigen Zeiten nicht in der Kirche gewesen. Natürlich mache ich mir Gedanken."

Mit der für sie typischen Handbewegung winkte Muriel ab. „Mir geht es bestens. Und jetzt, da ich Medikamente nehme, wird es bestimmt schnell besser. Ich bin nur ein ganz klein wenig müde – das ist alles."

„Und deshalb solltest du das hier jetzt auch mir überlassen."

Muriel stieß einen tiefen Seufzer aus, schob aber das Schneidebrett Serena zu, die sich die Hände wusch und sich an die Arbeit machte.

„Und … wie war euer Date am Freitag?", fragte Muriel.

Wieder ein Stich mitten ins Herz. „Gut. Es war nett."

„Und wieso siehst du dann aus wie sieben Tage Regenwetter?"

Serena blickte mit einem Ruck auf. Dabei war sie so sicher gewesen, dass sie ihre Gefühle gut verbarg. „Es regnet doch gar nicht."

„Kann Malcolm etwa nicht gut küssen? Ich bin eigentlich immer davon ausgegangen, dass er bestimmt gut küssen kann."

„Tante Muriel!"

„Ach Schätzchen, ich bin zwar alt, aber noch nicht tot. Ich sehe einem Mann an, ob er leidenschaftlich ist."

Obwohl ihr Herz so schwer war, lächelte Serena. „Er küsst sehr gut."

„Was ist denn dann das Problem?"

Serena hörte auf, die Kartoffeln zu zerkleinern, und legte das Messer hin. „Ich glaube, ich hab's vermasselt. Ich bin nach der Kirche sauer auf ihn geworden, weil er anderen gegenüber angedeutet hat, dass wir zusammen sind."

„Und … seid ihr?"

„Ich weiß es nicht."

„Warum nicht?"

„Ich glaube, du warst mir lieber, als du noch die Invalidin gespielt hast. Da warst du nicht so neugierig."

Muriel schmunzelte und legte eine Hand auf Serenas Handgelenk. „Der Mann hat ein Auge auf dich geworfen, seit er dich das erste Mal gesehen hat, mein Schatz. Er war nur zu vorsichtig, um aktiv zu werden, bevor du nicht auch Interesse signalisiert hast. Glaubst du wirklich, er wird sich eine Chance entgehen lassen, dich für sich zu beanspruchen?"

Serena schüttelte den Kopf. „Aber ich bin doch nichts oder niemand, worauf man Anspruch erheben kann. Ein einziges Date ist doch noch kein Versprechen für eine verbindliche Beziehung", sagte sie.

„Wenn zwei Menschen so viel Verantwortung tragen wie ihr beide, dann ist es durchaus eine Ansage, in aller Öffentlichkeit ein Date zu haben."

Serenas darauffolgenden Protest wiegelte Muriel mit einem für Sie typischen sanften Lächeln ab, indem sie fortfuhr: „Ich sage doch gar nicht, dass du den Mann heiraten sollst, sondern nur, dass, wenn du am Ende doch mit ihm ausgegangen bist – wenn du ihn Zeit mit deinen Kindern verbringen lässt –, er etwas an sich haben muss, was dir gefällt, etwas, das sich vielleicht zu erkunden lohnt. Ich kenne dich, Serena. Du wirst nicht zulassen, dass dein Herz Ja sagt, bevor dein Kopf die Sache nicht aus jedem nur erdenklichen Blickwinkel betrachtet hat."

Damit hatte Muriel die Situation so genau auf den Punkt gebracht, dass es sie richtig ärgerte. War sie so durchschaubar, dass jeder wusste, was sie wollte, bevor es ihr selbst klar war?

„Vielleicht machen wir ja auch nur ein bisschen herum. Hast du daran vielleicht schon mal gedacht?"

„So ein Unsinn, Serena. Jetzt versuchst du doch nur, mich zu schocken. Aber das funktioniert nicht. Du warst früher schon ein braves Mädchen und du bist es immer noch. Außerdem unterschätzt du Malcolm, wenn du glaubst, dass er so etwas sucht."

Aber Muriel hatte nicht den ersten Kuss erlebt, den Malcolm ihr in ihrem Häuschen gegeben hatte. Andererseits hatte er sie nach ihrem ersten Date wirklich kein bisschen gedrängt, und er war früh gegangen. Alles, was er über die Kirche sagte und darüber, dass man ein gutes Vorbild sein muss, war anscheinend völlig ernst gemeint.

Serena schüttelte den Kopf, als ob sie dadurch auch ihre Gedanken abschütteln konnte, aber es war zu spät. Sie waren bereits in ihrem Kopf. So sehr sie versuchte, sich selbst einzureden, dass sie noch dabei war herauszufinden, wie sich die Sache mit Malcolm anfühlte, ließ sie sich innerlich mit jedem Tag etwas mehr auf ihn ein. Hatte sie heute Morgen durch ihre voreilige Bemerkung alles ruiniert?

Der Wunsch, ihn zu sehen und die Sache richtigzustellen, wurde mit jedem Moment stärker, aber als sie schließlich wieder nach Hause kamen, stand Malcolms Wagen nicht in der Auffahrt. Sie unterdrückte ihre Enttäuschung und brachte die Kinder ins Haus. Natürlich war er nicht da, er arbeitete ja im Hotel, während sie einen geruhsamen Nachmittag mit der Familie verbracht hatte. Es war unmöglich, nicht zu registrieren, wie ungerecht das war.

Als irgendwann endlich die Kinder im Bett waren, holte sie ihren Laptop hervor und fand ein halbes Dutzend Antworten und Nachrichten von Jamie und Ian auf die E-Mail, die sie den beiden geschrieben hatte. Sie scrollte sie herunter, bis sie zur letzten Zeile gelangte, wo sie las, dass die beiden ihr die Vollmacht erteilten, alle notwendigen Personalentscheidungen zu treffen und darüber hinaus für Malcolm eine Assistentin der Geschäftsführung einzustellen.

Sie lächelte vor sich hin, und da sie jetzt endlich eine Entschuldigung hatte, zum Nachbarhaus zu gehen und mit ihm zu reden, trat sie hinaus in die Dunkelheit, aber sein Wagen war immer noch nicht wieder da. Statt direkt wieder zurück ins Haus zu gehen, wickelte sie ihre Strickjacke fester um sich und lehnte sich an ihr Auto.

Vom Wasser her wehte ein stetiger Wind, der den typischen *Skye*-Geruch nach Salz, Torf und Rauch mit sich brachte und abwechselnd graue und blaue Wolkenfetzen über den Himmel trieb. Sie legte den Kopf in den Nacken und versuchte die Sternbilder zu erkennen, die sich in ihrem Blickfeld befanden. Dabei gingen ihr die dazu gehörenden Sagen durch den Kopf – alle tragisch, auch wenn ein paar davon einen Schuss triumphierender Melancholie hatten, wie zum Beispiel die von Kallisto, der eingeschworenen Jungfrau, die von Zeus verführt und dann von dessen eifersüchtiger Frau Hera in eine Bärin verwandelt und zu ihrer eigenen Sicherheit am Himmel platziert wurde.

Dann plötzlich erinnerte sie sich an den Inhalt ihres Kofferraumes und so trug Serena Karton für Karton ihre Malutensilien ins Wohnzimmer: Leinwände, Farben und ihre zusammenklappbare Staffelei. Wie benommen nahm sie einen Rahmen, spannte eine Leinwand darauf und begann Farben auf eine saubere Palette zu drücken. Gerade noch rechtzeitig dachte sie daran, ihre Strickjacke auszuziehen und die langen Ärmel ihres T-Shirts hochzuschieben, bevor sie anfing zu malen.

Sie hatte schon so lange keinen Pinsel mehr gehalten, dass sein Gewicht in der Hand ihr ganz ungewohnt vorkam. Zuerst gelangte die Farbe eher zögerlich auf die Leinwand, aber dann mit wachsender Sicherheit. Mit jedem Pinselstrich schien sich die Kluft zwischen damals und heute weiter zu schließen, ihr Fokus verjüngte sich immer mehr, bis sie nur noch das Quadrat farbbedeckter Leinwand vor sich sah und das Bild in ihrem Kopf, das mit jedem Moment lebendiger zu werden schien.

Sie erschrak, als ein Klopfen sie aus ihrer Trance riss, und stellte fest, dass es schon nach Mitternacht war. War sie wirklich schon seit vier Stunden bei der Arbeit? Und wer klopfte so spät noch bei ihr an?

Als sie durch das Fenster neben der Tür schaute, geriet ihr Herz schmerzhaft ins Schlingern, denn draußen stand Malcolm. Sie schob den Riegel zurück und öffnete die Tür.

„Hi", sagte er, die Hände in den Hosentaschen. „Störe ich?"

„Nein, gar nicht. Möchtest du hereinkommen?"

„Ich komme gerade aus dem Hotel und habe gesehen, dass bei dir noch Licht war", sagte er, folgte etwas zögerlich ihrer Einladung und ging an ihr vorbei ins Haus.

„Ich habe völlig die Zeit vergessen", erklärte sie und schaute bewusst nicht in Richtung ihrer Staffelei, registrierte aber, dass sein Blick trotzdem genau dorthin wanderte, bevor er sich wieder auf sie konzentrierte.

„Ich wollte mich noch mal entschuldigen. Du hattest ganz klar gesagt, dass wir abwarten und schauen müssen, wie es weitergeht, und ich möchte dich wirklich auf gar keinen Fall bedrängen."

„Vielleicht habe ich auch ein bisschen überreagiert", lenkte Serena ein. „Ich habe seit 13 Jahren kein Date mehr gehabt. Es fühlt sich …"

„… fremd?"

„Ja, fremd an. Und gut. Und ein bisschen nervenaufreibend."

Er trat näher und legte eine Hand an ihre Wange. „Du hast wirklich nichts von mir zu befürchten, Serena."

Seine ernsthafte Miene und die Intensität des Gefühls in seinem Blick bewirkten, dass ihr Inneres nur noch ein einziges großes Durcheinander war. Dann küsste er sie behutsam und mit einer solchen Zärtlichkeit, dass es war, als ob etwas in ihr wegbrach, als ob seine Anwesenheit bewirkte, dass tatsächlich physisch vorhandene Hindernisse überwunden wurden. Er löste sich von ihr, lächelte sie an und berührte ihre Wange mit einem Finger. „Weißt du, dass du Farbe an der Wange hast?"

Serena griff an die Stelle, um die Farbe wegzuwischen, musste aber richtig fest reiben, damit der Fleck ganz wegging. Sie biss sich auf die Unterlippe und fragte: „Willst du es sehen?"

Als er nickte, ging sie mit verschränkten Armen zur Staffelei und blieb davor stehen. Sie hielt die Luft an, während er das Bild anschaute, und nach einer Weile, die ihr wie eine Ewigkeit vorkam, sagte er schließlich: „Wow."

„Wirklich?" Erleichterung überrollte sie wie eine Welle. „Dabei ist es noch nicht einmal fertig."

„Ich weiß, aber …" Er streckte die Hand aus, ließ sie dann aber wieder sinken, bevor sie die feuchte Farbe berührte.

„Wow."

„Das sagtest du schon."

„Mehr bringe ich auch nicht heraus. Das wird unglaublich. Es ist schon unglaublich."

Sie schaute noch einmal auf die Leinwand und versuchte das Bild mit seinen Augen zu sehen. Es war ein Sternenhimmel – wie von einem alten Meister –, in dem ein Farbwirbel den Umriss der Gestalt der Kallisto bildet, während sie sich zwischen den Sternen gerade von einem Menschen in einen Bären verwandelt. Weil Serena sich mit Malerei auskannte, sah sie all die Fehler und Schwächen, die das Bild hatte, die Stellen, wo ihre Technik schwach war oder wo das, was sie gemalt hatte, anders aussah, als sie es sich vorgestellt hatte, aber vielleicht – ganz vielleicht nur – sah es ja wie Kunst aus.

„Ist das Kassiopeia?", fragte er.

„Kallisto. Meinst du … ich meine … ist es …?"

Er sah sie an, und seine Miene löste wieder ein inneres Beben bei ihr aus. „Das wird fantastisch, Serena. Sogar ich kann dir sagen, dass du eine außergewöhnlich begabte Künstlerin bist."

Sie schluckte, um nicht wieder in Tränen auszubrechen. „Du sagst das doch nicht nur, um …"

„… um dich wohlgesonnen zu stimmen? Nein. Das heißt, natürlich möchte ich, dass du mir wieder gut bist, aber deshalb rede ich dir noch lange nicht nach dem Mund.“ Er nahm ihre Hand und drückte sie. „Ich weiß ja nicht, weshalb du mit dem Malen aufgehört hast, aber du solltest auf jeden Fall weitermachen.“

Ein paar Herzschläge lang sah sie ihn einfach nur an, aber dann schlang sie ihre Arme um seinen Hals und küsste ihn.

Er lachte. „Hätte ich gewusst, dass nicht mehr nötig ist, um dich gnädig zu stimmen …“

„Aber du hast doch gerade gesagt, dass das gar nicht deine Absicht war!“

„Das war es auch nicht, aber das Endergebnis gefällt mir.“ Er hob ihr Kinn so, dass er ihr in die Augen sehen konnte, und küsste sie noch einmal. „Heißt das, du hast mir verziehen?“

In dem Moment packte sie der Übermut und sie antwortete: „Also, das weiß ich noch nicht so genau. Darüber muss ich erst nachdenken.“

Da umfasste er ihre Taille und beugte sich vor, um sie leicht zu küssen. „Und wie wäre es mit jetzt sofort?“

„Ich bin noch nicht ganz überzeugt.“

„Jetzt?“ Er drückte sie zurück, und bei jedem Schritt bedeckte er ihre Lippen mit kleinen Küssen, bis sie beide lachend und völlig verknäuelt aufs Sofa fielen.

Sie fuhr ihm mit den Fingern durchs Haar, und die Zeit schien stillzustehen, als sie wie gebannt in seine intensiv blickenden dunkelbraunen Augen schaute, und sie hätte schwören können, dass ihr Herz jetzt ganz aufgehört hatte zu schlagen.

„So, ich glaube, das ist jetzt der Punkt, an dem ich mich lieber verabschieden sollte“, murmelte er in dem Moment.

Sie schluckte und merkte, dass sie plötzlich einen ganz trockenen Mund hatte. „Ja, das ist wahrscheinlich eine gute Idee.“

Er stand vom Sofa auf und zog sie hoch, sodass sie direkt wieder in seinen Armen landete. Es fiel ihr immer schwerer, ihm zu widerstehen, wenn sich schon durch seine Anwesenheit ihre Stimmung verbesserte, und sie sich nach seiner Stimme und seiner Berührung sehnte, wie sie es niemals für möglich gehalten hätte.

Trotzdem wurde Serena erst am nächsten Morgen beim Aufwachen, als sie sofort wieder an ihn dachte, klar, dass sie mit ihrem Vorsatz, ihn erst einmal auf Abstand zu halten, kläglich gescheitert war. Sie lag im Bett, starrte an die Decke und versuchte, die beiden Impulse von Erschrecken und Euphorie, die ihr schon allein beim Gedanken an ihn durch den Körper gingen, zusammenzubekommen. Schließlich kannten sie sich kaum, und was wusste sie eigentlich über ihn, außer dass die Chemie zwischen ihnen stimmte?

Sie drehte sich auf die andere Seite und knüllte sich ihr Kissen unter den Kopf. Aber vielleicht wusste sie ja doch schon einiges über ihn. Sie sah zum Beispiel, wie sehr er seine Nichte liebte, und was er alles aufgegeben hatte, um sie und ihre Bedürfnisse an die erste Stelle zu setzen. Er war fest entschlossen, ein besserer Mann zu sein, als sein Vater gewesen war, indem er sich um seine Mutter gekümmert hatte, als sie sonst niemanden mehr gehabt hatte.

Nein, sie kannte zwar vielleicht nicht jedes Detail seines früheren Lebens, aber sie wusste genauso gut wie er, was sie für ihn empfand. Malcolm Blake war ein guter Mann, ein zuverlässiger und vertrauenswürdiger Mann. Wenn sie sein Verhalten richtig deutete, dann lag ihm etwas an ihr, und seine Zärtlichkeit sagte, was Worte nicht ausdrücken konnten.

Und sie hatte ihm sogar ihr Bild gezeigt. Sie malte für ihn – Punkt. Schon allein beim Gedanken an das halbfertige Bild wäre sie am liebsten sofort aus dem Bett gesprungen und hätte sich wieder an die Arbeit gemacht. Sie konnte ohne Übertreibung sagen, dass ihre Gefühle für Malcolm Teile von ihr wieder zum Leben erweckt hatten, von denen sie geglaubt hatte, sie wären für immer verloren.

„Bist du wach, Mama?"

Als sie sich auf einen Ellenbogen aufstützte sah sie, dass Em in der Tür ihres Schlafzimmers stand. „Warum bist du denn schon so früh auf, mein Schatz?"

Max hatte sie schon einmal um drei Uhr morgens geweckt, sodass sie eigentlich davon ausgegangen war, die beiden aus ihren Betten zerren zu müssen, damit sie rechtzeitig in Schule und Kindergarten waren.

Em setzte sich mit hin- und hergerissener Miene auf die Bettkante und fragte dann: „Ist Malcolm jetzt dein Freund?"

Na toll. Das war genau die Frage, auf die sie selbst keine Antwort hatte. „Ich weiß es nicht, mein Schatz. Darüber haben wir bis jetzt noch gar nicht geredet. Hättest du denn etwas dagegen?"

Em überlegte und schüttelte den Kopf. Dann kroch sie zu Serena unter die Bettdecke, legte sich auf den Rücken und starrte an die Decke. „Nein, ich mag ihn wirklich. Er ist nett, und er spielt mit Max und mir. Und er hat gesagt, dass ich durch sein Teleskop gucken darf."

„Wann hat er denn das gesagt?"

„Als wir bei Glenn und Davy waren. Ich habe ihm gesagt, dass du uns die Geschichten von den Sternbildern erzählt hast, und er hat gesagt, dass er die Sterne auch mag."

Serena lächelte, hin- und hergerissen zwischen dem Gefühl der Rührung über seine Freundlichkeit ihrer Tochter gegenüber und der Angst, dass Em sich vielleicht schon viel zu große Hoffnungen machte. Es war ja das eine, ihr eigenes Herz zu riskieren, aber es war etwas ganz anderes, wenn das Herz ihrer Kinder ins Spiel kam.

Sie drehte sich auf die Seite, sodass sie Em ansehen konnte, und verflocht deren Finger mit ihren eigenen. Mit großen braunen Augen, die denen von Edward so ähnlich waren, sah ihre Tochter sie an.

„Folgendes, mein Schatz. Malcolm und ich gehen ab und zu miteinander aus. Das bedeutet, dass wir noch dabei sind, einander kennenzulernen und zu schauen, ob wir uns wirklich mögen. Vielleicht merken wir nach einer Weile auch, dass wir doch nicht so gut zusammenpassen."

„Ich weiß, was Daten ist", sagte Em darauf in demonstrativ geduldigem Ton.

„Aber woher ... ach, ist auch egal." Die kleinen Mädchen von heute wussten anscheinend von Geburt an Bescheid über alles, was mit Liebe und Romantik zu tun hatte. Sie erinnerte sich noch gut daran, wie Em eines Tages aus der Schule gekommen war – sie war damals ungefähr fünf gewesen – und verkündet hatte, dass sie Tommy Wade heiraten werde.

„Ich möchte nur nicht, dass du dir zu große Hoffnungen machst, Em", sagte sie jetzt und fuhr fort: „Malcolm ist wirklich ein guter Mensch, und ich bin froh, dass du ihn magst, denn ich könnte niemanden daten, mit dem du dich nicht verstehst, aber das heißt noch nicht, dass wir heiraten oder dass wir auch nur weiter miteinander ausgehen. Verstehst du das?"

Em sah ein bisschen enttäuscht aus, nickte aber und antwortete: „Okay. Aber es wäre trotzdem okay, wenn du ihn heiratest."

Ja, vielleicht wäre es das, sang ihr Verräterherz. Serena zog ihre Tochter einfach an sich und drückte sie ganz fest. „Was hältst du davon, wenn wir jetzt erst mal Frühstück machen? Nur wir zwei Mädels, bevor Max wach wird?"

„Okay", sagte Em, schlug die Bettdecke zurück, sprang aus dem Bett und hatte das Gespräch anscheinend schon wieder vergessen. Serena folgte ihr sehr viel langsamer, denn ihre zuvor aufgedrehte Stimmung war durch die Worte ihrer Tochter ziemlich gedämpft worden. Sie musste im Blick behalten, dass sie nicht die Einzige war, deren Herz hier auf dem Spiel stand. Selbst wenn sie bereit war, sich ein bisschen an Malcolm anzulehnen, musste sie ihren Kindern die möglichen Folgen ersparen, wenn die Sache schiefging.

Nachdem sie nach Max geschaut hatte, der noch tief und fest schlief, ging sie in die Küche und fing an, Vorratsbehälter aus dem Küchenschrank zu nehmen. Dieses Rezept für Haferkekse war eines ihrer Lieblingsrezepte, ihre Version eines Klassikers der schottischen Küche, mit Honig gesüßt und etwas fluffiger durch die Hinzugabe von ein wenig Mehl zu den eingeweichten kernigen Haferflocken, die das Rezept vorsah. Sie rollten gerade den Teig aus, als es klopfte.

„Hier, willst du sie weiter ausstechen?", fragte sie Em, gab ihr die Ausstechform, ging zur Tür und öffnete sie, ohne erst zu schauen, wer es war.

„Habe ich dich geweckt?", fragte Malcolm, der mit einem verschmitzten Grinsen und einer Thermoskanne in der Hand vor der Tür stand.

Serena zog den Gürtel ihres Bademantels fester und versuchte, sich nicht anmerken zu lassen, dass ihr schon allein bei seinem Anblick ein Kribbeln über den ganzen Körper ging. Als sie nicht sofort antwortete, hielt er ihr die Kanne hin. „Kaffee. Ich weiß, dass du den auch selbst machen kannst, aber ich wollte sehen, ob ich dich noch einmal in unbekleidetem Zustand zu Gesicht bekomme, und das hat ja geklappt."

Serena lief rot an, obwohl sein Augenzwinkern signalisierte, dass er scherzte. Mit einem Lächeln nahm sie den Kaffee entgegen. „Ich würde dich ja gern zum Frühstück einladen, aber die Damen des Hauses sind leider noch nicht bereit, Besuch zu empfangen."

„Na gut. Dann werde ich mal ganz Gentleman sein und euch eurem Morgenmahl überlassen." Die letzten Worte sprach er mit altmodischem englischen Akzent aus und machte dann eine förmliche Verbeugung.

„Danke für den Kaffee", sagte sie, als er sich umdrehte.

„Danke für den Anblick", erwiderte er, immer noch mit diesem verschmitzten Lächeln.

Serenas eigenes Lächeln blieb noch eine ganze Weile auf ihrem Gesicht, nachdem sie die Tür wieder geschlossen hatte und barfuß zurück in die Küche tapste.

Em blickte von dem Backblech mit den bereits ausgestochenen Haferkeksen auf. „War das Malcolm?"

„Er hat mir Kaffee gebracht", erklärte sie.

„Wie romantisch!", sagte Em darauf mit einem theatralischen Seufzer.

Serena wollte sie schon zurechtweisen, brachte es dann aber einfach nicht übers Herz. Sowohl sie als auch Em waren schon hoffnungslos verstrickt in die Sache.

20

Immer noch lächelnd fuhr Malcolm ins Hotel. In Wirklichkeit hatte er nicht so früh bei Serena vorbeigeschaut, um sie im Nachthemd zu erwischen, auch wenn er sie wirklich gerne neckte, sondern er hatte ihr nur irgendein kleines Zeichen geben wollen, um ihr zu zeigen, dass er an sie dachte.

Tatsache war, dass sie ihm einfach nicht mehr aus dem Kopf ging. Durch den vergangenen Abend schien ihre Beziehung auf eine neue Ebene katapultiert worden zu sein, und ihm wurde erst jetzt klar, wie schwierig es für sie gewesen war, ihm ihr Bild zu zeigen, und wie sehr sie sich seine Zustimmung gewünscht hatte. Sie hatte fast so gewirkt, als müsste sie sich für sein Urteil wappnen, weil sie etwas falsch gemacht hatte. Aber er hatte auch neuen Schwung bei ihr bemerkt, eine Leidenschaft, die er ihr gar nicht zugetraut hatte, wäre da nicht auch ihre leidenschaftliche Reaktion auf seine Küsse gewesen. Bei dieser Frau gab es noch jede Menge unerforschte Tiefen, die es zu erkunden galt.

Dennoch beunruhigte ihn dieser Gedanke nicht. Nachdenklich strich er sich mit der Hand übers Kinn. Vielleicht konnte er Serena Stewart lieben.

Und wenn es nicht schon so war, dann ging es doch ziemlich zügig in diese Richtung.

Das Allerletzte, was er wollte, war, eine Entscheidung zu erzwingen, besonders auch wegen ihrer Reaktion nach dem Gottesdienst gestern. Wahrscheinlich würde es sie eher abschrecken, wenn er ihr gestand, dass er ernsthafte Gefühle für sie hatte, als wenn er einfach ruhig blieb und wartete, bis sie so weit war.

Um das zu erreichen, musste natürlich noch viel mehr geküsst werden, denn er wusste auf eine Weise zu überzeugen, die ohne Worte auskam. Bei diesem Gedanken musste er lächeln, und das hielt den ganzen Weg bis *Isleornsay* an, bis zum Hotel und bis zur ersten Krise des Vormittags.

Als Serena um kurz nach neun dort auftauchte, tat Malcolm der Unterkiefer weh, so fest biss er die ganze Zeit die Zähne zusammen. Seit er angekommen war, hatte er sich mit nichts anderem beschäftigt als Beschwerden, und immer ging es um Dinge, auf die er keinerlei Einfluss hatte, wie zum Beispiel die Tatsache, dass in einem der Zimmer ein Fernseher zu laut lief oder dass im Frühstücksraum nur schottischer Breakfast-Tea und nicht Darjeeling serviert wurde. Beide Gäste verlangten für diese Unannehmlichkeiten einen Preisnachlass.

Doch in dem Moment, in dem er Serena sah, traten all diese Ärgernisse in den Hintergrund. „Hi“, begrüßte er sie.

„Selber Hi. Hast du ein paar Minuten Zeit? Ich möchte dir etwas erzählen.“

„Ja klar. Komm doch mit nach hinten in mein Büro.“ Er ging ihr voraus den Gang entlang und hielt ihr die Tür auf, etwas verwundert über ihren ernsten Ton. Gab es ein Problem mit dem Hotel? Oder mit ihnen beiden?

„Ich habe heute Nacht vergessen, es dir zu sagen“, sagte sie und lächelte ihn verschmitzt an, zweifellos weil sie sich dabei an ihre letzte

Begegnung in ihrem Wohnzimmer erinnerte. Es ging also nicht um sie beide. Er hatte Mühe, sich von der Erinnerung daran loszureißen und sich auf die Gegenwart zu konzentrieren, in der sie immer noch redete.

„Jamie und Ian sind mit mir einer Meinung, dass es Zeit ist, noch jemanden einzustellen."

Er blinzelte, kam mit einem Ruck wieder zurück in die Gegenwart und sagte: „Wie bitte?"

„Aber du wusstest doch, dass das geplant war. Ich habe es in der Bar erwähnt, als ich dir Essen gebracht habe."

„Daran kann ich mich gar nicht erinnern", sagte er. Da hatte er wohl eindeutig etwas Wichtiges verpasst. „Du feuerst mich?"

Sie starrte ihn an, als redete er plötzlich in einer anderen Sprache. „Ich habe gesagt, dass ich eine Assistentin oder einen Assistenten für dich und einen zusätzlichen Barkeeper einstellen möchte. Hast du mir denn nicht zugehört?"

„Äh … offenbar nicht." Erleichtert atmete er auf, grinste sie vielsagend an und fuhr fort: „Da hatte ich wohl gerade andere Dinge im Kopf."

Um ihre Mundwinkel deutete sich ein Lächeln an. „Also, dann mach dir jetzt bitte Gedanken darüber. Ich möchte die Leute, die für dich in die engere Wahl kommen, gerne auch kennenlernen, aber die endgültige Entscheidung liegt bei dir." Sie schob ihm ein Blatt Papier über den Tisch zu. „Und hier ist die neue, überarbeitete Lohn- und Gehaltsliste."

Malcolm nahm das Blatt in die Hand und überflog die Tabellen. Als er zu seinem eigenen Namen kam, musste er zweimal hinschauen. Die Zahl daneben war wirklich beträchtlich höher als das, was er zurzeit verdiente. „Ich weiß, dass du mein Gehalt erhöhen wolltest, Serena, aber das hier ist …"

„Dein Gehalt setze *ich* fest. Wir hätten gern, dass du freitags, samstags und sonntags am Nachmittag und dem frühen Abend hier bist, weil dann am meisten Betrieb ist. Was den Schichtplan angeht, können du, Liam und deine neue Assistentin das unter euch ausmachen, dann bist du für Kylee etwas flexibler."

„Ich weiß gar nicht, was ich sagen soll, Serena. Das ist doch nicht, weil wir …"

„Nein", unterbrach sie ihn sofort und völlig sachlich. „Ich habe mich an den Gehältern von Hotelmanagern orientiert, die Hotels von der Kategorie unseres Hotels leiten, und das ist vergleichbar, auch wenn es für die Verhältnisse auf *Skye* vielleicht hoch erscheint."

„Ich weiß wirklich nicht, was ich sagen soll." Das klang nicht nach einem Gefallen, weil sie miteinander ausgingen, aber es fühlte sich trotzdem seltsam an, eine Gehaltserhöhung ausgerechnet von der Frau zu bekommen, die er in der vergangenen Nacht ziemlich leidenschaftlich geküsst hatte.

„Sag, dass du einverstanden bist, und gib dann bitte sofort eine Stellenanzeige auf."

„Ja – zu beidem."

„Gut. Ich setze mich an den Empfang, bis ich Max aus dem Kindergarten abholen muss." Und damit nahm sie ihre Tasche und ging zur Tür.

„Warte. Wann sehe ich dich denn wieder?"

Jetzt umspielte erneut ein kaum merkliches, erfreutes Lächeln ihren Mund. „Da Muriel ja noch nicht wieder so fit ist, dass sie uns alle heute zum Abendessen einladen kann, kannst du stattdessen zu mir zum Dessert kommen. Sagen wir um neun?"

„Ich werde da sein", sagte er, stand auf und kam auf sie zu. „Ach, noch etwas."

„Ja?", fragte sie und kam noch einmal zurück ins Büro.

Er schloss die Tür, fuhr ihr mit der Hand durchs Haar und küsste sie. Als sie sich schließlich wieder voneinander lösten, lachte sie.

„Immer mit der Ruhe, Casanova. Es sei denn, du möchtest, dass das gesamte Personal über unsere Beziehung tuschelt."

Er tat so, als würde er schmollen, aber innerlich war er freudig erregt. „Casanova?"

„Ist dir Don Juan lieber?", fragte sie. „ Oder Schwerenöter?"

„Nein, keines von allen." Er zog sie wieder in seine Arme, sah ihr direkt in die Augen und fügte hinzu: „Nur falls es dir entgangen sein sollte, ich bin monogam und der Frau meiner Wahl völlig ergeben."

Serena sah ihn atemlos und mit großen Augen an, und ihre Wangen röteten sich ein ganz klein wenig. „Das glaube ich dir."

Dann entwand sie sich mit einem geheimnisvollen Lächeln und schlüpfte aus seinem Büro. Malcolm blieb noch einen Moment lang dort. Er war auf jeden Fall überzeugend gewesen, aber er hatte nicht damit gerechnet, dass derjenige, den er überzeugen musste, er selbst war.

Etwas hatte sich für sie verändert, vielleicht durch Malcolms Erklärung, als er sie noch einmal zurück in sein Büro gezogen hatte, um sie zu küssen – nicht Worte der Liebe waren das gewesen, sondern einfach Hingabe, und wenn man ihren Hintergrund bedachte, war das ja schon sehr viel. Vielleicht lag es auch an der zunehmenden Erkenntnis, dass sie sich in ihn verliebt hatte, obwohl sie sich so fest vorgenommen hatte, zurückhaltend zu sein.

Gerade brachte Serena Max und Em ins Bett, aber ihr ganzer Körper vibrierte geradezu vor Vorfreude. Der Duft des Mürbeteigs, den sie in den Ofen geschoben hatte, durchströmte das ganze Haus.

„Können wir auch Nachtisch haben, Mami? Bitte … bitte … bitte", bettelte Max und sah sie mit dem Dackelblick an, mit dem er sie normalerweise herumbekam.

Aber Serena wischte ihm die verschmierte Erdbeersauce aus dem Mundwinkel und erklärte: „Du hattest schon Nachtisch, mein kleines Äffchen, und jetzt ist es Zeit fürs Bett.“ *Und bitte schlaf doch zur Abwechselung mal durch*, fügte sie in Gedanken noch hinzu.

Max gab schließlich nach und kuschelte sich unter seine Decke, während Serena noch mit ihm betete; und er war schon eingeschlafen, bevor sie Amen gesagt hatte. Dann betete sie noch mit Em in ihrem Zimmer, verließ auf Zehenspitzen den Raum und schloss die Tür.

Wonnevolle Stille. Sie liebte ihre Kinder mehr als alles andere auf der Welt, aber an manchen Tagen konnte sie es kaum erwarten, am Abend Ruhe und Zeit für sich zu haben.

Wieder in der Küche, holte sie das Gebäck aus den Ofen und ging dann weiter ins Wohnzimmer, wo das halb fertige Bild stand, das sie gleichzeitig verhöhnte und lockte. Es würde noch eine Weile dauern, bis Malcolm käme, da konnte sie sich ebenso gut noch ein bisschen damit beschäftigen, oder? Sie drückte also frische Farbe auf die Palette und fing an, die Feinheiten der Kallisto-Figur zu malen, die bis jetzt nur als Andeutung einer Gestalt aus breiten Pinselstrichen von Hintergrund und Highlight vorhanden war.

Ein hartnäckiges Klopfen an der Tür holte sie in die Gegenwart zurück. Sie blinzelte das Bild weg, das sie vor ihrem inneren Auge hatte, und öffnete Malcolm die Tür.

„Ich habe geklopft“, sagte er. „Habe ich dich geweckt?“

„Nein“, antwortete sie, hielt ihre farbverschmierten Hände hoch und trat dann zur Seite, damit er hereinkommen konnte.

Er hauchte ihr einen Kuss auf den Mund und schlang seine Arme um ihre Körpermitte. „Wenn du gerade beschäftigt bist, können wir das hier auch auf ein anderes Mal verschieben. Ich will dich nicht bei deiner Arbeit unterbrechen.“

„Nein, bleib nur. Ich kann jetzt aufhören. Außerdem habe ich eine

Beeren-Crostata gebacken, und die schmeckt frisch aus dem Ofen am besten."

Er löste sich von ihr und fragte: „Dann hast du das mit dem Dessert also wirklich ernst gemeint?"

Serena stupste ihn an. „Hör auf. Du wusstest ganz genau, was im Angebot enthalten ist."

Er grinste, und sie verdrehte die Augen, während sie in die Küche ging, um sich die Hände zu waschen. Als sie die Crostata schnitt, war sie schon etwas abgekühlt, sodass die Kruste knusprig und blättrig war und die Beerenfüllung gerade noch warm genug, dass sie an den Seiten herauslief. Serena reichte Malcolm einen Teller und eine Gabel und schenkte ihnen beiden Kaffee ein.

„Daran könnte ich mich gewöhnen", sagte Malcolm, als sie sich aufs Sofa gesetzt hatten und er seinen ersten Bissen aß. „Kulinarisches Können liegt anscheinend wirklich bei euch in der Familie."

„Jamie kann gut kochen, ich kann besser backen und Ian hat so gut wie gar nichts davon abbekommen. Zum Glück ist seine Frau eine hervorragende Köchin."

„Dann ist es bei ihm also eher so wie bei mir?"

„Dann ist es also wahr, was Kylee behauptet?"

„Ich kann Porridge kochen, Bratwurstauflauf und alles, was aus der Dose kommt."

„Damit willst du mir wahrscheinlich sagen, dass ich nicht so bald mit einer Essenseinladung bei dir zu Hause rechnen soll, oder?"

„Nein, das würde ich dir wirklich nicht antun. Ich möchte nämlich, dass du noch eine Weile hierbleibst." Malcolm lächelte sie freundlich an, immer noch mit Belustigung im Blick.

„Ach, ist das so?", fragte sie in demselben, leicht provozierenden Ton, während aber gleichzeitig ihr Herz dumpf und heftig gegen ihre Rippen pochte.

„Ja, das ist so." Er nahm ihre Hand, hielt sie ganz fest und schaute ihr immer noch unverwandt in die Augen. „Auch das, was ich davor schon gesagt habe, war ernst gemeint. Wie auch immer unser Start war, das hier ist für mich nichts Nebensächliches oder Beiläufiges."

„Nein", murmelte sie, obwohl die Furcht ihr Staunen einzuholen drohte. „Für mich auch nicht."

So, wie er sie ansah, rechnete sie eigentlich damit, dass er sie gleich küssen würde, aber er drückte nur ihre Hand und wandte sich dann wieder seiner Crostata zu. Als sie mit ihrem Dessert fertig waren, schmiegte sich Serena mit dem Kaffeebecher in beiden Händen auf dem Sofa an ihn, und sie unterhielten sich über alles Mögliche: Darüber, wie es war, auf *Skye* aufzuwachsen, über Malcolms Boxsport und über die Kinder. Irgendwann fingen sie dann an, sich zwischendurch zu küssen wie Teenager, deren Eltern nicht zu Hause sind, was wiederum bei Serena einen regelrechten Lachflash auslöste.

„Ich weiß gar nicht so genau, ob ich jetzt beleidigt sein soll oder nicht", sagte Malcolm und fuhr dabei mit dem Finger über die Linie ihres Schlüsselbeins.

„Nein, bitte nicht beleidigt sein." Sie zwang sich, wieder ernst zu werden, und fuhr fort: „Du gibst mir nur das Gefühl, wieder jung zu sein. Ich kann mich gar nicht mehr erinnern, wann ich das letzte Mal auf dem Sofa geknutscht habe. Findest du das nicht lustig?"

„Nein, lustig war nicht das Wort, nach dem ich gesucht habe." Das sexy Timbre seiner Stimme jagte ihr erneut einen Schauer über den Rücken, aber das belustigte Blitzen in seinen Augen brachte sie wieder zum Lächeln. „Apropos Teenager, ich muss jetzt nach Hause. Kylee macht sich mit den Zulassungsprüfungen für die Unis völlig verrückt, und wenn ich nicht dafür sorge, dass sie irgendwann ins Bett geht, lernt sie die ganze Nacht durch."

„Schade", sagte Serena.

Er beugte sich vor, um sie noch einmal zu küssen, und sagte dann: „Ja, das ist es wirklich, aber wahrscheinlich auch eine gute Idee. Ich bin mir nicht sicher, ob ich dir und deiner Verführung noch lange widerstehen kann."

„Das sagst du doch nur, weil du willst, dass ich dir den Rest der Crostata mit nach Hause gebe."

„Nein, gar nicht. Dann hätte ich doch gar keine Ausrede wiederzukommen." Er schloss sie in die Arme und senkte den Kopf ein wenig, um ihr ins Ohr zu flüstern: „Du bist auf jeden Fall das Beste an meiner Rückkehr nach *Skye.*"

Serena wurde rot bis unter die Haarwurzeln, als sie sich endgültig voneinander verabschiedeten und sie die Tür hinter ihm schloss – und ihr Herz wieder verstörende kleine Hüpfer machte.

Es war nicht mehr zu leugnen. Sie war wirklich ernsthaft in Malcolm Blake verliebt.

21

Im Laufe der folgenden paar Wochen spielte sich bei Serena und Malcolm eine angenehme Routine ein. Den Sonntagvormittag verbrachten sie zusammen mit den Kindern und Muriel in der Kirche, gefolgt vom Bratenessen bei Muriel, bevor Malcolm sich dann auf den Weg ins Hotel machte. Unter der Woche verbrachte Serena die Vormittage im Hotel, schaltete Werbeanzeigen, aktualisierte die Angebote für Lunchpakete und machte neue Fotos für den Blog, während Max im Kindergarten war. Meistens überließ Malcolm ihr die Rezeption, während er sich mit Instandhaltungsaufgaben und dem Einkauf beschäftigte, was ihn allerdings nicht daran hinderte, sie bei jeder sich bietenden Gelegenheit in den Lagerraum zu ziehen, wenn er sie allein antraf. Man konnte ja über die Gefahren von Büroromanzen sagen, was man wollte, aber sie hatten auch ihre Vorteile.

Eines Nachmittags traf Malcolm sie im Salon des Hotels an, wo sie nachdenklich mit in die Hüften gestemmten Händen die Wände anstarrte.

„Du siehst aus, als würdest du über etwas Wichtiges nachdenken", sagte er und drückte seinen Mund auf ihren Kopf.

„Dieser Raum wird viel zu wenig genutzt", erklärte sie.

„Ursprünglich hatten wir ja vor, hier den Nachmittagstee anzubieten, aber die Gäste nutzen das Angebot kaum."

„Was hast du dir denn stattdessen überlegt?"

„Kunst."

„Das verstehe ich nicht. Wir haben doch Kunst."

Sie drehte sich um, und er ließ sie los. „Nein, wir haben Bilder als Dekoration. Ich meine aber richtige Kunst. Wie wäre es denn, wenn wir die Möbel stehen lassen, aber hier eine Ausstellungsmöglichkeit für einheimische Künstler schaffen?"

Malcolm schaute an ihr vorbei auf die Wände, an denen jetzt Reproduktionen alter Meister hingen, und versuchte, ihre Vision nachzuvollziehen. „So etwas wie eine Galerie?"

„Ja, gewissermaßen, aber die Bilder sollen so präsentiert werden, dass die Leute sich vorstellen können, wie sie auch in ihrer Wohnung hängen könnten. Mit häufigen Ausstellungswechseln. Wir könnten Visitenkarten des jeweiligen Künstlers oder der Künstlerin auf den Zimmern auslegen. Was könnte denn ein schöneres Andenken an einen romantischen Urlaub sein als Kunst aus der Gegend hier."

Ihre Begeisterung war einfach unwiderstehlich: Das Funkeln in ihren Augen und die geröteten Wangen bewirkten, dass er sie am liebsten auf der Stelle geküsst hätte. „Und woher würdest du die Kunstobjekte bekommen?"

„Das ist kein Problem. Erinnerst du dich noch an das große Ölbild in Davys Wohnzimmer? Das ist von einer einheimischen Malerin. Die Kunstszene hier ist klein und gut vernetzt, und deshalb werden wir mit Interesse überrannt werden, sobald sich herumspricht, dass so ein Projekt in Planung ist. Besonders auch, weil unsere Gäste zu der Bevölkerungsschicht gehören, die sich Kunst auch leisten kann."

„Ich glaube, das könnte wirklich etwas sein. Kannst du die Idee mit Jamie und Ian besprechen?"

„Ich habe mir überlegt, das Ganze schon einzurichten, bevor sie zu Muriels Geburtstag kommen, und das könnte ich sogar schaffen, wenn ich sofort anfange."

„Ach ja, Jamie hat schon geschrieben, um die Buchung für die Zimmer zu bestätigen."

Da wurde Serenas Miene wachsam, und Malcolm wusste, was sie sagen wollte, bevor sie es aussprach.

„Ich kann verstehen, wenn du möchtest, dass ich mich nicht sehen lasse, wenn sie da sind", sagte er. „Es ist schließlich ein Familientreffen."

„Nein, gar nicht! Ich wollte dich fragen, ob du nicht auch zu dem Fest kommen willst – als mein Begleiter."

Überrascht zog er die Augenbrauen hoch. Sie war bereit, ihre Beziehung publik zu machen? In der Familie? „Bist du ganz sicher?", fragte er ungläubig.

„Na ja, die Mitarbeiter wissen es ja auch schon …"

„Dank des Vorratsraumzwischenfalls."

„Und wenn Jamie mit den Mitarbeitern redet, wird es nicht lange ein Geheimnis bleiben. Aber ich möchte dich auch so gern dabeihaben. Es wird Zeit."

Vielleicht war ein Essen mit der Familie für manche neue Paare ein ganz normales Ereignis, aber er wusste, dass es für Serena ein Riesenschritt war. Trotz der Tatsache, dass alle Gäste sie gerade sehen konnten – falls welche vorbeikamen –, beugte er sich zu ihr hinunter und küsste sie. „Ich komme gerne mit. Danke für die Einladung."

„Gern geschehen. Aber wenn ich die Ausstellung fertig haben will, bevor meine Familie ankommt, muss ich jetzt ein paar Telefongespräche führen."

Malcolm griff nach ihr. „Ich nehme es zurück. Mir gefällt die Idee absolut nicht."

Doch sie grinste nur, entzog sich ihm, und er sah ihr nur staunend nach. Vielleicht lag es daran, dass er endlich die echte Serena Stewart kennengelernt hatte. Vielleicht hatte sie sich auch verändert, aber diese vor Leben sprühende, verführerische, leidenschaftliche Frau, die sich so für neue Ideen begeistern konnte, hatte kaum Ähnlichkeit mit der angespannten Hotel-Miteigentümerin, die ihn vor einem Monat noch zusammengestaucht hatte.

Auf jeden Fall war er beeindruckt von ihr. Er war notgedrungen nach *Skye* zurückgekommen, und aus Stolz und Selbstschutz hatte er das Beste daraus gemacht, aber erst jetzt hatte er das Gefühl, dass er daraus wirklich etwas für sein Leben machte.

Ein Leben, in dem er demnächst mehr Freizeit haben würde – jedenfalls machte es so den Eindruck. Er hatte ganz vergessen, Serena zu sagen, dass er eine sehr geeignete Bewerberin für seine Assistenz gefunden hatte. Bald würde er mehr Zeit zu Hause mit Kylee … und Serena verbringen können.

Das war wahrscheinlich auch gut so, denn in dem Moment, in dem er an diesem Abend zu Hause zur Tür hereinkam, stürzte sich Kylee praktisch auf ihn und jammerte: „Ich schaffe das nicht. Das ist völlig hoffnungslos." Wütend ging sie mit einem aufgeschlagenen Lehrbuch im Wohnzimmer auf und ab. „Wieso hab ich nur jemals geglaubt, dass das funktioniert?"

Malcolm legte ihr die Hände auf die Schultern, um sie anzuhalten. „Noch mal bitte. Was genau ist hoffnungslos?"

Kylee schlug das Buch zu. „Das hier. Ich schaffe die Prüfungen nicht, und dann ziehen die Unis ihre Zusagen zurück."

Jetzt begriff er, was los war. In drei Tagen fanden die ersten Klausuren ihrer Zulassungsprüfungen für die Unis statt, und die Zulassungsprüfungen der *University of Glasgow* und dem *Royal Conservatoire* waren nicht so locker zu schaffen wie sie gedacht hatte, denn sie musste einen Notendurchschnitt zwischen eins und zwei haben, um angenommen zu werden. Malcolm würde es insgeheim wundern, wenn sie nicht mit einem Einserschnitt aus den Prüfungen ging, aber das verringerte den Druck, den sie empfand, kein bisschen.

„Wie kann ich dir denn helfen?"

Sie erstarrte. Ganz offensichtlich hatte sie mit dieser Reaktion nicht gerechnet. „Ich … ich … keine Ahnung."

„Die Bibliotheken in der Schule sind doch in den nächsten Tagen geöffnet, oder? Und in den Schulferien wird dort doch auch Nachhilfe und Lernunterstützung angeboten, wenn ich richtig informiert bin. Würde es dir helfen, wenn du jemanden hättest, der dir bei den Vorbereitungen hilft?"

„Kann schon sein", antwortete Kylee ganz langsam.

Malcolm glaubte zwar nicht, dass sie zusätzliche Unterstützung brauchte, aber wenigstens sah sie jetzt über ihre Panik hinaus und suchte nach Lösungen. „Wieso gehst du nicht erst mal duschen, und ich mache dir was zu essen. Okay?"

„Okay." Ihre Miene hellte sich ein bisschen auf. „Danke."

„Dafür bin ich doch da." Er ging in die Küche, um Teewasser aufzusetzen und nach einem kleinen Snack zu suchen und fragte sich dabei, ob er das Richtige tat. Sollte er bei seiner Überzeugung bleiben, dass sie es schon schaffen würde, statt ihre Sorge ernst zu nehmen? Wieder einmal bereute er zutiefst, dass er so viel von ihrem Leben versäumt hatte, weil er nicht früher nach *Skye* zurückgekehrt war, und ihm wurde noch einmal bewusst, wie wenig er eigentlich über seine Nichte wusste. Eigentlich hätte jetzt Nicola da sein sollen, um Kylee zu beruhigen und ihr Mitternachtssnacks zu machen, aber vielleicht wirkte sich die Tatsache, dass er ihr nicht so nahestand wie ihre Mutter ja auch positiv auf die ganze Situation aus, weil sie ihm abnahm, dass er wirklich sagte, was er dachte. Er wusste nicht, was richtig war, aber feststand, dass er sich jetzt ganz auf Kylee konzentrieren musste.

Er schnitt etwas Obst auf, legte es mit ein paar restlichen Scheiben irischem Cheddar auf einen Teller und brachte es ihr aufs Zimmer. Als sie gegessen hatte und dann wieder über ihren Büchern saß, nahm er sein Handy und wählte Serenas Nummer.

„Du kannst dich einfach nicht fernhalten, oder?“ Schon allein der Klang ihrer Stimme munterte ihn auf.

„Ja, das kann man wohl so sagen. Aber eigentlich wollte ich dich nur vorwarnen, dass ich mich in den nächsten Wochen vielleicht etwas rarmache.“ Dann berichtete er von seinem Gespräch mit Kylee und von ihren anstehenden Prüfungen.

„Das verstehe ich absolut. Kylee kommt an erster Stelle“, erklärte sie.

„Danke“, sagte er sehr erleichtert und war einmal mehr froh darüber, dass Serena nicht der fordernde Typ war. „Ich habe vorhin ganz vergessen, dir zu erzählen, dass ich eine gute Bewerberin für meine Assistenz habe. Kannst du morgen um zehn da sein, um sie kennenzulernen?“

„Sie? Wie gleichberechtigt von dir!“

Malcolm schmunzelte und erinnerte sich jetzt wieder daran, dass Serena ihn kurz nach ihrer Ankunft auf *Skye* noch als Chauvi bezeichnet hatte. „Wieso überrascht dich das so?“

„Ach, deine Überraschungen sind ja meistens positiv und unter anderem das, was ich besonders an dir liebe.“ Bei dem Wort *liebe* hielt er die Luft an, obwohl es hier ja gar nicht die Bedeutung hatte, die er sich so wünschte. „Vielleicht sollte ich kurz rüberkommen und …“

„Kylee … du erinnerst dich?“

„Ach ja. Kylee. Aber morgen sehen wir uns doch, oder?“

„Das wird für mich das Beste am Tag, Malcolm. Gute Nacht.“

Als er das Gespräch beendete, lächelte er. Es mochte ja sein, dass er sie nicht überraschte, aber er war immer noch überrascht, wie wichtig sie schon jetzt für ihn war. Zum ersten Mal seit er nach *Skye* zurückgekehrt war, fühlte er sich hier wirklich zu Hause. Serenas Kinder und

Tante Muriel füllten die leeren Stellen in seinem Leben aus, von denen er gar nicht gewusst hatte, dass es sie gegeben hatte.

Er konnte jetzt nicht anders, als sich die Frage zu stellen, wie es wohl wäre, wenn er ihr nicht am Telefon gute Nacht sagen müsste, sondern sie hier bei ihm wäre, in seinem Haus, seinem Bett, und zwar jede Nacht für den Rest ihres Lebens.

Serena sah Malcolm zwar jeden Morgen im Hotel, aber sie konnte nicht leugnen, dass ihr das gemeinsame abendliche Ritual fehlte, miteinander noch einen Nachtisch zu essen und Tee zu trinken, wenn die Kinder bereits im Bett waren. Aber natürlich verstand sie, dass Kylee Vorrang hatte, und da in nur sechs Wochen im Hotel die Galerie eröffnet werden sollte, hatte sie genug zu tun und war abgelenkt. Bis zum Ende der Woche musste der Entwurf für die Visitenkarten der Künstlerin fertig sein, damit sie gedruckt werden konnten, und die Planung für die große Eröffnungsveranstaltung musste auch noch vervollständigt werden.

Am Donnerstag konnte sie dann aber nicht mehr widerstehen, doch zu ihrem Nachbarn zu gehen. Sie legte einige Päckchen Kekse in einen Stoffbeutel und eine frische Ladung *Shortbread*, das Em und sie nach der Schule gebacken hatten. Außerdem fügte sie noch etwas Obst hinzu, denn es war ja nicht unbedingt damit zu rechnen, dass Malcolm bei seinen dürftigen kulinarischen Fähigkeiten daran dachte, auch frisches Obst und Gemüse einzukaufen.

Sie setzte Em und Max also mit Malbüchern vor den Fernseher und ging in der Abenddämmerung bei kühlem Wind bibbernd zum Nachbarhaus, denn sie hatte wieder einmal vergessen, sich eine Jacke anzuziehen.

Als sie sich dem Haus näherte, hörte sie ein dumpfes rhythmisches

Geräusch. Mit gerunzelter Stirn änderte sie die Richtung, als sie merkte, dass die Geräusche aus dem Garten hinter dem Haus kamen. Sie ging dem Geräusch nach, und als sie im Garten ankam, tänzelte Malcolm nur ein paar Meter von ihr entfernt in einer abgeranzten Jogginghose und einem langärmeligen Thermoshirt um einen großen Boxsack herum, der an einem alten Schaukelgerüst aufgehängt war. Weitere dumpfe Aufschläge waren zu hören, als seine Boxhandschuhe auf das Vinyl das Boxsacks trafen.

Völlig fasziniert von diesem Anblick lehnte sich Serena an die Hausecke. Er hatte gesagt, er sei bloß Amateur und boxe nur, um einigermaßen fit zu bleiben, aber aus der rhythmischen, selbstsicheren Art, wie er seine Schläge platzierte, folgerte sie, dass er absolut kein Neuling in dieser Sportart war. Unfreiwillig musste sie lächeln und konnte in diesem Moment nicht leugnen, dass die professionelle Art, wie er den Boxsack bearbeitete, so ziemlich das sexyste war, was sie je gesehen hatte.

Malcolm blickte keinen Moment auf, aber der Wind trug seine leicht provozierende Frage zu ihr hinüber: „Brauchst du etwas, vermisst du mich oder wolltest du nur zuschauen?"

Aus ihrem Lächeln wurde ein breites Grinsen, als sie antwortete: „Beachte mich gar nicht, ich genieße nur den Anblick."

Da verpasste er dem Boxsack eine letzte harte Rechte, richtete sich dann auf und kam lächelnd in ihre Richtung. Er zog die Boxhandschuhe aus, warf sie beiseite und zog Serena an sich heran.

Dann umfasste er mit seinen immer noch bandagierten Händen ihre Taille und murmelte ihr ins Ohr: „Gefällt dir denn, was du siehst?"

Seine Lippen fanden erst ihren Hals und dann ihren Mund, und als sie beide Luft holen mussten, gab sie ihm einen spielerischen – und völlig wirkungslosen – kleinen Schubs und sagte: „Du bist ja völlig verschwitzt."

„Ich hatte nicht den Eindruck, dass dich das sehr gestört hat."

Sie lachte, wand sich aus seiner Umarmung heraus, sodass sie außerhalb seiner Reichweite war, und sagte: „Wie läuft's denn bei Kylee mit dem Lernen? Ich habe ein paar Snacks für sie mitgebracht."

„Wie fürsorglich", sagte er, bückte sich, um die Handschuhe dort aufzuheben, wo er sie hingeworfen hatte, und deutete dann einladend mit dem Kopf zur Hintertür. „Nach ihrer eigenen Einschätzung ist sie heute durch die erste Prüfung gefallen. Nach meiner Einschätzung heißt das, dass sie wahrscheinlich mit einer Eins bestanden hat."

Serena lachte und ging mit ihm in die altmodische Küche. In der Spüle stand noch das Geschirr vom Abendessen, aber ansonsten war es sauberer und aufgeräumter, als sie erwartet hatte. Sie fing an, das mitgebrachte Gebäck und das Obst auszupacken, und legte alles auf den Tisch.

„Ich kann das gut nachvollziehen", sagte sie zu Malcolms Bemerkung. „Ich hatte früher auch solche Panik vor Prüfungen. Gutes Essen hilft dagegen."

„Ja, das stimmt", bestätigte er, während er sich die Bandagen von den Händen abwickelte, zur Treppe ins Obergeschoss ging und hinauf rief: „Kylee, Serena ist da und hat dir etwas mitgebracht."

„Ich komme sofort!", kam die Antwort von oben.

Als Malcolm wieder zurückkam, kramte er im Kühlschrank herum und kam mit einer Packung Saft zurück. „Möchtest du etwas trinken?"

„Nein danke. Ich muss gleich wieder nach Hause. Ich kann Max und Em noch nicht so lange allein lassen."

Sie beobachtete ihn verstohlen von der Küche aus und war völlig abgelenkt davon, wie sich jeder Muskel seines schlanken Oberkörpers unter seinem Shirt abzeichnete. „Du scheinst das Boxen ja immer noch ziemlich ernst zu nehmen. Nimmst du noch an Wettkämpfen teil?"

„Nein, die Zeiten sind längst vorbei. Außerdem gibt es auf *Skye* keinen richtigen Boxclub. Ich wünschte, es hätte damals, als ich ein Junge war, einen gegeben. Damals hatte ich viel freie und unausgefüllte Zeit."

„Dann musst du vielleicht einen gründen."

„Einen Boxclub?", fragte er mit gerunzelter Stirn. „Aber ich bin doch kein Trainer, sondern nur Amateur mit ein paar wenigen Kämpfen."

„Es muss ja nicht gleich ein Club sein, sondern vielleicht nur ein Angebot für Jugendliche nach der Schule. Du kannst so gut mit Kindern und Jugendlichen umgehen."

Er sah aus, als ob ihm der Vorschlag gefiel, aber bevor er noch etwas sagen konnte, platzte Kylee in die Küche. In der Tür blieb sie abrupt stehen und fragte: „Sind die für mich?"

„Ja", antwortete Serena. „Ich dachte, du könntest gut ein bisschen Nervennahrung gebrauchen. Wann sind denn deine anderen Prüfungen?"

„Zwei in der nächsten Woche und übernächste Woche dann noch mal zwei."

„Du machst das bestimmt gut. Wenn du etwas brauchst, ich bin gleich nebenan, ja?"

Kylee lächelte schüchtern. „Danke."

Serena schaute jetzt auf die Uhr und sagte: „So, jetzt muss ich aber wirklich gehen."

„Ich begleite dich noch", erklärte Malcolm.

Serena verabschiedete sich von Kylee und verließ dann zusammen mit Malcolm das Haus. Auf dem Rückweg zu ihrem Häuschen fand seine Hand wie selbstverständlich die ihre, und es fühlte sich ganz und gar normal und absolut richtig an. Vor ihrer Haustür blieben sie stehen und küssten sich lange.

„Danke, dass du an Kylee gedacht hast." Er drückte sie immer noch an sich, den Kopf ein wenig zu ihr hinuntergeneigt. „Sie zeigt es vielleicht nicht so, aber solche Dinge bedeuten ihr viel."

„Das habe ich wirklich gern getan", sagte Serena. „Ich habe mir überlegt … also natürlich nur, wenn ihr Lust habt … dass ihr beide vielleicht rüberkommt und wir zusammen feiern, wenn sie die Prüfungen geschafft hat. Muriel hat bei uns damals eine richtig große Sache daraus gemacht. Es wäre doch schön, wenn es für Kylee auch eine schöne Erinnerung werden könnte."

„Das klingt perfekt."

Er stahl ihr noch rasch einen Kuss, dann noch einen und noch einen dritten, bevor Serena anfing zu lachen und ihn von sich wegschob.

„So, meine Familie ruft. Du musst jetzt gehen."

„Ja, ja, ich geh ja schon." Sein spielerischer Blick war zwar ein Generalangriff auf ihre guten Vorsätze, aber er sagte: „Gute Nacht."

„Gute Nacht", entgegnete sie so leise, dass sie nicht sicher war, ob er es gehört hatte. Sie sah ihm nach, bis er verschwunden war, und wünschte sich Dinge, die sie nicht erwarten durfte, Dinge, von denen sie sich selbst versprochen hatte, sie nicht mehr zu wollen.

Zwei Wochen später, am Abend nach Kylees letzter Prüfung, bat Serena Em, ihr beim Brotschneiden zu helfen, und Max gab sie die Aufgabe, den Tisch für fünf Personen zu decken. Sie hatte ein Menü ausgesucht, von dem sie wusste, dass es allen schmecken würde: Kräuter-Brathähnchen mit Kartoffeln, einen Bohnensalat und zum Nachtisch *Trifle*.

„Das Essen duftet ja herrlich", sagte Kylee, schon als sie und Malcolm zur Tür hereinkamen. „Wie lieb von dir, dass du für mich kochst."

„Das mache ich wirklich gern", sagte Serena. „Wie war's denn?"

„Nicht so schwer wie erwartet. Du hattest recht."

„Dann müssen wir jetzt aber wirklich feiern", erklärte Serena. „Setzt euch doch. Das Essen ist fast so weit."

Em, Max und Kylee setzten sich sofort an den Tisch, aber Malcolm trat hinter Serena, legte die Arme um ihre Körpermitte und drückte ihr einen Kuss direkt hinter ihr Ohr. Sie seufzte und lehnte sich für einen Moment bei ihm an. Es fühlte sich gut an, so offen mit ihrer Beziehung umzugehen und vor Familienmitgliedern ihre Zuneigung zu zeigen, auch wenn Em immer einen hoffnungsvollen Gesichtsausdruck bekam, wenn sie es taten.

„Nimm du doch schon mal das Hühnchen", murmelte sie. „Ich muss noch schnell den Salat mischen."

„Spielverderberin", flüsterte er ihr ins Ohr, ließ aber los und brachte die Platte mit dem Hühnchen zum Tisch. Serena ließ ihre Gedanken wandern und überlegte, wie es wohl sein mochte, eine richtige Familie zu haben, einen Mann, der von der Arbeit nach Hause kam, mit der Familie aß und mit den Kindern spielte? Einen Mann, der den Kindern bei den Hausaufgaben half und sie abends ins Bett brachte und der sie dann ins Schlafzimmer zog, um sie zu lieben, obwohl im Wohnzimmer überall noch Spielzeug herumlag und in der Spüle das schmutzige Geschirr vom Abendessen stand.

Als sie noch mit Edward zusammen gewesen war, hatte sie sich eingeredet, dass das nur eine törichte Fantasie sei, aber wenn sie jetzt Malcolm anschaute, wie er am Tisch saß und mit Max und Em herumalberte, dann glaubte sie, dass es solche Ehen vielleicht doch gab.

Nach dem Essen, das in Rekordzeit verputzt war, servierte Serena den *Trifle*. „Vielleicht haben wir heute zum letzten Mal Gelegenheit, Sterne zu beobachten, bevor es wegen des Sommers nachts nicht mehr richtig dunkel wird. Was meint ihr?"

„Können wir, Onkel Malcolm?", fragte Kylee.

„Ich wüsste nicht, was dagegen spricht", antwortete er. „Ich habe Em versprochen, dass sie auch mal durch das Teleskop schauen kann."

Zum Sternebeobachten war es allerdings noch viel zu hell, und es blieben bis dahin noch Stunden, die irgendwie gefüllt werden mussten. Kylee half beim Abräumen und Spülen, während Malcolm Max und Em unterhielt, und dann saßen sie alle im Wohnzimmer um den Couchtisch und spielten ein Brettspiel.

Irgendwann ertappte Serena Malcolm dabei, wie er sie, ohne es zu merken, mit einem eindeutig sehnsüchtigen Blick anschaute. Das war kein Aufblitzen von Verlangen, wie sie es oft bei ihm sah, nicht der Wunsch, dass es nicht bei einem Kuss bleiben möge, sondern sie hatte plötzlich das Gefühl, dass er von dieser Szene harmonischer Häuslichkeit genauso berührt und angetan war wie sie.

Und dann war dieses Gefühl auch schon wieder weg und ging unter im allgemeinen Gelächter, bis es Zeit war, mit heißer Schokolade und Decken in den Garten umzuziehen. Serena ließ Em die Sagen zu den Sternbildern erzählen, die sie schon kannte, und dann war Max an der Reihe. Er erfand Geschichten, über die alle lachen mussten, obwohl sie versuchten, ernst zu bleiben.

Dann holte Malcolm sein Teleskop, sodass sie auch entferntere Sterne betrachten konnten, aber es dauerte nicht lange, da nahm die Anzahl der Sterngucker rapide ab. Als Erster schlief Max ein, gefolgt von Em, und kurz darauf begann auch Kylee hinter vorgehaltener Hand zu gähnen. Sie entschuldigte sich, umarmte Serena ganz fest und machte sich dann auf den Heimweg. Anschließend half Malcolm Serena, die Kinder ins Haus zu tragen und ins Bett zu bringen, und dann kehrten sie wieder zurück auf die Decke, die noch auf dem kühlen, feuchten Gras ausgebreitet war.

Serena streckte sich auf der Decke aus und drehte sich dann auf die Seite, damit sie Malcolm im dämmrigen Licht sehen konnte. Er schaute sie mit einer solchen Zärtlichkeit an, dass sie von einem unbändigen Sehnen erfüllt wurde.

„Was denkst du?“, fragte sie leise.

„Ach, ich habe nur gerade gedacht, dass ich mich an Abende wie diesen gewöhnen könnte.“

„Ich auch“, sagte sie. „Es war perfekt, und der Gedanke, dass wir so einen Abend vielleicht nicht noch einmal haben könnten, ist traurig.“

„Warum sollten wir denn nicht mehr solche Abende haben?“, fragte er nach, und sein Tonfall wurde wachsam.

„Weil man erst im September wieder Sterne beobachten kann“, antwortete sie.

Er sah erleichtert aus, und erst da wurde ihr klar, dass er offenbar gedacht hatte, sie meinte entweder ihre Beziehung oder ihre Pläne, *Skye* am Ende des Sommers wieder zu verlassen.

Ihr Herz schlug schneller, aber sie zwang sich zu sagen: „Es gibt da noch etwas, worüber ich gerne mit dir reden möchte. Ursprünglich hatte ich ja geplant, im August wieder zurück nach *Inverness* zu gehen.“

„Ich versuche zwar, es zu verdrängen, aber ja, das hattest du gesagt.“

„Meinst du, Mrs Doherty würde uns ihr Haus auch noch länger vermieten, wenn wir im Herbst doch nicht zurückgehen?“

„Könntest du dir das denn vorstellen?“

„Ich denke jedenfalls darüber nach“, sagte Serena. „Ich habe zwar nicht nur schöne Erinnerungen an *Skye*, aber ich glaube, dass Max und Em hier die Art von Kindheit erleben können, wie ich sie hatte. Wie sehr ich mir das wünsche, habe ich erst gemerkt, als ich wieder hergekommen bin.“

Er rückte auf der Decke näher an sie heran und fragte: „Ist das der einzige Grund, weshalb du überlegst hierzubleiben?“

„Nein“, antwortete sie und ein kleines provozierendes Lächeln umspielte ihren Mund. „Ich mache mir auch Gedanken darüber, was aus dem Hotel werden würde, wenn ich wieder wegginge. Es ist ganz klar, dass du mich hier brauchst.“

Als er ihr einen Kuss auf die Wange gab, kitzelte sein Bart ihre Haut, und ein wohliger Schauer durchfuhr sie.

„Ja, ich brauche dich auf jeden Fall", sagte er, und sein Mund wanderte jetzt weiter nach unten. Sie schlang ihm die Arme um den Hals, ohne sich darum zu kümmern, dass sie sich unter freiem Himmel aufhielten.

Eigentlich wollte sie nicht, dass er mit dem aufhörte, was er da gerade tat, aber sie fragte: „Heißt das, es ist für dich in Ordnung, wenn ich noch eine Weile hierbleibe und in absehbarer Zukunft in deinem beruflichen Alltag bei jedem deiner Schritte dabei bin?

Da sah er ihr in die Augen, lächelte und sagte: „Ohne dich wäre es nur halb so schön."

22

Serena war weiterhin so darauf fokussiert, die erste Ausstellung in der neuen Hotelgalerie zu organisieren, bevor ihre Brüder mit ihren Frauen zu Muriels Geburtstag auf die Insel kamen, dass es ihr ganz gut gelang zu verdrängen, welche Tragweite dieser Besuch haben würde. Als der Termin noch Wochen entfernt gewesen war, hatte die Vorstellung, Jamie und Ian von ihrer Beziehung zu Malcolm zu erzählen, sie gar nicht weiter beunruhigt, aber inzwischen schlichen sich immer wieder Momente höchster Panik ein, wenn sie daran dachte.

Muriel war natürlich begeistert, weil sie diese Beziehung seit Serenas und Malcolms erstem funkensprühenden Zusammenstoß unterstützt und gefördert hatte, aber für Serenas Brüder war Malcolm ein Angestellter, und sie war ihre Schwester. Auch wenn die beiden Brüder und deren Frauen keine Snobs waren, hielt sie es für durchaus möglich, dass er – besonders den überbehütenden Brüdern – für sie nicht gut genug war.

Am Geburtstag ihrer Tante nahm sich Serena im Hotel frei, um Muriels Lieblingskuchen – eine Schwarzwälder Kirschtorte – für sie zu backen. In der Zeit, in der sie Em von der Schule und Max aus dem Kindergarten abholte, ließ sie die Biskuitböden auskühlen, und als die beiden dann zu Hause waren, setzte sie sie an den Küchentisch, wo sie aus farbigem Bastelkarton und Glitzerkleber Geburtstagskarten bastelten, während sie selbst die fertigen Tortenböden mit Kirschen und Sahne bestrich, dann aufeinanderschichtete und anschließend die fertige Torte in eine Transportbox beförderte.

„So, jetzt müssen wir uns aber fertig machen. Gleich fahren wir los zu Tante Muriel. Freut ihr euch schon auf Onkel Jamie und Onkel Ian?“

„Jaaa!“, rief Max, aber Em runzelte die Stirn und schaute finster drein. „Meinst du, Tante Andrea ist sauer, dass ich gar nicht viel geübt habe?“

„Das glaube ich nicht. Du hast doch jeden Sonntag nach der Kirche bei Tantchen geübt.“

„Ja, aber sie sagt, wenn ich eine so gute Pianistin werden will wie sie, dann muss ich jeden Tag üben, egal ob ich Lust habe oder nicht.“

Serena stellte sich im Stillen die Frage, ob Ems anhaltende Faszination vom Klavierspielen vielleicht eher etwas mit der Bewunderung für ihre neue Tante zu tun hatte als mit dem Traum, Musikerin zu werden. Doch sie hatte sich schon lange, bevor Andrea in die Familie gekommen war, Klavierstunden gewünscht. Vielleicht schlummerte in Em ja tatsächlich ein Talent, das nur geweckt werden musste.

„Wir haben das Üben wirklich ein bisschen schleifen lassen, was? Vielleicht sollten wir uns mal Gedanken machen, wie wir das ändern können.“

Wenn sie tatsächlich auf Skye blieben, musste sie auf jeden Fall Ems Klavier aus *Nairn* holen, aber das würde niemals in das kleine Wohnzimmer ihres Häuschens passen. Ein Umzug hätte also alle möglichen Konsequenzen, die sie noch gar nicht zu Ende bedacht hatte.

Serena zog Em und Max dem Anlass gemäß an – Em ein hübsches Wollkleid und Lackschuhe und Max eine schicke Hose und eine Weste –, und anschließend wandte sie sich dann ihrem eigenen

Kleiderschrank zu. Es sollte ein besonders festliches Essen im Hotel werden, auch wenn sie gar nicht so genau wusste, wessen Idee das eigentlich gewesen war. Em folgte Serena die Treppe hinauf in ihr Schlafzimmer und setzte sich aufs Bett, während Serena sich Gedanken über ihr Outfit machte.

Sie hielt zwei Pullover hoch und fragte: „Was meinst du, welchen soll ich anziehen? Den cremefarbenen oder den blauen?"

Em überlegte ernsthaft und mit gerunzelter Stirn, als ob sie eine Matheaufgabe löste. „Den cremefarbenen. Der sieht zu deinen Haaren schön aus." Serena zog sich den Angorapulli über ihr Baumwolltop, wählte dazu eine schicke weite Hose und als i-Tüpfelchen Diamantohrringe.

Sie war gerade dabei, in ihre flachen Boots zu schlüpfen, als sie innehielt und ihrer Tochter die Frage stellte, die ihr jetzt schon seit drei Wochen durch den Kopf ging: „Was würdest du davon halten, wenn wir auf *Skye* blieben, Em?"

Die Miene ihrer Tochter wurde misstrauisch. „Meinst du das ernst?"

Mit dieser Reaktion hatte sie nicht gerechnet. „Vielleicht. Ich habe das Gefühl, du und Max seid hier ziemlich glücklich, und ich weiß, dass Tantchen es auch gut findet, wenn wir nicht so weit weg wohnen … Wäre es denn schlimm, wenn wir hierblieben?"

„Und was würde dann mit unserem Haus passieren?"

„Das würde ich wahrscheinlich verkaufen und dann stattdessen hier ein Haus für uns kaufen." Serena ließ sich jetzt ebenfalls auf der Bettkante nieder und strich Em mit der Hand übers Haar. „Würde dir das denn etwas ausmachen? Mir ist schon klar, dass du dein ganzes Leben lang noch nie woanders gewohnt hast als in unserem Haus in *Nairn*." *Und dass dort auch alle Erinnerungen an deinen Vater sind,* dachte sie, war sich dabei aber gar nicht so sicher, ob das für ihre Tochter etwas Gutes oder Schlechtes bedeutete.

Em nagte an ihrer Unterlippe. „Ich weiß nicht. Ich glaube nicht … aber irgendwie ist es schon komisch."

„Du musst mir auch nicht sofort antworten, mein Schatz. Denk einfach darüber nach. Ich glaube, so ein Umzug könnte uns allen guttun, aber ich wollte keine Entscheidung treffen, ohne dich vorher um deine Meinung zu fragen."

„Und Max?"

„Ja, Max natürlich auch. Obwohl ich glaube, dass es ihm eigentlich ziemlich egal ist, wo er wohnt, Hauptsache er hat seine Autos."

Da grinste Em plötzlich und sagte: „Das stimmt. Und seine Giraffe." Dann rannte sie die Treppe hinunter, und die Sorgen, die sie sich so offensichtlich gerade eben noch gemacht hatte, waren wie weggeblasen.

Serena folgte ihr ins Wohnzimmer, wo Max gerade spielte. „Bist du fertig, mein Äffchen? Ich habe vorhin eine Nachricht bekommen, dass Onkel Ian und Tante Grace heute Nachmittag auf *Skye* angekommen sind."

Max jubelte und Serena wuschelte ihm durchs Haar. „Dann los jetzt. Und vergiss deine Giraffe nicht."

Max flitzte los, um sein liebstes Stofftier vom Sofa zu holen und es sich unter den Arm zu klemmen. Sie schob die Kinder zur Tür hinaus zum Wagen und merkte dabei, wie ihr Magen vor Aufregung zu flattern begann. Wie albern – also wirklich! Es ging doch nur um ihre Familie, und alle kannten und mochten Malcolm ja bereits. Es würde alles gut werden. Es musste einfach alles gut werden.

Serena hatte gedacht, dass sie als Erste bei Tante Muriel eintreffen würde, aber auf der Auffahrt stand bereits der vertraute silberne Audi von Jamie und Andrea. Em und Max schnallten sich wie der Blitz ab und waren schon im nächsten Moment auf und davon. Serena folgte ihnen etwas langsamer, und als sie nach ihren beiden Kindern das Haus betrat, kamen ihr aus der Küche köstlichste Essensdüfte entgegen.

Wie immer, wenn ihr Bruder da war, versammelten sich alle in Muriels Küche, wo Jamie damit beschäftigt war, auf der Kochinsel Gemüse zu schneiden. Andrea hob Max hoch, damit er seinem Onkel einen dicken Schmatzer auf die Wange geben konnte, während Em Andrea zur Begrüßung die Arme um den Bauch schlang. Ihr Status einer Lieblingstante schien völlig ungefährdet.

„Das ist eine Begrüßung, was?", sagte Serena grinsend, als sie Andrea umarmte.

„Mir gefällt es. Ich habe meine Lieblingsnichte und meinen Lieblingsneffen aus Schottland vermisst!", sagte Andrea.

„Aber wir sind doch deine einzige Nichte und dein einziger Neffe aus Schottland", wandte Em ein.

Da strich Andrea Em liebevoll übers Haar und erklärte: „Und du bist viel zu schlau für mich."

Serena ging um die Kochinsel herum, um jetzt auch ihren Bruder zur Begrüßung zu umarmen, woraufhin er ihr einen Kuss auf den Kopf gab, ohne im Gemüseschneiden innezuhalten. „Hi Schwester. Kannst du eine Platte nehmen und das hier darauf anrichten, während ich den Spargel aus dem Ofen hole?"

„Klar. Aber warum kochst du jetzt noch? Wir gehen doch in zwei Stunden essen."

„Nur ein paar Vorspeisen", sagte er, obwohl sie es eigentlich hätte wissen müssen, denn egal zu welchem Anlass fand Jamie immer eine Aufgabe für sich, die mit Essen zu tun hatte.

Serena nahm eine Platte aus einem der Küchenschränke und fing an, das rohe Gemüse kunstvoll anzurichten. „Und warum bin ausgerechnet ich heute Abend deine Sous-Chefin?"

„Weil mit mir in der Küche absolut nichts anzufangen ist", antwortete Andrea. „Was das angeht, hat er mich abgeschrieben."

„Sehr clever, Andrea. Das hätte ich auch so machen sollen", sagte Serena und schaute sich suchend in der Küche um. „Wo ist denn unser Tantchen? Und was ist mit Ian und Grace? Ich dachte, ihr wolltet zusammen kommen."

„Tante Muriel macht sich noch fertig, und Ian und Grace kommen direkt ins Hotel. Sie sind aus Mumbai gekommen und haben heute Morgen nur ganz knapp ihren Anschlussflug in *London* erreicht. Sie mussten sich erst ein bisschen ausruhen."

„Gut. Wenigstens verpassen sie das Essen nicht." Serena hatte mit Grace nur wenige Berührungspunkte gehabt, seitdem sie in Ians Leben wieder eine Rolle spielte, aber ihr gefiel die Wirkung, die Grace auf ihren ehemals konservativen – ja, man könnte fast sagen steifen –, großen Bruder hatte. Bevor er mit ihr zusammengekommen war, hätte er nicht im Traum daran gedacht, auf zwei Erdteilen zu leben. Aber wer hätte auch gedacht, dass es nur ein halbes Jahr dauern würde, bis die beiden, die sich vor Jahren voneinander entfremdet hatten, miteinander verheiratet sein würden? So gesehen waren sie immer noch ein frisch gebackenes Ehepaar.

Weil sie jetzt irgendwie schon beim Thema waren, bot es Serena eine perfekte Überleitung, und sie sagte in bewusst beiläufigem Ton: „Ich habe übrigens Malcolm eingeladen, heute Abend dabei zu sein."

„Oh gut", sagte Jamie. „Wir schulden ihm wirklich mehr als ein Essen dafür, wie er sich sofort um Max und Em gekümmert hat, als Muriel krank geworden ist."

Das wäre eigentlich für sie der Moment gewesen zu sagen: *„Aber das ist nicht der Grund, weshalb ich ihn eingeladen habe"*, doch die Worte wollten einfach nicht heraus.

Warum zögerte sie so damit, publik zu machen, dass sie mehr als nur Kollegen waren? Was auch immer Malcolm glauben mochte, weder schämte sie sich, noch war ihr etwas an ihrer Beziehung peinlich. Vielleicht wollte sie ihn einfach nicht einer allgemeinen Begutachtung durch ihre Familie aussetzen. Vielleicht war der Grund auch, dass die Beziehung wirklich real werden würde, wenn sie

Malcolm ihrer Familie als einen Menschen vorstellte, der ihr wichtig war.

„Serena? Das Gemüse …", sagte Jamie und stupste sie mit dem Ellbogen an. Erst da merkte sie, dass sie völlig geistesabwesend auf die Platte gestarrt hatte.

„Oh, entschuldige bitte." Sie machte sich wieder an die Arbeit und konzentrierte sich ganz auf die Gemüsestücke und nicht auf die Aussicht, einen Mann zu einem Familienevent mitzubringen, mit dem sie erst seit Kurzem liiert war, und der dort sicher begutachtet und mit Fragen bombardiert werden würde. Vielleicht war es doch falsch gewesen, ihn einzuladen.

„Ich kann mich nicht erinnern, dass ich dich jemals so still erlebt habe", sagte Andrea. „Ist irgendetwas nicht in Ordnung?"

„Nein, ich bin nur müde. Max hat heute Nacht noch schlechter geschlafen als sonst, und ich hatte eigentlich gedacht, wir hätten das langsam hinter uns."

„Das ist wirklich hart", sagte Andrea. „Mich kann man völlig vergessen, wenn ich unausgeschlafen bin. Frag meinen Mann."

Jamie hob die Hände und erklärte: „Ich habe nichts gesagt."

„Hey Em", sagte Andrea dann. „Wir haben jede Menge Klavierstunden verpasst, was? Willst du mal versuchen, ob du dich noch an dein letztes Stück erinnerst?"

Ems Miene hellte sich auf, und sie ging hinter Andrea her ins Wohnzimmer zum Klavier. Dem dumpfen Geräusch, als der Deckel aufgeklappt wurde, folgten zaghafte Töne, die Serenas Tochter dem Instrument entlockte.

„So, jetzt mal unter uns … was ist wirklich los?", fragte Jamie.

„Wie bitte?", fragte Serena erschrocken und verstreute Cherrytomaten über die gesamte Kochinsel. „Was ist los mit wem?"

„Mit Muriel. Sie ist putzmunter wie immer, so als wäre nichts gewesen, aber sie ist immer noch ziemlich krank, oder?"

„Nicht, dass ich wüsste“, antwortete Serena. „Abgesehen davon, dass sie manchmal etwas müde ist, geht es ihr gut, glaube ich. Die Betablocker sind abgesetzt worden, seitdem die Schilddrüsenmedikamente wirken, aber viel mehr hat sie darüber nicht zu mir gesagt. Sie ist überraschend verschwiegen in dieser Angelegenheit.“

„Genau wie Dad. Sie gibt nicht gern zu, dass sie auch nur ein Mensch ist.“

Serena schmunzelte. Muriel hatte immer eine geradezu übermenschliche Effizienz an den Tag gelegt, aber die Tatsache, dass sie Serena erlaubte zu kochen, war ein Hinweis darauf, dass sie mittlerweile ihre Grenzen kannte und sie zur Abwechslung einmal akzeptierte.

Was sie jetzt auch sagen oder eben nicht sagen mochte, der Zwischenfall hatte ihr offenbar doch einen Schreck eingejagt.

„Ach Serena, du bist ja schon da!“, sagte Tante Muriel, als sie jetzt in die Küche kam. Sie sah so energiegeladen und vital aus, dass die Sorgen, über die sie sich ausgetauscht hatten, völlig unbegründet schienen.

Serena nahm ihre Tante fest in die Arme und sagte: „Happy Birthday, Tantchen. Wie alt wirst du noch mal? 49?“

„Pssst“, sagte Muriel schmunzelnd. „Du weißt genau, dass ich mich strikt weigere, älter als 45 zu sein.“

Serena grinste und nahm die Platte mit Appetizern, die Jamie in ihre Richtung schob, während er die letzten Gemüsestücke noch einmal umdekorierte. Es gab Spargel in Schinken – eine Familienleibspeise –, kleine Ziegenkäse-Tartes und Lachs-Tomaten-Häppchen. Wie gewöhnlich tischte Jamie bei Geburtstagen in der Familie auf, als wäre es ein Empfang mit einem Profi-Catering.

„So, das sind die letzten Häppchen. Du könntest doch schon mal unseren Ehrengast zu Tisch führen, Serena.“

Muriel lächelte und ging mit Serena ins Wohnzimmer, wo Andrea spontan ihre Version eines Geburtstagsliedes auf dem Klavier zum Besten gab, als sie den Raum betraten.

Max war sofort mit den selbstgebastelten Karten an Muriels Seite und sagte: „So, jetzt musst du deine Geschenke auspacken!“

„Sollen wir damit nicht lieber warten, bis alle da sind, Max?“, fragte Serena.

Doch Muriel schüttelte unauffällig den Kopf, klopfte auf das Sofapolster neben sich und sagte: „Komm, setz dich doch neben mich aufs Sofa, Maxie.“ Er kletterte neben sie, riss den Umschlag auf und „las“ ihr seine Karte vor.

Als Nächstes war Ems Karte an der Reihe, aber auch die öffnete Max, gefolgt von Serenas Geschenk, eine filigrane Halskette mit einem kleinen Blumenanhänger aus Perlmutt. Muriel nahm sofort die Kette ab und legte stattdessen die mit dem Blumenanhänger um. Als Letzte waren Andrea und Jamie an der Reihe. Sie schenkten Muriel einen elfenbeinfarbenen Wollschal, der so groß war, dass sie sich praktisch darin hätte einwickeln können.

„Was für schöne Geschenke!“, sagte Muriel. „Aber das allerschönste Geschenk von allen ist, dass die gesamte Familie versammelt ist.

Serena räusperte sich. „Apropos – es steht zwar noch nicht endgültig fest –, aber ich denke ernsthaft daran, auf *Skye* zu bleiben.“

„Wirklich?“, fragte Jamie im selben Moment, in dem Andrea ausrief: „Das ist ja wunderbar!“

Muriel sah Serena an: Sie kannte den wahren Grund.

„Und was ist mit Ems Schule?“, fragte Jamie.

„Die *Highlands Academy* ist keine Option mehr, und alle anderen Privatschulen von dieser Qualität in der Gegend sind Internate. Wenn ich sie in *Nairn* auf eine öffentliche Schule schicke, dann kann ich das genauso gut auch hier tun, und dann lernt sie außerdem hier auch noch Gälisch. Zu Hause bekomme ich es nicht hin, regelmäßig Gälisch mit ihr zu sprechen.“

„Ich finde, das ist eine wunderbare Idee", sagte Andrea schnell. „Wenn es bei unseren Berufen möglich wäre, würde ich auch sofort herziehen."

Serena wusste, dass Andrea das wirklich so meinte. Ursprünglich war sie nämlich beruflich nach *Skye* gekommen und hatte sich dabei nicht nur in Jamie, sondern auch in die Insel verliebt. Es hätte Serena nicht überrascht, wenn Andrea sich – genau wie Serena – für ihre künftigen Kinder nicht ein entschleunigtes Leben wünschte.

„Wie auch immer du dich entscheidest", sagte Muriel, „ich hoffe, dass du hier so viel Zeit wie möglich verbringst. Du hast mir gefehlt, und es ist gut, dass du jetzt wieder da bist."

Eigentlich war es also nur vernünftig, wieder hier zu leben. Muriels gesundheitliche Probleme machten deutlich, dass sie älter wurde und es besser war, wenn jemand aus der Familie in ihrer Nähe lebte. Und wenn Serena dadurch die Möglichkeit bekam, Malcolm besser kennenzulernen, umso besser.

Als sie mit den Vorspeisen fertig waren, wurde es auch schon Zeit, sich auf den Weg zum Hotel zu machen. Muriel wollte mit Serena mitfahren, und sobald sie im Auto saßen und die Türen geschlossen waren, fragte Muriel: „Dann willst du sie also einfach mit Malcolm konfrontieren?"

Serena zog ein Gesicht. „Ich wollte es ihnen eigentlich sagen, aber dann habe ich mich nicht mehr getraut."

„Sie erfahren es doch sowieso gleich", gab Muriel ihr zu bedenken.

„Das weiß ich ja", sagte Serena und warf ihrer Tante einen schnellen Blick zu. „Findest du es verrückt, dass ich überlege, ganz hierher zu ziehen?"

„Verrückt? Nein. Und rein egoistisch betrachtet, gibt es nichts, was mir lieber wäre. Aber ich glaube, du musst dir die Frage beantworten, ob es dich auch dann glücklich machen würde, auf *Skye* zu leben, wenn Malcolm nicht hier wäre."

„Ich weiß", sagte Serena. „Aber es ist schrecklich, dass ich das eigentlich gar nicht wissen will."

Muriel lächelte daraufhin auf ihre eigene Art, was für Serena die ganze Weisheit des Alters ausdrückte. Was dieses Lächeln jetzt in diesem Zusammenhang zu bedeuten hatte, wusste sie nicht so genau, und mit dieser Frage konnte sie sich auch nicht mehr befassen, denn sie hielt bereits vor dem Hotel neben Jamies schickem Wagen an.

Der Moment der Wahrheit war gekommen.

Serena hob Max aus dem Auto, machte danach Em die Tür auf und beide rannten sofort los ins Hotelfoyer. Serena holte noch einmal tief Luft, wartete, dass auch Muriel an der Beifahrerseite ausstieg, und begab sich dann direkt in den Trubel eines Wiedersehens mit der ganzen Familie.

„Serena!" Ian stand am nächsten und umarmte sie, sodass sie wie eine Zwergin in seiner Umarmung verschwand, weil er fast 30 Zentimeter größer war als sie. „Da bist du ja! Max hat uns gerade erzählt, dass er selbst hierher gefahren ist."

Serena lachte und löste sich wieder von ihm. Ihr älterer Bruder war sonnengebräunt und sah glücklich aus. Seine sonst meist eher ernste Miene war durch sein gelöstes Lächeln viel weicher. Sie schaute jetzt an ihm vorbei zu seiner Frau Grace, die genauso klein und zierlich war wie Serena. Aber im Gegensatz zu Serenas blonden Locken hatte Grace kurzes dunkles Haar und bunte Tattoos auf dem rechten Arm. Sie war absolut nicht der Typ Frau, von dem Serena gedacht hätte, dass ihr Bruder sie heiraten würde, aber schon allein die Art, wie er sie ansah, machte deutlich, dass er sie über alles liebte. Serena umarmte Grace und gab ihr ein Küsschen auf die Wange.

„Du siehst gut aus", sagte Grace mit ihrem leicht irischen Akzent. „Genießt du es, wieder auf *Skye* zu sein?"

„Ja, das könnte man so sagen. Ich habe gehört, dass ihr Probleme bei der Anreise hattet."

„Ja, unser Flug von Mumbai musste wegen technischer Probleme zwischenlanden, deshalb mussten wir alle Anschlussflüge umbuchen. Es tut mir leid, dass wir es nicht mehr geschafft haben, noch zu Hause bei Tante Muriel vorbeizuschauen, aber wir waren völlig fertig."

Ian legte Grace den Arm um die Taille und zog sie näher an sich. „Aber ich hätte das hier um keinen Preis verpassen wollen, besonders auch, weil wir zu Ostern nicht kommen können."

„Sind wir dann so weit?", fragte Jamie jetzt und ließ seinen Blick über die Gruppe schweifen. „Warten wir nur noch auf Malcolm?"

„Er kommt in ein paar Minuten dazu", sagte Serena. „Er arbeitet noch seine neue Assistentin Katrina ein."

Jamie nickte, aber Andrea sah sie leicht irritiert an, so als wäre ihr irgendetwas an Serenas Tonfall aufgefallen. Aber egal, sie würden es ja ohnehin gleich alle erfahren. Serena folgte ihrer Familie durch die Flügeltür ins Restaurant, wo am Ende des Raumes mehrere Tische zu einer langen Tafel zusammengeschoben worden waren.

„Ich möchte neben Tante Andrea sitzen", sagte Em. Sie schoben Stühle und verteilten sich an der Tafel um, damit Ems Wunsch erfüllt werden konnte. Serena setzte Max auf den Platz links von sich und platzierte ihre Handtasche auf dem Platz an ihrer anderen Seite – ein dezenter Hinweis, dass sie ihn für Malcolm frei hielt. Andrea sah es und wusste offenbar, was los war, versuchte aber, ihr Lächeln darüber zu verbergen. Serenas Brüder waren allem Anschein nach völlig ahnungslos.

Die Kellnerin – dieselbe, die Malcolm und sie bei ihrem ersten Date bedient hatte – kam jetzt, stellte ihnen Flaschen mit Mineralwasser hin und verteilte Speisekarten. Serena drehte sich einmal kurz um, schaute zur großen geöffneten Eingangstür des Restaurants und fragte sich, ob sie noch einmal schauen sollte, wo Malcom blieb, aber als hätte sie ihn gerufen, tauchte er in diesem Moment in der Tür auf.

Man konnte seinen Anblick nur als umwerfend bezeichnen. Schick gekleidet in einem schwarzen Anzug, aber ohne Krawatte, sah er so anziehend aus, dass sie sicher war, man konnte ihr ihre Reaktion darauf ansehen. Er warf Serena einen so vertraulichen Blick zu, dass es ihr den Atem verschlug, und ging dann durch den Raum zum Tisch hinüber.

„Tut mir leid, dass ich zu spät komme", sagte er zu der gesamten Gruppe, beugte sich dann vor, um Serena einen ganz leichten Kuss auf den Mund zu geben, und plötzlich herrschte Totenstille am Tisch. Doch Malcolm schien es gar nicht zu bemerken, oder vielleicht war es ihm auch einfach egal. Er setzte sich auf den freien Platz neben Serena und griff nach ihrer Hand, bevor er die völlig verblüfften Blicke bemerkte. „Dann nehme ich mal an, dass Serena nicht gesagt hat, dass wir ein Paar sind?"

Durch seine verblüffende Sicherheit legte sich Serenas Nervosität ein wenig, sodass sie ihn anlächelte und erklärte: „Dazu bin ich noch nicht gekommen."

„Hmm. Das merke ich", sagte Malcolm daraufhin, schlug seine Speisekarte auf und schaute sie sich völlig gelassen an. So leicht würde er es ihnen nicht machen. Serena musste ein Lächeln unterdrücken.

„Seit wann seid ihr denn liiert?", fragte Ian und schaute zwischen den beiden hin und her.

Serena blickte zu ihrem Bruder auf und antwortete: „Seit ein paar Monaten."

Ian sah an ihr vorbei zu Malcolm und sagte: „Meinen Sie, wir könnten aufgrund des feierlichen Anlasses einfach den Teil überspringen, in dem mein Bruder und ich Ihnen Gewalt androhen für den Fall, dass sie unserer Schwester wehtun?"

„Ja, ich glaube schon, denn ich kann es mir lebhaft vorstellen", sagte Malcolm, und dabei umspielte ein kaum merkliches Schmunzeln seine Mundwinkel. Aber dann wandte er sich auch schon wieder der

Speisekarte zu und erklärte: „Wenn ich etwas empfehlen darf, der Wolfsbarsch in der Salzkruste ist wirklich hervorragend. Und ob Sie es glauben oder nicht, wir machen hier auch fantastische Steaks. Das Fleisch ist aus artgerechter Haltung, von Bioqualität und aus der Region."

„Sie kennen die Karte ja genauso gut wie ich", sagte Jamie.

„Ja sicher", sagte er daraufhin, aber es klang kein bisschen überheblich, sondern einfach nur selbstsicher.

Malcolm schien am Tisch mit ihrer Familie völlig entspannt zu sein. Nach der anfänglichen Überraschung – und der Art, wie die Frauen ihr zugelächelt hatten – schien ihre Familie die Sache richtig gut aufzunehmen. Offenbar war sie die Einzige, die sich seltsam dabei fühlte. Vielleicht hatte sie auch immer so sehr betont, dass ihr Leben ihre Angelegenheit sei, dass die anderen lieber keine Fragen mehr stellten. Sie hätte niemals zulassen dürfen, dass Edward sie von den Menschen entfremdete, die sie liebte.

Nachdem die Kellnerin ihre Bestellungen aufgenommen hatte und der Wein eingeschenkt war, beugte sich Jamie etwas vor und verkündete:

„Andrea und ich haben euch etwas mitzuteilen."

Wie auf Kommando schauten alle in seine Richtung.

„Wir haben gerade die Nachricht bekommen, dass wir ein Kind adoptieren können."

„Das ist ja wunderbar", sagte Muriel sofort und griff nach Jamies Hand.

„Gratuliere", sagte Ian. „Wie lange wird es denn jetzt noch dauern?"

Andrea sah ihren Mann an und antwortete: „Die Adoptionsvermittlung meint, dass es jetzt ziemlich schnell gehen kann. Vielleicht ein paar Monate."

Jamie und sie strahlten eine solche Freude aus, dass man sich nur mit ihnen freuen konnte. Sie hatten das Beste aus einer Situation gemacht, die für beide sehr schmerzlich sein musste, und sie würden sicher großartige Eltern sein. Serena strich Max übers Haar. So schwierig ihre Ehe auch immer wieder gewesen sein mochte, sie konnte sie unmöglich bereuen, weil zwei wunderbare Kinder daraus hervorgegangen waren.

Das Gespräch drehte sich noch eine Weile um das Adoptionsthema, und dann sagte Ian: „Also durch Jamies und Andreas Neuigkeiten sind meine jetzt vielleicht ein bisschen weniger spektakulär, aber ich möchte sie trotzdem verkünden."

„Bist du schwanger?", fragte Jamie todernst, und alle am Tisch mussten lachen.

„Nein, zum Glück nicht und Grace auch nicht." Die beiden hatten von Anfang an klargemacht, dass sie keine Kinder wollten, sondern nur Nichten und Neffen. „Mein Vertrag beim *Children's Advocacy Fund* läuft im Oktober aus, und wir haben einen anderen Bewerber, der für die Stelle in Mumbai viel besser geeignet ist als ich. Deshalb übernehme ich ab Herbst eine volle Stelle als *Fundraiser* in *London*. Meine offizielle Stellenbezeichnung ist dann *Director of Strategic Partnerships*, aber es ist im Grunde nichts anderes, als Firmenspenden einzutreiben."

„Ich dachte, es macht dir Spaß, als Koordinator des Programms zu arbeiten!", sagte Serena.

„Ja, das stimmt, aber ich habe die Stelle nur angenommen, weil der letzte Bewerber einen Rückzieher gemacht hatte und es sonst niemanden gab, der sie hätte übernehmen können. Der neue Bewerber spricht im Unterschied zu mir Hindi. Außerdem sind Grace und ich jetzt seit sechs Monaten verheiratet und waren nur ungefähr die Hälfte dieser Zeit gleichzeitig im selben Land."

Serena grinste. „*Die* Begründung verstehe ich, aber was hat Grace davon? Ist das nicht ein Lockvogelangebot?"

„Sehr nett, Schwesterchen. Vielen Dank auch", sagte Ian und warf ihr einen empörten Blick zu, der allerdings nicht ohne Zuneigung war.

Serena musste ein Kichern unterdrücken. „Aber mal im Ernst, wie ist denn dieser neue Arbeitsbereich für dich?“, fragte sie Grace. „Humanitäre Arbeit muss doch eine absolute Umstellung für dich sein nach deiner Arbeit als Kriegsfotografin.“

„Ja, das stimmt“, bestätigte Grace. „Der größte Unterschied besteht im Grunde darin, dass ich jetzt die meiste Zeit im Büro sitze. Ich hätte nie gedacht, dass mir *Art Direction* so viel Spaß machen würde, aber es ist auch eine große Hilfe, dass ich so begabte Fotografen und Fotografinnen an meiner Seite habe.“

„Erzähl ihnen doch mal von deiner Ausstellung“, forderte Ian Grace auf, woraufhin die ihm einen Blick zuwarf, der für Serena besagte, dass Ian die Ausstellung nicht hätte erwähnen sollen.

„Ich bin gefragt worden, ob ich mich an einer Freiluft-Ausstellung auf dem Gelände des *National History Museums* beteiligen möchte. Es geht dabei um 50 Jahre Straßenfotografie in *London*.“

„Das ist ja großartig!“, sagte Serena. „Sag auf jeden Fall Bescheid, wann genau die Ausstellung stattfindet. Die will ich mir auf jeden Fall anschauen. Ich fand es schon richtig schade, dass wir deine letzte Ausstellung verpasst haben.“

Und dann war plötzlich die gesamte Aufmerksamkeit bei ihr. Lachend hob sie die Hände und sagte: „Seht mich nicht so an. Ich habe euch auch etwas zu zeigen, aber das hat Zeit bis nach dem Essen.“

Als das Gespräch bei Tisch irgendwann im Fluss war, legte Malcolm seinen Arm auf ihre Stuhllehne. Es war eine entspannte, liebevolle Geste, und sie merkte, wie sehr ihr das gefehlt hatte. Serena plauderte über Max’ Kopf hinweg mit Andrea, während Malcolm mit Ian und James über seine Zeit als Amateurboxer sprach. Als das Essen kam, wurde es stiller, denn alle Gerichte schmeckten gleichermaßen köstlich.

Malcolm benahm sich wie ein völlig verliebter Freund, indem er ihr Wein nachschenkte und sie von seinem Essen probieren ließ. Sie bewunderte ihn für seine Selbstsicherheit, und wie er sich so unangestrengt auf den Platz an ihrer Seite einließ. Sie spürte genau, dass nicht nur ihre Schwägerinnen ihn mochten, sondern dass auch ihre Brüder ihn respektierten. Und deren Respekt zu gewinnen, war normalerweise gar nicht so einfach.

„Kommen Sie hinterher noch zu mir nach Hause zum Dessert?", fragte Muriel ihn irgendwann, woraufhin er Serena fragend ansah.

„Bitte komm doch noch mit, oder willst du etwa meine berühmte Schwarzwälder Kirschtorte verpassen?"

„Na, wenn das so ist, komme ich natürlich gerne noch mit, danke. Aber ich glaube, vorher möchte Serena allen noch etwas zeigen."

„Ja, das möchte ich", bestätigte Serena, faltete ihre Serviette zusammen, legte sie neben den Teller und stand auf. Der Rest der Familie folgte ihr ins Foyer, wo sie einmal tief durchatmete und plötzlich unerklärlich nervös wurde. Vom Foyer aus führte sie alle in den Salon. „Was ihr hier seht, ist die inoffizielle Eröffnung der *Isleornsay*-Galerie, die derzeit im *MacDonald Guest House* untergebracht ist."

Dann trat sie zurück, um die Reaktionen ihrer Familienmitglieder zu beobachten, wie sie durch den Salon schlenderten und den neu gestalteten Raum auf sich wirken ließen. Statt die Gemälde starr linear zu hängen, hatte sie die sehr farbigen ausdrucksvollen Ölbilder so arrangiert, wie sie eine gemischte Sammlung bei sich zu Hause präsentiert hätte: locker zusammengefügt wie Puzzleteile. Sie hatte die bereits vorhandenen Bilderschienen genutzt und die Bilder an feinen Ketten aufgehängt, wodurch eine Wirkung entstand, die gleichzeitig traditionell und ein wenig flippig war.

Malcolm legte ihr einen Arm um die Schultern und flüsterte ihr ins Ohr: „Das hast du wirklich großartig gemacht, Serena!"

Jamie war der Erste aus der Familie, der etwas sagte: „Das ist einfach toll, Serena. Wirklich überraschend. Einheimische Künstler, nehme ich an, oder?"

„Ja", bestätigte Serena seine Vermutung und verteilte die Visitenkarten aus dickem Pergament, die noch gerade rechtzeitig fertig geworden waren und auf denen Informationen über die Künstler und die einzelnen Bilder zu finden waren. Das hier mochte zwar nur eine sehr kleine Galerie sein, aber sie war fest entschlossen, die Künstler zu würdigen.

Grace stand ganz nah bei einem der Bilder und betrachtete es intensiv. Serena trat neben sie und fragte: „Was hältst du davon, hier auch mal auszustellen, Grace? Wir sind zwar nicht das *Natural History Museum* …"

Grace lächelte. „Zurzeit experimentiere ich gerade mit Platin- und Palladiumdrucken. Vielleicht eine Serie von Landschaften? Ich habe Bilder von unserer letzten Reise nach *Skye*, die noch nicht ausgedruckt sind. Manche davon könnten vielleicht passen."

„Du gibst mir Bescheid, und dann machen wir es, ja?", sagte Serena.

In dem Moment kam Ian von hinten dazu, legte seine Arme um Serenas Schultern und sagte: „Ich bin wirklich stolz auf dich, Schwesterherz. Das ist wunderschön."

„Ich habe mir gedacht, dass das auch eine vielversprechende Marketingidee sein könnte."

„Da könntest du recht haben, aber darum geht es mir gar nicht in erster Linie, sondern es ist einfach schön zu sehen, dass du wieder etwas tust, wofür du Leidenschaft empfindest. Hast du schon mal daran gedacht, auch deine eigenen Sachen auszustellen?"

„Ich glaube nicht …", begann sie, beendete den Satz aber nicht, weil sie aus dem Augenwinkel sah, wie Max auf einen der Ohrensessel kletterte und offenbar vorhatte auszuprobieren, ob er fliegen konnte. Sie ging hin, um es zu verhindern, aber Malcolm war schon vor ihr da.

„Das lass mal lieber, du kleiner Draufgänger“, sagte er, holte Max von dem Sessel herunter und schwang ihn sich über die Schulter. „Das Fliegen überlassen wir lieber Superman, finde ich.“

Serena beobachtete die beiden, und ihr ging das Herz auf. Auch Em war jetzt bei Malcolm, also nahm er sie auf den anderen Arm und tat so, als würde er unter der Last ins Schwanken geraten.

„Und das mit Malcolm, ist das etwas Ernstes oder nicht?“, fragte Andrea, die jetzt an Serenas Seite trat und ihrem Blick folgte. „Oder ist das eine blöde Frage?“

„Im Moment eine noch ungeklärte“, antwortete sie. Das war rein theoretisch zwar korrekt, aber die Art, wie sie für ihn empfand, fühlte sich ganz und gar nicht unverbindlich an.

„Ist das auch der Grund, warum du plötzlich wieder zurück nach *Skye* ziehen willst?“

„Es ist zumindest einer der Gründe“, antwortete Serena und fühlte sich plötzlich unsicher. „Findest du, dass das völlig verrückt ist? Wir kennen uns erst seit ein paar Monaten, und einen Teil dieser Zeit haben wir uns nur gestritten.“

„Also ich weiß wirklich nicht, ob ich die Richtige bin, um dir diese Frage zu beantworten“, sagte Andrea. „Ich bin wegen eines Mannes nach Schottland gezogen, den ich erst seit fünf Tagen kannte.“

Da musste Serena schmunzeln. Jamie und Andrea hatten wirklich in einem Supertempo zueinandergefunden, auch wenn es dann noch über ein Jahr gedauert hatte, bis sie sich offiziell das Jawort gegeben hatten. Aber bei ihnen waren keine Kinder im Spiel gewesen, und Serena musste auf Em und Max und ihre Gefühle Rücksicht nehmen.

Sie schaute jetzt wieder hinüber zu Malcolm, der auf der gegenüberliegenden Seite des Raumes Max auf den Schultern reiten ließ und dabei Em an der Hand hielt.

„Können wir gehen? Die beiden hier werden langsam unruhig“, fragte er.

„Ich bin so weit, wenn alle anderen es auch sind. Das Dessert wartet, und auch wenn ich es selbst gemacht habe, möchte ich behaupten, dass es sehr, sehr lecker ist", verkündete Serena.

„Ich kann es gar nicht erwarten", sagte Malcolm daraufhin, lächelte sie freundlich an und ließ ihren Sohn einmal auf seinen Schultern auf und ab hopsen. „Los Maxie, Zeit für Mamas Kuchen, und den möchten wir uns doch auf keinen Fall entgehen lassen, oder?"

Serena schaute zu, wie Max kicherte und sich an Malcolms Kopf festhielt, während Malcolm sie angrinste. Die Zweifel, die sie gerade noch gehabt hatte, schmolzen dahin, und den wissenden Blicken nach, die ihre Familie in ihre Richtung schickte, wussten alle anderen es auch.

23

Malcolm fuhr hinter Serena her zu Muriels Haus. Das war ja richtig gut gelaufen. Er selbst hatte da im Grunde auch gar keine Bedenken gehabt, aber er hatte Serena angemerkt, dass es ihr anders ging. Doch statt deshalb beleidigt zu sein, fühlte er sich geschmeichelt. Sie hätte sich nicht solche Gedanken gemacht, was ihre Familie von ihm halten würde, wenn er ihr nicht wichtig gewesen wäre. Er hatte schon immer eine gute Menschenkenntnis besessen und deshalb gewusst, dass sein persönliches Interesse am Erfolg des Hotels Jamie beeindrucken würde. Und Ian hatte als ehemaliger Olympiaruderer Respekt vor Malcolms Boxervergangenheit.

Malcolm schmunzelte vor sich hin, als er seinen Wagen hinter Serenas parkte und, so schnell er konnte, ausstieg, um Muriel aus dem Auto zu helfen.

„Was für ein netter junger Mann", sagte Muriel und tätschelte ihm den Arm. „Danke, dass Sie meinen Geburtstag mit mir verbringen."

„Das tue ich doch gerne." Er lächelte Serena, die gerade dabei war, Max aus dem Wagen zu heben, über das Wagendach hinweg an.

In dem Moment trafen auch James und Andrea mit Grace und Ian ein, und alle gingen gemeinsam ins Haus.

„Ich koche schon mal Kaffee und schneide den Kuchen", sagte Serena.

„Ich helfe dir", meldete sich Malcolm, folgte ihr in die Küche, schaute sich kurz um und zog sie dann an sich, um ihr einen Kuss zu geben.

„Und ich dachte schon, du würdest einfach so freiwillig helfen", sagte sie. „Was bin ich doch für ein Dummerchen."

„Das will ich auch, aber das heißt doch nicht, dass ich mich nicht auch noch über das andere freue." Er ging zum Schrank, nahm einen Stapel Dessertteller heraus und brachte sie zur Kochinsel.

„Und … wie mache ich mich bis jetzt? Ist deine Familie einverstanden mit mir?"

Sie nahm ein Tortenmesser und setzte einen ersten präzisen Schnitt durch den ganzen Kuchen. „Ich würde sagen, es sind alle einverstanden. Die Tatsache, dass du überhaupt hier bist, zeigt, dass du bei ihnen sehr gut abgeschnitten hast."

„Das verstehe ich nicht."

Serena sah erschrocken aus, so als hätte sie das eigentlich gar nicht sagen wollen, und an ihrem Blick erkannte er ihren inneren Konflikt.

„Was erzählst du mir nicht, Serena?"

Sie sah ihn nicht an, sondern zog stattdessen noch einmal das Messer durch den Kuchen. „Meine Familie mochte Edward nicht, und zwar nicht zuletzt, weil er die Insel *Skye* nicht leiden konnte."

„Also, ich muss gestehen, dass ich auch nicht gerade begeistert war, wieder zurückzukommen", erklärte er.

„Na ja, dafür gab es bei dir aber auch einen guten Grund. Du hattest all die negativen Erinnerungen an dein Leben hier, aber Edward mochte *Skye* nicht, weil er nicht daran erinnert werden wollte, dass ich hier meine Wurzeln habe. Er hielt sich lieber an die englische Seite meiner Familie."

Malcolm setzte sich jetzt auf einen der hohen Hocker, die auf der anderen Seite der Kochinsel standen. „Ich dachte, er wäre Schotte gewesen."

„Das war er auch, aber die meisten seiner Kollegen waren Engländer, und er war auch in England auf dem College – genau wie Ian, aber Ian betrachtet die Insel deshalb noch lange nicht als etwas Minderwertiges."

„Edward ist also nie mit dir hier gewesen?"

„Nicht oft jedenfalls, und er hat auch ständig alles getan, um zu verhindern, dass ich herkam. Geburtstage und Festtage wurden immer erst in Edinburgh gefeiert und später in *Inverness* nachgefeiert. Meine Familie hat sich zum Glück immer darauf eingelassen, sonst hätte Em gar keinen Kontakt zu den Verwandten auf *Skye* gehabt."

Malcolm sagte nichts und versuchte, vor seinem Inneren Auge einen kontrollierenden Mann mit Serenas nüchtern sachlicher und zupackender Art zusammenzubringen. Er konnte sich nicht vorstellen, dass sie gut damit zurechtgekommen war, dass jemand ihr versagte, in ihre Heimat zu fahren, um ihre Familie zu besuchen. Fiel es ihr deshalb jetzt so schwer, ihm zu vertrauen und sich auf eine feste Beziehung einzulassen?

„Es tut mir wirklich leid, dass du diese Erfahrung machen musstest", sagte er schließlich. „Niemand sollte den Kontakt verlieren zu Menschen, die er liebt. Und vielleicht klingt das schrecklich, aber ich bin froh, dass dich eine solche Situation nicht mehr beschweren muss."

Mit betroffener Miene nahm Serena das Messer wieder in die Hand, hielt kurz inne und sagte dann: „Ich bin ehrlich gesagt auch froh."

Doch dann wurde sie plötzlich kreidebleich, das Messer fiel scheppernd auf die Arbeitsplatte, und als Malcolms Blick dem ihren folgte, merkte er, wie auch ihm alles Blut aus dem Gesicht wich, als er sah, dass Em mit völlig fassungsloser Miene in der Tür stand.

„Em …“, setzte Serena an, aber ihre kleine Tochter rannte bereits davon.

„Ich muss mit ihr reden. Kannst du das hier übernehmen?“, sagte sie nur noch hastig zu Malcolm.

Er war wegen dem grade Erlebten immer noch ganz geschockt und nickte deshalb nur stumm. Wie schrecklich, dass er nicht bemerkt hatte, dass Em dort gestanden hatte, sonst hätte er niemals etwas über ihren Vater gesagt. Es war ganz offensichtlich, dass das Mädchen nichts von den Eheproblemen seiner Eltern gewusst hatte, und Serena hatte ganz bestimmt nicht gewollt, dass sie es so erfuhr. Als er jetzt ebenfalls von der Küche ins Wohnzimmer ging, sah er noch gerade, wie sie das Haus verließ.

„Was war denn das?“, fragte Muriel mit großen Augen.

„Ich glaube, Em hat versehentlich etwas über ihren Vater mitgehört, was nicht für ihre Ohren bestimmt war“, erklärte er.

Muriel tauschte Blicke mit Ian und Jamie, aus denen er schloss, dass es wohl um mehr ging als nur um die Antipathie von Serenas verstorbenem Mann gegen die Insel *Skye.*

„Gibt es etwas, das ich über Edward wissen sollte?“, fragte er deshalb in die Runde.

„Das sagt sie dir lieber selbst“, antwortete Muriel darauf nur. „Es steht uns nicht zu, uns dazu zu äußern.“

Aber Serena war jedes Mal ausgewichen oder hatte das Thema gewechselt, wenn ihre Beziehung zu Edward zur Sprache gekommen war. So viel wie das, was er gerade in der Küche erfahren hatte, hatte sie noch nie preisgegeben.

Da Malcolm jetzt wusste, dass er von ihrer Familie keine Erklärung bekommen würde, ging er wieder in die Küche, schnitt den Kuchen zu Ende auf und brachte dann die Teller mit dem Dessert zu den Gästen. Dort hörte er anschließend den Gesprächen zu, während er sich innerlich fragte, was Serena ihm wohl nicht erzählt hatte. Vielleicht hatte ihre Vorsicht hinsichtlich ihrer Beziehung ja gar nichts mit ihm zu tun.

Mit einem dicken Kloß im Hals folgte Serena ihrer Tochter nach draußen. Wie viel hatte Em wohl mitbekommen?

Das kleine Mädchen saß zitternd – vor Kälte, aber wahrscheinlich auch vor innerem Aufruhr – auf den Eingangsstufen. Ganz langsam setzte sich Serena neben sie und sah dann, dass Em Tränen übers Gesicht liefen.

„Hey", sagte sie leise. „Willst du mir nicht erzählen, was los ist?"

Mit Tränen in den Augen blickte Em auf und fragte: „Hast du Papa gesagt, dass er gehen soll?"

Die Frage traf Serena bis ins Mark. Sie brauchte einen Moment, um durchzuatmen und ruhig sprechen zu können. „Warum fragst du das?"

„Sophie hat mir erzählt, dass sie gehört hat, wie ihre Eltern darüber geredet haben. Sie hat gesagt, dass er gestorben ist, weil du ihn rausgeworfen hast. Ist das wahr?"

Jetzt verstand Serena langsam, was los war. Sophies Vater war ebenfalls Manager bei der Firma, in der auch Edward gearbeitet hatte, und derjenige, der Edwards Position nach dessen Tod übernommen hatte. Es war also durchaus möglich, dass Edward diesem Mann vor seinem Tod seine Eheprobleme anvertraut hatte, und mit dem Denken einer Achtjährigen hatte Sophie dann aus dem Gespräch, das sie unbeabsichtigt mitgehört hatte, ihre eigenen Schlussfolgerungen gezogen. Ob das wohl auch der Grund für Ems Streit mit Sophie gewesen war? Hatte Em vielleicht nur ihre Mutter verteidigen wollen?

Serena nahm Ems Hände in ihre. „Papa wollte uns nicht verlassen, mein Schatz. Und ich habe ihn auch nicht rausgeworfen. Wir haben uns gestritten und dann beide zusammen beschlossen, dass es besser ist, wenn erst einmal jeder für sich Zeit zum Nachdenken hat, damit wir unsere Probleme lösen können."

Doch statt sich zu beruhigen, weinte Em noch heftiger. „Aber ich habe gehört, wie du ihn wegen mir angeschrien hast. Ich wollte wirklich nicht böse sein. Wenn ich braver gewesen wäre, dann hättet ihr euch nicht gestritten, und dann wäre er noch am Leben."

„Sieh mich mal an", sagte Serena daraufhin und drehte Em an den Schultern zu sich um, sodass sie sie ansehen musste. „Nichts von all dem ist deine Schuld. Dein Papa und ich waren sehr lange verheiratet. Wir hatten Probleme, aber wir haben uns geliebt. Und wir wollten beide auf keinen Fall, dass du glaubst, du hättest Schuld an unserem Streit. Deshalb haben wir uns darauf geeinigt, dass wir eine Weile getrennt voneinander leben. Aber das ist nicht der Grund, weshalb er gestorben ist, Em. Er hatte eine Herzkrankheit, von der niemand gewusst hat, und es hätte genauso gut auch auf einer Geschäftsreise passieren können. Die beiden Dinge haben nichts miteinander zu tun, und vor allen Dingen hat beides absolut gar nichts mit dir zu tun."

Em sah zwar immer noch unsicher aus, aber es kamen keine Tränen mehr. „Wirklich nicht? Versprochen?"

„Versprochen. Ich wünschte, du hättest mir gleich erzählt, was Sophie dir gesagt hat. Dann hättest du dir nicht die ganze Zeit allein Sorgen darüber machen zu brauchen."

„Ich wollte dir nicht wehtun", sagte Em, immer noch ein bisschen schniefend. „Außerdem wären wir bestimmt nicht nach *Skye* gezogen, wenn ich es dir gesagt hätte, und du hättest Malcolm nicht kennengelernt."

Dieser Logik hatte Serena nichts entgegenzusetzen, also legte sie ihrer Tochter den Arm um die Schultern und drückte sie ganz leicht. „Ich hab dich lieb, mein Schatz, das weißt du doch, oder?"

Em nickte.

„Und du weißt auch, dass du mir wirklich alles erzählen kannst, oder? Egal, was es ist. Du und ich, wir bekommen das zusammen hin."

Jetzt gelang Em ein Lächeln, und sie lehnte ihren Kopf an Serenas Schulter. Mit wehem Herzen stieß Serena einen tiefen Seufzer aus. So etwas hatte sie ihrer Familie wirklich nicht gewünscht. Aber jetzt, da Em die Wahrheit kannte, war das Einzige, was sie tun konnte, ehrlich zu sein und ihr zu versichern, dass sie an nichts von alledem schuld war und dass sie und Max das Wichtigste in Serenas Leben waren und bleiben würden, was auch geschah.

„So, und jetzt kannst du entscheiden, was wir machen. Möchtest du lieber nach Hause fahren, oder wollen wir noch eine Weile wieder zu den anderen hineingehen?"

„Tantchen ist bestimmt traurig, wenn wir jetzt schon gehen. Das möchte ich nicht", antwortete Em.

Das war wieder ganz ihr liebes Mädchen, das immer zuerst an andere dachte. Serena zog sie an sich und gab ihr einen Kuss auf den Kopf. „Ich bin stolz auf dich, Em. Und ich freue mich, dass ich deine Mama bin."

Aber Em zögerte noch und sagte: „Mama?"

„Ja, mein Schatz?"

„Meinst du wirklich, was du da vorhin gesagt hast? Ich meine, dass wir auch auf *Skye* bleiben würden, wenn Malcolm und du nicht zusammen wären?"

Serena war jetzt vorgewarnt. Sie musste in Zukunft vorsichtiger sein mit dem, was sie sagte, denn sie wollte auf keinen Fall, dass Em sich zusätzlich zu allem anderen auch noch Sorgen darüber machte, ob die neue Beziehung ihre Entscheidungen beeinflusste. „Ja, das habe ich genauso gemeint. Für mich steht immer an erster Stelle, ob du und Max glücklich seid."

Da zögerte Em kurz und schlang dann ihre Arme um Serenas Taille. „Felicity hat mir von dem Herbstfest in der Schule erzählt. Und später gibt es eine große Weihnachtsfeier. Vielleicht kann ich da ja sogar Klavier spielen."

Serena schmunzelte. „Dann würdest du also gerne hierbleiben?"

„Ja!"

Serena strich Ems Haare glatt und ging mit ihr zurück ins Haus, wo das Gespräch abrupt verstummte, als sie wieder hereinkamen. Em wischte sich mit dem Ärmel die Augen und war wegen der Aufmerksamkeit, die sie bekamen, peinlich berührt.

Malcolm eilte ihr zur Rettung. „Wenn ich mich nicht irre, sind noch gar nicht alle Geschenke ausgepackt."

„Das stimmt. Unsere hast du noch nicht angeschaut, Tantchen", sagte Ian und nahm eine große Schachtel vom Klavier und fuhr fort: „Entschuldige, aber wir hatten leider keine Zeit mehr, es schön zu verpacken, und außerdem wäre es vom Zoll sowieso wieder geöffnet worden."

Muriel nahm den Karton entgegen, öffnete ihn und nahm dann mehrere Schichten Noppenfolie und Papier heraus, bis ein wunderschöner, bunt bemalter hölzerner Elefant zum Vorschein kam, der traditionell herausgeputzt und mit Blattgold verziert war.

„In der Kultur der Hindus ist der Elefant das Symbol für Weisheit", sagte Grace. „Zum Holi, dem Fest der Farben, waren wir in Jaipur, und wir konnten nicht widerstehen, wenigstens ein Teil als Andenken mit nach Hause zu nehmen."

„Der ist wunderschön, Grace und Ian. Vielen Dank!" Muriel schaute sich das Kunstwerk ganz genau an und stellte es dann vorsichtig neben sich auf den Tisch. „Ich stelle ihn mir hier hin und denke immer an euch, wenn ich ihn anschaue. Auch wenn ich euch ja jetzt wohl wieder häufiger sehe, wenn ihr wieder in *London* lebt."

„Das hoffe ich", sagte Ian darauf.

Als Nächster holte Malcolm sein Geschenk für Muriel aus der Innentasche seines Jacketts. Er überreichte Muriel die kleine Schachtel mit den Worten: „Als Dank für Ihre Gastfreundschaft in den vergangenen Monaten."

Muriel zog das Schleifenband auf, nahm den Deckel von dem Kästchen, und ihr Blick wurde ganz weich, als sie eine gehämmerte Silberbrosche in Form einer Distel aus der Schachtel nahm. „Die ist wunderschön, Malcolm. Aber Sie hätten mir wirklich nichts zu schenken brauchen."

„Sie haben Kylee und mich behandelt, als ob wir zur Familie gehören, dafür danke ich Ihnen von Herzen."

Serena lächelte Malcolm an. Er machte alles richtig, und zwar ohne dabei jemals auch nur im Geringsten berechnend zu wirken. Sowohl in dem, was er sagte, als auch in seinem Verhalten war er völlig aufrichtig. Konnte es ihr da jemand verdenken, dass sie sich in ihn verliebt hatte?

„Meinst du, wir sollten jetzt lieber nach Hause fahren?", fragte er und deutete mit dem Kopf auf Max, der auf dem Teppich eingeschlafen war.

„Das ist wahrscheinlich das Beste. Offenbar hatte er unbewusst „wir" gesagt, aber ihr wurde dabei ganz warm ums Herz. Serena stand auf. „Macht es dir etwas aus, wenn wir jetzt gehen und die beiden hier ins Bett bringen, Muriel?" Jetzt benutzte auch sie selbst das *Wir*, und in dem Moment hätte sie alles dafür gegeben, dass ein richtiges *Wir* daraus würde.

Sie verabschiedeten sich von allen, Serena umarmte noch ihre Brüder, die Schwägerinnen und ihre Tante, und Malcolm gab allen herzlich die Hand. Dann hob er Max vom Boden auf und trug ihn zum Auto, während Serena und Em ihm folgten.

Als die Kinder in ihren Sitzen saßen und angeschnallt waren, hielt sie ihn zurück. Er hatte das Gespräch zwar geschickt von Ems

Ausbruch weggelenkt, aber er hatte bestimmt Fragen. Es wurde Zeit, dass er die ganze Wahrheit über ihre Vergangenheit erfuhr. „Gib mir eine halbe Stunde und komm dann zu mir rüber, ja? Es gibt da ein paar Dinge, die du wissen solltest."

„Du brauchst mir nichts zu erzählen, was du nicht willst, Serena", sagte er, woraufhin sie erklärte: „Das weiß ich, aber ich glaube, es wird jetzt Zeit." Sie drückte seinen Arm und stieg dann ins Auto. „In einer halben Stunde, ja?"

„Ich werde da sein."

24

Er war sich eigentlich sicher, dass er nicht nervös zu sein brauchte. Nichts, was Serena ihm hätte erzählen können, würde etwas an Malcolms Gefühlen für sie ändern, aber als er in seine Auffahrt fuhr und nur ein paar Meter von Serena entfernt war, die gerade die Kinder ins Bett brachte, verspürte er trotzdem einen Hauch von Sorge. Er betrat sein Haus, wo Kylee in Schlafanzug und Fellpantoffeln vor dem Fernseher saß.

„Und, wie war das Treffen mit der Familie?", fragte sie in leicht ironischem Ton.

Malcolm schmunzelte und setzte sich aufs Sofa. „Es war schön. Und was hast du so gemacht?"

„Keine Hausaufgaben, falls du das fragen wolltest. Ich habe an einem neuen Song gearbeitet."

„Kann ich ihn hören?"

„Er ist noch nicht fertig. Ich spiele ihn dir vor, wenn die Bridge richtig passt, okay?"

Malcolm atmete tief durch und sagte dann: „Ich würde gern mit dir über etwas reden. Du weißt ja, dass deine Großmutter in Glasgow lebt, und wenn du dort auf die Uni gehst …"

„Es gibt keinen Grund, Serena zu verlassen und mit mir zu kommen, wenn ich mit dem Studium anfange", beendete Kylee seinen Satz mit einem wissenden Lächeln. „Das ist völlig in Ordnung. Ich weiß, dass du sie liebst."

„Was? Ich …"

„Ach, komm schon, Onkel Malcolm. Mädels kennen sich mit so was aus. Ich weiß es einfach, und es ist doch völlig in Ordnung. Außerdem ist Glasgow nur … wie viele … fünf Autostunden entfernt. So nah, dass ich über ein verlängertes Wochenende auch mal nach Hause kommen kann. Und ja, Oma ist da, wenn ich sie brauche. Es ist also alles gut. Wirklich."

„Bist du ganz sicher?"

„Ja, ganz sicher", erklärte Kylee noch einmal, lächelte und stupste ihn mit der Schulter an. „Du guckst andauernd auf die Uhr. Lass mich raten: Sie hat dich noch auf einen Nachtisch nach drüben eingeladen?"

Etwas an Kylees Tonfall bewirkte, dass Malcolm sich fragte, was er wohl ihrer Meinung nach tat, wenn er zu seinem abendlichen Besuch nach nebenan ging, aber darüber würde er auf gar keinen Fall mit ihr reden. Wenn er sie gerade missverstand, wäre das wahrscheinlich so peinlich, dass sie nie wieder offen mit ihm reden würde. Und dieser Moment war absolut nicht der richtige Zeitpunkt, um über Sex zu sprechen und darüber, warum sie auf jeden Fall einplanen sollte, niemals Sex zu haben. Jedenfalls nicht solange er noch am Leben und für sie verantwortlich war. Er betete inständig, dass Nicola diese Themen schon vor langer Zeit mit ihr besprochen hatte, und bis jetzt hatte er Glück gehabt, dass Kylee sich viel mehr für Musik als für Jungen interessierte.

„Nein, heute mal kein Dessert, sondern nur Tee", sagte er schließlich. „Ich bin immer noch pappsatt."

„Möchtest du, dass ich noch aufbleibe und auf dich warte?"

„Wenn du möchtest. Aber ich weiß nicht, wie lange ich weg sein werde."

Nach exakt 30 Minuten zog er sich wieder die Jacke über und ging nach nebenan. Als Serena ihm aufmachte, sah sie genauso nervös aus, wie er sich fühlte. „Ich habe gerade den Tee aufgegossen. Komm doch herein."

„Schlafen die beiden?", fragte er, während er ihr ins Haus folgte und die Tür hinter sich schloss.

„Ja, sie schlafen, aber vielleicht ist es besser, wenn wir draußen reden. Ich möchte nicht, dass sie versehentlich etwas mitbekommen. Manche Sachen über ihre Eltern brauchen Kinder nicht zu wissen."

Malcolm nahm eine dicke Wolldecke vom Sofa, während Serena Tee einschenkte, und dann gingen sie nach draußen und setzten sich auf die Stufen vor der Hintertür. Er wickelte sie in die Wolldecke und drückte aufmunternd ihr Knie.

Er dachte schon, sie hätte es sich anders überlegt, als sie nach einer langen Pause zu reden begann: „Edward und ich waren getrennt, als er gestorben ist."

Er griff nach ihrer Hand und automatisch verflochten sich ihre Finger miteinander. „Aber Em hat das nicht gewusst?"

„Nein, sie hat es erst vor ein paar Monaten erfahren. Die Tochter eines Kollegen von Edward ging mit ihr in eine Klasse, und ich glaube, das Mädchen hat etwas aufgeschnappt, was eigentlich nicht für ihre Ohren bestimmt war."

„Was genau ist denn passiert? Ich meine, was ist schiefgelaufen zwischen Edward und dir?"

„Schiefgelaufen? Ich weiß gar nicht, ob es jemals richtig gelaufen ist." Sie sah ihn an, und sogar in der Dunkelheit konnte sie seine schmerzvolle Miene erkennen. „Als ich ihn kennengelernt habe, war ich 25 und war Kuratorin in einer Galerie für Gegenwartskunst in *Edinburgh*. Die Galerie hat ihre Räumlichkeiten oft für irgendwelche

Events vermietet, und seine Firma hat dort eine Weihnachtsparty veranstaltet."

Ihre Stimme wurde weicher. „Edward ist mir durch sein gutes Benehmen positiv aufgefallen. Er war ein bisschen älter als die Männer, mit denen ich bis dahin ausgegangen war, und er hat den ganzen Abend mit mir geflirtet. Bevor er ging, hat er mir seine Karte überreicht und gesagt, dass er gern mit mir essen gehen würde. Es machte auf mich den Eindruck, dass er mir diesbezüglich die Entscheidung überlassen hat. Und natürlich fand ich toll, dass er in seinem Alter schon Vizepräsident eines Energieunternehmens war. Inzwischen weiß ich, dass er genau auf diese Reaktion meinerseits spekuliert hatte.

Ich war jung und dumm und war wie berauscht von der Tatsache, dass es ihm so rasch mit uns ernst war. Es war wie im Märchen. Mir war gar nicht klar, dass es nicht unbedingt etwas mit mir als Person zu tun hatte, wenn er davon sprach, dass er heiraten und Kinder haben wolle."

„Das verstehe ich nicht."

„Er war ehrgeizig, und ihm war bewusst, dass er für seine Karriere einen soliden Eindruck machen musste, weil er so viel jünger war als seine Kollegen, und das bedeutete, dass er möglichst verheiratet sein und eine Familie haben musste. Dann lernte er mich kennen, erfuhr, dass ich gebildet war und durch die Familie meiner Mutter über viele gute Beziehungen verfügte, und daraufhin hat er wohl angenommen, dass ich dadurch die perfekte Frau für ihn sei – eine Art Trophäe."

„Aber das war doch sicher nicht der einzige Grund, weshalb er dich geheiratet hat, oder?", fragte Malcolm sanft und überlegte, ob in manchen Kreisen die Ehe immer noch als eine Art Geschäftsverbindung zwischen Familien betrachtet wurde. Er konnte sich allerdings absolut nicht vorstellen, dass es Männer gab, die mit Serena Zeit verbrachten, ohne sich in sie zu verlieben.

„Ich würde gerne glauben, dass er mich irgendwann geliebt hat, aber eigentlich weiß ich es nicht. Mir wurde jedenfalls irgendwann klar, dass eine Ehe mit Edward nur nach seinen ganz eigenen Spielregeln geführt wurde. Es gefiel ihm nicht, dass ich in der Galerie arbeitete, also trat er ganz vorsichtig mit dem *Vorschlag* an mich heran, dass ich doch bestimmt glücklicher sei, wenn ich dort kündigen und mich stattdessen mit Wohltätigkeitsaufgaben beschäftigen würde. Ich folgte diesem *Vorschlag*, und obwohl ich meine Arbeit zwar vermisste, gefiel es mir auch, dass ich durch diese neue Situation viel Zeit zum Malen hatte. Meine Malerei hielt er jedoch auch für reine Zeitverschwendung und meinte, wir sollten uns ganz darauf konzentrieren, eine Familie zu gründen, bevor ich dazu zu alt sei."

Das Bild, das sie da zeichnete, wurde immer klarer. „Hattest du bei diesen Entscheidungen denn ein Mitspracherecht?"

„Ja natürlich. Zumindest habe ich das zu dem Zeitpunkt noch gedacht. Er hatte auf jeden einzelnen meiner Einwände immer ein Gegenargument, und er hatte eine subtile Art, mir zu verstehen zu geben, dass ich unvernünftig und verantwortungslos sei, wenn ich anderer Meinung war als er. Es dauerte dann eine ganze Weile, bis ich mit Em schwanger wurde, und bis es endlich so weit war, hatte ich jeden Monat Angst, ihm zu sagen, dass es wieder nicht geklappt hatte. Die Spannungen zwischen uns nahmen stetig zu, und er behandelte mich, als würde ich absichtlich seine Lebensplanung sabotieren.

Als ich dann endlich schwanger war, empfand ich eine unendliche Erleichterung. Ich hatte gedacht, er würde begeistert sein, aber das Einzige, was er dazu sagte, war: ‚Endlich', so als wäre die Schwangerschaft nur ein Punkt auf seiner To-do-Liste, den er jetzt abhaken konnte. Daraufhin war er immer seltener zu Hause und erklärte die vielen Stunden im Büro damit, dass er nun schließlich eine größere Familie zu versorgen habe."

„Glaubst du, dass er dir untreu war?", fragte Malcolm.

Sie schüttelte den Kopf. „Das glaube ich nicht. Eine Affäre hätte nur seine Pläne durcheinandergebracht." Mit einem schmerzlichen Blick sah sie ihn jetzt an. „Ich will nicht, dass du glaubst, es hätte bei uns gar keine guten Zeiten gegeben, oder dass ich ihn nicht geliebt habe, denn beides stimmt nicht. Ich wusste nur nie, wie er gerade gelaunt sein würde, wenn er oder ich nach Hause kamen – der Mann, der gerne Zeit mit mir verbrachte, oder der, für den ich ein Punkt auf seiner To-do-Liste war."

Die Resignation in ihrem Tonfall machte ihn wütend. Sie war ein so lebendiger, großzügiger Mensch, und jetzt erkannte er, wie Edwards Kontrolle ihre Lebensfreude und Vitalität erstickt hatte. „Hat sich denn etwas geändert, als Em da war?"

„In der ersten Zeit schon, aber auch unser Kind war nur ein Punkt auf seiner Liste, der abgehakt werden konnte. Er wusste schon genau, wie Ems Leben einmal aussehen sollte, und auch das der Kinder, die noch nach ihr kommen würden. Allerdings kam dann jahrelang kein weiteres Kind, und ich hatte das Gefühl, er wurde noch kontrollierender, weil er darauf keinen Einfluss hatte. Wenn er glücklich war, war alles gut, also habe ich viel zu lange einfach mitgemacht."

Als Serena jetzt heftig schlucken musste, nahm Malcolm ihre Hand, führte sie an seinen Mund und küsste ihre Finger, wie als Zeichen seiner Unterstützung.

„Als Em fast fünf war, wurde sie immer nervöser und unsicherer. Sie traute sich nicht einmal mehr, sich auszusuchen, was sie anziehen wollte, ohne sich zu vergewissern, dass Papa mit ihrer Wahl einverstanden war. Das brachte das Fass bei mir schließlich zum Überlaufen. Erst dachte ich noch, sie wollte Papas Aufmerksamkeit, weil er so oft weg war, aber dann wurde mir klar, dass sie einfach Angst hatte, etwas falsch zu machen. Das war ein Verhalten, das sie sich von mir abgeguckt hatte. Er ging mit ihr genauso um wie mit mir und ordnete an, wie sie zu leben hatte, sodass sie ständig auf die Zustimmung anderer angewiesen war. Da begann ich, mich zu wehren und Klartext zu sprechen, und das hielt er nicht aus. Er ist ausgerastet."

„Hat er … dich geschlagen?"

„Nein. Aber Edward war ein Meister der Manipulation. Er wusste, wie schlimm ich es fand, wenn er böse auf mich war, und dass ich dann alles tat, um ihn versöhnlich zu stimmen. Aber ich habe ihm gesagt, dass mich seine Gefühle nicht interessierten und ich seine Meinung nicht mehr berücksichtigen würde."

„Und dieses Mal hast du dann nicht nachgegeben."

„Nein, weil es in diesem Moment nicht um mich, sondern um Em ging. Und als sich an meiner Haltung nichts änderte und ich nicht mehr nachgegeben habe, hat er offenbar beschlossen, mich dafür zu bestrafen, indem er sagte, dass er eine vorübergehende Trennung wolle, um darüber nachzudenken, was wir von unserer Ehe eigentlich noch erwarteten. Aber auch das war reine Manipulation. Er hätte wegen seines Rufes ganz sicher keine Scheidung riskiert. Ich habe dann gesagt, dass es vielleicht wirklich für alle ganz gut wäre, wenn er für eine Weile auszöge.

Eigentlich hatten wir vor, es Em zu erklären, aber irgendwie ergab sich nie die passende Gelegenheit. Er ging auf Geschäftsreise, und unmittelbar danach zog er auch schon in seine eigene Wohnung, und er wohnte erst ein paar Tage dort, als er dann einen Herzinfarkt hatte. Sein Vermieter hat ihn gefunden, nachdem sich ein Nachbar beschwert hatte, dass in Edwards Wohnung seit Stunden der Wecker klingelte."

Malcolm sah sie an, um an ihrer Miene abzulesen, was sie empfand, aber die war genauso ausdruckslos wie ihre Stimme.

„Das tut mir leid", sagte er sanft. „Das muss ein Schock gewesen sein, auch wenn ihr miteinander große Probleme hattet."

„Ja, das war es", sagte sie und sah ihn mit Tränen in den Augen an. „Aber das Schlimme ist, dass ich erleichtert war. Ich wollte mich nie scheiden lassen. Ich habe ja selbst erlebt, wie meine Familie durch die Scheidung meiner Eltern zerrissen wurde und wie meine Eltern, ohne es zu wollen, meine Brüder und mich gegeneinander aufgebracht haben. Aber ich wusste keinen anderen Ausweg. Edward war so starrsinnig, dass er niemals nachgegeben hätte. Und mir war klar, dass er mir die Sache ewig nachgetragen hätte, wenn ich nachgegeben hätte. Ich hätte für den Rest meines Lebens Wiedergutmachung leisten müssen für das, was ich ihm *angetan* hatte."

Malcolm bemerkte die Ratlosigkeit in ihrem Tonfall. „Das ist doch alles völlig verständlich, Serena. Du warst in einer unmöglichen Situation. Es ist doch klar, dass du zwiespältige Gefühle hattest, als eure Ehe auf diese Weise beendet war."

„Ich frage mich nur, ob es etwas geändert hätte, wenn ich es ihm gesagt hätte."

Er musste kurz blinzeln, als ihm das kleine Detail auffiel, das in ihrer Erzählung fehlte. „Max. Edward wusste nicht, dass du schwanger warst."

„Ich habe es ihm nicht gesagt, weil ich Angst hatte, dass er es irgendwie gegen mich einsetzen würde. Aber jetzt frage ich mich … ob wir unsere Probleme vielleicht doch hätten lösen können, wenn er es gewusst hätte; und wenn er nicht allein gewesen, sondern wir noch zusammen gewohnt hätten, wäre er vielleicht nicht gestorben."

Und die beiden wären vielleicht immer noch verheiratet. Was für ein egoistischer Gedanke! Malcolm hasste sich dafür. Aber nicht nur deshalb, sondern auch weil er wusste, wie unglücklich sie gewesen war.

Als hätte sie seine Gedanken erraten, sagte sie: „Vielleicht wäre unsere Ehe auch dann nicht zu retten gewesen, aber wenigstens hätten Em und Max noch ihren Vater."

Malcolm rückte die Decke auf ihren Schultern so zurecht, dass er ihr den Arm um die Schultern legen konnte. „Das tut mir leid. Ich weiß, dass Beziehungen kompliziert sein können, aber ich verstehe nicht, warum er dich nicht angesehen und Gott für jeden Tag gedankt hat, den er mit dir gemeinsam erleben durfte."

Sie blickte auf und starrte ihn mit offenem Mund an, so überrascht war sie über das, was er sagte. In diesem Moment war sie die Verletzlichkeit in Person. Er strich ihr mit den Fingerspitzen über die Wange und lächelte. „Ich glaube, jetzt verstehe ich, warum du so reagiert hast, als wir uns zum ersten Mal begegnet sind."

„Ich war vielleicht ein bisschen heftig, aber ich fand deine Andeutung, dass ich nicht in der Lage sei, eigene Entscheidungen zu treffen, wirklich schlimm."

„Das ist unter den Umständen ja nicht weiter verwunderlich. Und vielleicht habe ich es auch einfach nicht gut vertragen, dass meine Autorität von einem Drachen in Designerjeans infrage gestellt wurde."

„Einem Drachen?", fragte sie und zog dabei die Augenbrauen hoch.

„Oh ja. Vom ersten Moment an, als ich dich gesehen habe, dachte ich, dass du hinreißend und sexy und viel zu gut für mich bist."

Serena lachte. „Und du warst so weit entfernt von dem, was ich gesucht habe, dass es mich richtig gewurmt hat, dass ich dich so attraktiv fand."

„Ach, ist das so? Das hättest du mir vielleicht lieber nicht sagen sollen."

Sie rutschte näher an ihn heran und fragte: „Und was genau willst du dagegen tun?"

Er hob sie auf seinen Schoß und küsste sie, bevor sie noch mehr sagen konnte. Aber statt eines heftigen Verlangens hatte der lange Kuss die langsame Glut von Leidenschaft und Verheißung. Er wollte sie ganz und gar – Herz, Körper und Seele – für immer.

Mit halb geschlossenen Augen lehnte sie sich zurück. „Du hast ja keine Ahnung, wie gern ich dich bitten möchte zu bleiben."

„Aber …"

Sie seufzte. „Nur das kann ich nicht. Und das werde ich nicht. Aber das hast du doch auch schon gewusst, oder?"

„Ja, das habe ich", sagte er und küsste sie noch einmal. „Und von Kylee habe ich schon die Ansage bekommen, dass sie mich im Auge hat. Ich wette, sie ist noch wach und wartet auf mich. Ich hasse es, ein gutes Vorbild zu sein."

„Ich hasse es auch, dass du ein gutes Vorbild sein willst", sagte sie mit einem schiefen Grinsen und in dem Wissen, dass das nicht der wirkliche Grund dafür war, sie an diesem Abend auf ihrer Veranda zurückzulassen. Als er aufstand, hob er sie mit hoch und stellte sie auf ihre Füße, statt all das zu sagen, was er jetzt gerne gesagt hätte, alles, was er empfand. Doch er wollte nicht, dass sie glaubte, er würde das alles nur sagen, um sie ins Bett zu bekommen. Also küsste er sie noch einmal sehr zärtlich und sagte: „Gute Nacht, Serena."

„Gute Nacht, Malcolm."

Zögernd ging er die Verandatreppe hinunter und ließ sie dort zurück. Er spürte, wie sie ihm hinterhersah, als er die Abkürzung durch ihren Garten nahm und über den niedrigen Zaun stieg, der die beiden Grundstücke voneinander trennte.

Er liebte sie. Er wollte sie heiraten. Es wurde Zeit, einen Ring auszusuchen.

Nachdem Malcolm gegangen war, schaute Serena nach Em und Max und ging dann die Treppe hinauf in ihr Schlafzimmer. Sie hatte eigentlich damit gerechnet, dass sie völlig erledigt sein würde, nachdem sie ihre ganze Geschichte erzählt hatte, aber es ging ihr erstaunlich gut. Wenn sie sich gefragt hatte, ob sie bereit war, sich aus dem Schatten ihrer Vergangenheit zu lösen, dann war diese Frage an diesem Abend zur Genüge beantwortet worden.

Schnell zog sie sich aus und kroch ins Bett. Sie war ganz kurz davor gewesen, Malcolm zu bitten, doch zu bleiben, aber sie wusste, dass sie das schon am nächsten Morgen bereut hätte. Vielleicht war sie altmodisch, aber erst wenn sie einem Mann so vertrauen konnte, dass sie ihn auch heiraten würde, konnte sie ihm ihren Körper und ihre Seele anvertrauen. Das änderte allerdings nichts daran, dass sie an nichts anderes denken konnte.

Sie brauchte unbedingt eine Ablenkung, und zum Glück gab es gerade sehr viele andere Themen und Anforderungen, die sie beschäftigten: die Planung der Tourenangebote des Hotels, die offizielle Eröffnung der Galerie und die Organisation ihres endgültigen Umzugs nach *Skye*. Letzteren verschob sie aber erst einmal, und zwar teils, weil sie die derzeitige Nähe zu Malcolm mochte, teils, weil sie insgeheim hoffte, dass sie das nächste Haus mit ihm gemeinsam kaufen würde.

Sie hatten zwar noch nicht darüber gesprochen, aber so wie er sich verhielt, würde es wohl darauf hinauslaufen. Bei all den Komplikationen, die es mit sich brachte, mit einer alleinerziehenden Mutter von zwei kleinen Kindern liiert zu sein, wäre er schon längst nicht mehr da gewesen, wenn es ihm nicht ernst gewesen wäre.

In diesem Moment klingelte ihr Handy auf ihrem Nachttisch, und sie schaute aufs Display. Es war eine Nachricht von Malcolm. „*Vermisse dich schon. Hoffe, du schläfst gut.*"

Sie antwortete: „*Noch nicht. Hat Kylee wirklich auf dich gewartet?*"

„*Ja, hat sie. Ich bin mir nicht sicher, wer von uns beiden hier der/die Erwachsene ist.*"

Serena musste laut lachen, und sie war halb fertig mit ihrer Antwort: *Ich liebe dich*, als sie sich ertappte und die Antwort noch einmal in: *Ich vermisse dich. Bis morgen*, umänderte.

Ich kann es auch kaum erwarten.

Sie legte ihr Handy beiseite und stieß einen glücklichen Seufzer aus. Sie liebte ihn, auch wenn sie es nicht ausgesprochen oder geschrieben hatte, und sie war sich sicher, das beruhte auf Gegenseitigkeit. Er hatte einmal gesagt, sie solle sich entspannen und ein wenig Glauben und Vertrauen haben. Zum ersten Mal seit Jahren fing sie an zu glauben, dass am Ende auch sie die wahre Liebe finden könnte.

25

Malcolm war froh, dass die Hotelgäste zur Abwechslung einmal nicht so viel Aufmerksamkeit verlangten, denn den Rest der Woche konnte er sich kaum auf seine Arbeit konzentrieren.

Als sie am Samstagmorgen in *Fort William* ankamen, nahm er Kylees Wagen und sagte nur, dass er ihn bräuchte, um Besorgungen zu machen, während sie im Gesangsunterricht sei. Sie hatte an diesem Tag eine Doppelstunde, und zwar erst die übliche Gesangsstunde und danach noch eine Gitarrenstunde. Damit befolgte sie Glenns Rat, an ihrer Gitarrentechnik genauso intensiv zu arbeiten wie an ihrem Gesang.

Nachdem er sie abgesetzt hatte, fuhr er auf direktem Weg zu der kleinen Ladenzeile an der Hauptstraße in der Nähe des Fähranlegers, wo die Passagiere für die Tour über den *Loch Linnhe* an Bord gingen, und parkte seinen Wagen am Straßenrand. Ein Schild mit hübsch gemalten weißen Buchstaben wies den Laden am Ende der Ladenzeile als *Ben Lewis Jewellers* aus. Schon beim Aussteigen bekam er feuchte Hände. Ben Lewis war der einzige Juwelier im Umkreis von 150 Kilometern – was nicht weiter verwunderlich war angesichts der Tatsache, dass *Fort William* eher ein Ziel für Touristen war als ein Ort, um einen Verlobungsring zu kaufen, aber Malcolms Recherchen hatten ergeben, dass der Besitzer ein seriöser Schmuckdesigner und Goldschmied war.

Malcolm betrat unter lautem Gebimmel der Türglocke den Laden. Sofort tauchte ein Mann mittleren Alters aus dem hinteren Teil des Ladens auf. „Was kann ich für Sie tun?", fragte er.

„Mr Mac Tavish? Wir haben Anfang der Woche miteinander telefoniert. Ich bin Malcolm Blake."

„Ach ja, Mr Blake. Kommen Sie doch herein." Mr Mac Tavish kam hinter dem Verkaufstresen hervor und begrüßte Malcolm mit Handschlag. „Sie hätten gerne einen Entwurf für einen Verlobungsring, nicht wahr?"

Schon allein die Formulierung löste bei Malcolm Unbehagen aus, denn er hatte keine Ahnung, was Serena gefallen könnte. Bei Muriels Geburtstagsessen hatte er sie zum ersten Mal überhaupt mit Schmuck gesehen, und er vermutete, dass nur einer der Diamantohrringe, die sie getragen hatte, sein Budget bereits gesprengt hätte. War er denn eigentlich wahnsinnig zu glauben, dass sie ihn heiraten würde? Und wenn sie Ja sagte, wäre sie dann wohl jedes Mal enttäuscht, wenn sie auf ihren Ring schaute?

„Sir?", sprach ihn der Juwelier jetzt noch einmal leicht irritiert an.

„Entschuldigung. Ja, ich komme wegen eines Verlobungsringes."

Der Mann musterte ihn von oben bis unten und schmunzelte. „Dann kommen Sie doch mal mit zur Vitrine, und wir besprechen dort, was Sie sich für Ihre junge Dame vorstellen."

Malcolm folgte ihm zu einem kleinen Arbeitsplatz neben einer Bank, auf der Schubladen mit Werkzeugen, kleinen Lampen und Lupen gestapelt waren.

Mr Mac Tavish forderte ihn mit einer Geste auf, Platz zu nehmen, und setzte sich selbst auf einen gepolsterten Hocker. „Und jetzt erzählen Sie mal, was Sie sich so vorstellen. Stil? Stein? Budget?"

Daraufhin erzählte Malcolm dem Juwelier von Serena, dass sie stilvoll sei und schnörkellos und aus einer sehr reichen Familie stamme, er aber nicht das Gefühl habe, sie irgendwie beeindrucken zu müssen oder mit ihrer wohlhabenden Familie in Konkurrenz zu treten. Er hatte die riesigen Diamanten in den Verlobungsringen der Frauen von James und Ian gesehen, die beide zweifellos Designerstücke waren und annähernd so viel gekostet haben mussten wie ein teures Auto oder ein Ferienhaus.

„Haben Sie schon mal an einen Vintage-Ring gedacht?", fragte Mr Mac Tavish. Vielleicht mit einem Rubin oder einem Saphir? Verlobungsringe mit farbigen Steinen sind wieder sehr im Kommen."

„Meine Freundin war früher Kuratorin in einem Kunstmuseum", sagte Malcolm. „Und sie mag Antiquitäten."

„Dann vielleicht etwas Edwardianisches oder ein Jugendstilstück. Es würde ihr sicher gefallen, wenn es ein Ring mit einer Geschichte ist. Warten Sie bitte kurz."

Der Juwelier ging weg und kam dann mit einem mit schwarzem Samt bezogenen Tablett zurück, auf dem mehrere Ringe lagen. Er suchte einen schlichten runden, in Platin gefassten Diamanten heraus und gab ihn Malcolm.

„Der ist sehr schön", sagte Malcolm. „Aber der passt nicht zu ihr."

Die nächsten fünf Ringe, die der Juwelier ihm zeigte, schienen ebenfalls nicht richtig zu ihr zu passen, auch wenn Malcolm im Grunde gar nicht genau wusste, wonach er suchte. Schließlich schloss Mr Mac Tavish eine Schublade seiner Werkbank auf und nahm eine winzige Plastiktüte heraus. Damit kam er wieder zu Malcolm zurück und schüttelte den Ring aus der Tüte in seine Hand. „Den habe ich gerade diese Woche einem Kunden abgekauft. Er muss ein bisschen aufgearbeitet werden, aber die Fassung ist zu schön, um einfach nur den Stein herauszunehmen und weiterzuverwenden."

Malcolm nahm den Ring und hielt ihn ins Licht. Er war altmodisch und wirklich wunderschön: Ein Weißgoldreif mit einem strahlend purpurfarbenen Stein in einer verschnörkelten Fassung.

„Ist das ein Amethyst?", fragte er.

„Nein, das ist ein lila Saphir. Sehr selten. Viel seltener als blaue Saphire. Die brauchen keine Hitzebehandlung, um eine möglichst schöne Farbe zu bekommen, und sie verändern die Farbe von selbst, je nach Lichteinfall. Dieser Ring ist ein Art-Deco-Stück aus den 30er-Jahren. Es fehlt ein Zacken in der Fassung, und der Reif ist etwas verbogen, aber das sind wirklich nur Kleinigkeiten."

„Der ist perfekt." Was konnte für eine ehemalige Museumskuratorin, die die Geschichten hinter den Ausstellungsstücken liebte, schöner sein als ein antiker Ring aus der Zeit um die Jahrhundertwende des letzten Jahrhunderts?

„Was kostet der denn?", fragte Malcolm.

Mr Mac Tavish nannte einen Preis, der eigentlich Malcolms Budget überstieg, aber immerhin noch bezahlbar war. Er konnte sich Serenas Gesicht vorstellen, wenn sie den Ring sah, aber er hoffte auch, dass sich ein Teil ihrer Begeisterung nicht auf den Ring bezog, sondern darauf, dass sie heiraten würden.

„Wenn Sie möchten, arbeite ich den Ring diese Woche auf, und in der Zeit können Sie es sich überlegen. Wenn ich bis zum Wochenende nichts von Ihnen höre, lege ich ihn zu den anderen Ringen in die Verkaufsvitrine."

Malcolm schaute den Ring noch eine Weile an und gab ihn dann dem Juwelier zurück. „Das ist ein faires Angebot. Ich hätte nie gedacht, dass ich einen Vintage-Ring in Betracht ziehen würde."

„Es war mir ein Vergnügen, und ich bin mir sicher, Ihre Serena wird sich in den Ring verlieben."

Seine Serena. Er verabschiedete sich mit Handschlag von Mr Mac Tavish und jetzt, da die Entscheidung für den Ring gefallen war, fühlte er sich gleichzeitig ruhiger, aber auch noch nervöser.

In der Zeit, die er noch warten musste, bis Kylees Unterricht zu Ende war, schlenderte er ein wenig in *Fort William* umher und überlegte, ob er seiner Nichte sagen sollte, was er vorhatte oder nicht. Die Reparatur des Rings würde etwas dauern, und er konnte nicht das Risiko eingehen, dass Kylee versehentlich etwas herausrutschte.

Außerdem sollte sein Antrag ein ganz besonderer Moment werden, und bis jetzt hatte er noch keine Ahnung, wie er das anstellen sollte.

Anscheinend war ihm seine Sorge anzumerken, denn als Kylee ins Auto stieg, sah sie ihn nur an und fragte: „Was ist denn mit dir los?"

„Nichts ist mit mir los. Wieso fragst du?"

„Weil du dich seltsam benimmst und weil du auf dem Lenkrad herumtrommelst."

Er hörte abrupt damit auf und erklärte: „Zu viel Kaffee. Tut mir leid."

Kylee warf ihm von der Seite einen schrägen Blick zu, aber er sagte nichts mehr. Beim Fahren überlegte Malcolm, wie er das romantische Date gestalten sollte, bei dem er Serena dann den Heiratsantrag machen wollte. Das Wetter war zwar gut, und es war auch schon warm genug, aber um Sterne zu beobachten, war es für dieses Jahr schon zu spät. Serena war gerne draußen, also vielleicht ein Picknick?

„Irgendwas ist doch los", sagte Kylee, als sie in die Zufahrt zu ihrem Haus bogen. „Du bist viel zu still. Sogar für deine Verhältnisse. Serena und du … ihr habt euch doch nicht getrennt, oder?"

„Nein! Wie kommst du denn darauf?"

„Okay. Gut. Ich mag sie nämlich", sagte Kylee mit gerunzelter Stirn.

Malcolm stieg aus dem Auto und folgte Kylee ins Haus. Er war schon in der Küche und setzte den Wasserkessel auf, als er ein Aufkeuchen und dann ein lautes Kreischen aus dem Nebenraum hörte.

„Was? Was ist denn passiert?" Er rannte hin und sah Kylee mit ihrem Handy in der Hand am ganzen Körper zitternd auf dem Gang stehen. Mit feuchten Augen sah sie ihn an, und einen Moment lang wusste er nicht, ob sie glücklich oder erschrocken war.

Dann flüsterte sie: „Ich bin drin. Guck mal."

Sie zeigte ihm das Display, und ihm sank das Herz in die Hose, als er den Betreff des *Berkelye College of Music* über der E-Mail las. Es war tatsächlich ein Zulassungsbescheid mit einem Glückwunsch, dass sie angenommen sei. „Das versteh' ich nicht", sagte er wie betäubt. „Hattest du nicht gesagt, dass es so gut wie unmöglich ist, von der Warteliste noch nachzurücken und einen Studienplatz zu bekommen? Und du hast doch auch schon eine Zulassung für Glasgow."

„Die Bewerbung für Glasgow muss ich dann wohl zurückziehen", sagte sie darauf nur und vollführte ein Tänzchen. „Unglaublich. Ich fass es nicht, dass Glenn es tatsächlich geschafft hat."

„Moment mal. Was hat denn Glenn damit zu tun?"

„Glenn arbeitet für einen Produzenten, der dieses Jahr in *Berkelye* unterrichtet", antwortete Kylee. „Er hat mir gesagt, dass er meine Demos hinschicken und schauen würde, ob sein Freund ein gutes Wort für mich einlegen könnte, aber ich habe gar nicht damit gerechnet, dass er das tatsächlich tut." Und dann fuhr sie mit gerunzelter Stirn fort: „Aber das habe ich dir doch alles schon erzählt."

„Nein, Kylee", sagte Malcolm ganz ruhig. „Das hast du nicht."

„Na, jedenfalls hab' ich gedacht, ich hätte es dir gesagt. Ist es nicht fantastisch? Aber die Frist, in der ich den Studienplatz annehmen kann, ist nur sehr kurz. Am besten melde ich mich direkt zurück ..."

„Warte", sagte Malcolm und blieb abrupt stehen. Sie drehte sich um, und ihr beklommener Blick spiegelte das Gefühl wider, das er im Bauch hatte. „Du hast gesagt, dass du mitkommen könntest, wenn ich gehe, dass wir dann beide wieder nach Amerika gehen. Ich habe gedacht, dass du das gerne tun würdest", sagte sie.

„Ja, das habe ich gesagt", bestätigte er, und er hatte es auch genauso gemeint. Aber weil sie nicht direkt einen Studienplatz bekommen, sondern es nur auf die Warteliste geschafft hatte, hatte er das gar nicht mehr als realistische Möglichkeit betrachtet. Und in dem Moment, in dem Serena auf der Bildfläche erschienen war, hatte er eigentlich schon beschlossen, in Schottland zu bleiben.

„Bist du ganz sicher, dass du das wirklich willst? Wenn du nach *Berkelye* gehst, legst du dich ja ziemlich fest, was deine musikalische Zukunft angeht, oder?"

„Aber das ist doch genau der Grund, weshalb ich dorthin will. Warum soll ich meine Zeit mit Operngesang verschwenden, wenn ich Songwriting und Production studieren kann? Außerdem habe ich dort die Chance, alle möglichen Kontakte in die Musikindustrie zu knüpfen. Freust du dich denn gar nicht für mich?"

Malcolm seufzte, legte ihr den Arm um die Schultern und drückte sie kurz. „Doch, ich freu mich wirklich sehr für dich, Kylee, aber ich hatte mir den Rest dieses Jahres ganz anders vorgestellt. Es ist eine große und folgenschwere Entscheidung, wieder nach Amerika zu gehen."

„Aber du musst doch gar nicht mitgehen. Schließlich bin ich schon 18, wenn es losgeht, und ich brauche keinen Aufpasser mehr."

Da hob er eine Hand, um sie zu unterbrechen, und sagte: „Du weißt, dass das nicht der Deal war. Der einzige Grund, weshalb deine Eltern auch nur in Erwägung gezogen haben, dich auf eine Uni in Amerika zu schicken, war der Umstand, dass ich dort nur ein paar Stunden entfernt und in derselben Zeitzone lebte. Du weißt, dass sie niemals einverstanden gewesen wären, dich allein gehen zu lassen."

„Aber sie sind jetzt tot. Sie haben nichts mehr zu sagen", konterte Kaylee, und er war überrascht, wie bitter es klang. Mit Tränen in den Augen drehte sie sich noch einmal zu ihm um und wirkte tief getroffen. „Du lässt mich nicht gehen, oder? Wegen Serena."

„Aber das habe ich doch gar nicht gesagt, Kylee."

„Das brauchst du auch gar nicht. Das ist so unfair!" Und mit diesen

Worten schnappte sie sich ihren Rucksack, rannte hoch in ihr Zimmer und knallte so heftig mit der Tür, dass die Erschütterung im ganzen Haus zu spüren war.

Malcolm fuhr sich mit den Fingern durch sein Haar und packte frustriert ein Haarbüschel. Innerhalb von nur fünf Minuten war sein Leben völlig auf den Kopf gestellt worden. Er war so weit gewesen, Serena einen Heiratsantrag zu machen und sie dazu zu bringen, wieder ganz und für immer nach Schottland zu ziehen, und jetzt war er plötzlich in einer Situation, in der er sich zwischen den beiden Menschen entscheiden musste, die er am allermeisten auf der Welt liebte.

Er ging zurück in die Küche, wo der elektrische Wasserkocher sich schon längst wieder abgeschaltet hatte, und brühte sich einen Becher Tee auf. Was sollte er bloß tun? Es war Kylees Herzenswunsch, genau auf dieses College zu gehen, und er hatte versprochen, alles Nötige zu tun, dass dieser Herzenswunsch in Erfüllung gehen konnte. Es bestand kein Zweifel daran, dass sie einen viel besseren Start in eine Karriere als Musikerin haben würde, wenn sie in Amerika lebte, besonders da sie allem Anschein nach auch schon über einen sehr guten Kontakt zu einem Musikproduzenten verfügte.

Er konnte ihr natürlich erlauben, allein nach Amerika zu gehen, aber Nicola war strikt dagegen gewesen, als Kylee ihr diese Idee das erste Mal präsentiert hatte, bis Malcolm darauf hingewiesen hatte, dass es von *Baltimore* nach *Boston* nur ein einstündiger Flug war, falls Kylee ihn einmal brauchen sollte. War er es Nicola schuldig, sich an das zu halten, was sie sich für ihre Tochter gewünscht hatte?

Er musste unbedingt mit Serena sprechen. Das war keine Entscheidung, die Malcolm ohne sie treffen konnte oder sollte. Aber Serena war ja noch in dem Glauben, dass sie sich in der Kennenlernphase befanden, weil sie bis jetzt keinen Heiratsantrag bekommen hatte. Ja, er hatte ihr nicht einmal gesagt, dass er sie liebte. Würde sie überhaupt in Betracht ziehen, mit ihm nach Amerika zu gehen, nachdem sie ihm gerade all die Gründe dafür aufgezählt hatte, weshalb sie wollte, dass ihre Kinder auf *Skye* aufwuchsen?

Es war ihr Wunsch, dass ihre Kinder genauso eine Kindheit hatten wie sie selbst. *Inverness* mit seinen knapp 60.000 Einwohnern war ja nicht unbedingt eine Metropole. Wenn sie es also dort schon zu städtisch fand, dann war es wohl eher unwahrscheinlich, dass sie sich für die amerikanische Ostküste entscheiden würde.

Aber erst einmal musste er nachdenken. Und weil Serena, sobald sie ihn sah, sowieso merken würde, dass etwas los war, entschied er sich für die Feiglingmethode. Er rief sie an.

„Hallo, Schöner." Ihr schmachtender Tonfall bewirkte, dass er sich wie ein Verräter fühlte.

Er versuchte, so normal wie möglich zu klingen, als er antwortete: „Selbst hallo, du Schöne. Wie war dein Tag?"

„Fantastisch. Ich kann es gar nicht erwarten, dir zu zeigen, was ich heute für die Galerie bekommen habe. Und das durch einen reinen Zufall. Es war einer dieser Glücksmomente."

„Ach ja?" Einen Moment lang durch ihre Begeisterung aufgeheitert lächelte er und lehnte sich auf seinem Stuhl zurück. Er mochte das aufgeregte Beben in ihrer Stimme, konnte das Strahlen in ihren Augen förmlich hören, und ganz kurz bereute er, dass er nicht zu ihr rübergegangen war, um persönlich mit ihr zu sprechen.

„Wir haben heute in einer Bäckerei in *Portree* gefrühstückt", berichtete sie. „Und weißt du, wer genau in dem Moment hereinspaziert kam? Máire Macleod."

„Muss ich wissen, wer das ist?"

„Sie ist die Künstlerin, die das Bild gemalt hat, das ich dir bei Davy gezeigt habe. Sie arbeitet inzwischen nur noch auf Kommission, aber sie hat zwei begabte Protegés, die ich gerne ausstellen würde. Damit stehen die nächsten beiden Ausstellungen bereits!"

„Das ist ja wunderbar!", sagte er. „Schön, wie schnell sich das alles entwickelt. Vielleicht können wir für die offizielle Eröffnung der Galerie eine Vorschau für nie nächsten paar Monate erstellen, die wir dann auslegen oder verteilen."

„Das ist eine großartige Idee. Ich kann einen Flyer mit der Ankündigung der nächsten drei Ausstellungen gestalten und ihn dann in den Geschäften im Ort auslegen."

„Perfekt. Ich sammle schon mal ein paar Ideen. Ich mache mich gleich auf den Weg ins Hotel."

Serena seufzte, aber es war ein zufriedenes, glückliches Seufzen. „Ich habe gar nicht gewusst, wie sehr ich *Skye* vermisst habe und wie gut es sich anfühlt, wieder etwas mit Kunst zu tun zu haben. Und ich finde es wunderbar, dass ich mich für Künstler engagieren kann."

Als er ihre Begeisterung spürte, fühlte er sich, als würden ihm Nägel ins Herz geschlagen und als wäre jedes ihrer Worte ein Hammerschlag, der die Nägel tiefer hineintrieb. „Ich finde, du solltest auch eigene Bilder ausstellen."

„Ach nein, das könnte ich nicht. Außerdem ist das Ziel des Ganzen doch, jungen Talenten ein Podium zu bieten und dadurch ihrer Karriere einen kleinen Schubs zu geben, und zu der Zielgruppe gehöre ich nicht."

„Du bist viel talentierter, als du denkst", sagte Malcolm daraufhin.

„Und du bist voreingenommen, das zählt nicht." In dem Moment war im Hintergrund ein markerschütternder Schrei zu hören. „Oh, das klingt nicht gut. Ich muss aufhören. Sehe ich dich heute Abend?"

„Nein, ich muss Kylee noch bei ein paar Sachen helfen. Morgen in der Kirche?"

„Okay. Dann haben wir ein Date. Jedenfalls so eine Art Date."

Malcolm legte auf und war jetzt noch heftiger hin- und hergerissen als je zuvor. Sie war so begeistert, hatte seit Jahren zum ersten Mal eine Perspektive, wie konnte er sie denn da bitten, darauf wieder zu verzichten?

Kylees Zimmertür war geschlossen, und die Bässe wummerten, dass die Wände wackelten. Ein sicheres Zeichen, dass sie noch nicht bereit war zu reden. Er ging also an ihrem Zimmer vorbei in sein eigenes, zog sich seine Trainingssachen an, nahm seine Bandagen und die Boxhandschuhe und ging hinaus in den Garten hinter dem Haus.

Er wärmte sich erst vernünftig auf – eine Routine, die ihm so in Fleisch und Blut übergegangen war, dass er gar nicht mehr auf die Idee kam, diesen Teil auszulassen –, und dann reagierte er seinen Frust an dem Boxsack ab. Wenn er früher im Ring gestanden hatte, so hatte er nie wütend, sondern klug geboxt, aber der Gegner heute schlug nicht zurück. Als seine Energie schließlich komplett verbraucht war und seine Muskeln sich wie Pudding anfühlten, hielt er sich an dem Boxsack fest und lehnte sich mit der Stirn dagegen, während er wieder zu Atem kam.

Normalerweise reichte die körperliche Anstrengung aus, um erneut einen klaren Kopf zu bekommen, aber heute war das anders. Er hatte immer noch keine Ahnung, was er tun sollte.

Als er wieder aufblickte, merkte er, dass er eine Zuschauerin hatte, aber nicht Serena, sondern Kylee hockte auf der Verandatreppe und hatte sich schützend in ihren Hoodie gekuschelt. Ganz langsam zog er seine Handschuhe aus, ging zu ihr hinüber und setzte sich auf die Stufe unter ihr.

„Hi."

„Hi." Ihre Augen waren rot und geschwollen, und sie sah sehr unglücklich aus. „Tut mir leid, dass ich mit der Tür geknallt habe."

Er nickte als Zeichen dafür, dass er ihre Entschuldigung annahm, aber sonst hatte er eigentlich nichts zu sagen. Er stützte sich mit verschränkten Unterarmen auf seine Knie und schaute auf den Garten.

„Ich wünschte, Mama und Papa wären hier", sagte sie mit piepsiger Stimme, die durch die unterdrückten Tränen belegt klang, und fuhr fort: „Ich weiß ja, was du alles für mich aufgegeben hast, als du wieder nach Schottland gekommen bist, und deshalb gehe ich nach *Glasgow.*"

„Wie bitte?", fragte Malcolm mit gerunzelter Stirn und war sich sicher, dass er sich verhört haben musste.

„Du hast deinen Job in Amerika aufgegeben und deine Freundin verloren, um zurückzukommen an einen Ort, den du im Grunde hasst. Und jetzt, wo du endlich glücklich bist, musst du wieder weg. Das finde ich irgendwie unfair."

Er hatte zwar gehofft, dass sie etwas in die Richtung sagen würde, aber trotzdem fühlte es sich falsch an. Die Resignation in ihrer Stimme, ihr Tonfall – sie tat das, wovon sie glaubte, dass es das Richtige war, aber es ging ihr nicht gut dabei. Sie wollte nur nicht schuld daran sein, dass er unglücklich war. Aber trotzdem war immer noch sie es, die beide Eltern verloren hatte. Sie war es, die im Kielwasser der Trauer um ihre Träume kämpfte.

„Ich finde, du solltest nach *Berkelye* gehen", sagte er, und dabei war ihm bewusst, dass seine Stimme eher resigniert als begeistert klang.

„Was?" Sie blinzelte ihn an. „Aber …"

„Das ist dein Traum, Kylee. Und du hast schon genug verloren. Ich möchte nicht, dass du den auch noch verlierst."

„Ich weiß wirklich nicht, was ich sagen soll."

„Vielleicht für den Anfang einfach danke." Er lächelte sie schief an und legte den Arm um sie. „Ich hab dich eben lieb. Das weißt du doch, oder?"

„Ich dich auch, Onkel Malcolm." Sie hielt inne und fuhr dann fort. „Kannst du mich jetzt wieder loslassen? Du bist total verschwitzt."

Malcolm lachte und ließ sie los. „Tut mir leid."

„Und was ist mit deiner Arbeit und mit Serena und all dem?", fragte sie, und ihre Miene war jetzt wieder wachsam, fast misstrauisch, so als könnte er seine Meinung jetzt, da sie ihn daran erinnerte, vielleicht doch noch ändern.

„Das überlass mal mir", sagte er darauf nur.

„Okay. Wow, ich glaub's ja nicht! Ich muss sofort Lane anrufen!", sagte sie, sprang auf, raste ins Haus und hatte ihr Handy schon in der Hand, bevor die Tür hinter ihr ins Schloss gefallen war. Und dann hörte er von drinnen leise ihre aufgeregte Stimme.

Es war die richtige Entscheidung, das hatte er in dem Moment gewusst, in dem er sie ausgesprochen hatte. Diese Erkenntnis brachte ihn allerdings in seiner Entscheidung, wie es mit Serena weitergehen sollte, kein Stück weiter. Er musste so bald wie möglich mit ihr reden.

Doch damit würde er warten, bis er am nächsten Samstag den Ring abgeholt hatte. Es fühlte sich wie ein Glaubensakt an, dass alles gut werden würde. Wenn er erst einmal die Situation erklärt hätte und Serena merkte, wie sehr er sich eine verbindliche Beziehung mit ihr wünschte, würden sie sicher gemeinsam einen Weg finden.

26

Serena war geradezu ekelhaft selbstbewusst und das wusste sie auch. Ihr ging alles locker und mühelos von der Hand, und die anstehende offizielle Eröffnung der Galerie sorgte wieder für Begeisterung und Spannung in ihrem Leben. Vielleicht war das mehr, als sie verdient hatte, wenn sie bedachte, wie ihre Beziehung zu Malcolm, die sich stetig weiterentwickelte, sie geradezu vor Vorfreude atemlos machte. Sie war endlich dort angekommen, wo sie hingehörte.

Sie wachte schon früh auf, machte vor dem Gottesdienst noch Blätterteigteilchen und half den Kindern beim Anziehen ihrer Sonntagskleidung. Wegen Max' Hang, *nur noch schnell* etwas zu erledigen, bevor sie das Haus verließen, waren Malcolm, Kylee und Muriel immer schon vor ihnen dort und hielten ihnen Plätze frei, und außerdem hatten die Damen aus der Gemeinde so keine Gelegenheit, ihr indiskrete Fragen nach ihrem Beziehungsstatus zu stellen.

Wie gewohnt hatten die drei denn auch schon ihre Plätze in der ersten Reihe eingenommen, als Serena zur Tür hereinschlüpfte. Muriel zog amüsiert eine Augenbraue hoch, als sie auf Zehenspitzen nach vorne kam und sich dann Sekunden vor Beginn des Gottesdienstes auf den freien Platz zwischen Muriel und Malcolm setzte.

Er drückte ihre Hand und begrüßte sie. „Das war knapp, was?"

„Wir hatten einen kleinen Notfall", flüsterte sie. „Max konnte seine Kuschelgiraffe nicht finden, und ohne die geht er nirgends hin."

„Ach ja? Und wo habt ihr sie schließlich gefunden?"

„Im Kühlschrank."

Malcolm musste sich die Hand vor den Mund halten, um nicht laut loszulachen, worüber sie wiederum lächeln musste. Max hatte als Erklärung nur vorgebracht, er habe einfach vergessen, wo er sein Kuscheltier gelassen habe. Da war er wirklich anders als Em, die ständig ihre Puppen durchzählte wie ein Lehrer oder eine Lehrerin die Schüler bei einem Klassenausflug.

Als der Pastor vortrat, konzentrierte sich Serena ganz auf ihn, fand es aber schön, dass Malcolm ihre Hand nicht losließ, auch wenn das bedeutete, dass er sicher nicht mit seiner ganzen Aufmerksamkeit bei der Predigt war. Es war beinahe schon lächerlich, wie sie in seiner Gegenwart zu einem liebeskranken Teenager wurde, aber entschuldigen würde sie sich dafür auf keinen Fall. Nachdem die zehn Jahre mit Edward immer ein Eiertanz gewesen waren, weil sie nie genau gewusst hatte, was er gerade von ihr erwartete, gefolgt von Jahren, in denen sie geglaubt hatte, für immer alleine zu bleiben, hatte sie jetzt wirklich einen Mann verdient, der ihr die Sicherheit gab, dass sie so, wie sie war, genau richtig war.

In dem Moment, in dem der Gottesdienst zu Ende war, gab Muriel ihr noch einen Kuss auf die Wange und verschwand dann rasch nach Hause, um sich um den Braten zu kümmern. Serena holte Max aus der Kinderbetreuung und Em aus der Sonntagsschule ab und ging dann mit ihnen wieder in den großen Vorraum, wo sie normalerweise Malcolm und Kylee trafen.

Malcolm war nirgends zu sehen, aber sie entdeckte Kylees blondes Haar in der Menge und ging mit den Kindern dorthin, wo sie gerade mit zwei älteren Paaren sprach.

„… kann es immer noch nicht glauben. Es ist seit Jahren mein Traum, in Amerika Musik zu studieren, und jetzt wird dieser Traum tatsächlich wahr!"

Serena runzelte die Stirn und war sich sicher, dass sie sich verhört hatte. Hatte Kylee ihr nicht erzählt, dass sie sich schon entschieden hatte, den Studienplatz in Glasgow anzunehmen?

Kylee berichtetete weiter: „Wir wissen noch nicht so genau, wann wir starten. Vieles hängt von Onkel Malcolms Job ab und davon, wie schnell er einen neuen findet. Aber ist das nicht toll? Vielleicht lerne ich dort sogar Surfen. Wird an der Ostküste überhaupt gesurft?"

Serena merkte, wie ihr alle Farbe aus dem Gesicht wich. Malcolm und Kylee zogen nach Amerika? Das konnte doch unmöglich wahr sein.

„Bist du so weit?" Malcolms Stimme neben ihr setzte ihr Herz wieder in Gang, aber ihr war klar, dass sie völlig fassungslos aussehen musste, als sie sich zu ihm umdrehte.

„Du gehst nach Amerika?"

Seine schuldbewusste Miene sagte alles. „Serena …"

„Und wann hattest du vor, es mir zu sagen?", fragte sie und hatte das Gefühl, ihr würde der Boden unter den Füßen weggezogen. Sicher lag das daran, dass gerade alle ihre Hoffnungen zusammenbrachen.

„Vielleicht sollten wir darüber lieber draußen sprechen, Serena."

„Was ist denn los, Mama?", fragte Em und sah sie besorgt an.

„Nichts, mein Schatz. Wir müssen nur ein paar Sachen unter Erwachsenen besprechen. Ich bringe euch schon mal ins Auto, ja?"

Durch den Schock wie betäubt, sodass sie kaum etwas um sich herum wahrnahm, außer dass Malcolm ihnen folgte, brachte sie die beiden zum Wagen. Mit zitternden Händen schnallte sie Max in einem Kindersitz an und überließ es Em, sich selbst anzuschnallen. Dann schloss sie die Wagentüren und trat beiseite, um Malcolm zur Rede zu stellen. „Stimmt das? Du gehst aus Schottland weg?"

Und wieder war da dieser Ausdruck puren Elends in seinem Gesicht. „Ja, das stimmt. Aber die Entscheidung ist gerade erst gefallen. Kylee hat einen Studienplatz in *Berkelye* bekommen, obwohl sie nur auf der Warteliste stand, und ich hatte ihr versprochen, dass ich mit ihr dorthin ziehen würde, wenn sie eine Zusage bekommt."

Diese Erklärung machte es noch schlimmer. „Du hast gewusst, dass die Möglichkeit bestand, und hast trotzdem kein Wort darüber verloren? Nicht einmal, als ich angefangen habe, darüber nachzudenken, wieder ganz nach *Skye* zu ziehen?"

„Nein, das habe ich nicht, weil die Chance, dort einen Studienplatz zu bekommen, praktisch gleich null war, und die Tatsache, dass dieses … Wunder … passiert ist … ich kann es ihr einfach nicht abschlagen. Ich hatte ja keine Ahnung, dass Glenn seine Beziehungen für sie hat spielen lassen."

„Das verstehe ich nicht." Nach dem ersten Schock packte sie jetzt die Angst.

Er sah sie an, als hätte sie ihn ertappt. „Glenn hat einen befreundeten Produzenten in *Berklye* gebeten, ein gutes Wort für sie einzulegen."

„Dann hast du mich also nur benutzt …?" Weil sie so verletzt war, hatte sie die Worte bereits ausgesprochen, bevor sie nachgedacht hatte.

„Nein", widersprach er, packte sie bei den Schultern und beugte sich zu ihr hinunter, sodass sie ihm in die Augen sehen musste. „Ich habe dich nicht benutzt. Ich habe doch gar nichts davon gewusst, Serena, das musst du mir glauben. Ich will dich nicht verlassen. Ich liebe dich."

Diese drei Worte durchdrangen den Nebel, der sie umgab, aber statt die Freude auszulösen, die sie sich immer vorgestellt hatte, empfand sie nur Traurigkeit.

„Ich hätte nie gedacht, dass ich auf einem Parkplatz stehen würde, wenn du diese Worte zu mir sagst", flüsterte sie.

Er ließ seine Hände sinken und sah genauso hilflos aus, wie sie sich fühlte. „Können wir darüber reden? Irgendwo an einem nicht ganz so öffentlichen Ort? Es gibt noch mehr, was ich dir sagen möchte, aber möglichst ohne Publikum."

„Ja. Wir können reden. Aber nicht jetzt." Und ohne seine Reaktion darauf abzuwarten, ging sie wieder zu ihrem Wagen, stieg ein, und als sie die Tür mit einem dumpfen Geräusch zuschlug, war Malcolm ausgeschlossen.

„Ist alles gut, Mama?", fragte Em mit piepsiger Stimme. „Du weinst ja."

Weinte sie tatsächlich? Sie hob eine Hand und wischte ihre Tränen weg, die einfach so liefen, ohne dass sie es gemerkt hatte. Die Worte *alles gut* erstarben ihr auf den Lippen, bevor sie heraus waren. Es ging ihr gar nicht gut. Nichts war gut. „Ich weiß es nicht, mein Schatz. Im Moment bin ich einfach richtig traurig."

„Habt ihr euch getrennt?", fragte sie.

Serena legte ihre Hände ums Lenkrad und drückte ganz fest zu, während sie kämpfte, ihre Stimme unter Kontrolle zu bekommen. „Das weiß ich auch nicht, mein Schatz. Aber eins weiß ich: Tante Muriel wartet mit dem Essen auf uns, und ich für meinen Teil könnte jetzt wirklich eine dicke Scheibe Braten vertragen."

Und eine Zeitmaschine, mit der sie die Zeit so weit zurückdrehen konnte, um noch verhindern zu können, dass sie sich dermaßen in Malcolm verliebte. Aber im Grunde wusste sie, dass sie es auch dann nicht verhindert hätte.

Den Rest der Fahrt zu Muriel brauchte sie alle Kraft und Konzentration, um ein- und auszuatmen und um Ems und Max' willen die Tränen wegzudrücken, die ihr immer wieder kamen. Doch dabei gingen ihr die ganze Zeit Fragen durch den Kopf. Warum hatte Malcolm ihr nichts davon gesagt? Warum war sie nicht die Erste gewesen, die er angerufen hatte, als Kylee die Zusage bekommen hatte? Hatte sie überhaupt eine Rolle gespielt bei seiner Entscheidung, seine Sachen zu packen und mit seiner Nichte nach Amerika zu gehen?

Alles Fragen, die er ihr hätte beantworten können, wenn sie noch geblieben wäre. Aber sie konnte ihn nicht anschauen, ohne dabei den Mann zu sehen, der ihr Glück in den Händen hielt, und ohne sich selbst dafür zu hassen, wie schnell und gedankenlos sie ihm die Macht gegeben hatte, ihr wieder wehzutun – und jetzt nicht nur ihr, sondern auch ihren Kindern.

Sie parkte ihren Wagen auf Muriels Auffahrt und ließ die Kinder schon ins Haus vorgehen, während sie noch im Wagen blieb und den Kopf an die Kopfstütze lehnte. Als sie die Haustür öffnete, schaute Muriel besorgt zum Auto, trat dann aber wieder ins Haus und schloss die Tür. Den Grund dafür erkannte Serena, als sie in dem Moment im Rückspiegel sah, wie Malcolms Wagen hinter ihrem hielt. Malcolm war allein.

Serena stieg aus ihrem Wagen aus und wartete auf ihn, die Arme um den Oberkörper geschlungen, während er langsam auf sie zukam wie jemand, der sich einem scheuen Tier nähert. Als sie nicht weglief, legte er den Arm um sie und zog sie an sich. Nach einer Weile schlang sie ihre Arme um seine Mitte. Dabei hasste sie sowohl den inneren Schmerz, den sie empfand, als auch die Erkenntnis, dass sie sich noch nie bei jemandem so sicher gefühlt hatte.

„Können wir bitte reden? Ich muss dir viel erklären", sagte er.

„Lass uns ein bisschen gehen", bat sie ihn daraufhin. „Ich möchte nicht, das Em und Max etwas mitbekommen."

Zaghaft nahm Malcolm ihre Hand, sie atmete einmal durch, und dann gingen sie die Auffahrt hinunter in Richtung eines Weges, der durch die Wiesen hinter dem Haus führte.

„Okay. Erkläre es mir. Ich höre zu."

Daraufhin erzählte Malcolm ihr von dem Plan, den er und Nicola sich überlegt hatten, als er noch dort gelebt hatte, nämlich Kylee auf eine Uni in Amerika zu schicken, und wie er Kylee versprochen hatte, dass sich an dem Plan nichts ändere, nur weil er wieder nach Schottland gezogen sei. Als sie dann in *Berkelye* nur auf der Warteliste gelandet war, sei er davon ausgegangen, dass das Thema damit erledigt wäre.

„Es ist mir nie auch nur in den Sinn gekommen, dass es so kommen könnte. Serena, Kylee hatte mir ja nicht einmal erzählt, dass Davy und Glenn sich in *Berkelye* für sie einsetzen wollten. Deshalb habe ich nie etwas gesagt. Und ich hatte ja vor, mit dir darüber zu reden, aber ich wollte warten …"

„Warten worauf?"

Er musste allen Mut zusammenraffen, als er ihre Hände in seine nahm und sie zu sich drehte. „Darauf, dass der Ring für dich fertig wird. Ich meine wirklich, was ich gesagt habe. Ich liebe dich. Ich hatte vor, dich zu fragen, ob du mich heiraten willst."

Zum zweiten Mal an diesem Tag hatte sie das Gefühl, dass ihr der Boden unter den Füßen weggezogen wurde. „Dich heiraten?"

Und dann erst wurde ihr klar, was er gesagt hatte. *„Ich hatte vor"* – Vergangenheitsform. „Aber jetzt bist du wieder zur Vernunft gekommen, ist es das?"

„Nein, Serena, nein." Er fluchte leise vor sich hin. „Das meine ich ganz und gar nicht. Deshalb wollte ich es ja gerade nicht so machen." Er straffte die Schultern und sah ihr in die Augen.

„Serena, ich möchte dich heiraten. Nimmst du mich?"

Sie starrte ihn einfach nur an. Vor 20 Sekunden hatte sie noch gedacht, dass er sie einfach so im Stich ließ, und jetzt machte er ihr einen Heiratsantrag? Mit diesem abrupten Wechsel wurde sie nicht fertig.

„So sag doch etwas, Serena. Bitte."

„Es tut mir leid, ich kann einfach nicht. Ich habe es mir so oft vorgestellt, Malcolm, und ich hatte gedacht, dass ich genau wüsste, was ich sage, wenn du mir diese Frage stellst."

„Aber jetzt weißt du es nicht mehr?“ Seine Stimme war vor Schmerz ganz belegt.

„Du fragst mich ja nicht nur, ob ich dich heiraten will, sondern du bittest mich gleichzeitig, von hier auf einen anderen Kontinent wegzuziehen und die Kinder von ihrer Familie zu trennen und von allem, was sie jemals gekannt haben.“

„Liebst du mich?“

Sie konnte nicht lügen. „Ja, das tue ich. Ich liebe dich.“

„Und das reicht nicht?“

Sie zuckte zusammen. „Du weißt doch, was wir schon alles hinter uns haben, Malcolm. Zum ersten Mal seitdem ich denken kann, haben wir ein richtiges Zuhause. Em geht gerne zur Schule, findet endlich richtige Freunde und lernt Gälisch. Für mich ist außerdem ganz klar, dass Muriel in ihrem Alter jemanden in ihrer Nähe braucht. Ich liebe dich, wirklich, aber wie soll ich all meinen Lieben erklären, dass wir wieder unsere Sachen packen und dann sogar nach Amerika ziehen?“

Völlig am Boden, fuhr er sich mit der Hand durchs Gesicht. „Und es gibt nichts, was ich tun kann, damit du deine Meinung änderst?“

„Könnte ich denn deine ändern und dich überzeugen, hierzubleiben?“

Sein gequälter Blick sagte alles. „Ich kann das Versprechen nicht zurücknehmen, das ich Kylee gegeben habe. Und ich kann sie auch nicht alleine nach Amerika gehen lassen. Das hätte Nicola nicht gewollt. Ich könnte mir selbst nicht mehr ins Gesicht sehen, wenn ich für mein eigenes Glück ihr Wohl aufs Spiel setzen würde.“

Das Schlimmste an allem war, dass sie es ihm nicht einmal übel nehmen konnte. Sie blinzelte also ihre Tränen zurück, ohne dass ihre Sicht dadurch klarer wurde, und dann fragte sie mit gepresster Stimme: „War es das dann?“

„Ich weiß es nicht“, antwortete er und klang dabei genauso verloren und geknickt wie sie – fassungslos darüber, wie es so weit hatte kommen können.

Sie verstand sich selbst nicht. Ihre Welt stand Kopf, und dieses Mal gab es niemanden, dem sie die Schuld daran geben konnte. Es war einfach so. So unerklärlich und unwiderruflich wie die Tatsache, dass Edward nicht mehr da war, um seinen Kindern ein Vater zu sein. Endlich hatte sie einen Mann gefunden, den sie liebte, den Mann, mit dem sie den Rest ihres Lebens verbringen wollte, aber sie konnte ihn nicht heiraten.

Hand in Hand gingen sie denselben Weg wieder zurück, den sie gekommen waren, obwohl sie schon jetzt genauso gut durch einen Ozean hätten getrennt sein können. Als sie wieder bei Muriels Haus ankamen, nahm Malcolm Serenas Gesicht in beide Hände und küsste sie so zärtlich, dass sie am liebsten ihre Meinung geändert und gesagt hätte, sie würde alles dafür tun, dass er sie nicht so stehen ließ. Aber das tat sie nicht.

Stattdessen sagte sie nur mit erstickter Stimme: „Ich wünschte, es müsste nicht so enden."

„Muss es das denn?", fragte er mit flehender Miene.

Sie biss sich auf die bebende Unterlippe und antwortete: „Um Max' und Ems willen ist es besser, einen klaren Schnitt zu machen, Malcolm."

Aber das war eine Lüge. Sie brauchte den klaren Schnitt für sich selbst, weil sie es nicht ertrug, ihn zu sehen und zu wissen, dass es keine gemeinsame Zukunft für sie gab. Wenn sie die Hoffnung aufrechterhalten wollte, jemals wieder aus diesem Loch herauszukommen, dann musste sie sich den Tatsachen stellen und weitermachen.

„Dann mach's gut, Serena", flüsterte er. „Du musst tun, was dich glücklich macht. Ich weiß, dass du alles schaffen kannst, was du dir vornimmst."

Er gab ihr noch einen letzten Kuss auf die Stirn und stieg dann in sein Auto. Sie wartete, bis der Wagen verschwunden war, und ging dann die Eingangsstufen zu Muriels Haus hinauf.

Sofort war ihre Tante an ihrer Seite. „Serena?"

„Sind Em und Max hinten im Garten?", fragte sie mit heiserer Stimme.

Muriel nickte. Als Serena sicher war, dass sie allein waren, brach sie in den Armen ihrer Tante zusammen und weinte wie ein Kind.

Serena versuchte sich zusammenzureißen, aber selbst wenn ihre heisere Stimme und die geschwollenen Augen sie nicht verraten hätten, kannten ihre Kinder sie einfach zu gut, um nicht zu merken, dass irgendetwas nicht stimmte.

Max kletterte auf ihren Schoß und legte seine beiden kleinen Hände an ihre Wangen. „Bist du traurig, Mami?"

Serena blinzelte neu aufkommende Tränen fort und zwang sich zu lächeln. „Auch Mamas haben mal einen schlechten Tag, mein kleines Äffchen."

„Ich gebe dir Küsschen, dann wird es besser", verkündete er und gab ihr einen feuchten Schmatzer auf den Mund.

„Ja, jetzt ist es schon viel besser, Maxie. Danke." Sie drückte ihren Sohn ganz fest, atmete einmal tief seinen Babyduft ein, den er immer noch hatte, und ließ ihn erst los, als er sich aus ihrer Umarmung herausgewühlt hatte, um wieder spielen zu gehen.

Em sah sie einfach nur traurig an. Sie musste erfahren, was der Streit an diesem Vormittag zu bedeuten hatte, warum ihre Mutter sich so anstrengte, in Tante Muriels Wohnzimmer nicht in Tränen auszubrechen. Serena wusste nicht, ob sie dankbar sein sollte, dass Em keine Fragen stellte, oder ob sie Schuldgefühle haben musste, dass sich ihre Tochter Sorgen um sie machte.

Irgendwie gelang es ihr, das Essen und auch den restlichen Nachmittag zu überstehen. Wieder zu Hause backte sie mit Em und Max Plätzchen und spielte Brettspiele, während sie ununterbrochen betete, dass sie ihre Gefühle zurückhalten konnte, bis die Kinder im Bett waren. Doch in dem Moment, in dem sie endlich ihren Tränen freien Lauf ließ, hörte sie leise Schritte auf der Treppe.

„Mama!", rief Em leise von der Tür aus. „Bist du wach?"

„Ja. Ich kann nicht schlafen."

Em kroch zu ihr unter die Decke, Serena legte den Arm um sie und zog das kleine Mädchen an sich.

Nach einer ganzen Weile fragte Em: „Du und Malcolm kommen doch wieder zusammen, oder?"

Serena schluckte gegen den dicken Kloß in ihrem Hals an und antwortete: „Ich glaube nicht, mein Schatz. Wir lieben uns, aber es gibt zu vieles, wofür wir keine Lösung finden."

„Das versteh ich nicht. Wieso verlassen uns immer alle? Mögen sie uns nicht?"

Ems Worte, und wie sie sich selbst für die Situation verantwortlich machte, war mehr, als Serena ertragen konnte. Die Tränen, die sie bis dahin noch hatte zurückhalten können, liefen ihr jetzt über die Wangen, und sie sagte schniefend: „Ach, mein kleiner Liebling, das hat doch nichts mit dir und Max zu tun. Manchmal gibt es einfach keine Lösung für ein Problem. So ist das eben."

„Ich werde ihn und Kylee vermissen", sagte Em und umarmte sie noch fester.

„Ich auch, Em."

Em schlief irgendwann neben ihr ein, aber Serena starrte einfach nur an die Decke ihres Schlafzimmers. Hatte sie sich richtig entschieden? Sie hatte versucht, zum Besten der ganzen Familie zu entscheiden. So sehr sie Malcolm auch liebte, sie kannte ihn erst seit ein paar Monaten, und sie konnte genauso wenig das Glück ihrer Kinder aufs

Spiel setzen, indem sie mit ihnen auf einen anderen Kontinent zog, wie er das Versprechen zurücknehmen konnte, das er Nicola und Kylee gegeben hatte. Das war eine Situation, an der niemand schuld war, sondern die einfach am schlechten Timing lag.

Mit der Zeit würde auch ihr Herz das verstehen.

27

Malcolm plante, sich so bald als möglich in die Organisation seines Umzugs nach Amerika zu stürzen, um sich abzulenken. Mehr konnte er jetzt, da die Entscheidung gefallen war, nicht tun. Er und Kylee würden auf einen anderen Kontinent ziehen, und Serena würde nicht mitkommen.

„Was ist denn passiert?", fragte Kylee mit großen Augen, als er nach Hause kam.

„Zwischen Serena und mir ist es aus", sagte er mit tonloser Stimme. „Ich habe sie gefragt, ob sie mich heiraten will, und sie hat Nein gesagt. Du kannst also aufhören, wegen deiner Wünsche und Pläne Schuldgefühle zu haben."

„Ich bin …", sie wollte protestieren, unterbrach sich dann aber selbst und sagte nur: „Das tut mir wirklich leid, Onkel Malcolm."

„Ja, mir auch. Hast du schon bestätigt, dass du den Studienplatz annimmst?"

„Ja, gestern schon, gleich nachdem du gesagt hast, dass du einverstanden bist." Ihre Stimme wurde jetzt zögerlich. „Und was machen wir jetzt?"

„Wir müssen alle Formulare und alle Termine downloaden. Der

Stichtag, bis zu dem du dich für einen Platz im Wohnheim hättest anmelden müssen, ist schon vorbei, glaube ich. Wir müssen also wahrscheinlich schon früher fliegen, um noch eine Wohnung für dich zu suchen."

Kylee starrte ihn einfach nur an.

„Es ist alles in Ordnung, Kylee. Es geht mir gut. Wir müssen nur jetzt in sehr kurzer Zeit sehr viel organisieren. Ich muss mich mit meinem alten Institut in Verbindung setzen und nachfragen, ob es dort gerade offene Stellen gibt, und dann entscheiden wir, wann wir fliegen, um uns drüben zu orientieren. Ich werde anschließend noch einmal zurückfliegen, um das Haus zu vermieten."

„Du willst es also nicht verkaufen?", fragte Kylee ganz leise.

„Nein, Kylee. Deine Eltern haben es dir hinterlassen, und ich möchte, dass es noch da ist, falls du jemals entscheiden solltest, wieder nach *Skye* zurückzukommen. Wenn du es später einmal verkaufen willst, dann kannst du das immer noch tun."

„Das geht alles so schnell", bemerkte sie kläglich.

Und da hatte sie wirklich recht. Für ihn war es wichtig, dass jetzt alles schnell ging, bevor er die ganze Wucht der Auswirkungen seiner Entscheidung verspürte und doch noch seine Meinung änderte. Was sie jetzt vorhatten, war die beste Entscheidung für Kylee und auch für seine eigene Karriere.

Eigentlich hatte er nie vorgehabt, auf *Skye* zu bleiben und ein winziges Hotel im hintersten Winkel von Schottland zu leiten. Wenn er erst wieder in Baltimore oder Boston war, konnte er da weitermachen, wo er aufgehört hatte – vorausgesetzt er fand einen ähnlichen Job wie den, den er damals aufgegeben hatte. Das Jahr auf *Skye* wäre nur noch ein kurzes Aufblinken in seinem Lebenslauf, eine ferne Erinnerung. Zumindest redete er sich das ein. Aber Serena ließ sich nicht so leicht aus seinem Herzen löschen.

Bevor er jetzt sentimental wurde, schickte er Kylee auf ihr Zimmer, um die Informationen auszudrucken, die sie online gefunden hatten, und fuhr auf dem Esszimmertisch seinen Laptop hoch. Die Internetsuche nach einem Job und einer Wohnungen lenkte ihn von den Folgen seiner Entscheidungen ab. Dabei war ihm allerdings völlig klar, dass es nur eine Ablenkung war von dem, was seinen Umzug wahr werden ließ.

Er begann eine Mail an seinen alten Chef in *Baltimore* mit den Worten:

Bill, es sieht ganz so aus, als ob ich wieder nach Amerika komme.

Jetzt, da Malcolm wusste, dass seine letzten 14 Tage im Hotel angebrochen waren, sah er es mit ganz anderen Augen. Er hätte nie gedacht, dass er einmal als Hotelmanager arbeiten würde, aber rückblickend hatte ihm die Arbeit viel Spaß gemacht, weil sie so vielfältig und abwechslungsreich war, es aber auch immer wieder Zeiten gab, in denen er allein und für sich arbeiten konnte. Die ziemlich regelmäßigen Beschwerden von Gästen über Dinge, für die er nichts konnte, würden ihm bestimmt nicht fehlen, aber wenn er wieder in seinem alten Job wäre, würde es auch wieder Ärger geben, wenn auch ganz anderen: Politik, zwischenmenschliche Nickeligkeiten und lange Stunden vor dem Computerbildschirm. Er würde sich ganz fest vornehmen, so oft wie möglich an die frische Luft zu gehen.

Nie hätte er gedacht, dass er irgendetwas von *Skye* vermissen würde, aber jetzt ging er mit einer ganzen Liste von Dingen, die ihm fehlen würden, zurück nach Amerika.

Die Vielfalt und Menge an Fragen und Problemen, mit denen er bei der Arbeit im Hotel konfrontiert wurde, waren eine willkommene Ablenkung. Ein Problem mit der Elektrik in der Küche erwies sich bei genauerer Untersuchung nur als ein gelockerter Kontakt, den er selbst reparieren konnte, ohne einen Elektriker rufen zu müssen. Dann war dank eines unangekündigten Updates die Homepage des Hotels abgestürzt, sodass er den IT-Support anrufen und danach noch eine Stunde selbst programmieren musste. Es war, als stellte Gott ihm lauter Herausforderungen in den Weg, sodass er dem immer stärker werdenden Impuls, Serena anzurufen und sie zu bitten, ihre Entscheidung noch einmal zu überdenken, nicht nachgab.

Nein, das würde er nicht tun, denn sie war lange genug mit Schuldgefühlen manipuliert worden, und er hatte nicht vor, ein weiterer Mann in ihrem Leben zu sein, der sie nicht ihre eigenen Entscheidungen treffen ließ. Auch wenn die Aussicht, ohne sie zu leben, bei jedem Atemzug wehtat.

Als er nach dem letzten Notfall – einem Leck einer Wasserleitung in der Bar – schließlich wieder an den Schreibtisch zurückkam, wartete eine E-Mail von seinem ehemaligen Chef auf ihn. Er öffnete sie und las seine kurze und knappe Antwort: *Ihre ehemalige Stelle ist wieder besetzt, aber vielleicht haben Sie ja Interesse an Folgendem. Wenn ja, schicken Sie mir bitte eine Bewerbung mit Lebenslauf und bewerben Sie sich online auf dieser Website.*

Malcolm klickte auf den Link und kam zur Jobbeschreibung für einen leitenden Ingenieur beim *Space Telescope Science Institute*, die wie für ihn gemacht war, denn die Stelle war speziell dem *Hubble Deep Field*-Programm angeschlossen. Es war genau das, was er sich vorgestellt hatte, als er sich dafür entschieden hatte, in der Astronomie zu arbeiten.

Er zögerte keinen Moment, als er seinen Lebenslauf aus der Cloud holte und an seine Antwort an Bill anhängte. Es war ja im Grunde alles entschieden, sagte er sich, und daran würde sich auch nichts ändern, wenn er jetzt auf *senden* drückte. Aber ihm wurde ganz eng ums Herz, als der Cursor über dem Button schwebte. Angesichts seines hervorragendes Rufes an dem Institut hatte er gute Aussichten, die

Stelle tatsächlich zu bekommen, aber man würde dort sicher wollen, dass er zu einem Vorstellungsgespräch käme, und danach würde er nur noch einmal nach Schottland zurückkommen, um seine und Kylees Sachen zu packen und zu verschiffen und Kylees Haus zu vermieten.

Er drückte auf Senden.

28

Einen Schritt nach dem anderen. Immer alles zu seiner Zeit. Diese Mantras halfen Serena jetzt genauso durch den Tag wie damals in der ersten Zeit nach Edwards Tod, als sie nicht gewusst hatte, wie sie es Em sagen sollte, und Mühe hatte, sich mit dem Gedanken anzufreunden, dass sie noch ein Kind bekommen würde, das sie nun allein würde großziehen müssen. Obwohl das jetzt kein körperlicher Tod war, löste das abrupte Ende der Beziehung mit Malcolm die gleiche Trauer aus, das Gefühl, den Boden unter ihren Füßen zu verlieren, und eine tiefe Erkenntnis ihrer Einsamkeit. Ja, ihre Kinder waren da, und wenn der Schmerz zu irgendetwas gut war, dann dazu, ihr zu zeigen, wie innig sie die beiden liebte. Aber die vielen Bereiche, in denen sie Verantwortung trug, machten ihr auch besonders deutlich, dass sie niemanden hatte, der sich auch einmal um sie kümmerte.

Tagsüber mied sie das Hotel. Es war einfach zu schmerzhaft zu wissen, dass Malcolm direkt nebenan war, aber so weit von ihr entfernt, dass er genauso gut auch schon in Amerika hätte sein können. Doch an diesem Wochenende sollte die offizielle Eröffnung ihrer Galerie stattfinden, und daran änderte sich nichts, nur weil sie Liebeskummer hatte. Sie ließ die Kinder bei Muriel und fuhr zu einem Zeitpunkt ins

Hotel, von dem sie wusste, dass Malcolm dann schon zu Hause war und seine Assistentin Katrina Dienst hatte.

Serena justierte die aufgehängten Bilder noch einmal und stellte ein paar Möbel um. Solange sie beschäftigt war, musste sie nicht an Malcolm denken und an das Loch, das sein Fehlen in ihrem Leben hinterlassen würde. Sie brauchte nicht weiter zu analysieren, warum sie zugelassen hatte, dass er schon so sehr Teil des Lebens geworden war, das sie für sich und ihre Kinder aufgebaut hatte.

Am Dienstagmorgen kam dann der Anruf, den sie gefürchtet hatte.

„Hi Jamie", sagte sie vorsichtig. Sie hatte bisher vermieden, mit ihren Brüdern über ihre Trennung zu sprechen, aber jetzt war es unumgänglich.

„Hallo Serena, ich habe gerade Malcolms Kündigung bekommen, und zwar mit nur zwei Wochen Frist. Weißt du etwas darüber?"

Sie senkte den Kopf. „Äh ja. Er und Kylee gehen wieder nach Amerika. Ich wusste nicht, wie seine zeitliche Planung aussieht, deshalb habe ich es noch nicht angesprochen. Ich bin davon ausgegangen, dass er mir die Kündigung persönlich gibt."

„Heißt das …?"

„Dass es mit uns aus ist? Ja." Sie versuchte, ihre Stimme unter Kontrolle zu behalten, aber das gelang ihr nur bedingt.

„Ich hab's gewusst", murmelte Jamie. „Den bring ich um."

„Nein", sagte Serena rasch. „Das war meine Entscheidung. Er hat mich gefragt, ob ich ihn heiraten und mit ihm nach Amerika gehen will, und ich habe Nein gesagt. Unser Zuhause ist hier in Schottland – auf *Skye*."

„Bist du sicher, Serena? Ich hätte schwören können …"

„Ja, ganz sicher." Diesmal klang ihre Stimmer fest und sicher. „Ich habe meine Entscheidung getroffen. Ich werde nicht lügen und behaupten, es täte gar nicht weh, aber ich bereue es nicht. Em und Max haben sich endlich eingelebt und hier sollen wir bleiben."

„Das tut mir leid, Serena. Ich finde es wirklich schlimm, dass du schon wieder so etwas durchmachen musst. Besonders nach all dem, was du schon mit Edward hinter dir hast."

„Du wusstest davon?"

„Natürlich. Wir haben es alle gewusst. Du bist unsere Schwester, Serena. Wir merken, wenn du nicht glücklich bist. Aber du hast nie auch nur die geringste Kritik an Edward zugelassen und immer steif und fest behauptet, dass alles in bester Ordnung sei. Was hätten wir denn tun sollen?"

„Nichts. Ich hätte gar nicht zugehört." Sie war tatsächlich nicht bereit gewesen zuzugeben, wie schlimm ihre Ehe für sie war, denn dann hätte sie etwas dagegen unternehmen müssen. Und die Alternativen waren beide gleich schlimm gewesen: die Scheidung, die gegen ihre persönliche Überzeugung ging, oder zuzulassen, dass er sie und ihre Tochter unglücklich machte.

„Brauchst du uns jetzt auf *Skye*, Serena? Ich bin in *London*, aber ich könnte bis Samstag bei dir sein, und Andrea könnte auch mitkommen."

„Nein, ich komme schon zurecht. Ehrlich." Das Letzte, was sie wollte, war, jetzt mit Jamie und Andrea zusammen zu sein, diesem Inbegriff von Verliebtheit. Sie wechselte also lieber rasch das Thema. „Was hältst du davon, wenn ich die Managerstelle im Hotel übernehme? Max und Em gehen ja ab August wieder zur Schule und in den Kindergarten."

„Ich glaube, du würdest das hervorragend machen, aber bist du wirklich sicher, dass du das auch willst?"

„Was soll ich denn sonst mit meiner Zeit anfangen?"

„Zum Beispiel malen."

Irgendwie schmerzte dieser Vorschlag mehr, als sie je gedacht hätte. „Ich male nicht mehr", sagte sie. Wenigstens hatte sie es nicht vor. Das Erste, was sie getan hatte, nachdem sich Malcolms und ihre Wege getrennt hatten, war gewesen, ihre Staffelei wegzuräumen.

„Wie auch immer du dich entscheidest, Ian und ich stehen zu dir und unterstützen dich. Sag einfach Bescheid, wenn du irgendetwas brauchst, ja?“

„Das mache ich, versprochen. Ich hab dich lieb, Jamie.“

„Ich dich auch, Schwesterherz. Pass gut auf dich auf.“

Sie versuchte es. Wirklich. Zumindest tat sie, was sie immer tat: Sie spielte mit Em und Max oder backte etwas in ihrem wunderbaren alten Ofen. Als der Tag der offiziellen Galerieeröffnung gekommen war, brachte sie das Ganze – wie auf Autopilot geschaltet – hinter sich. Sie lächelte, hielt Small Talk und stellte ihren Gästen die Künstlerin der ersten Ausstellung vor. Darauf hatte sie hingearbeitet – auf den Kick und die Erfüllung, die es mit sich brachte, etwas auf dem Gebiet zu tun, das sie begeisterte –, aber selbst als ein paar der ausgestellten Bilder verkauft wurden, stellte sich keine Freude bei ihr ein. Jedes Mal, wenn die Tür aufging, blickte sie auf, hielt die Luft an und hoffte, dass es Malcolm war, der die Galerie betrat, und jedes Mal fiel ihre Hoffnung wieder in sich zusammen.

Er hatte einen Anteil an dem hier, ob es ihm bewusst war oder nicht. Er war es gewesen, der ihr den Anstoß gegeben hatte, etwas zu riskieren, offener zu werden, sich wieder etwas zuzutrauen, deshalb fühlte sich der Sieg ohne ihn bedeutungslos an.

In den darauffolgenden Tagen nahm sie unzählige Male ihr Handy in die Hand, nur um es dann wieder wegzulegen. Es war vorbei. Es gab keine gemeinsame Zukunft für sie. In ein paar Tagen würde er *Skye* verlassen und endgültig aus ihrem Leben verschwinden.

Trotzdem hatte sie nicht damit gerechnet, eines Abends das Büro des Hotelmanagers zu betreten und festzustellen, dass es leer war.

Der blöde Kaffeebecher, der immer auf seinem Schreibtisch gestanden hatte, war weg, ebenso alle Topfpflanzen. Stattdessen lag mitten auf der Schreibtischunterlage ein Aktenordner mit einem Post-it darauf. Sie konnte von der Tür aus erkennen, dass es in Malcolms fast unleserlicher Handschrift beschrieben war. Mit zitternden Fingern zog sie den Zettel ab.

Liebe Serena,
du hast sicher gehört, dass wir demnächst nach Amerika fliegen und dass heute mein letzter Tag hier im Hotel ist. James hat mir zwar gesagt, dass du die Hotelleitung übernimmst, aber ich habe jetzt erst einmal alles so organisiert, dass Liam und Katrina in den nächsten 14 Tagen meine gesamten Arbeitsstunden übernehmen, damit du genügend Zeit hast, dich wieder ein bisschen zu sammeln.

Ich habe die Abläufe für Bestellungen, Instandhaltung und Lieferungen noch einmal schriftlich festgehalten. Hinten in dem Ordner findest du eine Liste von Lieferanten, mit denen wir gute Erfahrungen gemacht haben. Ich hoffe, das erleichtert dir die Einarbeitung.

Ich wünschte, ich hätte dir das persönlich sagen können, aber ich glaube, du hast recht, wenn du sagst, dass das zu schwierig wäre – für uns beide.

Ich wünsche dir nur das Allerbeste. Malcolm

Sie biss die Zähne zusammen, und als sie den Ordner aufschlug, wurde ihr plötzlich die Kehle eng. Mit der für Ingenieure typischen Gründlichkeit hatte er alle Abläufe in Tabellen eingetragen und nach Wochentag und Aufgabe geordnet. Es gab Tabellen mit Bestelllisten und den dazugehörigen Lieferanten sowie den regelmäßigen Bestelldaten. Dann waren da die Dienstpläne des Personals, eine Aufzählung der häufigsten alltäglichen Störfälle und Probleme sowie der Einschätzung, ob sie selbst behoben werden konnten oder man sich Hilfe holen musste – mit entsprechenden Adressen und Telefonnummern.

Auf jedem einzelnen Blatt war darüber hinaus noch der Name des Ordners und der Datei auf dem PC angegeben, sodass sie die elektronische Version möglichst schnell finden konnte. Kurz, er hatte keine

Mühen gescheut, dafür zu sorgen, dass sie alles hatte, was sie brauchte, um das Hotel auch ohne ihn möglichst effizient und störungsfrei zu führen.

Serena ließ sich auf den Schreibtischsessel sinken, und ihr Herz zog sich so heftig zusammen, dass es richtig wehtat. Sie wusste nicht, ob das Gefühl der Rührung über seine fürsorgliche Geste stärker war oder der Schmerz über das, was sie verloren hatte. Sie hatte sich darüber beklagt, dass niemand sich um sie kümmerte, aber er half ihr noch aus der Ferne, obwohl sie ihm das Herz gebrochen hatte.

Er war ein guter Mann. Er liebte sie, sie liebte ihn, und trotzdem konnte sie ihn nicht haben. Was jetzt in ihr aufstieg, war nicht Trauer, sondern Zorn. Sie sprang vom Stuhl auf, stürmte aus dem Hotel und schloss sich in ihrem Auto ein, wo sie all ihren Kummer und ihre Wut herausließ. Warum sie? Sie hatte doch alles getan, was von ihr verlangt wurde. Sie war immer zur Kirche gegangen, hatte nicht mit Jungs herumgemacht und jemanden geheiratet, den sie für einen guten Mann gehalten hatte, einen Christen. Und er hatte sie verraten, indem er sie und ihr gemeinsames Kind nicht so geliebt und behandelt hatte, wie er es hätte tun sollen. Das hatte an seiner tiefen Unsicherheit gelegen, die dann dazu geführt hatte, dass er diejenigen, die er eigentlich hätte lieben und für die er hätte sorgen sollen, kontrolliert und manipuliert hatte.

Und dann war ihr genau in dem Moment, in dem sie die Liebe eigentlich schon aufgegeben hatte, Malcolm über den Weg gelaufen, jemand, der alles war und hatte, was sie wirklich brauchte. Sie hatte ihre gesamte Lebensplanung über den Haufen geworfen und hatte endlich langsam glauben können, dass Gott sich vielleicht wirklich um sie kümmerte. Aber statt eine Liebe zu bekommen, die hielt, und die glückliche Familie, nach der sie sich so sehnte, war sie jetzt wieder alleine und musste alle Lasten alleine tragen.

„Warum?“, flüsterte sie und starrte zum Fenster hinaus in den

Himmel. „Was stimmt nicht mit mir? Warum nimmst du mir immer alles wieder weg?“

Aber statt vertraut im Meer der Dunkelheit zu funkeln, waren auch die Sterne im ewigen Zwielicht verborgen wie die Antwort von Gott, die sie erbeten hatte. Das fühlte sich geradezu symbolisch für ihr Leben an, gefangen zwischen Tag und Nacht, zwischen Glück und Kummer, immer in Warteposition.

Sie legte den Rückwärtsgang ein und fuhr mit zusammengebissenen Zähnen und wehem Herzen rückwärts vom Parkplatz des Hotels. Ihre Entscheidung war vernünftig und verantwortungsvoll, weil sie das Wohl ihrer Kinder über ihre eigenen Bedürfnisse stellte, und das gehörte schließlich zu ihren Aufgaben als Mutter. Aber wenn das wirklich stimmte, warum fühlte sie sich dann so elend? Warum hatte sie das Gefühl, dass ihr Herz nicht nur gebrochen, sondern irreparabel zerstört war? War es das, was sie ihren Kindern vermitteln wollte – dass die Liebe es nicht wert war, dafür zu kämpfen, und dass man sie aus praktischen Gründen auch verwerfen konnte? Wenn sie so dachte und handelte, war sie nicht besser als Edward.

Bei ihrer Ankunft bei Muriels Haus war sie so durcheinander und aufgebracht wie nie zuvor. Ihre Wut legte sich und verschwand auf dem Weg vom Auto zur Tür ganz. Als sie das Haus betrat, war es nur schummrig beleuchtet, und ihre Kinder schliefen beide tief und fest auf dem Sofa. Nur in der Küche brannte Licht. Sie folgte dem Lichtschein und traf ihre Tante dabei an, wie sie die Arbeitsflächen wischte.

„Bist du schon fertig?“, fragte Muriel, ohne sich umzudrehen.

Als Serena nicht antwortete, drehte sich ihre Tante mit einem Ruck um und beruhigte sich wieder, als sie Serenas tränenüberströmtes Gesicht sah.

„Er ist weg“, sagte Serena mit bebender Stimme. „Was, wenn ich einen furchtbaren Fehler gemacht habe?“

„Ach, Liebes.“ Muriel kam zu ihr und legte ihr den Arm um die

Schultern. „Das tut mir so leid. Hast du denn das Gefühl, dass es ein Fehler war? Kannst du nicht einfach … zu ihm gehen und mit ihm reden?“

„Ich weiß nicht“, flüsterte sie. „Einerseits habe ich die einzige Entscheidung getroffen, die mir vernünftig scheint, aber andererseits habe ich das Gefühl, ich mache einen riesigen Fehler, wenn ich ihn so einfach aus meinem – aus unserem – Leben gehen lasse.“

Muriel klopfte mit der flachen Hand auf den Hocker an der Kochinsel und ging dann zum Wasserkocher, um Teewasser aufzusetzen. Ob es etwas zu feiern gab oder jemand Kummer hatte, eine Tasse Tee ging immer. Wäre Serena nicht so verzweifelt gewesen, hätte diese Beobachtung sie zum Lachen gebracht.

„Warum passiert mir so etwas immer wieder? Bin ich dumm? Edward kam mir damals so perfekt vor und hat mich dann so unglücklich gemacht. Malcolm ist das genaue Gegenteil von Edward … und ich bin immer noch unglücklich.“

Wenn Muriel von Serenas Geständnis überrascht war, ließ sie es sich jedenfalls nicht anmerken. Sie sagte: „Mir scheint, dass du einfach einen Käfig gegen einen anderen eingetauscht hast.“

„Das verstehe ich nicht. Wie meinst du denn das?“, fragte Serena mit gerunzelter Stirn.

„Wir haben doch alle miterlebt, wie Edward jedes Detail eures Lebens bestimmt hat, aber als du dann frei warst, hast du da nicht einfach so weitergemacht? Du hast nichts an deinem Leben geändert. Du hättest wieder in deinen Beruf zurückgehen können, hättest wieder anfangen können zu malen, aber all das hast du nicht getan.“

„Dann bin ich also selbst schuld an meiner Situation, weil ich nicht wieder zur Kunst zurückgekehrt bin?“

Muriel zog eine Augenbraue hoch, ein Zeichen, dass ihr Serenas Ton missfiel, was auch immer der Grund dafür sein mochte. „Nein, Liebes“, antwortete sie geduldig. „Ich weise nur darauf hin, dass du so besessen davon warst, deinen Kindern ein Leben zu bieten, wie sie es gehabt hätten, wenn Edward noch am Leben wäre, dass du nicht darüber nachgedacht hast, ob das wirklich gut ist. Als du dann einmal entschieden hattest, dass *Skye* der beste Ort für sie ist, bist du von dem Gedanken nicht mehr abgewichen."

Und einmal mehr fiel ihr die Verantwortung für ihr chaotisches Leben auf die Füße. „Ist es denn so falsch, dass ich mir Stabilität für die beiden wünsche?"

„Aber natürlich nicht, Liebes." Muriels Ton wurde jetzt weicher. „Aber Stabilität bedeutet doch nicht, dass man sich nicht mehr verändert und nichts Neues mehr wagt. Die beiden haben eine Mutter, die sie über alles liebt, und daran wird sich doch auch nichts ändern, egal, ob du in Schottland oder Amerika lebst."

Serena wurde still. „Du glaubst also, ich hätte Ja sagen sollen?"

„Die Frage kann ich nicht beantworten. Was sagt Gott dir denn dazu? Nur du weißt, wohin er dich führt, und wenn es *Skye* ist, dann waren Malcolm und du vielleicht nicht füreinander bestimmt." Muriel schenkte Serena Tee ein und schob ihr den Becher über die Kochinsel zu.

„Ich bin nicht sicher, ob Gott sich darum überhaupt noch kümmert. Und wenn er es tut, dann ist er ziemlich still."

Muriel griff über die Kochinsel hinweg nach ihrer Hand. „Serena Marie, du musst aufhören, Gott für all den Kummer in deinem Leben verantwortlich zu machen, weil sonst der Lärm deiner eigenen Verletztheit immer lauter sein wird als seine Stimme, und dann kannst du ihn nicht mehr hören."

Serena blickte mit einem Ruck auf, völlig geschockt über die Behauptung ihrer Tante. „Das tue ich doch gar nicht – Nein! Das ist nicht wahr."

Muriel sah sie weiter an, ohne nachzugeben, auch wenn ihre Miene unverkennbar Mitgefühl ausdrückte. Sie drückte noch einmal Serenas

Hand und sagte: „Ich habe dich lieb, Serena. Was auch immer geschieht, ich bin für dich da."

Serena kamen die Tränen, aber sie blinzelte sie fort, und als sie ihren Tee ausgetrunken hatte, weckte sie sofort Em und trug Max ins kalte, stille Auto. Auf dem gesamten Heimweg drehte und wendete sie das, was Muriel da gesagt hatte, in ihrem Kopf hin und her. Hatte ihre Tante recht? Sie fühlte sich Gott fern, aber dafür hatte sie Gott und nicht sich selbst verantwortlich gemacht. Als ob alles, was passiert war – die Scheidung ihrer Eltern, ihre unglückliche Ehe, Edwards Tod –, sein aktives Handeln war und nicht einfach die Folge der Umstände und unguter Entscheidungen. Als hätte er sich nicht an seinen Teil der Abmachung gehalten.

Und irgendwann war sie dann zu dem Schluss gelangt, dass sie alleine besser zurechtkam. Oh ja, sie brachte ihren Kindern bei zu beten, aber bat sie Gott um irgendetwas anderes als um Gesundheit und Sicherheit für ihre Familie?

Es fühlte sich unbehaglich an, innerlich angestupst zu werden und sich ertappt zu fühlen. *Es ist noch nicht zu spät,* flüsterte sie.

Und dann kam ihr eine überraschende Bitte in den Sinn, überraschend deshalb, weil sie normalerweise nicht der Typ war, der ein Vlies auslegte. *Bitte gib mir irgendein Zeichen*, betete sie im Stillen.

Als sie bei der Auffahrt zu ihrem Häuschen ankam, fuhr sie spontan daran vorbei und bremste erst wieder vor Malcolms Haus, aber hinter den Fenstern war es dunkel, und die Auffahrt war leer. Sie waren also schon weg.

Das war auf jeden Fall ein Zeichen, allerdings ein anderes, als sie sich gewünscht hatte.

29

Der Salon im Hotel war brechend voll, denn es waren sowohl Hotelgäste als auch Einheimische zur offiziellen Eröffnung der Galerie gekommen. Serena stand ein wenig abseits und schaute sich das Treiben an, mischte sich aber nicht unter die Gäste. Den Part hatte Selma McCann übernommen, die Künstlerin, die diesen Monat ihre Bilder ausstellte. Sie plauderte locker mit den Gästen und strahlte dabei mit dem großen Silbercreolen, den sie am linken Ohr trug, um die Wette. Serena lächelte und genoss das Gefühl, ihre Sache richtig gut gemacht zu haben.

Zu behaupten, dass ihre Idee einen ziemlich holprigen Start gehabt hatte, wäre stark untertrieben gewesen. Nach der ersten Eröffnung hatte sie so viel im Hotel zu tun gehabt, dass sie sich schließlich hatte beeilen müssen, die zweite Ausstellung rechtzeitig zusammenzubekommen. Jetzt war sie froh, dass sie es geschafft hatte. Selma zeigte dem Mann, mit dem sie gesprochen hatte, wo Serena stand, und schickte ihn zu ihr. Serena setzte ein freundliches Lächeln auf, als er auf sie zukam. Selmas erster Verkauf.

Als sie an diesem Tag Feierabend machten, waren zwei von Selmas acht ausgestellten Bildern bereits verkauft. Es mochte zwar nicht dieselbe Art von Galerie sein, die Serena gewohnt war, aber irgendwie machte das hier sie noch zufriedener. Eine neunzehnjährige Künstlerin hatte ihre ersten Bilder verkauft und die Ermutigung erhalten, die sie brauchte, um als Künstlerin weiterzumachen.

Trotzdem war Serena froh, als der Empfang zu Ende war und sie ein paar Minuten für sich hatte, in denen sie Platten mit übrig gebliebenen Häppchen wegräumte und die Broschüren und Infoflyer wieder in den Kartenständer sortierte. Zum tausendsten Mal in den vergangenen Wochen verspürte sie eine Welle von Traurigkeit über sich hinweggehen. Sie glaubte, Malcolm wäre stolz gewesen auf das, was sie geleistet hatte, aber sie wünschte, er wäre auch dabei gewesen, um es von Anfang bis Ende mitzuerleben.

Also eigentlich wünschte sie sich viel mehr als das, aber im vergangenen Monat waren die Trauer und die Wut einer Art stiller Resignation, ja sogar einer Akzeptanz gewichen. Ja, sie hatte Malcolm geliebt, und sie liebte ihn immer noch. Aber sie musste akzeptieren, dass es vielleicht nicht der richtige Zeitpunkt für sie gewesen war, dass der wahre Zweck, für den sie wieder nach *Skye* gekommen war, darin bestand, hier ihre jahrzehntelange Geschichte von Verletztheit und Misstrauen loszuwerden.

Sie brachte die restlichen Platten in die Küche und schlenderte dann zurück zum Lager und war dabei mit ihren Gedanken schon wieder bei all den anderen Punkten ihrer To-do-Liste. Die Reinigungskraft würde kommen, um rasch einmal durchzuputzen, und die verkauften Bilder mussten sorgfältig verpackt werden, damit die Gäste sie mitnehmen konnten, wenn sie die Heimreise antraten. Doch als Erstes musste sie neue Bilder aussuchen, die anstelle der verkauften aufgehängt würden, und die verbliebenen mussten so umgehängt werden, dass sie sich von ihrer besten Seite zeigten.

Vorsichtig schaute sie sich die Bilder an, die hintereinander an einer Wand lehnten, und wählte eher nach Themen, Größe und Farben aus als nach künstlerischen Aspekten. Dabei stand ihr eine große Auswahl zur Verfügung, und die Tatsache, dass es ihre eigenen Arbeiten waren, lösten mittlerweile keine Bedenken mehr bei ihr aus. Sie hatte ganz vergessen, wie viele Bilder auf dem Dachboden ihres Hauses in *Nairn* lagerten, alle gut verpackt, um sie vor neugierigen Blicken zu schützen.

Jetzt spielten sie eine Unterstützerrolle für die anderen Künstler, die in ihrer kleinen Galerie ausstellten, und damit fühlte sie sich wohl. Sie brauchte keine öffentliche Anerkennung oder Applaus als Beweis, dass sie eine große Künstlerin war, denn das war sie nicht. Es genügte, die Bilder dort aufzuhängen, um zu bestätigen, dass die Malerei ein Teil von ihr war und dass es völlig in Ordnung war, wenn dieser Teil nicht ihre ganze Identität ausmachte, weil sie selbst es so entschieden hatte. Nachdem sie sich das jetzt eingestanden hatte, wurde der Stapel mit Bildern im Lager immer größer, weil das Material und die Staffelei zu Hause in einer Ecke ihres Wohnzimmers immer bereitstanden.

Das Malen war zu ihrer Oase geworden, in der sie Ruhe fand, eine Möglichkeit, ihren Gefühlen freien Lauf zu lassen, eine Art sichtbares Gebet. Sie hatte ganz vergessen, wie stark sie Gottes Gegenwart spürte, wenn sie malte. Es war, als suchte er sich das Medium aus, das sie garantiert verstand, um mit ihr zu kommunizieren.

Auch wenn sie kaum vor der Staffelei stehen konnte, ohne daran zu denken, wie sie Malcolm zum ersten Mal ihre Malerei gezeigt hatte, wurde ihr klar, dass auch das eine Antwort auf ein stilles Gebet gewesen war. Ohne seinen kleinen Mut machenden Anstoß hätte sie vielleicht der leisen Stimme ihres inneren Kritikers nachgegeben, die sowohl ihre Kreativität als auch ihren Geist erstickte.

Trotzdem, wie auch immer sie von dieser Erfahrung profitiert haben mochte, sechs Wochen reichten nicht aus, um ihre Liebe zu Malcolm auszulöschen. Und endlich konnte sie sich der Wahrheit stellen: Es war ein Fehler gewesen, nicht stärker für ihre Zukunft mit ihm zu kämpfen. Sie hatte nicht einmal versucht, es irgendwie hinzubekommen. Irgendwie. Auf jede nur erdenkliche Art.

Ganz langsam nahm sie jetzt das rechteckige Stück Bastelkarton aus der Schublade des Rezeptionstresens, wo es in den letzten paar Monaten gelegen hatte. Sie hatte eine Kreideversion des Kalliope-Motivs auf die eine Seite des stabilen Kartons gezeichnet. Die andere Seite war bereits an Malcolm in Baltimore adressiert, aber bis jetzt hatte sie sich noch nicht dazu durchringen können, das Bild abzuschicken. Ihr fielen immer noch nicht die richtigen Worte ein, um ihre Gefühle angemessen auszudrücken, aber vielleicht musste es ja gar nicht kompliziert sein. Oft waren die schlichtesten Worte am echtesten.

Sie nahm einen Kugelschreiber aus der Schublade und kritzelte rasch eine kurze Nachricht neben die Adresse, bevor sie es sich wieder selbst ausreden konnte.

Ich vermisse dich. Ich liebe dich. Serena.

Dann klebte sie eine Briefmarke auf die Karte und legte sie in den Korb mit ausgehender Post auf dem Tresen. Dabei war ihr Herzklopfen genauso stark wie die Versuchung, die Karte wieder herauszunehmen.

Aber sie blieb bei ihrer Entscheidung und ging wieder ins Lager, um ein zweites Bild zu holen. Als sie zurückkam, stand ein Mann in der Galerie, der sich intensiv die Details einer Kohlezeichnung von Selma anschaute.

„Die Zeichnung ist leider schon verkauft, aber wenn Sie Landschaften mögen … die daneben ist noch zu haben."

Als sich der Mann daraufhin aufrichtete und umdrehte, blieb ihr beinahe das Herz stehen. „Malcolm?"

Er lächelte unsicher. „Hi Serena."

Sie sah ihn nur völlig ungläubig an. Seine Haare waren etwas länger, und sein Gesicht war glatt rasiert, sodass er jünger und noch besser aussah, als sie ihn in Erinnerung hatte. Stand er wirklich da im Salon des Hotels oder lag sie zu Hause im Bett und träumte das nur? Es wäre nicht das erste Mal, dass er in ihren Träumen vorkam.

Er trat nervös von einem Bein aufs andere, als sie ihn so anstarrte, ohne etwas zu sagen, und schließlich kam er auf sie zu, nahm ihr das gerahmte Bild aus den Händen und sagte: „Komm, ich helfe dir. Ich nehme an, du willst die verkauften Bilder ersetzen, oder?"

Er hielt das Bild hoch und nahm den Wirbel von Farben auf dunklem Hintergrund wahr: eine Frau, die mit Ketten aus Sternenstaub sehnsüchtig in den sternenklaren Himmel schaute.

„Moment mal, das ist ja Andromeda, im selben Stil gemalt wie deine Kalliope."

Serena nickte wie betäubt und brauchte etwas Zeit, um ihre Stimme wiederzufinden.

„Was machst du denn hier?", fragte sie, während er das Bild vorsichtig an die Wand stellte und fragte: „Können wir irgendwo reden?"

„Ja klar, ich … ich sage nur Katrina rasch Bescheid. Ich habe sie um Hilfe gebeten, während ich mit dem Empfang zur Ausstellungseröffnung beschäftigt war."

Mit weichen Knien und dem Wummern ihres eigenen Herzschlags in den Ohren, ging sie zurück ins Büro der Geschäftsführung, um der Assistentin zu sagen, dass sie kurz weg sei.

Dann folgte sie Malcolm, der vor ihr her über den Parkplatz in Richtung der Wiesen ging, von denen das Hotel umgeben war. Die grüne Fläche war jetzt mit leuchtenden weißen, gelben und lila Sommerwiesenblumen gesprenkelt, die sich in der kühlen Meeresbrise wiegten. Die ganze Zeit schaute Serena verstohlen zu ihm hin und versuchte, seine Anwesenheit hier neben sich und die Tatsache, dass sie gedacht hatte, ihn nie wiederzusehen, irgendwie zusammenzubringen.

„Du hast keinen Bart mehr“, sagte sie schließlich.

Er fuhr sich mit der Hand über sein glattes Kinn. „Ja, es war Zeit für eine Veränderung.“

„Jetzt, da du wieder Softwareentwickler bist, musst du wieder professionell aussehen und rasierst dich?“

„Ja, so in etwa.“

„Wie hat sich denn Kylee in Boston eingelebt?“ Wenn sie weiter redete, weiter Fragen stellte, würden die Antworten vielleicht nicht so wehtun.

„Es geht ihr gut. Nächsten Monat fängt das Semester an, und sie ist drüben geblieben, während ich noch mal hergekommen bin, um mich um das Haus zu kümmern und unsere restlichen Sachen in die USA zu verschicken.“

Er war also nicht ihretwegen zurückgekommen. Zum Glück hatte sie die Karte noch nicht abgeschickt. Sie verdrängte jetzt den Schmerz darüber und versuchte, ihrer Stimme Nachdruck zu verleihen. „Ich freue mich, dass du vorbeigeschaut hast, aber ich muss jetzt wirklich wieder hinein und die Ausstellung herrichten. Es ist schön, dass bei euch alles so gut geklappt hat.“

Doch da hielt er sie am Arm fest, und ihr Herz, dieser Verräter, machte wie gewohnt einen Satz, als seine Fingerspitzen ihre Haut berührten.

„Genau das ist der Punkt“, sagte er. „Das hat es nämlich nicht.“

„Ich dachte, du hättest einen Job, und zwar genau den, den du dir gewünscht hast.“

„Ja, das stimmt“, bestätigte Malcolm, holte tief Luft und drehte ihr Gesicht in seine Richtung, damit sie ihn ansah. „Es hat sich alles wie von selbst ergeben. Ich habe wieder einen Job – sogar einen noch besseren als vorher – und ich habe ein Haus gemietet. Wir sind nach *Boston* gefahren, um dort nach einer Wohnung für Kylee und nach Leuten zu suchen, die auf der Suche nach einer Mitbewohnerin waren, aber alles war entweder zu teuer oder zu chaotisch, oder jemand hat es uns vor der Nase weggeschnappt. Irgendwann habe ich angefangen, mir wirklich Sorgen zu machen, dass wir keine Unterkunft für Kylee finden würden.

Und dann waren Kylee und ich eines Sonntags zufällig in dieser Gemeinde in Boston, eine die wir uns ganz willkürlich ausgesucht haben, weil wir gerade daran vorbeigingen. Und wen treffen wir da? Familie Mitchell, die ursprünglich aus *Edinburgh* stammt und jetzt in *Boston* lebt. Und Familie Mitchell hat zufällig eine Tochter, die im zweiten Jahr in *Berkelye* studiert."

Ganz langsam begriff sie. „Also jemand, der Kylee jetzt am Anfang ein bisschen an die Hand nehmen kann."

„Ja, und es kommt noch besser: Die Mitchells haben eine freie Wohnung über ihrer Garage, in der eigentlich die Tochter wohnen sollte, aber die Familie ist auch auf Mieteinnahmen angewiesen, sodass Kylee jetzt eine Mitbewohnerin hat."

„Und Familienanschluss bei einer schottischen Familie, die ein bisschen auf sie aufpassen kann."

„Genau das Gegenteil von dem, was wir gesucht haben, aber es war eine Gebetserhörung."

Er hielt einen Moment lang inne, nahm ihre Hand, und wieder machte ihr Herz bei der Berührung einen Satz. „Also Folgendes: Ich wusste die ganze Zeit, dass es richtig ist, Kylee dabei zu unterstützen, ihren Traum zu verwirklichen und dafür zu sorgen, dass sich jemand um sie kümmert. Und als wir dann die Mitchells getroffen haben, ist mir klar geworden, dass, nur weil Kylee in Amerika leben muss, das nicht automatisch auch für mich gilt."

Serena schnappte nach Luft, und ihre freie Hand ging an ihre Brust, als wollte sie damit ihre Anspannung lösen.

„Ich liebe dich, Serena. Ohne dich fühle ich mich einfach elend. Ich wusste nicht, wie ich meine Verantwortung für Kylee und das Gefühl, gerade den größten Fehler meines Lebens zu machen, zusammenbringen sollte. Und jetzt weiß ich, dass ich Kylee nur auf den Weg bringen und sie dann loslassen sollte. Mein Platz ist hier bei dir."

Serena starrte ihn nur an und brachte kein Wort heraus. Tränen liefen ihr die Wangen hinunter, als sie sagte: „Ich weiß nicht, was ich sagen soll. Ich hatte mich damit abgefunden, dass wir wohl nicht füreinander bestimmt sind, und jetzt …"

„Sag, dass du mich liebst und mir vergibst, dass ich dich verlassen habe. Sag, dass du mich heiratest."

Er griff in die Innentasche seines Jacketts, holte den Ring heraus und hielt ihn zwischen zwei Fingern, sodass der Stein im Sonnenlicht funkelte.

Sie blickte auf in sein Gesicht, und der Ernst und die Liebe, die sie dort sah, verschlugen ihr den Atem. Sie merkte, dass sie gar keine schönen Worte und keinen originellen ausgefeilten Antrag brauchte. Das war doch alles nur Beiwerk für die Tatsache, dass Gott sie nach all ihren Tränen und ihrer Einsamkeit und ihren Zweifeln doch erhört hatte. Er hatte Malcolm zu ihr zurückgebracht.

„Ja", sagte sie also einfach. „Ja, ich heirate dich."

Daraufhin steckte er ihr den Ring an den Finger, strich ihr dann mit der Hand durchs Haar und beugte sich zu ihr hinunter, um sie zu küssen – sanft und süß und mit einer solchen Zärtlichkeit, dass ihr erneut die Tränen kamen. Als sie sich voneinander lösten, streckte sie ihre Hand von sich weg und bewunderte den Ring – einen altmodischen Weißgoldreif mit dem ungewöhnlichsten lila Stein, den sie jemals gesehen hatte.

Er folgte ihrem Blick und lächelte. „Der Ring hat eine Geschichte. Ich hatte ihn schon für dich ausgesucht, aber dann nicht mehr abgeholt. Ich habe also gar nicht damit gerechnet, dass der Juwelier ihn noch hatte, aber er hatte ihn verlegt und deshalb noch nicht aufgearbeitet, sodass der Ring erst gar nicht in der Auslage gelandet ist.

Deshalb war er noch da, als ich zurückgekommen bin. Was für ein Zufall, oder?“

„Ich glaube nicht mehr an Zufälle“, sagte sie und stellte sich auf Zehenspitzen, um noch einen Kuss zu bekommen. „Manches soll einfach so sein.“

EPILOG

Serena stand am Rande ihres Grundstücks und schaute in die grüne Weite, dorthin, wo es am Rande des *Loch Eishort* endete und wo sich im glitzernden blauen Wasser ein ungewöhnlich sonniger Julitag widerspiegelte. Sie lebten jetzt schon seit einem halben Jahr in diesem Haus an der äußersten Spitze der Halbinsel *Sleat*, aber sie fand es manchmal immer noch schwer zu glauben, dass sie endgültig wieder hier war. Und noch schwerer fiel es ihr zu glauben, dass Malcolm und sie jetzt schon seit fast einem Jahr verheiratet waren.

„Lässt du dich zu einem neuen Bild inspirieren?“ Als ob ihre Gedanken ihn herbeigerufen hätten, trat Malcolm jetzt hinter sie, legte ihr die Arme um die Taille und gab ihr einen Kuss seitlich auf den Hals.

Sie lehnte sich zurück und nahm seine vertraute, unerschütterliche Anwesenheit wahr. „Ich habe nur gerade daran gedacht, wie sehr ich diesen Ort hier liebe.“

„Ist das das Einzige, woran du gedacht hast?“

Seine Lippen arbeiteten sich vom Hals abwärts Richtung Schulter.

„Vergiss nicht, dass wir Gäste haben“, sagte sie lächelnd.

„Ach ja? Das habe ich gar nicht bemerkt.“

Sie lachte und drehte sich um, sodass sie ihn auf den Mund küssen konnte. „Hättest du jemals gedacht, dass wir einmal hier landen würden?"

„Du meinst, dass wir uns im Garten küssen? Oder verheiratet mit zwei Kindern und einem Hund sind?"

„Das mit dem Küssen im Garten ist doch selbstverständlich. Aber mit der Kinderzahl irrst du dich. Es sind drei – jedenfalls werden es bald drei sein."

Einen Moment lang runzelte er irritiert die Stirn und bekam dann ganz große Augen. „Im Ernst?"

Sie lachte nervös. „Ich habe es heute Morgen erfahren. Ja, ich bin schwanger. Ungefähr in der siebenten Woche."

Er hob sie hoch, drückte sie ganz fest und stellte sie dann schnell wieder auf den Boden. „Tut mir leid, kann dir das schaden? Hat es wehgetan?"

Serena lachte über seine Sorge. „Ich bin nicht zerbrechlich. Versprochen."

„Aber wie? Wir haben doch extra so aufgepasst, weil wir uns einig waren, dass es zu riskant wäre."

Obwohl Malcolm ihr gestanden hatte, dass er gerne ein eigenes leibliches Kind hätte, hatten sie sich beide auch Gedanken darüber gemacht, was eine Schwangerschaft für sie bedeuten würde, denn sie war inzwischen über vierzig. Als sie vor zehn Jahren Em bekommen hatte, hatte sie sich viel älter gefühlt. Jetzt fühlte sie sich jünger, glücklicher und gesünder als jemals zuvor. Das schrieb sie ihrem Mann und ihrem friedvollen Leben auf *Skye* zu.

„Wahrscheinlich hat Gott manchmal einfach andere Pläne, als wir denken. Das wäre ja nicht das erste Mal, dass er beschließt, uns zu überraschen, oder? Du wirst Vater."

„Ich bin schon Vater", sagte er ganz weich. „Ich war absolut zufrieden mit Em und Max und Kylee. Aber das … das ist wirklich eine wundervolle Nachricht."

Sie seufzte glücklich und blickte zu ihm auf, um sich noch einmal küssen zu lassen. Sie hatte gewusst, dass er begeistert sein würde, und obwohl sie etwas nervös war bei der Aussicht, noch einmal mit einem Baby ganz von vorne anzufangen, war es ein Geschenk. Aber dieses Mal würde Malcolm bei jedem Schritt des Weges bei ihr sein.

„Ich glaube, wir sollten jetzt lieber wieder hineingehen, bevor sich alle fragen, wo wir bleiben", sagte sie. „Ich muss mich langsam fertig machen für die Party."

Malcolm nahm sie bei der Hand, und zusammen gingen sie die leichte Steigung hinauf zu ihrem weitläufigen Haus. Das *Ord House* war ein weiterer Segen, der ihnen einfach so in den Schoß gefallen war. Nachdem sie im vergangenen September heimlich geheiratet und dann eine einwöchige Hochzeitsreise nach *Cornwall* gemacht hatten, waren sie wieder nach *Skye* zurückgekommen und hatten sich sofort gemeinsam auf die Suche nach einem Haus gemacht. Kylees Haus war für das Jahr bereits vermietet, und Serenas Haus in *Nairn* stand zum Verkauf. Aber selbst wenn das nicht so gewesen wäre, hatten Malcolm und Serena beschlossen, dass sie etwas Neues für ihren Start ins gemeinsame Leben brauchten. Serena hatte an eine bescheidene Bauernkate gedacht, wie sie für *Skye* typisch war. Sie hatte sich vorgestellt, wie sie das neue Heim dann gemeinsam renovieren oder auch ausbauen könnten, aber als dann dieses weiß geschlemmte Haus mit fünf Schlafzimmern zum Verkauf gestanden hatte, war es um sie geschehen gewesen. Sie hatte sich Hals über Kopf in das Haus verliebt.

Es schadete auch nicht, dass es direkt am Wasser lag, mit Blick auf die *Cuillin Hills* und die Inseln *Rum* und *Canna*. Das Haus hatte nicht nur genügend Zimmer für die Kinder und für Gäste – unter anderem Kylee –, sondern es gab auch genügend Platz für ein Atelier für Serena und einen Raum für Malcolms Büro, das er auch sofort in Gebrauch genommen hatte, als er seine eigene Softwarefirma gegründet hatte.

Er hatte Serena erklärt, dass er seine Firma an jedem Ort der Welt betreiben könne, der einen Internetanschluss hätte. Als Selbstständiger zu arbeiten, verschaffte ihm außerdem die Freiheit und Flexibilität, die Nachmittage für ein Herzensprojekt einzusetzen, das Serena und er gerade ins Leben gerufen hatten. Es handelte sich um ein Programm für Schüler und Schülerinnen nach dem Schulunterricht, in dem Kurse auf den Gebieten angeboten wurden, für die sie beide eine Leidenschaft hatten: Boxen, Kunst und Sternenkunde.

Malcolm hielt Serena die Tür zum Innenhof auf, und sie betraten den Wintergarten, den sie als Esszimmer nutzten. Darin stand ein Tisch für zwölf Personen, der damit groß genug war für die ganze Familie, die an freien Wochenenden fast immer bei ihnen zusammenzukommen schien. Jetzt war der Wintergarten mit Luftschlangen und Ballons dekoriert und einem großen Banner, auf dem stand: „Happy Birthday, Mara." Serena hatte den Tisch schon mit rosa Blümchenpapptellern und passenden Pappbechern gedeckt.

„Wo sind denn alle?", fragte Malcolm mit gerunzelter Stirn.

Als Antwort drang aus dem Wohnzimmer Gelächter zu ihnen herüber. Sie folgen dem Geräusch und trafen Serenas Familie auf den Sofas an, und zwar Jamie und Andrea auf einem und Ian und Tante Muriel auf dem anderen. Ians Frau Grace kniete in einer Ecke – wie immer mit der Kamera in der Hand – und machte Fotos von den drei Kindern, die mucksmäuschenstill mitten im Wohnzimmer standen. Zumindest Em und Max standen reglos da. Mara zappelte mit der typischen Begeisterung einer Einjährigen herum und hielt sich an einem von Kylees Fingern fest, um nicht das Gleichgewicht zu verlieren. Die Neunzehnjährige wirkte völlig hingerissen von ihrer kleinen „Cousine".

„Kommando Pimperle … auf einem Bein hüpfen."

Jamie grinste, als Em und Max anfingen zu hopsen. Es dauerte einen Moment, bis Mara hinterherkam und dann unglaublich niedlich und unbeholfen mit beiden Beinen zu hopsen begann.

„Kommando Pimperle … im Kreis drehen. Stopp."

Em und Max erstarrten, aber Mara drehte sich weiter, und eine grinsende Kylee half ihr dabei.

„Mara hat gewonnen!", rief Jamie, hob seine Adoptivtochter hoch und bedeckte sie mit Küsschen. Sie lachte begeistert, während Em und Max aufstöhnten, weil sie verloren hatten. „Oha, da braucht jemand eine frische Windel, glaube ich", stellte Jamie fest.

„Gib sie mir, ich mache das", sagte Andrea und streckte die Arme nach ihrer kleinen Tochter aus, aber Jamie beugte sich hinunter, gab seiner Frau einen Kuss auf die Nase und erklärte: „Ich mache das schon. Bin gleich wieder da."

Andrea sah ihrem Mann und ihrer Tochter strahlend nach und ließ sich dann wieder aufs Sofa sinken. „Na gut, ihr beiden. Spielen wir noch um den zweiten Platz?"

Serena seufzte beglückt. Vielleicht waren es die Gefühle im Zusammenhang mit ihrer eigenen Neuigkeit, aber alle so an einem Ort zusammen zu haben, schenkte ihr eine solche Erfüllung, dass sie glaubte, gleich vor Glück platzen zu müssen. Das Haus fühlte sich für sie dann am meisten wie ein Zuhause an, wenn es zu einem Ort für ein Familientreffen wurde, selbst wenn es etwas seltsam war, dass jetzt sie statt Muriel die Rolle der Gastgeberin übernommen hatte. Sie setzte sich zwischen Muriel und Ian aufs Sofa und legte ihre Füße auf die gepolsterte Ottomane.

„Wie geht es dir, Schwesterherz?", fragte Ian und legte ihr liebevoll einen Arm um die Schultern.

„Gut. Und dir? Hast du Spaß?"

„Ja, hab ich. Aber Grace will sich einfach nicht hinsetzen und entspannen."

„Das hab' ich gehört", rief Grace ihm zu. „Aber das hier ist wirklich entspannend." Trotzdem stand sie auf und hockte sich auf die Ottomane gegenüber von ihm. Ian zog sie am Riemen der Kamera zu sich hin und holte sich einen Kuss ab, was ihm ein Lächeln von seiner Frau einbrachte.

In dem Moment kam Jamie mit der kichernden Mara auf dem Arm zurück. „So, ich glaube, jetzt ist ein Geburtstagskind bereit für Geburtstagstorte und Geschenke. Was meinst du dazu, Serena?“

„Ich finde, das ist eine großartige Idee.“ Sie stand vom Sofa auf und musste unwillkürlich daran denken, wie schwierig das in ein paar Monaten mit einem großen Babybauch sein würde. Sie war so sehr mit der Geburtstagsparty beschäftigt gewesen und damit, dass sie es unbedingt Malcolm erzählen musste, dass sie sich noch gar nicht weiter damit beschäftigt hatte, was es bedeutete. Doch bei dieser Aussicht durchfuhr sie nun ein Gefühl absoluter Begeisterung und Vorfreude.

Die ganze Geburtstagsgesellschaft zog jetzt ins Esszimmer um, an das eine offene Küche grenzte. Muriel und Em folgten Serena, um ihr zu helfen, den Kuchen und Getränke auf den Tisch zu stellen, während alle anderen sich setzten. Als alle da waren – die ganze Großfamilie, die ja in Zukunft noch größer werden würde –, merkte Serena, wie ihr wieder die Tränen kamen.

„Alles in Ordnung?“, flüsterte Malcolm ihr zu und legte den Arm um sie.

„Ach, nur die blöden Schwangerschaftshormone“, flüsterte sie zurück, lächelte dabei aber unter Tränen.

Es war unmöglich, keine Dankbarkeit zu empfinden, als sie darauf zurückblickte, wie sehr sich ihr Leben verändert hatte, seitdem sie vor etwas über einem Jahr nach *Skye* gekommen war. Sie hatte sich allein und isoliert gefühlt, ohne Verbindung zu ihrem Umfeld, und sie hatte das, was sie hatte, so heftig festgehalten, dass sie nicht sehen und schon gar nicht annehmen konnte, was Gott für sie bereithielt und ihr schenken wollte. Und jetzt war der Mittelpunkt ihres Universums ein Zuhause voller Liebe und Lachen, ein Beweis mehr, dass die größten und schönsten Geschenke die unerwarteten waren.

MIX
Papier aus verantwortungsvollen Quellen
FSC® C014496
www.fsc.org

Die amerikanische Originalausgabe ist im Verlag
Tyndale House Publishers, Carol Stream, Il 60188, USA, erschienen
unter dem Titel „Under Scottish Stars".

1. Auflage 2021
Bestell-Nr. 817704
ISBN 978-3-95734-704-6

Umschlaggestaltung: Anna-Lisa Offermann
Umschlagmotive: Neil Warburton · Stocksy United / Hugo Kemmel · Unsplash / Vitaliy Mateha · Adobe Stock
Übersetzung: Antje Balters
Satz: Apel Verlagsservice, Celle
Druck und Verarbeitung: GGP Media GmbH, Pößneck
Printed in Germany

www.gerth.de